岡井隆全歌集Ⅱ別冊『岡井隆資料集成』Ⅰ

岡井隆全歌集Ⅱ別冊『岡井隆資料集成』

Ⅰ　対談・インタビュー

Ⅱ　論考・エッセイ

論考

エッセイ

Ⅲ　歌集解題

Ⅳ　歌集研究・書評

Ⅴ　岡井隆自筆年譜

ブック・デザイン＝芦沢泰偉

I

対談・インタビュー

定型・非定型の現在と未来

吉本隆明
岡井隆

—定型詩の実験的試み—

岡井　吉本さん、本当に久しぶりですね。村上一郎さんと二人で吉本さんを訪ねて以来ですから、十四年ぶりぐらいになりますか。

吉本　僕がまだ初音町にいた頃ですか…。僕、岡井さんが書いた『村上一郎著作集』の解説を読んだんですけれども、いつ村上さんを知りました……。

岡井　村上さんが紀伊国屋書店の出版部にいる頃、金子兜太さんとの共著『短詩型文学論』、あれを頼まれましてね。そのきっかけは、当時、角川書店で「短歌」の編集をしていた冨士田元彦君が、大ぜいの人を集めてシンポジウムをやりましたね、吉本さんもお出になって。

吉本　ありました。ありました。

岡井　あのときに、村上さんと私は一緒の組に組み合わされて、初めて会いました。その帰りに少し話していて、そんなことの縁ですね。だから本当に偶然ですが、ひょっとすると、やや近縁的な気持ちがあったのかもしれませんね、それまでの間に。

吉本　僕も読んでますけれども、村上さんの歌というのはどうですか、専門的な目から見て。

岡井　決してうまい歌とは言えませんね、まず第一に。それから、村上さんという人を知らない人が読んだら、おそらくあんまり同情をひかないのかもしれないと思うんです。僕は、村上さんとわりと親しくしていただいて、思い入れがうんとあるものですから、それを背景にして読みますので、『撃攘』という歌集は、僕なりにおもしろいと思うんですけれども、もし僕が編集したら、もう少し別の形の編集の仕方をしたんじゃないかと思うし、表題のとり方とか、『撃攘』という歌集名そのものも、あまり賛成できないような気がします。

吉本　古いという感じですかね。

岡井　そうですね。昭和戦前の斎藤史さんとか、前川佐美雄さんとか、やや日本浪曼派の息のかかった歌人たちの型を、村上さんは若いころに、ピシッと自分のものになさったものですから、いまから見ますと、やや古風という感じがしますね。しかしそれは本当はわかりませんね。わずか三、四十年の話ですから。これをもっとロング・スパンで見ちゃったら、はたして村上さんの歌が古くて僕の歌が新しいのか、僕の歌が古くて村上さんのが新しいのか、わからないということはあると思います。歌壇の表面的な流行詩的な面から言うと、モードとしてはやや古風。だけど、村上さんでなければならん歌が何首かありますからね。

吉本　僕も村上さんの歌というのは、現在のあれにしては、古風じゃないかというふうに読んだんです。ただ、村上さんがわりあいに古い時代に、旋頭歌とか何かの試みをやっているでしょう。そういうことは、相当この人は本気で、若いときに歌を作っているんだなあと思ったんですけれどもね。僕の記憶では、旋頭歌をやったという人は、当時あんまりいなかったんじゃないかという気もするんです。それとの関連だけども、岡井さんの『天河庭園集』ですか。この形式的な試み、説明してくださるとありがたいんですけれどもね。

岡井　僕は、そんな厳密な方法はありませんで、かねてから、おそらく詩型というのは、吉本さんがいろいろ分析なさったとおりに、ある歴史的なものがあって、最後の古形式なんていうのは、最終的に導き出された形になりますね。あんな形ですべてが、旋頭歌にしても、仏足石歌にしても、あるいはもっと昔の片歌にしても、吉本さんがしきりに憂えておられる中世の歌謡なんかの、ちょっと変わった形ですね。最後の三つも四つも連ねてみたり、たぶん音楽的な要請なんだろうと思うけれども、バラエティがありますね。定型短詩という形で短歌をおさえた場合に、そういったものも入るわけですね。たとえば芥川龍之介は短歌とか俳句だけが定型みたいな顔をしているけれども、日本詩歌の歴史の中でもいろんなものがあるんだ、それを眠らせておかないで、いろいろやっていいんじゃないかと言っていますが、あの人の四行詩の試みには、そういう意図が多少あるんじゃないかと思うんです。だから、僕の場合そういうのにもずいぶん遅れて呼応するわけです。短歌や俳句みたいにいろんな人がやっていれば、人のまねして、また新機軸出すとかいろいろできますけれども、大ぜいの旋頭歌作者というのはいないわけですから、自分だけで自己模倣の試みしかできないわけですね。あんまり発展性はないかもしれないけれども、しかし、僕みたいバカをやる者が少しでもまた若い人に出てくると、五七五七七が持ってないような、何か特質が出るかもしれないということを、ちらっと考えたり何かして。詩人のほうでも、佐藤一英さんなんていう人がやっておられますね。戦争中の詩集を何冊か戦後読んだときはとってもおもしろいと思ったんだけど、最近読んでみたら、ちょっと抒情的すぎるかな、あれもやや古風かなという感じがしましてね。だけど、とにかく佐藤さんが目立つぐらい、あんまりやりませんでね。だから本当に、僕が『天河庭園集』でやっていることなんていうのは、ごく一部分にすぎないんです。

吉本　短歌は音数律なんだと思うんですけれども、それと内容とのかかわりは不思議だというのか、わからないなというところがありますね。そこのところをさかのぼって、どういうふうに考えられるかということですね。結局、いままで形式がわかっているものを全部、『古事記』や『日本書紀』の歌謡から取ってしまって、今度韻律的にいろんな排除をしていきまして、残るのは、今流に言えば五音だけですね。五音だけを並べていって、七で止めるとか、七七で止めるとか、七七七で止めるとかいうのはどうしても古い形なんだというふうになって、五音は、三音でも四音でも、ある場合は六音でもいいわけです。もう一つは、いまの音で整理しちゃえば、五七五七五七五七といって、どこで止めてもいいわけですけれども、それが最後に七七とか。七七七とか、それも五音というのは四でも三でもいいんですが。それがどうしても、初めの形式として残るということじゃないのか。だから、そういうことをやってみると、韻律というか音数律みたいなことは何なのかというのが、もしかするとわかるんじゃないかという気もするんですけれども、岡井さんがやってるわけですね(笑)。そういうことをいろいろ考えているんだなという感じで、この『天河庭園集』を読んだんです。

岡井　そうですか。

吉本　それから『歳月の贈物』は、若い人はどう評価するか知らないけれども、僕は、岡井さんうんと苦労したねェという感じです(笑)。このほうは、詩の上の苦労というんじゃなくて、生活上ということなんでしょうけれども、やっぱり苦労したんだねェという感じで、僕はいいんですけれどもね。大変年輪を加えたというのか、言い方はいろいろあるでしょうけれども、成熟したんだなという感じがあって、岡井さんの歌集の中で代表的なものを選べと言われたら、『土地よ、痛みを負え』と『歳月の贈物』の二つになるんじゃないかと思ったんです。その成熟の度合いというのが、どっからくるのか。あるいはどっからきたのか。一つはそれは、自分も年とってきましたからよくわかるような気がするんですが、生理的な年齢じゃないかと思うんです。もう一つはそうじゃなくて、何かが成熟させたんだという感じがしたんです。それが何であるかはよく分からないにしてもね。

岡井　そういうふうに言っていただくと、嬉しくて何も言えないけれども、それはそれとして、さっきの『天河庭園集』でいろいろなことをやっていて、僕は実験的意図が絶えず何かありましてね。作品と何かを引き合せていったときに、何かがわかってくるかもしれないという、くだらないことを考えるわけです。しかし実際は、文学というのはそういうものじゃない、もっと狂っているところがないとだめで、そんな一々、こういうことだからこうなるだろうとか、こういうことで定型の本質がわかってくるだろうとか、そういうことじゃいけないというんですが、しかしそれは素材とか、いろんな自分の歌いたいことを歌うわけですから、その中に、歌う方法として使うときに、何かその結果として、僕にもさっぱりわからない日本語の定型短詩の本質がぐじゃぐじゃやっているうちに、少しでもわかってくるような作業ができるんなら、それはそれでいいじゃないかという気持ちになりますね。いま一番思いますのは、たとえば『伊勢物語』とか『土佐日記』でも何でもいいですけれども、あの中に歌がはさまれますね。源氏でもそうですけれども、あるいはそれは、記・紀歌謡でもみんなそうなんですけれども、あの地の文と歌の部分のかかわり合いというのが、たとえあとから、フィクションで作ったものであろうと何であろうと、われわれ読者として読むときは、実にすんなりと一体感を持って読む場合と、これはちょっとすき間があるんじゃないのなんて言いたくなるようなのと、両方ありますね。ああいうときは、古文ですと、一応両方とも文語文という形なものですから、いろいろ問題はあるかもしれないけれども、何かそういう短歌とか短詩の中に、余分な説明の部分とか地の部分を無理やり入れますと、歌の順路がこわれたり、実際はもっと韻律的に雄弁にものが言えるところが、意味的になりすぎちゃってうまく歌にならない。歌えない部分を、あるいは前書きなり、前後の物語的な部分で詞書《ことばがき》程度のものである環境を暗示しておいて、あとのほうへ歌を出すということをやる。するとその沈黙している部分を他の部分で補っていくことが案外、またもう一度歌を顕在化させる道にもなるかもしれないと思って、今度の『歳月の贈物』の中でちょっとちょっと、詞書みたいなものを入れたりしたんです。

吉本　なるほどね。

—生理的年齢への抵抗—

岡井　ところで、吉本さんの『戦後詩史論』の噂は、ずいぶん前から大和書房の人に聞いてて、どんなものになるのかと思っていたんです。戦後詩の体験のことは講演なんかなさったり、「現代詩手帖」その他の座談会にずいぶんお出になって発言しておられるものですから、大体あんなことかなと思ったら、今度の「修辞的現在」ですっかりおどろいちゃって、これはとってもおもしろいですね。
吉本　それはおもしろいかどうかは別として、とにかく苦心はしたんですけどね。いまの詩に対して、どういう目の位置をとったらいいのか、その目の位置がどうしてもとれなくて、何回もぶん投げちゃあ、またもとへ戻りみたいなことをして、どうやらこうやらやっと仕上げたという感じです。目の位置を一寸でも狂わしたら、これは詩を手段にした一種の思想状況論みたいになっちゃうわけだし、もうちょっと目を別のほうにずらしたら、現在の詩の解説みたいになっちゃって、ちょっとみじめだなという感じがあって、そのどちらでもない目の位置はないものだろうかというのが、なかなかわからなかったんですね。
岡井　ちょうど吉本さんのおっしゃるいいところへすわってますね、あれは。
吉本　本当はすごく苦心したんだから、それなりにできがよくていいはずなんだけれども、それほどじゃないんだ。ただ、目の位置をちょっと狂わしたらだめになっちゃう。その位置は、かろうじて均衡を保てたという程度のことになってしまうんですね。
岡井　しかし、その視点の獲得というのは、いままでなかったんじゃないですか。
吉本　たぶん僕自身にも、なかったんじゃないかなという気がするんですね。たとえば一時代前の作家を論ずるみたいなことの中では、ことばの問題と、はらんでいる作品の内容、意味みたいなものとを、両方の問題をある視点で調和させることは、やっているような気もしているんですが、現在の問題意識の中では、なかなかそれは難しくてできなくて、それは僕にとって初めてなんじゃないかなという気がしているんです。それ以上の意味はあまりないように思いますけれどもね。それから、別に作品自体の評価について、非常に妥当で公正な評価をしているわけでもありませんし、たくさんの詩を読み込んで、その蓄積の上でやっているというほどではないですから、そういう意味では、いろんな抜け落ちとか穴はあるんでしょうけれども、僕なりの意図では、目の位置は一つ定まった。同時にそれは、自分では視野は精いっぱいとったつもりだけれども、その視野の外でまた論じなければ、とても論じられないよという作品もあると思うんです。それは触れることができないけれども、それにもし触れるならば、解説的になるか、それとも、自分の一つの目は、一応そこでは休めてしまうよりしようがないだろうな、わざと落としてしまうよりしようがないだろうなという感じがしました。
岡井　僕は門外漢だけれども、歌人の中では詩をかなりよく読んでるほうで。吉本さんがこの本でお選びになった詩は、かなり広いパースペクティブに支えられてる感じがしますけれども。
吉本　そうでもないんじゃないですか。たとえば視野として、かなりのあれがあるかもしれないですけれども、詩を書いている若い人たちは本当はああいうふうに見てもらいたくなくて書いているんじゃないかな、という気がするんです。比喩ですけれども、自分たちの書いてる詩は、横から見てもらいたい。横から見なきゃ本当はわからないはずだ。それを縦から見られている。そういう食い違いというのがあるんじゃない?
岡井　それはあるかもしれませんね。でも少し若いところで。たとえば北川透さんとか、三十代では清水昶さんとか、そういう、現代の詩人たちに対する位置づけとか、現代詩状況はどういうふうになっているんだろうかということで、本当に一所懸命考えながら書いておられますね。そういったのが、ちょっと青ざめるんじゃないかという感じがしますね。

吉本　そうなんでしょうかね。

岡井　だから、こういう視点がちょっといままでなかったわけで、吉本さん自身になかったばかりでなく、現代詩全体としてもなかったような感じで、非常に危うい、水際のところで水をたたいておられる感じがしますね。ただ、そういうことと離れて、やっぱり選ばれている詩がいいですね、あたりまえのことなんだけれども。それでほとんど勝負がきまるところがありまして、すばらしい詩が多いし、典型的という意味でもいいと思う。それから、吉本さんは非常に思想的に割り切ると一般的には思われているけれども、僕はかねてから吉本さんはすごい審美家だと思っていたわけで、詩のそういうこまかいところが、非常にきれいに転結されてますね。そういう点でも、書かれたほうの側が、なるほど、ここまで見られちゃしょうがないということがあるんじゃないですか。だから、『戦後詩史論』はとてもおもしろくて、いい長編小説読んだようで、終わらないほうがいいという感じでしたね。

吉本　たぶん北川さんなんかもそうですけれど、もっと下の、次の世代の詩人でも、本当は横から見てもらいたい。あるいは縦から見てもらいたいのに横から見たというあれは、もっと強いんじゃないかなという気はするし、僕の考えでは、これからあとで出てくるかもしれない詩についても、同じようなことになっちゃうんじゃないかなという視点、感じ方はあるように思いますね。それは僕、詩のことだけじゃなくて、様々な問題についても、どうもそんな気がしてしょうがないんですけれどもね。そこはどこでどういうふうに違っていくかわからないんだけれども、その異和感といいますか、視点の違いが、ずっとつきまとうんじゃないかなという気がするんです。それで、そこがわれながらよくわからないところなんですけれども、どうでしょうかね。つまり簡単に言ってしまうと、年のとり方が僕自身がわかってないところがあるんですよ。年のとり方というのは何かというと、生理的な年齢にさからって生きるべきものであるし、また、さからって表現すべきものである。また一方では、青年のときに徹底的にさからうべきであるというのは、ちょっと違っている。やはり自然には勝てないものだよなというのがあって、そこのところで、どう生きるのか、あるいはさからうにしても、どこでさからうのが最も見事なさからい方なのか、というところが自分でわからない。それでこの『歳月の贈物』は、岡井さんが、生理的年齢にさからうさからい方と、さからわないで、これは容認すべきであるという問題とに、一つの解答をしているように思うんですよね。その解答の仕方が僕はおもしろかったんですけれども、そこのところはどうなんでしょう。岡井さんがお医者さんであるということも含めてあれなんですけれども、どこでどうその問題は均衡が成り立つのか、調和が成り立つのか。あるいは、さからうことが成り立つのか。そのさからい方について、極端なことを言いますと、あまりうまくいった文学者はいないんじゃないか。だからそれは、ある意味で非常に重大な問題だという気がしてしょうがないんです。

岡井　そう思いますね。これはさからえるものかというと、全く降伏しきっちゃっているところもありまして、つまり全部が自然というかナチュラルで、さからってないのもナチュラルだし、さからってるのもナチュラルで、ひとから見ると何かさからっているように見えるし、さからってないようにも見える。こうなってくると、一体どうなんだということになりますけれどもね。ただこれは、僕らが二十代のころの五十代といまの五十代は、噂によればえらい違うというわけで、事実、僕も違うんじゃないかと思いますね。もちろん、漱石が五十で死んだとか、そういう時代とはまたどえらく違うわけですけれども、僕らの二十代のころの五十代の人の、人生に対する対し方とか子供に対する対し方と僕らの場合は違っちゃってきているという感じが一つします。事実、僕は、人間の肉体を毎日診ているわけです。その老化状態とかいろいろなものを。それはもう、それこそ老年学の先生方が一所懸命やってると思うんですけれども、僕ら、解剖なんかしますと、七十とか八十という人を解剖しましても、実に内臓器管の若々しい方がいれば、四十代で解剖してみますと、もう動脈から何からボロボロになってる方もあるわけです。そうすると、どうもある年齢から先、たぶん四十くらいから先、年齢に比例していく部分はあると思うんですが、それ以外のモデファイする諸要素が、いっぱい増えちゃいましてね。遺伝的なものは、もちろんあると思いますけれどもね。だからああいうのを見ていると、八十でこんなピンシャンしているおばあちゃんいるのかなんて思うと、なんだ俺、まだ五十じゃないかという感じになりますし、四十五で中気を起こして、髪もまっ白で、言ってることも本当にあやふやというものを見ると、俺は、あの年齢は越えたなという感じもするし。だからほんと、エイジングというのはほとんどわかってないんじゃないですか。

吉本　なるほどね。それは平均寿命が延びたからという意味合いじゃなくて、違う要素がたくさん入ってきたということですか。

岡井　そう思いますね。ですから、確かに何人かの人たちが、あの人たちはみごとに年とったとか、みごとに中年になったとか、中年になりそこなった坊ちゃんだとか、いろんなことを言いますね。あれはおそらく、外的な印象と内部的な一種の老化が、跛行状態に見えるんでしょうね。事実、しかしその人がそれを意識しているかどうかということになると、生活様式としても、自然にさからうというのはとてもできないことだと思う。ただ、先ほどおっしゃったように、ことばとか表現は、これまた少し違いますから、艶を出そうとか、いろんなことをやるわけですね。でも、それも限度がある、それから、見巧者の人が見ちまえば、そんなのはすぐに見えちゃうんじゃないんですか。特にある年齢越えちゃってますからね。無理なことをやっていれば、おかしなことをやっているということになるでしょう。

吉本　なるほどね。

―戦後派と若い詩人たち―

岡井　だから、吉本さんご存じの、近藤芳美さんの歌なんか見てますと、一貫して戦争反対を唱えておられるんだけれども、何かそこだけが残っちゃいましてね。あとの、奥様との相聞歌はえんえんと続くわけなんだけれども、僕は、ほんと言えば早く老年の域に達しておられたのに、歌だけが間違って若やいでいる部分があるんじゃないかという気がするんです。もっと老年という上に腰をどっかと据えちゃったほうが、いいんじゃないかという感じがしないでもないんです。ただ、そのへんはほんとに、自分での判断と他人の判断、違いますからね。

吉本　近藤さんの歌は、全歌集が出て、今年改めて読んでみて、これは前に読んだときとちょっと違うぞと思えたのは、韻律に対して中身がひっかかっていくいき方が少ない感じと言ったらいいのか、逆に内容に対して韻律がひっかかっていくものが少ないといったらいいのか、どちらの言い方がいいかわかりませんけれども、すべりが良すぎるというか非常に韻律の印象が単調な気がして仕方なかったんですけれどもね。

岡井　そういう感じだと思います、僕も。ただそれは、かなり生理的なものと関係があるんじゃないかと思うんです。私はそういうふうに思いますけれども、本当に難しいと思いますね。だから、斎藤茂吉とか、折口信夫とか、北原白秋という人たちが作った老年の歌とは違うものが、当然、近藤さんたちのあの世代がお作りになるはずのところを、作りそこねているという感じがまだするんですね。もうあの方も六十五で、茂吉の死んだのが七十ですから、茂吉でいえば最晩年の『つきかげ』だとか、そういうところへ突入する時期です。健康状態という面からいえば非常に健康でいらっしゃるから、全然それは比較にはならないけれども、しかしやはり、違う老年の歌が出てきていいはずなのに、できないという感じがしますね。

吉本　近藤さんの年代というのは、小説のほうでいえば、第一次戦後派ということになると思うんですけれども、たとえば本多秋五と江藤淳の論争がいまあるでしょう。僕は何となく両方に異和感を感ずるわけですけれども、戦争が終わって数年の間に、だれもどうしていいかわからないみたいなのがあったし、また政治権力も、どうしていいかわからない。そういう戸惑いがある。そのときに、天も輝き、地も輝き、何もないよという瞬間が数年の間あった。そこのところで、江藤さんは「仇花」と言うけれども、僕は「仇花」じゃなくて、日本の明治以降だったら、近代では珍しい。全部が混沌として、輝いているみたいな瞬間があって、それは数年で本当は消えちゃったんじゃないかなと思うんですけれどもね。それを、近藤さんと言わなくても、第一次戦後派の文学者は、消えちゃったのに、消えないと思いながら、しかし現実の生活の場面はどんどん普通の状態に入って行く。だけどそのときに、瞬間に輝いたものを、どうやって長続きさせるかみたいなところで、間違ったんじゃないかという気がするんです。そこでうまくそれをつかまえきれないで、いつまでも輝いているというふうに思って、そこのところで作品形成をしていった。つまり数年の間に輝いて出てきたものを、どう引き延ばしていくかということを、間違えちゃったんじゃないかという気が、しないこともないんですね。

岡井　なるほど。

吉本　詩の場合でも、それは言えるような気がするんです。詩のほうで第一次戦後派に対応するのは、僕もその末席にいた「荒地」派で、彼らもそれぞれの処理法をどっかで間違えたんじゃないかなという気がするんです。僕、近藤さんの歌を読みながら、前に読んだときとこれは違うよ。抵抗感がうんと少ないよと感じたのもやっぱりそういう問題じゃないかなという気がしたんです

岡井　僕も全くそうだと思いますね。近藤さんだって結局、『埃吹く街』という歌集にある、戦後の一種の蜜月期ですね。そういったものを背景とした作品、あるいは戦中の作品も、とてもいいと思うんですけれども、それが、ある時期を境にして変質したように、われわれからすると見えるんですね。人間というのは生理的には年とりますし、日本のような社会ですと、一度名をあげますと、大体、永世歌人にしてくれます。そして、某大新聞というようなところでお仕事なされば、それはそれでもう文句なしに、ある社会的な地位の中へ入っちゃってますね。そうすると、いろんな形で作品も作らざるを得ないという点も出てきますし、結社などをお持ちになれば、いよいよそういう形になってくるわけですね。西洋では一年、一年が勝負で、一年だめだったらそいつは忘れられるとか、政治家の生命もそういうふうにとられるんで、かつて大きな仕事をやると、いつかは文化勲章がくるとか、そんなことは西欧じゃないんだという話です。それは眉つばとしても、日本ではもう、そういう形になっちゃっているものですから、生き残ってしまいますね、そういう人は。谷川雁さんみたいに意思でおやめになれば、これは別ですけれども、やめない限りは、いつかは全詩集が編まれたり、全歌集が編まれたり、全集が編まれたりするわけです。だから本当にそこのところのあれが、何人かの人が、これはおかしいよと言いましても、社会は受け入れて、宮中お歌会の選者で

あるとか何とかというような、勲章は、いまは芥川さんのころと違って、文学者がいっぱい勲章もらうものですから、どんどん胸に勲章が有形無形なやつがついてますね。そうすると、自分でも錯覚がおきてくるんじゃないですかね。だから僕は、戦後のああいう時期に、ああいういい仕事があった。これは近藤さんだけじゃないと思うんですけれども、何人かのいい仕事があった。それはそれでとてもいいんで、その個人が、そのあとどう生き延びたとか、大歌人になったとかいうことと関係ないと思うんですけれどもね。それは自分のことも含めて、そう思うんです。それで、吉本さんの『戦後詩史論』を読むと、どうしても歌人のことを一緒に考えちゃうわけなんだけれども、おもしろいですね。ほとんどシンクロナイズしたような問題が出てきて。

吉本　歌の方でもやっぱりありますか。若い人はどうですか。僕は何を若い人というかわからないけれども、自分よりも年齢、下じゃなくても何となく下のような感じで読めるのを若い人と思うんですけれども、傾向としては同じようなことがありますか。

岡井　そうですね。不思議に同じように出てきている。たとえば、福島泰樹君も佐佐木幸綱君もそうだと思いますけれども、吉本さんが例にあげておられる、小椋佳とか。

吉本　さだまさしですか。

岡井　ああいう感じでも同じだし、フォークソングの人、みんなそうだと思うんだけれども、縁語とか、掛詞とかやったり、本歌取りみたいなことをやったり。だけど、その遊戯がとても楽しくてたまらないというふうに、遊んでいるわけじゃなくて、せっぱ詰まって遊んでいるところがありますね。天下の大道はいままでいろんな人が歩いちゃったから、俺はこんなことやってんだというところも多少あると思うんです。だから、荒川洋治さんとか、平出隆さん、正津勉さんとか、その前の清水哲男さんあたりもそうだと思うんですけれども、ああいう人たちの仕事。おそらく、ちらちら横目では見ながら、あるいは一緒にお酒飲んでつき合ったりしながらだと思うんですけれども、同じ言語的な位相のところへ出てきますね。だから、あんたのは学生街のフォークソングだよと、僕はいつも言うんだけれども、そういう感じが、七〇年代のちょっと前くらいからでしょうか、出ているわけです。それから、僕なんかもそう言われるわけだけれども、前衛短歌といわれたような三十年代の仕事ですね。そういったのが、吉本さんなんかごらんになっていると少しあとの世代で、大岡信さんとか、谷川俊太郎さんとか、吉岡実さんとか、「櫂」の同人、あの連中のへんから、一種の同時代感を持っているところがあるんでしょうけれども。たとえば山中智恵子さんという歌人がおりますね。昔の歌ですけど、彼女に「わが生みて渡れる鳥と思ふまで昼澄みゆきぬ訪いがたきかも」という歌がありまして、「わが生みて渡れる」というところまできますと、何かその作者が出産をして、だれか子供を生んだんじゃないかと思うんですけれども、「渡れる」は鳥ですから、そうすると、渡り鳥を自分が生んだ子供と思う。そんなふうに思うほど、いま空を鳥が渡っている。そういうのを見ていると、昼の空気というか、感じが澄み渡っていた。それで私はある人を訪問したいと思っているんだけれども、訪問しにくいということが、最後に嘆きとして出てくるんです。たとえばこれ、順直に言えば、自分が鳥を見ている。鳥を見ていると、その鳥が自分の生んだ子供みたいに見える。そんなふうになるんだけれども、「わが生みて渡れる」なんていうふうになってくると普通のコンテクストで読むとおかしい。それでいろいろ解釈して、ああ、そうか。この文体はいろんな意味を含んでいる。出産というイメージも含んでいる。渡り鳥というイメージも含んでいる。渡り鳥を見ている、仰いでいるというイメージも含んでいる。それが「まで」という直喩で何かあることを比喩しているんだ。そういう概念も含んでいる。それを全部上の句で言わなければならないとなると、このくらいひん曲がってくるんだなという感じがして、とてもおもしろいと思って読んで、僕、わりあい好きな歌なんです。「わが訪いがたきかも」なんていうことだけを三十一文字にスルスルッと引き伸ばしたんじゃ、とてもいまの自分の気持ちは表わせない。そういうことになっていると思いますね。だから吉本さんがあげている平出さんとか荒川さんみたいな最近出てこられた人たちは、特にそうだと思うんですけれども、一々、修辞的にはっきりひねって、それで他のものをつぎたすわけです。でも、そこが僕、わりあい好きで読んでて、とてもおもしろいなと思うんです。歌の世界でも、『新古今』がこうであったとか何とかいいながら、ちょっとそういうものとは違う。だから順直に読むと、何のこと言ってるのか全然意味がとれませんね。こちらで勝手に解釈しているだけです。そういうのは増えてきてますね。若い人が、それをまたとてもおもしろがってまねしたり、そこで新味を出したりしていますから。

吉本　それは歌の問題としては、やっぱり不安定感になるわけでしょうか。

岡井　不安定感だと思います。その不安定感を表わしているというと、解釈としてはちょっと合理的すぎるかもしれませんけれども。

―写生という「誤解」―

吉本　岡井さんの『歳月の贈物』は、前の歌よりも、安定感と、感性の組織化が増えたように思うんですけれども、それは意図的なものでしょうかね。

岡井　あの「あとがき」はわりあい正直でして、本当に今度のは意図的でありません。やや居直りがすぎたんじゃないかと思うぐらいです。別にひとのために歌ってきたつもりはないけれども、自分で満足しなければというか、だれが何と言おうと、僕はこれで行くんだという気持が、再び作り始めてからは非常に強くありましてね。それがいいほうへ出るときはいいほうへ出ますし、悪いときは悪いほうへ出るという形じゃないかと、自分では思いますね。だから旅行なんかいたしましても、昔でしたらいろいろ工夫するわけですけれども、このごろはわりと素直に、手帳持って、デッサンや素描みたいなのをやっといて、あとでそれを根城にして作ったりしますからね。だから意図的というのは全然違うと思います。

吉本　僕は好きなのが幾つかあるんですけれども、「うたた寝ののちおそき湯に居たりけり股間に遊ぶかぎりなき黒」。僕はものすごく好きですけれども、これは若いときの岡井さんにはなかったんじゃないかな。エロチックな歌はあるわけなんですけれども、そうじゃなくて、生活感の組織化というのかな。おかしな言い方だけれども、ものすごく浸透された組織化ができているみたいに思うんです。そういう歌を幾つかあげてきたんですけれども、「やくざ雲夕雲さはれ新任の任地さびしき蜂須賀小六」、これもそうなんですね。いまあげた二つの歌だけとってきたって、その中にはこれは、生理的年齢がある成熟を示さなければできないだろうということと、また生理的な年齢に従順であるということだけならば、どうもこういうふうにはいかないだろうなと思うんです。そうすると、どこかで、生理的な年齢に対する意識的な姿勢とか、抵抗の仕方みたいな、爪のかけ方と言いましょうか。その均衡が非常にうまくとれている。しかし、その関心のところを理解できなければ、僕みたいに読まないかもしれない。たとえば若い年代の人はそう読まないかもしれないなという気も、一方ではしますけれどもね。でも僕は、生理的な年齢という問題がなければ、どうしようもないだろうなという気がします。またそれに対する一種の意識的な姿勢がなければ、やはり岡井さんも、茂吉のように老いるかもしれないという感じがするんですけれども(笑)。何かそこが非常に難しいところなんだけど、この問題は相当重要だなという感じはあるんです。

岡井 そうですね。

吉本 何かそこの問題に対して、岡井さんの『歳月の贈物』は、一つの解答をしているように思うんです。その前の年代の人は、その問題に解答してないか、無意識なようですけれども、岡井さんの場合は、相当意識的なんじゃないかな。その問題が、『歳月の贈物』に象徴される、岡井さんの現在の作品形成をどう評価するかという時、一番の核心のような気がします。たとえば若い佐佐木幸綱さんなんていうのは、働き盛りだから働き盛りのように作っているなという感じで、生理的自然みたいなものにはぶつかっていないけど、岡井さんの場合は、ぶつかって一つの解答をしている。この解答の仕方は、あまり前の世代では意識的じゃない。もちろん突っ張っている人もいますし、突っ張ってない人もいるという感じですけれども、これは岡井さんの場合、相当意識的なんじゃないかな。

岡井 もしぶつかっていたとすると、一九七〇年に、東京からどっかへ行っちゃったときに表現の上じゃなくて、生活の上でぶつかっていた問題がたぶんあって、そこで自分が、そのあとクシャクシャいろんなことをやったり沈黙したり、またやり出したり、コースをジグザグにとりながら、やっていたのが、ある面で歌集の中に反映しているのかもしれないという感じがします。だからそれは、自分ではとても説明しにくいわけだけれども、たぶん吉本さんが言ってるような面は、現在の僕の私生活を含めての生活意識そのものが、そういった自分の何かに抗わざるを得ないところにあるものですから、それがあるいは反映しているのかもしれません。それが一つ。
それから、若い世代、三十代でも二十代でも四十代でもいいんですけれども、自分よりもあとから、自分の見てないようなところから出てきて、若い文化的雰囲気を身につけたような連中がやっていることが、とてもおもしろくて、それじゃ一緒に競争しようじゃないの、という感じがありますね。それが突っ張っているという意味とも違っていて、こういう面ならまだやれるよという感じがありまして、そういうのは、生理的な運動としてはとてもいいんじゃないかと思うんです。それをやらない世代がありますよね。全然若い世代については一言も言わない。ああいうのは本当はいけないんじゃないか。同じ五尺何寸の人間なものですから、世代がどんどん変わっていきましても、ずいぶん共通な面がありますね。ですから、しゃべっているうちに、結局同じようなことを言ってることがよくあって、年齢忘れちゃうこともあるわけです。だから、恐れずに若い人、たとえば僕らを若いと見るんだったら、僕らと論争でも何でもやってもいいし、一緒に遊んでもいいと思うんです。そのへんのところも大事なんじゃないかという感じがするんです。

吉本 なるほどね。

岡井 吉本さんは『源実朝』や『初期歌謡論』なんかで近代の正岡子規以来の、特に「あららぎ」系の短歌が、万葉あるいは古歌謡をすごい誤解しちゃったままいろんな歌作っているところがあるということをおっしゃってますね。たとえば長塚節の「馬追《うまおい》蟲の髭もそよろに来る秋はまなこを閉じて想ひ見るべし」というような歌を引きになって、こういう一種の袋小路までついにきちゃったと書いておられるんですけれども、あの問題は、正岡子規が短歌という形式を、ずいぶんおかしな部分を含みながら復活させて、それから俳句でもそうですけれども、たとえば「鶏頭の十四五本もありぬべし」とか、「藤の花ぶさみじかければたたみの上にとどかざりけり」というような、病床に伏して目で見る視覚的な内容を、ああいう形にまとめたという、非常に特殊な状況から、俳句革新とか和歌革新の究極的な作品が出てきていると思うんですけれども、ああいったものを、自分の境遇に引きつけて『万葉』も同じだったんだという形で、近代のリアリズムといいますか、吉本さんのおっしゃっていた意味から言うと、たとえば、「事実」にぶつかっていって、それを短歌とか俳句の中へ繰り込んでいくということから始まっていままで何十年もきちゃった。そういう一つの歴史があると思うんですけれども、そのへんまでを全部連ねて、吉本さんはああいうふうにおっしゃっているのか、それとも、一種の古歌謡、あるいは実朝なら実朝という中世の歌人の作品レベルというか、その問題に局限しておっしゃっているのか、その点はどうなんですか。

吉本　初期の「アララギ」つまり子規とか、長塚節とか、伊藤左千夫とか、赤彦とかに漠然と感じたことは、その描写の精密さに比べて、喚起される内容が非常に貧しいということです。それがなぜなんだろうかなというのがよくわからなくて、古い歌の自然描写を見ていくと、ことばでは粗雑な大まかな自然描写にすぎないのに、こっちに喚起されてくる内容は非常に強烈で大きい。それはやはり近代で、写生ということを間違えたんじゃないか、『万葉』なら『万葉』の自然描写を間違えたんじゃないかな。なぜそれじゃ古歌で、大まかな自然描写が、喚起する内容は大きくて鮮明で、ある一つの意味内容を訴えるのかと考えたら、それはたぶん、韻律とか、調べだけで喚起するものが、もう本来的にそこでは付随しているということがあって、それを抜きにして、描写の細密さを追ったんじゃないかということが一つ。それから、近世の歌が「新古今」的であり、しかも『新古今』よりも平板なものになっちゃっているということに対するアンチテーゼから、一種の印象派じゃないけれども、戸外の光線で静物画を描けば、それはものすごく新鮮な歌になるということが子規なんかにあって、結局非常に緻密な自然描写になっていった。それはたぶん、ことばの調べということと関連するわけでしょうけれども、一種の叙述性を殺すのがリアリズムなんだと考えたところが、問題なんじゃないか。つまり、写生という観念が決定的な誤解なんじゃないかというのが、僕の考え方なんです。

岡井　なるほど。

吉本　それじゃ「アララギ」の正反対と考えて、折口信夫の歌はどうか。緻密な自然描写があるわけじゃないし、それほど歌を作る執念があるとは思えないけれども、しかし一種の調べ、韻律の叙述性みたいなものをものすごく喚起させるようにことばを使っていて、歌がまた別の問題として出てきちゃう。本来ならば子規が、それを初めから同時に持ってなくちゃならなかったものを、それが他の人の役割になってしまったということがある。それは折口信夫がそうであるし、斎藤史がそうであるし、前川佐美雄がそうである。そちらのほうに、一種のことばの叙述性を持っていかれるようになったというのは、そういうことなんじゃないかなというのが一つあるんです。もう一つは、土屋文明のあとに近藤芳美がそうであり、岡井さんがそうであり、これは塚本邦雄さんだってそうだと思うんですけれども、ことばの叙述性の復元に、一種の精力をかけるということをどうしてしなければならなくなっちゃったのか。ある意味では、それをしたために、レンガを積んで行くような、自然描写の緻密性は犠牲にしなきゃならなかったのかもしれない。どうしてそうなっちゃったのか。やはり最初の写生という概念、自然描写という概念の中で、ことばの、あるいは韻律の喚起する叙述性みたいなものが、古歌が自然に備えていた叙述性が、どういう形で近代の中でよみがえるべきなのかということは考慮の外において、描写の緻密性だけを追って行ったことが、近代の短歌の分裂の根本だったんじゃないか。そこに最初の誤解があったんじゃないかというのが、僕が持っている大よその鳥瞰図なんです。

岡井　それは子規の個性ということもあるけれども、当時の文学的環境とか、明治という時代の持っていた、時代の要請が引き起こしたものですか。

—詩と短歌の土台の相違—

吉本　僕、こう思うんです。たとえば子規に接続するようなところで、橘曙覧とか良寛という、わりに近世後期の歌人を見るでしょう。そうすると、日常生活の描写では、ほとんど子規がやっていたような意味合いのきわめて平明な、リアルな、そう言っていいんなら、かなり近代性を持った短歌を作っているように思うんですよ。子規は、曙覧とか良寛からかなり影響も受けただろうし、また勘定に入れていたようにも思うんですけれども、良寛とか曙覧の場合は、日常生活のすみずみを非常にリアルに、平明に描写したものを静物画にしたと思うんです。もっと生活感性の問題だったら、子規と同じくらい平明な歌は、曙覧にも、良寛にもあって、それは非常にうまくできていると思うんですけれどもね。子規が新しくそれに対して、万葉の自然詠みたいなものを考慮に入れた上で、それを変えて行った。問題は、良寛や曙覧がやったような、生活感性の平明な描写。それを、生活感性というだけじゃなくて、自然そのものの、非常に平明で緻密な静物画的な描写をかなり意識的にやろうとして、そこに子規における『万葉』の消化の仕方が入ってきたんじゃないか。だからそこに、与謝野晶子みたいなものがすぐに、アンチテーゼみたいな感じで、短歌的な、あるいは自然描写的な修練なんか何もしないで、近代の一種の生活感性みたいなものでただ押しまくっているみたいな歌が、一方でできちゃう。それはたぶん、子規がことばの調べが持っている叙述性をあまりにあっさり排除しちゃって、万葉なら万葉の受け入れ方をして一種の静物画を作って行った。そこのところにまっ先に問題があるんじゃないかなという感じなんです。それは子規ばかりじゃなくて、長塚節の場合も赤彦の場合でも、ある意味でそうだと思う。伊藤左千夫には、ちょっと逆な面もあって……。

岡井　ありますね。

吉本　これは『古事記』なんかでも、自然描写の歌を本文と関連づけて読むと、謡歌《わざうた》みたいに暗号として使われている。一見、自然描写の歌だけれども、本文と関連させると、本当は何々という政治事件の諷刺の喩になっている歌がありますね。そのことは、自然描写をそういう意味合いでも古歌では詠んでいたということを意味するでしょうけれども、それを抜きにして自然に考えても、子規が考えた写生の概念は、本質的に誤解だったんじゃないか。それからもう一つ、自分の問題に引き寄せて言うと、五七五七七で、内容的に言ったら、どんなに突っ張ったってそんなにたくさんのことを言えるわけがないですよ。それにもかかわらず、こちらの受け取り方、感受性いかんによっては、大変な内容のことを相当きちっと言えているというふうに、どうして受け取れるのかということは、依然として僕は、いまでも不可思議でしょうがないんです。つまり感受性と読み方いかんによっては、歌い方いかんによっては、相当複雑な内容のことがこっちにやってくる。その問題に対して、子規や長塚節の静物画的な自然描写に、その要素が能う限り少なくて、あ、これ、ちゃんと描写してあるとおりじゃないの？　というふうに見えるということなんですね。そのことがまたおかしいじゃないかということが、僕の根本モチーフになっちゃうわけですけれどもね。

岡井　それは本当に大問題だと思うけれども、大方の歌人はそのことに気がついてないものですから、その点はなはだ工合が悪いんです。歴史というのは致し方のない、変なものを残すものかもしれないけれども、大正期を通じて、吉本さんがおっしゃった、ある誤解の上に成り立ったと思われるようなエコールが、わりあい大衆化といいますか、ある種の日本人の気持ちをつかんじゃって、そのパターンでなら俺も歌えるというような形で増えてきますね。それから片方で、その取り落とした部分を、「明星」なんかも回復しようと思ったんだと思うけれども、一面から言うと、自然主義みたいな、窪田空穂さんとか、前田夕暮さんとか、いろんな方がおられますね。あるいは若山牧水とか。そういうところで、叙述的とまでは言えないにしても、もう少し平明で、子規が取り落としちゃっているような生活的な感性を歌の中へ持ち込む。それからもう一つは、啄木とか土岐善麿さんなんかもそうだと思うけれども、啄木が、これはまた叙述とはだいぶ違うある部分を拾い込んでますね。そういう形でいろんなエコールがあるんだけれども、結局は、吉本さんのおっしゃる、誤解の上に立った自然詠が一つの主流を占めてしまって、そこからまた、それに対するアンチテーゼが、昭和期になってから出たわけです。だから吉本さんのおっしゃる誤解には違いないんだけれども、僕も自分でわからないときがありますね。実にくだらないなと思うときと、それから、ちょうど細密画のミニチュアのよくできたものを観賞しているような、一種の喜びみたいなもの。実にすみずみまでみごとに、しかも三十一文字でいうわけですから、かなり暗示的な手法でいってるんだと思いますけれども、そういうのが一つありますね。

吉本　ええ、そりゃわかりますよ。

岡井　ただ、吉本さんの先ほどの質問と並べて、僕もかねてから思っているのは、たとえば吉本さんが引いているような清水哲男さんの詩「スピーチ・バルーン」。詩人が自分の故郷に何年ぶりかで帰ってくるらしい。これは清水哲男さんに関する、新しい情報で、へエ、おもしろいなと思う。チャーリー・ブラウンがセンターフライを追いながら後退するとか、何とかいうおばあちゃんとか、一々新しい情報がこちらの好奇心もある程度刺激しながら言語が出てくるんですけれども、たとえば長塚節にはそんなもの何もない。「馬追蟲の髭もそよろに」秋がこようとこまいと、そんなことはちっとも新しいことじゃないじゃないか。長塚節さんが気張らなくたってごくあたりまえに、秋はくるわけで、何も内容的に新しいことといってない。あるいは「白銀《しろがね》の鍼《はり》打つごとききりぎりす幾夜《いくよ》はへなば涼しからむ」という歌がありますと、暑い最中で、キリギリスの声を聞いている。もうそれはほんとにばかみたいなことですが、それをある韻律の上に乗っけていわれちゃうと、ある年の夏の自分の感情が喚起されるし、そのとき長塚節という病人が、喉頭結核か何かで九大病院で寝てて、夏が苦しいなと思っててということが、全部ひっくるめて思い出されてきますね。そうすると、必ずしも、全く貧しいとはいえないような、長塚節という人間のドラマが共感されてくる。つまり新しい情報は全然ないこんなあたりまえなことをいいくるめただけのことで、なぜ、ある表現とか歌とかいうことをいえるようなものになるのか、僕わからないですね。どうしてなんだろう。僕らは、他の文芸作品に接するときは違う態度で接するのに、歌の場合は、あるいは俳句もそうかもしれないけれども、そういうのがありますね。

吉本　僕はこんな気がするんです。詩というのは現在なら現在という非常に狭い幅の時間だけをとってくると、表現することは全部ひとりでに新しくなるということ。それから、ひとりでに、その狭い時間の現在という幅の中で生きてしまうということが、現代詩とか近代詩とかいわれているものでは、可能なんだと思うんですよ。ところが、短歌でも俳句でも、だれでもがそれを歌えて、現在という時間の幅の中で新しい感情を表現し、新しい文芸の形になっているんだというふうにいかない。つまり短歌なら短歌の場合には、形式というのは加担してくれないんじゃないか。だから歌人というのは、歌を作る場合には、現在という小さな時間の幅でいえば、場を作ることから形を作ることまでつまり、一から十まで全部自分であくまでも単独でやる以外にない。それ以外のものは何も加担してくれない。そこに、現在という幅の中で歌人の置かれている苦しさと強さがあるように思うんです。詩人はそうじゃなくて、自分が一から十まで始めなくても、六ぐらいから始めても、現在という時間、あるいは時代が十にしてくれる面が、必ずあると思うんです。現在という幅を持ってくれれば、六くらいまでは環境がしつらえてくれていて、あと四やれば、それは十になる。韻律の面から、定型という面から言えば、それは歴史的に、日本語である限り詩歌の発生以来の根源が全部加担してくれている。ただしかし、本当に始めるには、一から十まで全部自分で始める以外にない。詩の場合には、様式はちっとも加担してくれてない。様式というより、リズムが加担してくれないと言ったらいいのでしょうか。しかし六までは、現在ということがもう土台を作ってくれている。あと四やれば十になるんだ。そういう利点と弱点があって、歌の場合にもそういう矛盾があって、その矛盾が何かにさせちゃうんじゃないかという気がするんです。

岡井　そうするとそれは、歴史的な一つの性質みたいなものであって、理由づけとかそういうことは別にして、現代の歌人とか現代の詩人が書かれているものを吉本さんがごらんになっていて、そういうふうに感じられるわけですね。

―戦後詩の顕著な特徴―

吉本　僕はそう感じられるんです。現在、歌人のほうがはるかにきついと思う。詩人はそうじゃない。だれか、無人称が六くらいまではやってくれている。それに乗っかって四をやればできるという問題じゃないかと思う。だからそこの問題は、利点であるとともに脆弱さでもあると思うんです。なぜならば、フォルムはちっとも加担してくれないですから、いつどうなるかわからないし、現在という幅をとるから持つけれども、ちょっと長い時間をとったらどうなるかわからないという問題に、絶えずさらされているんです。その点、岡井さんもそうですけれども、現在の歌人の歌を見ていると、そこはきついよなという感じと、定型ということが、ひとりでに、一種の永続性を保障しているというか、保障されているなという感じと、僕は両方受けますけれどもね。だから、詩の場合は、いつでも不安定な気がします。つまり、あす古びちゃうかもしれないし、あす壊れちゃうかもしれないということは絶えずありますし、評価自体にしても、非常に長い時間をとって、これは持続性があるとか、これはないという評価を下すのは、非常に難しいように思うんです。だから僕の漠然と感じていることは、詩の表現自体は、たとえば戦後の詩は非常に進歩して微細にもなって、たくさんのことができるようになっていますけれども、たとえると立原道造とか、中原中也に匹敵する永続性を持っている詩人は、たぶんいま生きていないんじゃないかなという気がするんです。立原とか中原の詩は、内容的に言っても単純ですし、読めばどうということないということになりますから、なかなか評価がしにくいんだけれども、十年なり二十年なり経ったのちに、中原とか立原に匹敵する詩人は生きていなかったということになるのではないかというのが、僕の漠然とした感じなんです。その意味合いで、短歌という場合には、すでにその歳月をある程度保障されているんじゃないかなというのが、僕の印象でしてね。

岡井　歌を作っている人間の側からすると、その一から十までという感じが、非常に形而下的な話として、たとえば仲間を作らなければいけないとか、結社に入らなければいけないとか、ある年齢になると、そろそろ自分で結社を主催しなければいけないとか、そういったことまで含めてのお話だとすれば、ある程度わかるんです。ただ先ほどからおっしゃっているようなことで、表現の歴史、短歌の歴史なら短歌の歴史でも、詩の歴史でもそうなんですけれども、戦後になって、非常にこまかいことができる、こういう修辞上の発見があるとか、こういう新手法が編み出されるとか、いろいろありますね。外国の詩の影響を受けながらやったり、古典から持ってきたり、そういう細分化というか、ちょうど科学がやっているような、方法論の包容化ということがありますね。ああいった形のことは、僕らはもう歴史として、かなり代表的なものしか読んでないものだから、目につらないだけのことで、明治時代にもあり、大正にもあり、昭和戦前にもあり、そして現代にもあるという形できたんでしょうか。それとも、戦後特にまたそれがめざましいという感じですか。

吉本　僕は、そういう言い方をすれば、戦後特にめざましいんじゃないかという気がするんです。若い詩人ならば、もちろん戦後になってから自己形成をしてますから、戦後の初めの詩なんかは別に自分は読んでいないし、影響も受けていないという、主観的な感じ方はあり得るんでしょうけれども、たぶんそれは、本当はそうじゃないんであって、たとえば戦後の当初に生み出された表現様式とか、方法とか、多様性というのは、無意識のうちに、土台としては、もう踏まえちゃっているんじゃないかなと思うんです。短歌の場合には、それを一から十まで、たとえば戦後詩というふうに限定しても、たぶん個々の一から十まで全部やっているような気がします。

岡井　わかりました。そうだと思いますね。本当に、系統発生を個体発生でもう一回やり直すようなところがありますね。短歌の場合は歴史的なものだから、ある一つの理解というか、解釈の仕方ができると思うんですけれども、たとえば、新体詩の発生のころから現代詩が生まれるころまでは、わりあい長い詩も、フォルムを定型みたいな形で持とうとしてましたね。あるいは五七調を基盤に、いろんないじり方をして、いまでも多少、五七調を逆用する人はいっぱいいるわけだけれども、ああいう一つの型を、短歌とは違う、もちろん俳句とも違う、あるいは無限に続くかもしれないような、ある一つの型とか、そういうものを現代詩が絶えず探り当てようとしているのか。全然そういうこととは関係のないアモルフのところで今後も動いていくのか、そのへんはどうお考えになりますか。

吉本　むしろヨーロッパの詩の作り方があって、それを翻案ないし翻訳する場合に、ヨーロッパ的な意味の音とか韻を踏むことができないということ。しかし内容的には、ヨーロッパの詩というのは一種のお手本としてあって、これと等しいことが、詩で作られなくちゃならないはずだという要請が当初にあった。多少近世からの長歌の伝統みたいなところで、それを翻訳あるいは翻案しようとした試みは、すぐに自由詩といいましょうか、散文詩的な詩のほうにいっちゃった。それはたぶん、ヨーロッパの詩の内容の要請のほうからきているんじゃないか。それで、ますますそういう方向に行っちゃうんじゃないかなという感じがするんです。ただ、そこがまた韻律の問題みたいなことになってきて、もし詩が当初に、もっと違うことができたかもしれないなということがあるとすれば、日本の長歌の伝統とか、もっと長歌を崩したような俗語の伝統とか、そういうところから、五七調あるいは七五調のバリエーションを、明治三十年代に様々な試みがなされたところで、その問題はたぶん、永久に捨てられたんだろうなという気がするんです。これから音数律が、何らかの意味で現代の詩で復活することはないんだろうなと思うんです。ただ、そういう音数律みたいなことだけで言うべきでなくて、表現に対してどういう位置をとってるかということも、そのとき問題にすべきだったんじゃないか。つまり、五七調あるいは七五調にバリエーションをつけて、様々な試みをやった時代に、どういう位置から表現をやるのかということについては、もう少し考えるべきだったんじゃないかなという気がするんです。

一音数律復活の可能性一

岡井 なるほど。

吉本 というのは、短歌だって長歌だって同じことになるんでしょうけれども、一種の問答歌みたいな、あるいは応答歌みたいなところから日本の歌が出てきた場合に、それが一人の作者によって作られたとき作る者と作られるものとの間にどういう位置の変化があったのかという問題が、一つあったと思うんです。それでいきますと、どうも僕は、五七五七五七と長く続いていって、七七で止める長歌の発展の仕方が、ちょっと違うような気がしてしょうがないんです。表現されたものに対する表現する者のかかわり方、場所というものは、もっと多様なものだったんじゃないかなという気がするんです。その問題があっさり音数律だけの問題になって新体詩の中に入り込んで、新体詩の中で今度、五七あるいは七五は単調だからということで、四三になったり三三になったりという試みが、音数のところだけでなされるんですけれども、それはたぶん、そのときに表現者の位置についても、様々なバリエーションがなされるべきだったんじゃないのかな。そのことは一つ、詩のリズムを考える場合に問題になるけれども、そのことを除いては、音数律みたいな意味合いで、現代詩がリズムを持っていくことはたぶんないんじゃないかという気が、僕はしますけれどもね。

岡井 あれは、明治時代を全部おおい尽くして、ずいぶんいろんなことをやったわけですね。

吉本 そう思いますね。

岡井 そういう言い方は酷かもしれないけれども、本当はもうちょっと別の人がやるべきだったのを、間違った人がやったのかもしれない。

吉本 そう思いますね。

岡井 本当にやるべき人は、もうそっぽ向いちゃったところがあるかもしれないし、漢詩なんか作っていたのかもしれないし、何かそのところが微妙ですね。

吉本 そうですね。だから鷗外なんかでもそうでしょうね。もっと本当はいろんなことを詩の上でやっていいはずなのに、存外それは、山田美妙みたいな人に委ねられてしまったし、散文化も、相馬御風みたいな人に委ねられてしまったということがありますね。もっとたくさんの可能性はあったんじゃないかなと思いますけれども、ちょっとそこは違うように行ったなという感じがしますね。だけど、僕自身の問題意識によせれば、日本語の韻律とか音数律、つまり七と五になっちゃう音数律も含めてですけれども、そのことはよくわからないように思いますね。依然として、そこをうまく言えたらなという願望はありますけれども、そううまく言えないような気がします。

(初出「週刊読書人」、昭和53年11月6・13日号より再録)

夏、男は鉄輪を破壊しに行く

辺見じゅん——岡井隆インタビュー

破壊の裡に恍惚となる——ランボー

——桜は何度も好きになったり嫌いになったりでね。僕の今住んでいる処は元陸軍病院で軍隊の敷地だった。桜は陸軍の象徴ですから沢山あったが、今はほとんどありませんね。数本のこっているだけだ。有名なのに谷崎潤一郎の『細雪』がある。あの中で、この頃は桜の花が好きになったって女が言うでしょう。四十になる少し前だったか、ちょっと好きになったオレも年かなって思ったけど、この頃は好きでも嫌いでもない。無関心というか花よりも木全体の方がいいという感じがしてね。

　今の家族が松本出身なもんですから、信州の伊那谷へはよく車で行くんですよ。伊那谷の高遠は桜が有名で城跡もいいらしいがいっぺんも観たことない。あまりにも知られすぎてるし、桜は時期の難しい花だから……。

　生まれた所ですか。名古屋で高等学校を出るまでいました。子供の頃の遊びといえば、ちゃんばらごっこか軍艦遊びでね、帽子のひさしを横に向けると巡洋艦、前へ向けると戦艦、後ろだと駆逐艦といって三つどもえって奴で追いかけごっこをする。戦艦は巡洋艇より強くて、巡洋艇は駆逐艦より強いとかね、敵と味方に別れて上手く逃げればいい。捕まると捕虜になる。僕はこれが苦手ですぐ捕まってしまうほうだった。名古屋には小さな巡洋艦が来ていたから、どこからか流れてきた遊びなんでしょうね。

　遊びといえば、僕の青年時代は工場の動員で飛行機の機関を作ったり、まったく遊ぶどころではない。ふしぎなのは空襲の記録は沢山あるのに、工場へ行った連中のがない。あれはどうしてなのかな。

　兵隊検査は二十だったが、当時はさがって来て十七歳になった。あと数カ月戦争が続いていたら危くてね、予備考査を受ける筈だった。僕の通っていた中学校は陸士海兵が多くて、そういうところを志願しないと非国民扱いされる。おまえはまだ受けないのかって。親父はこれには反対で、おまえを軍人にして殺すつもりはないと言った。終戦のときは十七歳だった。

その日、私たちは（「短歌」秋山実編集長と斎藤カメラマン）、豊橋の駅前ホテルのロビーで岡井隆を待っていた。梅雨が途中下車したような、むし暑い六月の夜である。

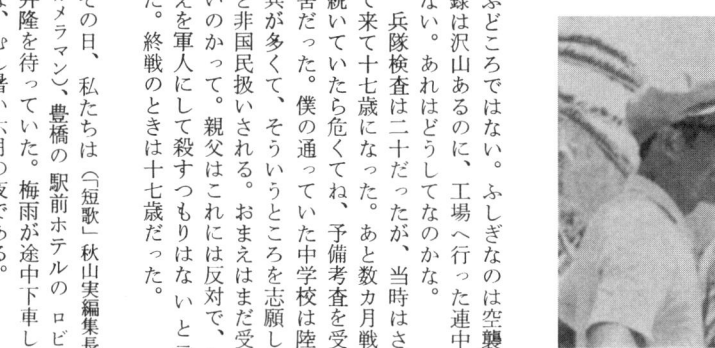

同行の斎藤カメラマンは、ずっと昔、岡井隆を「短歌」の口絵写真で撮ったことがあると呟いた。北里研究所附属病院にいた頃である。覚えていてくれるだろうかと言った。

フロントで東京への電話をかけていると、

――十九年ぶりですね。僕がちょうど三十歳、

あなたも若かったが、僕も若かった。

明るい笑い声が聞こえた。これが岡井隆と私との初めての出会いだった。

私たちは、豊橋の夜の街へと出て行った。

――歌を作り始めたのですか。終戦の年の秋頃からです。翌年の昭和二十一年、「アララギ」に入会した。父親は斎藤茂吉、オフクロが土屋文明の弟子でした。両親とも田舎歌人でね、多少、歌の話をする程度かな。その頃、僕は高校生で後継ぎにしようと思っていたから歌の指導はその中の一端に過ぎない訳でね、近藤芳美さんのところへ行って「未来」を作るまでは自分の将来を歌人になろうとなんて思ってもみなかった。

「未来」創刊は昭和二十六年だった。みんな「アララギ」の会員で、河野洋平と違って党を割らないで新自由クラブを作った。青年将校、やれるならやってごらんというのが初めのうちの雰囲気でね。段々「アララギ」離れをしたので厳しい線がでて来た。その頃から乳離れした。今でも親父が取っているので雑誌は見ますよ。「アララギ」は終っちゃった雑誌、昭和三十年を境に、「アララギ」文学運動は終っちゃったんじゃないですか。

大体ね、僕は前衛歌人と呼ばれることにも反抗していた。それがある時期から観念して、ん、昭和三十五年以降からでしょうね。この頃では、私は前衛歌人でございます。歌というものを新しいものとして捉えていくのが自分の使命でございますという風に割りきれて来た。いきなりでなく、奴は前衛だよといわれてくると渾名も正式の名になってね。

たとえば、入沢康夫って詩人がいるでしょう。彼は面白い詩をわざと書かない。捻った入り組んだ難しい詩を書いている。彼は、散文でもない詩でもないという境界に佇って、詩とは何かということを絶えずみつめる実験的な詩を書きたい、それが現代に生きている自分自身の使命だと言っている。僕はそういう点で入沢康夫の詩に共鳴する。僕もね、短歌とは何かって絶えず思い悩んで、殆んどは試行錯誤となるわけだけど、それを覚悟でやる。つまり、僕らはメーカーを作ってはいけない、常に発注されたものを作ってはいけない。ここ一、二年位で覚悟がきまった。その意味で前衛歌人といわれてもいっこうかまわないし、自分でも私は前衛歌人ですといえる。ひらきなおっているわけではない。

土俗ですか。時代に対するアプローチが僕の問題意識とは違うところがある。

僕は、柳田さんは民俗学というものをモダニスティックな目で見ていたと思う。折口さんだって、西欧のいろんなものを読んでいる。そういうところを全部消して土俗的なものだけに焦点を与えるのは間違っている。僕なんか面白いと思うのは、柳田さんは火をつけて結論はいわない。この中で考えなさいという処がある。折口さんはズバっといって、そこから始まる。飛躍がある。

二人は大変なライバルだったと思うんだな。

――あなたのライバルは？

――……(沈黙)ライバルは……永遠にライバルとして乗り越えられなかったのは……塚本(邦雄)さんじゃないでしょうか。僕は素質からいってもまるっきり塚本さんとは違う。一番気にしているのは塚本さんで、あの人の仕事を見ていると、これはがんばらねばいかんなと思う。

年ですか。塚本さんは六つ上、吉本隆明さんは四つ上。塚本さんには六年余裕がある、吉本さんには四年の余裕があると思ってるんだ。ちょっと追いつきがたいところがあるな、あの二人には。

九州にいたときですか。歌人には一人も会いませんでした。塚本さんとは福岡へ行ってから文通がありまして、大阪で学会があったとき、一度訪ねています。

——オクサンは歌人？

——歌とは関係ないです。歌を殆んど読むこともありません。ありがたいことに。今度雑誌に写真が出るらしいよといってもふんといってるだけ。感動もしないわけで、教科書に僕の歌が載ってるらしいよといっても、ふんでもなくへえです。気が楽でありがたいですよ。僕は配偶者というのは、書いたものは読まないほうがいいんじゃないかという気がしますね。究極的にはその方がのびのびと書けるのではないか。男が他の女の人に対して関心を抱かないというのは嘘でしてね、まあ、そういうことだけでなく、ものを創るというのは内面的なものを出すわけでしょう。他人には喋べりたくないことが出る。それを覗かれるというのは嫌ですよ。表面はニコニコ、こんな素敵な生活はないという顔をしとっても、誰だって心の裡には淋しさもあれば苦さもある。そういうものが歌や文章になる。家庭生活とか家族生活というのは非常にフィクシャスなもので、作りあげていくものだと思うんですね。

マイホームって言葉がありますね。今の言葉でいえば、僕らの世代はアンチ・マイホームが正しいんだという、そういうところで出発をしたわけですよ。家庭というものは先天的にあるのではなくその前にもっと真剣なものがなくちゃならんのだと、そういうものが破れたらごはさんにすべきなのだと考える傾向があった。

男女関係というのは、純粋に感情的なものであって制度的なものではないと思っていた。僕は、結婚式というのは今だに嫌いなんだけど、自分自身はやりましたけど、非常に嫌だと思っている。そういう制度的なものに反抗して実質的なものがなければ駄目なんだと思っていた。ところが、こうした考え方はおよそ現代離れをしているわけで、どっちかというと、これは戦後の一時の民主主義にかぶれた考え方であるらしい。それこそ吉本隆明さんじゃないけど対幻想というのがあるんだな。男と女の繋がりというより、そこに子供が出来るとか、家庭が出来るとか、そういう〈場〉という考え方が出来てマイホームになる。〈場〉を一度作るとのっぴきならないというか、それを守るという考え方で来ている。ところが僕らは、それは間違っている。良くないのだというか、そこから出発したものだから今に至るまでごたごたしている。だけど、今だに僕の考え方が間違っているのかどうか納得いかんのですよ。

私は、岡井隆の話を聞きながら時代の青春という言葉を考えていた。昭和三年に生まれた岡井隆は、幼年から青年への一つ一つの区切りに対して、いくつもの戦乱を見てきた。満州事変、第二次大戦、敗戦、中国革命ら外の事変に無関係では生きられない世代だったのではあるまいか。

岡井の歌集論『海への手紙』の中に、〈わたしの八月十五日〉という小品がある。〈未来というものを、どうにも思い描けない状態から——つまり〈永遠〉から、この現世の〈時間〉の中へ、一瞬にして、なげかえされた。とたんに、まわりが、ざわめき、むれかえり、人間らしくなっていった〉と書いていた。

その日、十七歳だった岡井隆は、学徒動員で住み込んでいた愛知県刈屋の製鉄工場のバラックの一室にいた。米軍の一隊が伊良湖岬から粛々たる行軍を名古屋へ向けて進んでい

るという流言におびえながら、
〽アメリカみたいなヤッコラヤノヤ、
　消耗野郎はノウ、稚児サ
　豚に喰われて、死ねばよい、死ねばよい
と、狂ったように歌っていたりした。
　その夜にかぎり、工場の朝鮮人徴用工の一群が何故、歓呼の声をあげて集っていたのか、それさえ判っていなかった。
『海への手紙』は、一九五一年から一九六一年にかけての作品集である。二十代から三十代への時代の旋律と軌跡が吐息のように聴こえてくる。
　その中で私にとって鮮烈だったのは、〈茂吉のいる風景〉と〈相良宏の死〉の一文だった。茂吉が歌人岡井にとっての人生のおり節に如何に顕ち現われて来たかを見せてくれるなら、相良宏の死は青春への写し絵として、うつくしく残酷な木霊を鳴り響かせていた。
　相良宏の歌は、乾いた桃の核である。華麗な地上の夢をはらんだ植物の根源だという一節を思い浮かべるとき、岡井の『鷺卵亭』の一首、

　生きがたき此の生のはてに桃植ゑて死も明《あ》からせむそのはなざかり

を重ねた。


　あの黄泉比良坂を桃を投げて逃げるイザナミイザナギの昔から、桃はエロティズムの核として呪術的な光輝を持っていた。そのふくよかな明るさは女体の昏さを秘匿しながら、性と死を誘発させる何かを孕んでいる気がしてならない。

　田井安曇編の岡井の年譜には、昭和二十八年に、福田節子逝去とその墓参が誌されてある。

　岡井隆は、〈相良宏の死〉を書いた十年後、ふたたび〈核について〉として、相良宏を書いた。

〈彼の愛人であり、しかし彼が最後までその人からは愛されていると信じきれなかった故福田節子の死んだあと、相良と俺は、彼女の遺歌集を編んだ。寝たきりの彼にかわって俺は彼女の家へ行ったり、足で出来ることはみんなやった。その頃の彼の歌に、彼にはめずらしく激した嫉妬の歌がある。(略)対象は自他共にみとめるごとく俺だ。俺は知らん顔をしていたが、彼を含めてみんなまちがっていたのである。けれども、戦争もちょうど一昔前になる年の、何十年来という異常な暑気にあたって、さっと散って終うまでの何年か、彼の生活と歌を制圧し貫通していたのが、この一人の女に対する執拗な慕情であったのは、まことである〉


　エロスは罠である。エロスの熾しい高揚は男と女との三角関係にある。腐った果肉のように、その不倫の匂いは蠱惑的だ。

——相良宏は、福田さんが好きだった。僕も福田さんが好きだったけれどストレートに出せない事情があった。自分の気持をどこかで偽って、ドラマタイズさせていた。

　福田さんは醒めた人だった。僕より二つ年上で、何をいっても相手にしてくれない。しっかりやんなって感じで、相良もその手でやられていた。非常に魅力のある人だった。地学科を出て、知的な人だった。

　一時、男には知的な女にひかれる年齢がある。今なら十七、八で卒業できる恋心だが、僕らは遅かった。女の人と自由に口をきける時代じゃなかったから。

　福田節子の死後、岡井は今ひとり別の男の存在を知った。年下の歌人だった。

——僕はね、何か全部がズレてきた感じがするんだ。

　眠られぬ母のためわが誦《よ》む童話母の寝入りし後王子死す
　母の内に暗くひろがる原野ありてそこへ行くときのわれ鉛の兵

岡井の母への歌を見るとき、あの父を殺さ

ねばならなかったエディプス王子へと遡行させる見方がある。果して彼の内深くに、そうした少年王が眠っていたのだろうか。

――母に対してですか。

岡井はしばらくだまった。

――違うと思うな。たとえば、理想の女性像の現実形態として母があったかというと、そうじゃないと思うんですね。むしろ、アンチ・オフクロ的なものをいいと思ってきた。オフクロですか。まるで情緒的な人ですね。僕は親父を尊敬してきたから、オフクロみたいに情緒的に流れるのを拒否してきたと思う。僕は母の三十位の子、きれいだと子供の頃思ったことはある。だけど、好きになる女のひとは似てないみたいですね。

岡井隆が昭和二十年秋の十七歳から四十五年の四十二歳にいたる作品を集積した『岡井隆歌集』を刊行したのは、昭和四十七年である。〈あとがき〉の日付は、昭和四十五年七月二十三日となっている。

岡井はその〈あとがき〉の中で、〈わたしは、本書の出版を長くためらって来たのであるが、或る私的事情を機縁として刊行へ踏み切ったのである〉と述べていた。

岡井隆が北里病院局長の職を棄て、妻子をおいて失踪したのは、実にこの二日後だった。

そして二年後の同じ七月、「週刊朝日」は〈岡井隆のもうひとつの人生〉として、蒸発の前衛歌人の発見と消息を伝えている。

中井英夫はその記事を見ていささか鼻白む思いがしたと書いた。（「海」昭和48年）中井英夫は、岡井の失踪時からひそかに一冊のノートを用意していた。同時進行の小説を考えていたのである。関係者の証言を聞き廻り、その秘められた動機を解明し、劇的な発見をするという筋であった。蒸発から二年後のあっけない終幕は、中井英夫に探偵役の楽しみを奪ったのだった。

中井英夫は、〈塚本邦雄との出会い、さらには吉本隆明との論争があり、その二つを通じて岡井は、その風手にふさわしい、みごとな〝慓悍の雄〟に変貌した〉と書いている。

岡井の歌に、

冬の日の丘わたり棲む連雀は慓悍の雄いまも率たりや

の一首がある。

現代に慓悍の雄たり得る男が果しているのだろうか。美しい雌がいなくなったように、荒魂の雄の出現不可能なのが現代ではあるまいか。〈性愛〉という言葉さえ喪われていく世にあって、〈慓悍の雄〉はどこかへいってしまったのではないか。

〈失踪〉という言葉は甘い毒のように懐しい。それは、遙かなる時間の闇、幻へと潜く言葉であるからだろう。

私が岡井隆に会いたいと思ったのは、たかが女のために明日を捨てる男が本当にいるのかという思いからだった。

まことそなたを慕ひて
こころは青き魚となる

室生犀星は、自らを青き魚に変身させて女ひとをうたった。晩年の犀星は、自分の娘より若い一人の女を、見事に、完璧に、匿まっていた。

岡井との論争相手であった吉本隆明は、

巣を出なかった女の絶望よ
巣を捨ててしまった男の絶望よ

と、うたう。巣を捨てた彼方に、うつくしい幻が待っていると信じることは、ひとつの比喩なのだろうか。

〈女は俺の成熟する場所だった〉といったのは、小林秀雄だった。

沖縄の波照間島に〈女の鍋〉という話がある。人頭税のきびしかった昔、人々は税のない楽園を求めて、はるか南へと船出した。税の無い南の島をパエパトローと呼んだ。

　船には、先祖の骨壺、家財道具、山羊、豚、鶏も乗せた。波照間島には、生きもの一匹残らなかった。

　そのとき、一人の女が忘れ物をしたと狂ったように叫んだ。女の忘れ物は鍋だった。

　女は島へ戻ったまま、なかなか現れなかった。パエパトローへの船は、女を残して出発した。女がようやく海辺に着いたとき、船は影も見えなかった。たった一人残された女は嘆き苦しみ、鍋で浜の砂をかき散らした。

　税の無いパエパトローを目指して船出した人々は行方を絶った。パエパトローという島もない。島にとり残された女は、男をひろって夫婦になり、今の波照間島の先祖になったという。

　男にとって、南の島には血を駆りたて、さわがす何かがあるのだろうか。

　岡井隆は何故九州に逃げたのかという私の問いに、

　――どうしてだろうか。

と、答えた。

　――飛び出した理由は……これこそ本人にもわからない部分があるんですけど、根本的には恋愛の問題で出て行ったということです。いろんな人が、仕事の問題とか歌の行きづまりとか理由付けをしてくれたけど、むしろそんなことはがまんできることだった。

　――そうしたかたちをとらねば一緒になれなかった？

　――僕の場合、そうでしたね。相手を納得させるなんて出来なかった。僕は女の人には悪いんだけど、死ぬかもしれないと出かけて行った。どっかで医者になって生活しようという気持はなかった。アナーキーな気持で、死ぬ以外にはないと思っていた。

　宮崎への逃避行の二か月目、郵便貯金を手がかりに所在は判明した。岡井をみつけたのは、二つ年下の弟だった。岡井はこの弟を子供のときから僕より秀れていたと回顧する。一浪の兄と同時に慶応に入学、弟は経済、兄は医学部だった。上京しての下宿も同じ部屋だった。

　『茂吉の歌　私記』は、九州宮崎の夏から冬、そして、福岡県の玄海灘沿いの寒村で筆をおさめるまで、岡井隆がこの期間書いた唯一の本である。茂吉の歌の私注をよそおった生活記録だと誌している。

　〈蒸発者とは、つまるところ、どこへ行くのであろうか。人生へ一つの批点を打刻して、そののち人生のどこへ身を沈めるのであろうか。地の島は本土への注釈に外ならぬのではないであろうか〉

　〈昨夜八時ごろ、弟が訪ねて来た。どうしてここがわかった？　なあに、蛇の道はへびさ、といったことで、十一時ごろまで話す〉

　岡井が茂吉を書きはじめたとき、手許には岩波文庫本の『斎藤茂吉歌集』と『赤光』しかなかった。あとは国語辞典が一冊。岡井のあの青春の書ともいうべき『海への手紙』には、生涯に一度、茂吉と出会った日のことが書かれている。そのとき、少年の目に映った茂吉の赤い舌の印象は鮮烈である。岡井隆の部屋で、午睡を終えたばかりの脂肪の削り尽された老人の顔容のなかの赤い舌であった。少年の日、伝説とは異る茂吉の、見てはならぬものを見てしまったその出会いは、いつかは帰るべき原郷として岡井隆を支配したに違いない。

　〈自分の問題に苦しんでいない限り、なに一つ「読め」はしない。茂吉は歌ったり書くことにより、危機を回避したのであるか、それとも悟達して救われたのかという永遠の問いが、私をなやますのである〉と岡井は書いている。

　――あれは晩夏の夜だった。むし暑い夜だったので窓を開けて本を読んでいた。オイって呼ぶ声が聞こえる。なんだって見たら、弟がいた。よくわかったな、そりゃそうさ……まあ、そのときみつかっていなかったら、どうなったろうと思うこともある。

今年（昭和五十二年）の「短歌」六月号に、岡井隆は数年ぶりに作品五十一首を発表した。

歳月はさぶしき乳を頒《わか》てども復《ま》た春は来ぬ花をかかげて

〈歳月〉という一連の作品の前には、詞書があった。〈ざわめく春。ニューファミリイという新語が生れわたしは笑った〉とあるのだ。歌物語を読んでいるようで、この詞書は楽しかった。作品はどこか苦く、それでいて仄明るかった。その中に、林檎の花の町で井伏鱒二の古本を買ったことが書かれていた。

――『丹下氏邸』です。井伏さんの作品はみんな好きだな。二十三、四の頃から何故か好きだった。ああいう見事な日本語を書ける人は稀有になった。太宰治が死んだときの追悼文も素晴しかった。僕は若いとき、『丹下氏邸』から入っていて、川とか谷間とか、ああいうものまで好きだった。

岡井隆は明るい表情でいった。

――宮崎は楽しかった。透明な美しい町だった。別れ際のことばが耳朶に鳴った。

私はヘミングウエイの遺作『移動祝祭日』を思い浮かべた。この本には、一九二〇年代のパリが美しさと悲哀に充ちて描き出されていた。二十二歳から二十七歳まで、彼は第一の妻ハドリーと六年間、このパリで暮らした。サン・ミシェル広場のカフェ、牛乳入りコーヒーを飲みながら、小説を書くヘミングウエイ。安アパートの八階で、本を読み、ベッドへ入って仲良くする。

――あたしたち、ほかの人は絶対に好きにならないのよ。

――そうだよ、絶対に。

ガートルード・スタインやスコット・フィッツジェラルドとその妻ゼルダ、そしてエズラ・パウンドとそのベル・エポックが鮮やかに描き出されていた。〈もし、きみが、幸運にも、青年時代にパリに住んだとすれば、きみが残りの人生をどこで過そうともきみについてまわる。なぜならパリは移動祝祭日だからだ〉

とは、ヘミングウエイがある友人に語った言葉である。

〈これは、私たちがとても貧乏でとても楽しかった昔のパリのことである〉という結びは、彼の青春と共に、パリの青春そのものを映しだしていた。だから、パリとの別れは、第一の妻ハドリーとの別れでもあった。この本を完成して間もなく、ヘミングウエイは自殺した。

岡井隆にとって、あの誰にも会わなかった宮崎での二か月は、その後も、移動祝祭日のように鮮やかに思い出される日々であったろうか。

翌朝早く、私たちはふたたび岡井隆と会った。「短歌」のグラビア撮影の仕事のためだった。

岡井の運転で海を見に行った。赤羽海岸の海に降りていく道には檳榔樹が並んでいた。幹の先に鳥の羽のような葉をつけている。宮崎は檳榔樹の町だったと岡井はいった。

――僕はこの海岸に夜、車を飛ばすのです。鳥が好きでね、宮崎の海辺でもよく鳥を見ていた。二年前、この赤羽海岸に阿呆鳥が打ち上ったことがある。波がどこからか連れてきたのかもしれない。

海岸には、人影はなかった。流木は白い薄い貝を巻きつけていた。

――四十代にも愛はありまして？

私は歌人岡井隆に聞いた。彼は黙って砂浜のうえを歩いて行った。

（「短歌」別冊「『現代短歌のすべて』そしてピープル」昭和53年7月より再録）

II 論考・エッセイ

岡井隆論

慓悍な雄の面魂

上田三四二

1　雄

岡井隆に一匹の雄を見ることからはじめよう。男一匹、という心意気のことはしばらく措く。ここでは、彼の気質における男らしさという、性格の基礎構造が問題なのである。
すると、こんな歌が思い出される。

冬の日の丘わたり棲む連雀《れんじやく》は慓悍の雄《おす》いまも率たりや

「慓悍の雄」のイメージは、作家岡井隆の風貌と無理なく重りあう。連雀だけではない、彼の歌う「とき色の慓悍の蜂」にしても、「傲然と砂丘に拠れる鴉」にしても、また「私服に挑む雄鶏」にしても、これら鳥虫の丈高い姿勢は、作者の共感を得て作品のなかに息づいているのである。

岡井は雄の原理から世界を見る。それが、彼の文学の基本的な下部構造である。オットー・ワイニンゲルは、一人の男のなかに男性的性格Mと、女性的性格Wの配分を見、この配分の比率は、M＋W＝1を満足させながら人毎にその度合を異にすることを発見した。ここから、彼の古典的な性的牽引の法則が生まれる。すなわち、同様に女性の男性的性格をm、女性的性格をwと置くと、m＋w＝1であり、一人の男性と一人の女性との牽引度は、M＋m＝1、従ってまたW＋w＝1となるとき完璧となる。この法則は、のち、アプフェルバッハの定めた性的牽引の三法則の冒頭に置かれたが、岡井の場合、彼のなかのWは無限小に近づき、方程式はほとんどM＝1の形をとるだろう。言ってみれば彼の雄は極大であり、だから、彼の性の理解に混乱のあろう筈はなく、すべては明確に、雄対雌の図式をもって割り切られる。

彼にとって、性が讃むべきものとなるのは当然である。一方に、挑むものとしての雄があり、他方に、挑まれるものとしての雌がある。性の結合にいたるまでの、曲折する情意の葛藤、またその戯れは彼のものではない。性の結合そのものが、直截に、あるいは比喩のかたちをとって詩に導入されるのである。

クワガタの番《つが》いを見いで狂気せし一木も老いぬああ樹液涸れ
一瞬にからみ合い地に帰りゆく夜鷹のそれを見たり息づく
火を産まんためいましがた触れあえる雌雄にて雪のなか遠ざかる
銃身をいだく宿主の死ののちに激しくつるみ合う蛔虫《アスカリス》
たたかいのおわりしあきに熟《う》れいたる精巣あわれ、卵巣あわれ

見られるように、雌雄は多く動物の形を借りている。愛の情意、愛の美学は人間だけのものである。動物はしかし、行為にはじまって、行為に終わる。この行動の高朗さを彼が恃むのは、一つには、「冬の花束」から「二つの世界」にいたる初期の作品のなかで、彼の青春がロマンチシズムに傷ついた、という事情にもよるだろう。しかし一層、それが彼本来の性向であったと言えないか。雄対雌の

セックなひびきは、「雲に雌雄ありや　地平にあい寄りて恥《やさ》しきいろをたたう夕ぐれ」といった自然に仮託した優情を呼ぶこともなくはないが、もう男と女のあいだに纏綿する情念のばら色は、夕べの雲以上に彼をとらえることはない筈である。

　いま試みに、彼が彼方に捨てた「二つの世界」から、愛の歌を二つ拾ってみる。

転び伏し雪のなかから伸ぶる手は歩みよるわが力を待てり
走りくる波に怯《おび》ゆる女身《じょしん》ゆえわが手に撓《しな》うあわき香をして

ロマンチシズムには違いないが、この男性優位の断定的な口吻には、愛の念慮が終わり、愛の念慮の終わったところから、性の初原の立ち返ってくるさまが見てとれる。愛は花弁である。しかし性は花粉である。花粉にとって、花弁は余剰にすぎぬ。この「雄」の出現は、「二つの世界」ののち、一九五五年以後の彼を見舞った強暴な方法の変革をいちはやく予想していたと言えそうである。

　山本成雄は岡井の文体を「剛直な抒情」と呼び、「かれの手にかかると、優美をきわめた七五の魔力さえ、いつかどこかへ潜んでしまう」と言っているが、こういう「斉唱」以後の文体の特色ばかりでなく、彼の好戦的な姿勢も、好戦的な姿勢にささえられた果敢な現実把握も、おとらず彼の「雄」に基礎を置いているのである。

2　鳥獣魚介

　これまでの引用歌が、しきりに動物を歌っていたとしても、それを引用者の恣意によるものとしないでほしい。岡井隆の二つの歌集、『斉唱』でも、『土地よ、痛みを負え』でも、いたるところ鳥獣魚介のざわめきに満ちていて、二つを合わせて「動物誌」とさえ呼びたいほどだ。案に違《たが》わず、岡井自身二つの歌集の百首抄とも言うべき選集に「戦後博物誌」の名を与えている。この、みずから「気ままにつけた」という表題は、それだけに一層彼の作品の傾向を語っていると言えるが、しかし彼の博物の分布は植物に薄く、鉱物はなおのこと少ない。ただ動物だけが、ふんだんにそこにひしめいているのである。

　「ゴキブリの祭り」と題する一章がある。「小さな動物誌」には、白鳥・山羊・いんこ・小綬鶏・蜻蛉その他がいる。「少年行」と「ふるさとの唄」は昆虫少年の手記である。さらに歌集『斉唱』の歌い出し、したがって彼の最初の歌は、

休講となりて来てみるこの草地銀色の蟻今日も草のぼれ
音ひとつ玉虫掌《て》より立ちゆきぬ疎まれながら午後もあるべし

　こういう、小動物によせる素朴な共感である。そのほか、歌集のなかには熊蟬・鬼ヤンマ・地蜂がおり、雲雀・鶉・ヒワがおり、家兎・黄牛・豕《いのこ》から、羆《ひぐま》・単蜂駝までがいる。勿論、河豚や貝の類にも欠けているわけではない。のみならず——いや、ともかくこれら仰山な動物たちは、いまではかつてのように彼の心の友としてあるばかりではなく、また彼の強靱な比喩ともなっているのである。

　ところで、作家の現実把握には、植物的・動物的・鉱物的の三つの型式が見られるだろう。これを芸術史につき合わせてみると、中世は植物的、ルネッサンスとその流れは動物的、そして現代は鉱物的であると言えそうである。——これは東野芳明が「グロッタの画家」のなかで、クルティウスの分類を拡大して設定した図式だが、彼は、中世末期からルネッサンス初期にあらわれたグロテスク芸術、たとえばグリュネヴァルト、ボッシュ、ショーンガウァーなどの

超自然主義《シユウルナチユラリスム》と、二十世紀の超現実主義《シユウルレアリスム》との相異の本質を、この動物区系という世界観の落差のなかに見ようとしている。いまは、現代は鉱物的世界観の時代だということに注意しよう。また現代は中世に近いと言われるが、両者には、植物的と鉱物的という質的差異のあることにも注意しておこう。

こういう状況のなかに岡井の「動物誌」を置いてみると、彼の短歌の質がおのずから明らかになる。動物的世界は、植物的世界にも増して現代に遠いものだ。とは言え、ここから、岡井の短歌は、短歌の世界では新しいかも知れぬが、現代芸術の規準に照らせば過去のものだ、などと言おうとすれば間違うだろう。むしろ、その異質性のなかに、彼のナチュラリスムの根を発見し、その根が、「アララギ」の写実主義に細々ながらつながっていることに安堵と信頼を見るべきだと言って置こう。こう言うのも、伝統の断絶を恐れる臆病からではない。現代芸術のニヒリズムに抵抗し、人間への信頼と、自然への共感を回復する道が、彼の前にはまだ閉ざされていないことを確かめて置きたいからである。倫理の匂いを恐れないで言えば、彼の短歌は、抽象と解体のなかにあって、しかも健康である。あるいは、人間的《ヒユーマニスティク》であると言ってもいいが、死と非存在、無機と人間不在の歌をうたう現代芸術の危うい淵に近づきながら、彼のなかには、動物の、活力と生命にみちた自然が解体に抗して居据わっているのである。

3　比喩

それにしても、岡井は動物に人間を托しすぎた、と言わねばなるまい。アレゴリカルな彼の方法が、鳥獣魚介に喩えを求めた例は、引用の「蛔虫《アスカリス》」の歌などを別にしても、立ちどころに数首でも、いや十数首でも、見つかる。

因襲の底に組織をいそぐとき蝸牛さえ血の色の縞
夕映えにまみれんとして発《た》つ火蛾《ひが》の続きて発たん万を信じて
戦わず巣をすて去りし地蜂らの衆をあつめてひそみいん地平
夏期休暇おわりし少女のため告知す〈求むスイス産蝶百種〉
忍従よりむしろ逐わるる生きざまを愛す鶫も鶫の妻も
道の巾《はば》は即ち死地の巾《はば》にして渉りたき齧歯類もわれらも
日本の内部への旅　あるいは其処に黄牛《あめうし》の軍犇《ひし》とひそめる

するどい問題意識が、時代の危機を糾弾して激している。比喩の効用は、こういう知的で批評的な発想のうちにあって、欠くことの出来ぬものだ。

しかし、岡井隆に、平叙法とも言うべき自然な発想も少なくはない。

動物舎にひる深きころ西方《さいほう》の窓よりの日にかがやく兎
モルモットを摑むとき手がまことたゆく袖はしきりに汚穢《おえ》にふれゆく

これらの比較的新しい作品は、遠く彼の初発の世界をよびおこし、例えばすでに引用した歌集『斉唱』のなかの最初期の二首などとひびき合っていることは改めていうまでもない。

さらにまた、以上二つの発想の中間型ともいうべき次のような歌も目にとまる。

啼きそろう喬《たか》き態蟬　彼らさえ戦後をともにせしものの裔《すえ》

すずめ蛾の翅《はね》ちぐはぐに衰えて今日の終刻を共にせり
一団となり孤行者となりながら翅《はね》もちて燈《ひ》につどうものらよ

こうして見ると、岡井の発想の広さに驚かされるが、彼の発想のスペクトルグラムのなかにみられるこの三本の輝線のうち、もっとも巾広く、かつ強い光を帯びているものはと言えば、勿論最初にあげた比喩の歌である。

これは、あえて彼の選びとったものだ。もっとも波長の短かく、現象の深部まで透過する比喩の世界に歩み入ったとき、彼は無意識を捨てて問題意識についた。あるいは、詩を措いて批評におもむいたとも言えるが、美はもともと彼の関心の大なるものではなかった。彼にとって現実は、美として受容するには、あまりに不条理に満ちていたのである。ここから違和感が生まれ、違和感は、感情の声として詩に放出するだけでは彼には足りない。違和の感情のよって来たるところを探求し、探求の果てに、明識をもって不条理の根源を断罪しなければならぬ。いや、断罪するだけではまだ足りない。不条理を克服し、新しい社会の出現を企図しなければならぬ。こうして問題意識と使命感は彼の詩の骨となる。

はじめ「アララギ」の直叙法のなかに、つくづく表現の不可能を嘆じていた彼は、比喩による方法を発見して、一挙に短歌の可能性を信じるにいたる。このとき、彼の詩人が誕生するが、それは年代でいえば一九五五年、作品で言えば歌集『斉唱』のなかで同じ見出しをもつ歌のうたわれたときである。

しかし、比喩が万能であろうか。「雑談『麦の庭』」のなかで柴生田稔の抵抗減弱部《ロークス・ミノーリス》を執拗に追求した岡井を念頭におけば、彼が比喩の万能を信じているとは受け取れぬ。ここで岡井は「春山」の柴生田を信じ、「麦の庭」の柴生田に裏切られたうらみをのべているのだが、岡井によれば、太平洋戦争を契機とする柴生田稔の挫折は、彼の方法の劣弱によるよりは、もっぱら彼の歴史を見る眼の到らなさのためだった。言いかえれば、「春山」の延長のうえで、「麦の庭」の書き換えは十分可能なのであって、ここから岡井のなかに、「アララギ」の方法によせる信頼の生きていることを見ようとするのは思いすごしとは限らないだろう。事実、『海への手紙』のアレゴリカルなエッセイのなかで、彼は「アララギ街の家並み」を置く小島の住人たる覚悟を述べている。彼は島の外には出ない。彼の願いは、せいぜい島のはずれに立って、騒立つ海に会うことなのである。

ところで、国家の理想を求めてアレゴリーの到りつくところはユートピア思想だが、ユートピアでさえいかに楽土に遠いか知ることは大切だ。トマス・モアにしても、カムパネルラにしても、これらルネッサンスの知性の描いた無何有郷は、歴史の断絶のうえに図を引きながら、決して新しい未来を拓いたとは言い難い。「ユートピア」の田園的な共産国家は、現代の共産主義の成果に照らすときいかにも中世的であり、かつ現代の共産国家の暗さを救う如何なる処方も見出すことができない。「太陽の都」の神権国家は一段と蒼古の色が濃く、ここから近代に向かって流れ出る光を認めることは到底不可能である。産業革命も知らぬ時代であった。君臨する教権に、もの言えば唇の寒い時代でもあった。そう言ってしまえば身も蓋もないが、しかしもっとも大胆な空想の飛躍を許す架空譚に、依然として外に向かっては強力な軍隊が、内にむかっては峻烈な刑罰の存在する国家を見るのは興ざめなものである。そして国家の籬が、城壁や水路によって閉ざされているのもおとらず淋しいものである。ここから勝手な教訓を導き出すとすれば、比喩は——比喩の極北ともいうべきユートピアでさえ、思想の退行をうちに要約として持っているのではないかという不安である。プラトンやスピノザの国家論にはイメージに欠け、理想の説得性はむしろ理に勝ることによって強いと言えるが、この簡単な対比からも、比喩的なイメージによる認識の不満が推測されるのである。

さて、岡井の国家社会によせる関心は、例えば「ナショナリストの生誕」や「思想兵の手記」のなかに見事な比喩的形象を得ているが、この強靭な発想のなかにあって、比喩は、いまみてきたような不安を露呈していないであろうか。口惜しいが、「ナショナリストの生誕」には、神話に必然する蒼古たる混沌が付着し、「思想兵の手記」における進歩への苦《にが》い懐疑は、また一種の胎内感ともいうべき退行の痕跡を裏に秘めている。鍵は、恐らく両方の作品にちりばめられた「父」と「母」の比喩にあるだろう。だから、彼の比喩のとらえた豊かな思想―国家や政治や社会や歴史を云々するに先立って、父と母と子という、ゲマインシャフトの狭い図式、むしろ個人心理学、それも幼年心理学ともいうべきものを顧みて置く必要がある。

4　エディプス

岡井隆は父と母をしばしば歌っている。しかしこの両者に向ける彼の感情には、微妙な差が認められる。

宵々に風にのり来る聖誕歌待つ時母のあどけなきまで
暁に必ず海の見ゆる旅母を看とりにゆく幾たびぞ
掌《テ》に二輪踏むかぎりなき花げんげ母に添いつつゆきたきものを
家族みな僕《しもべ》の如きしずけさに寝入らむとする母をめぐりぬ

病弱な母に対するやさしい思いやりの心が見てとれる。思いやりの心と言うだけでは足りない。生得の神秘な力をもち、かつ弱いものである女性にむける甘えの心があり、甘えよる心のうちには、守護するものの誇りが秘められていると言わねばなるまい。

一方、彼の父に向ける感情は、多く反撥と敵対である。

烈しく君が反動と呼ぶものを守る唯一として父はあり
まなこのみ今は闘う父と子に樹々さか映す部屋のあかつき
衰えし父を私室に訪《と》わんとしわが手のなかの乾かざる砂
涙のごいて狙撃しいたり父に似て魂《たましい》病めるゆえ勁き鶏《とり》

母を獲得し、父を殺さねばならぬ王子の悲劇は、フロイトによって万人のものとなったが、岡井の情動はまさしく精神分析学の拓いた道を踏んでいる。エディプスの運命は、幼児の願望のなかにいちはやく見出されるとフロイトは言う。その言葉のとおり、岡井のなかのエディプス王子は、「眠られぬ母のためわが誦《よ》む童話母の寝入りし後王子死す」といった童話的世界への退行を経て、退行のはてに次のような胎内への遡行を完了する。

母の内に暗くひろがる原野《げんや》ありてそこ行くときのわれ鉛の兵

母の内部は魂の最後の砦である。この安堵は種の連続の安らかさにつらなるが、しかし種のもう一つの起原である父の内部からは、系図につながる暗い因襲がのしかかってくる。

父よ　その胸廓ふかき処《ところ》にて梁《はり》からみ合うくらき家見ゆ

母は感情の安らぐところである。が、父は思想の敵として、力をつくして闘うべきものなのである。

――私的告白を断念するところから再出発した岡井に、告白の具体を読むことはいまでは困難である。困難ではないまでも、恐らく無駄であろう。しかし、彼の主題のなかにしばしば少年が登場し、その少年の背後に、いまみてきたような父母の姿が佇立していることだけは言って置かねばならぬ。ついでに言えば、普通エディプス・コンプレックスと呼ばれる心理の葛藤は、往々神経症の原因になるとはいえ、本来極めて正常なものであり、それゆえまた健全なものである。人は心のうちに父を殺し、母を姦す。こういう象徴的事件をとおして情動の向きを体験し、知悉し、克服することによって青年に、すなわち一個の人格に成長する。不幸はルソーのように愛すべき母を現実に持たぬことである。あるいはジュネのように、憎むべき母さえも知らぬことである。

▶昭和56年豊橋にて

では、岡井の健康な個人心理、その幼時につらなる痛烈な基礎体験は彼の目覚めた性格――その人格の認識する世界観に、どんな色合を与えただろうか。

5　市民

「ナショナリストの生誕」は、新しいナショナリズムの希望を戦後のわが国に見ようとした大作だが、ここでは岡井は日本列島を母とし、延安を原点とする中国大陸を父として、懐胎から陣痛に、陣痛から揺籃にいたる壮大なイメージを描いている。その母のイメージに、人間化の不安定を見た菱川善夫の指摘はここではとりあげない。イメージの転調は、こういう神話の基礎たる夢のつねとして大目に見なければなるまいからである。問題は父にあって、ここでは父は、因襲を破る曙光として、讃むべきものとされている。この父の生家である欧露の地を流れるヴォルガ河は、祝電のなかで、生まれたばかりの列島のナショナリストに「オレヲナガレタチ（血）ノクラサ」を知れと忠告し、また「アルバアイニハコノチチニサエソムクボコクコユウ（母国固有）ノホネグミヲコソ」と希望している。讃むべき父にさえ背けとは痛烈であり、ここにエディプスの血脈の枯れていない事情を読むことができるが、しかし総じて父は子の誇りであり、母もまたこの力づよい父に安んじて身をまかせたのである。

最もちかき黄大陸を父として俺は生れた朱《しゅ》に母を染め

は、子の系譜を誇る語気をつたえ、それゆえこの選ばれた子の抱く父母交合のイメージは、次のような初原の荒々しさに貫かれたいさぎよい姿である。

延安に雌伏の兵をやしなわん長旅のおわり閨に入る父
抱《いだ》かるるときも佶屈　孤をはりて立つ長身の母なる島よ

むしろ、この一篇では、因襲は「兄」の側にあり、兄とは勿論、軍靴をはいた無頼のナショナリスト、いやファシストである。

母の背に兄の軍靴がうずめあり狂いて父に挑みて死にき
かつて無頼の兄を眠らせ揺籃はわれを抱くとき唄ひとつなし

しかし、母の愛子たるナショナリストはヤコブであろうか。ヤコブ、すなわち「推除者《おしのくるもの》」として、彼は兄エサウを摘除し得たであろうか。ファシスト・エサウは容易には死なない。のみならず、大陸の父の思想は兄の側にあり、父の慈愛は、無頼の兄にあついとさえ言えそうな事態が出来《しゅったい》する。「思想兵の手記」は、恐らくブダペストの悲劇を契機として、父を信じなくなったナショナリストの嘆きの歌である。ヴォルガ河の予言のとおり、子はやがて父に背かねばならぬ。「思想兵の手記」に登場する市民は、自由の弔鐘と墓標を目のあたりにし、彼らの流す血の意味を思い知らされる。兵士たちは再び父との悪因縁を確認することによって、彼らの宿命を回復する。非は父の側にあるとは言え、力において子は父に及ばないのである。

炎天にあかくいろどる可動橋かかげて彼方父に対える
火を焚いて媼の去るを待つ間《あいだ》怒りをころしあう父子の指
父よその背後はるかにあらわれてはげしく葡萄を踏む父祖の群れ
ああ言葉あふれて止まぬ唇を覆わんとして父の手乾く

こういう子の不幸の自覚から、またしても母の胎内への退行が――「頬を舌を灼く馬鈴薯よ一散に母の記憶へ駆ける少年」といった逃避の衝動が生まれる。しかし、母は自然であって思想ではない。子は、幼時の情感にかえることによってはじめて母のなかに救いを見出すのであって、自覚者の使命感は、論理をもってあくまで父と争うほかはない。

――岡井の問題意識のもっとも鮮明にあらわれた「ナショナリストの生誕」と「思想兵の手記」をあげつらって、これをエディプス・コンプレックスという心理の問題に引きつけすぎたであろうか。彼の思想の擬人化が、父対子の図式をとるかぎり、それも致し方ないことである。致し方ないのみならず、ここから、かえって、岡井の思想の根幹を見出すことも可能であろう。彼の思想の根幹は、一言にして言えば、ゲゼルシャフトからゲマインシャフトへである。あるいは、資本主義機構に必然する人間疎外を、社会主義社会のなかで解決することである。彼の願いは、人間共同体の喪なわれた社会に、人間相互の信頼を回復し、非人間的なよそよそしい関係のなかに人間的な親密を再び発見することにあるように思われる。ナショナリズムは、民族という種と文化と風習を同じくするもののうえに立った共同体の確立を目指すが、新しいナショナリズムは、勿論反動に――たとえばかつてのナチの民族的ゲマインシャフトの悪理念に、遠いものであることはいうまでもない。成程岡井の比喩の描くゲマインシャフトは如何にも族長的な、あるいは部族的なイメージを与えられている。この観念の古さは、詩においては止むを得ぬことかも知れない。なぜなら、現代社会に喪なわれている人間関係の回復は、こういう一種蒼古とした血縁の定立によって強引に詩に拉致されるのでなければ、訴える力を持たないからである。

しかし、われわれの記憶に新しい東欧共産国の不幸は、人間が商品として量られることを止めた筈の社会にも、依然として人間疎外の存在することを明らかにした。言いかえれば、資本主義の止んだところにも、本当のゲマインシャフトは見当たらなかった。モアが『ユートピア』で描いた共産社会の夢は、ひっきょうユートピアでしかなかったのである。

▶「中の会」春日井建研究会にて

「思想兵の手記」の悲劇的なドラマは、岡井の痛烈な共産主義批判だが、そして彼の共産主義批判は、それへの近親感を一方に置く両面価値によって、はじめから彼の詩に大きな影響を与えているが、しかし彼のなかに資本主義社会における人間疎外の憎悪の止んだわけではない。たとえ、解決の道は容易ではないとしても、ゲゼルシャフトからゲマインシャフトへという古典的なテーゼへの願いは、二つの社会体制を共に批判することによって、彼のなかに一層熾烈になってゆくべき道理である。

ブルジョワ・リアリズムから批判的リアリズムへ、批判的リアリズムから社会主義リアリズムへという進歩の公式に照らし、そこに民主主義から社会主義への自覚の道程を見るかぎり、岡井の立場はなお批判的リアリズムだと言わねばならないだろう。が、彼は不毛な社会一般を呪詛することに終わるのではなく、特定な——と言っても共産主義ではないが、ある新しい未知の社会の到来を願う革命的な情熱をもち、この使命感の強烈さによって彼の文学はニヒリズム、とくにその一変種たるデカダンスに遠く、こうして彼の芸術は「病める芸術」のそと、極めて「健康な芸術」の側にあると言わねばならぬ。またここから、彼の発想が往々諷刺的《イローニッシュ》であっても怪奇的《グロテスク》でなく、時に戯画的《サテイリッシュ》であっても無目的《ツベックロス》でない所以が理解される。

見られるように、岡井は感覚による母への退行からあやうく身をかわして、思想による父との対決の道を選んだ。急進的《ラジカル》とはこういう思想への托身を言うのだが、このとき短歌は文学であることをやめて、まさしく男の文学となる。

6　男系短歌

男歌《おとこうた》——これは短歌にあっては本当は極めて困難な概念である。岡井はあえてこの困難に挑んだ。そうして、少なくとも一歩を進めるところがあった。彼の短歌の存在理由を問うとすれば、こういう重大な一点を措いて答えることは不可能である。

伊藤博は創見に富んだ『万葉集相聞の世界』のなかで、『万葉集』の作品群のうち「相聞歌」を女の文学、「雑歌」を男の文学と規定し、前者に『万葉集』の本質、したがってまた短歌の本質を見ている。相聞とは忍びの言葉であり、この私的歌群の細い声は、雑歌の公けの歌のかげにかくれた日陰の歌にすぎなかった。雑歌の自覚的・男性的・公式的・観照的であるに反し、相聞歌は感覚的・女性的・私的・詠嘆的であって、ここから、万葉の「雑歌」がそれ以後の漢文学の系統につながり、「相聞」が、王朝の日記・物語の類に流れてゆく系譜が容易に理解される。が、伊藤はさらに、『古今集』の知的な発想を、雑歌の側に置いてとらえる離れわざをあえてしている。そうすると、『古今集』に範を仰ぐ後代の歌はみな男の文学という仕儀になり、これに『凌雲集』に端を発する漢詩の流れを加えると、男の文学による詩の壟断は近世の終わりまでほとんど目にあまるものがあったと言わねばならぬ。短歌の衰弱も道理である。本来、相聞の系譜をつぐ女の文学であるべき短歌は、長い伝統のうちにあってほとんど自己を喪失していたのである。

近代になって、「新詩社」の朱唇をもれる高い声が、年来の迷夢を破った。しかし、それもほんの束の間のことだった。子規の、鉄幹子規不可並称説が、その「写生」に要約される観照的態度が、ふたたび短歌を男の文学にしてしまったのである。「アララギの第一のしくじりは女の歌を殺してしまった——女歌の伝統を放逐してしまったやうに見えることです」という沼空の嘆きの深さもわかろうというものである。

成程、女歌は興るべきかも知れないが、それは岡井には関係のないことだ。のみならず、見様によっては、「アララギ」の男歌さえ芬々たる女の匂いに満ちている。その歌柄からみた彼らの性格のなかに、女性的要素が多分に見出されるのである。むしろ、女歌の興らなかったのは、「アララギ」の写生の細みが、またその私的咏嘆のやさしさが、女歌のいたずらに高い身振の必要を感じさせぬまで女性的であったとさえ言えそうである。つまりは、「アララギ」は抒情詩の本質を温存していたのであって、これは「短歌の本道は恋の歌だ」という意味の感慨を洩らしたと伝えられる土屋文明のなかに、いまに生きている。歌は恋の歌だとは、短歌のまことを言い得ているだけに、思想に殉じようとする男歌にとっては獅子身中の虫なのである。

岡井は、一九五五年以来、「アララギ」のなかの、女性的なものに背いた。そうして男歌を——万葉の「雑歌」以来、つねに短歌の表街道をゆきながら、一度も短歌の本質となることのなかった男歌を、一段と剛毅に、果断にきわだたせながら歩いてゆこうとしている。彼が「麦の庭」に我慢ならなかったのは、柴生田稔の柔軟さの裏面、すなわちその決断の弱さにあったことは疑いない。困難な道である。短歌によるかぎり、岡井に困難の消えるときはあるまいが、『土地よ、痛みを負え』の強引な語気には、『斉唱』のなかのあの慓悍な連雀の「雄」の面魂はまぎれなく、ここで彼は「困難こそ私の短歌を選んだ理由だ」とさえ言いたげに思われる。

（初出「短歌」昭36・5『歌人論叢書岡井隆研究』〈櫟書房〉より再録）

星雲望見

岡井隆について

前登志夫

一九六三年、晩夏、岡井隆の発行する「木曜詩信」が再び舞い込んできた。一年前の晩夏から、ハガキに岡井自身でプリント刷りした個人誌であり、さまざまな詩型の試みがなされたものだった。しばらく休刊されていたが、再び掌にとってみて、この一葉のハガキに日本の詩歌の命脈がつよく息づいているのをつぶさに感じたものだ。

「ここに再び試みるハガキ形式の詩誌は、これを全うしてもぼくの得るところ少く、かえって失うところ多いしろものかも知れない。昨年は、多くの人々に呼びかけ、訴え、返信を求めたが、このたびはそれをせぬ。ぼくはひとり、己が納得のいくまで、この愚行ともみえる旅をつづけたい。ねがわくは凝視して見殺しにして下さい。迷妄はいよいよふかく、それをさますため出かけるのだから。」という覚悟がしたためてあった。私は今、岡井隆の当惑をかえりみず、どうしてもその「木曜詩信」について紹介したい誘惑を、拒みきれない。

なぜか。われわれはいつもあまりにも活字化されたものによって、感動を受けとめようとする。逆に、活字としたもので十分コミュニケイトされたという慣習に馴れすぎている。短歌が作品以前のところでわかりあっている悪い習慣の、裏面である。短歌が知的操作を必須とするにつれて、いよいよ作者の思考と表現の内部を曖昧にする。そういう内的世界を表現するという衝動と、受け取り方を忘れている。それは告白や知性といった問題ではなかろう。いわば作品以前の「木曜詩信」には、岡井隆の精神記号が具体的に出ている。その発想と言語化の様相も、あるとき、内側から覗くこともできよう。現代短歌の一拠点たる、歌集『土地よ、痛みを負え』（一九六一年刊）より、「眼底紀行」（「短歌」六三・七）に到る、詩的思考の厳しい崖を眺めるとき、現実と方法の落差の間に、岡井隆の努力の意味は問われなくてはならない。

一九四五年春　米軍機の果敢な　攻撃をうけて滅んだ一地方都市　名古屋の　旧市街よ　そここそ今度の旅の終着地だ　しかし相手は既に地上のものならぬ幻影　紙と土の廃墟のこと故いたずらに渋く広く　私はみずからの幼年がそこに眠り少年が息づいている　その細い記憶の縞からだけでは到底　都市の肉体を再現すること難いとおもわぬわけにはいかない　私的回憶には　どんなに見事なそれでも感傷の人工甘味と面をそむけさせるナルシシズムが入りまじる　そこを定型の馬で超えたい　韻律の舟でわたりたい　かつて存在しまるで優柔な処女のように空から犯されたわが幼少年の庭の意味をまとめあげる詩の綱を編みたいと希うのだ
一すじの愛恋をもし打ちすえき幼年の手力《てぢから》をしぬびつ、手の力はや

一九六〇年以後の岡井隆が追求してきたものの成果とは具体的にどういうものか。彼の短歌の顕著な特色は、アレゴリカルな手法であり、主題を、短歌のイメージの背後にダブらせているため、そう

いう抽象的な方法に馴れないものにはあるいは、難解にみえるかも知れない。「群論」（「短歌」六二・七）はもちろん、「眼底紀行」でも、安保闘争の体験が伏線となっている。「眼底紀行」の第一首は、「もう一つの夏　の幻《まぼろし》かげぼうしうら悲し裏切りて生くれば」であり、安保が発想の契機となっているのは見落とせない。それは、岡井にとってきわめて重要なことだが、彼の独自性は、そこから〈群衆〉というもののイメージに思考が喰い入っている点であろう。〈群衆〉というイメージによって、自己の存在と、その現実をたしかめていく思考がみられる。この〈群衆〉と〈個〉のイメージは、卓抜な比喩や表現によって、斬新な面貌を創造したわけではなく、岡井の観念の中でうごめいているにすぎないもどかしさはあるが、こうした抽象的テーマへのなまなましい短歌表現の気息は、彼の独創といってよい。

「眼底紀行」では、モチーフを、より内部にひきつけて、意識下の領域に認識のレンズを向けながら、実在的な痛覚のなかで巧みに、歴史的な思考を重ね合わせようとしている。ここでは、さまざまな詩型への試みがなされているが、全体としてはアルゴリカルな手法が基調であり、その手法とスタイルも短歌として完成された印象がある。口をついて出るような高い格調と、美しいひびきをこれらの作品はもっている。岡井の短歌は、ことばを抽象的にひん曲げ、強引に虐使し、屈折をさせつづけた上での、独自の端正に到っているのであるが、私はその文体のあるふかい混沌に、危惧を抱いている。これらの雄勁な調べの中で機能するはずの彼の比喩が、はたして現実を的確に射ているかどうか。どこまで常識の次元を破ることばであるかどうか。

　群衆を狩れよ　おもうにあかねさす夏野の朝の「群れ」に過ぎざれば
おれは狩るおれの理由を　かの夏に悔《くや》しく不意に見うしないたる
（「群論」より）

うれうれば真夏への道　「東北」というまがなしきくにの南《みんなみ》
胃へくだるくさ薙ぎの草こなごなにかがやきながら　孤立する牛
（「眼底紀行」より）

岡井隆の、近来の詩的思考の歴史を要約して言えば、新しい現実の発掘ということに尽きるとおもう。彼の表現はきわめて抽象的でありながら、技法としてはむしろ単純であり、鋭いイメージや、比喩があるわけではない。いわば大振りのアレゴリーの武器ひとつであるが、いかに鋭い技法や比喩も、われわれの行動につながらないもどかしさがあるとすれば、彼の新しい内部現実の発掘の作業の意味は大きいのである。彼は、着実に短歌の未知の世界というものを、足でもって開拓している印象である。短歌モダニズム・前衛の技法と様式をさきがけて身につけた一人であるが、同時に近来の岡井ほど、モダニズム・前衛の克服をその実作において志向している者も珍しいのである。たまたま工房の乱雑を垣間見る思いで、「木曜詩信」の、現地報告の一章に触れたが、その激しい現実への意欲は、近来の力作、「群論」「眼底紀行」の深部に、そのまま通ずるものがある。

そして、評論の仕事に目を向けると、スケールも大きく、ふくむ所多く、なかなか一筋縄ではいかない。評論集『海への手紙』（一九六二年刊）は、一九五一年より六一年までのものであったが、「短歌」連載二十回に及ぶ、「現代短歌演習」は、ここ数年の歌壇の問題の焦点を的確に把え、縦横に論じた収穫といえよう。かなりジャーナリスティックな現点から問題を掘り起こして、本質を究明する作業がみられ、とくに「場について」「私をめぐる覚書」など、秀れたエッセイとなった。彼自身、その終講で、はじめ新しい入門書の目的だったのが、次第に高等批評となり、〈私〉論議でその極に達したと述べているが、好評だったその「私性の問題」も、結局のところとくに創見をみたわけでなく、新しい理論を展開したのでもなかったといえる。むしろ、廻りくどい考察に時評的スタイルの面白さがあり、また見方によってしびれをきらせるようなもどかしさもあった。だが、岡井の評論が、つねに実作と密着しており、なおかつ歌壇の良心的な問題提起たりえたことを評価したい。金子兜太との共著『短詩型文学論』（紀伊国屋新書）は、短歌の構造を韻律の面から分析した誠実な仕事であり、将来の短歌構造を考察する上のマイル・ストーンとして画期的なものとなった。

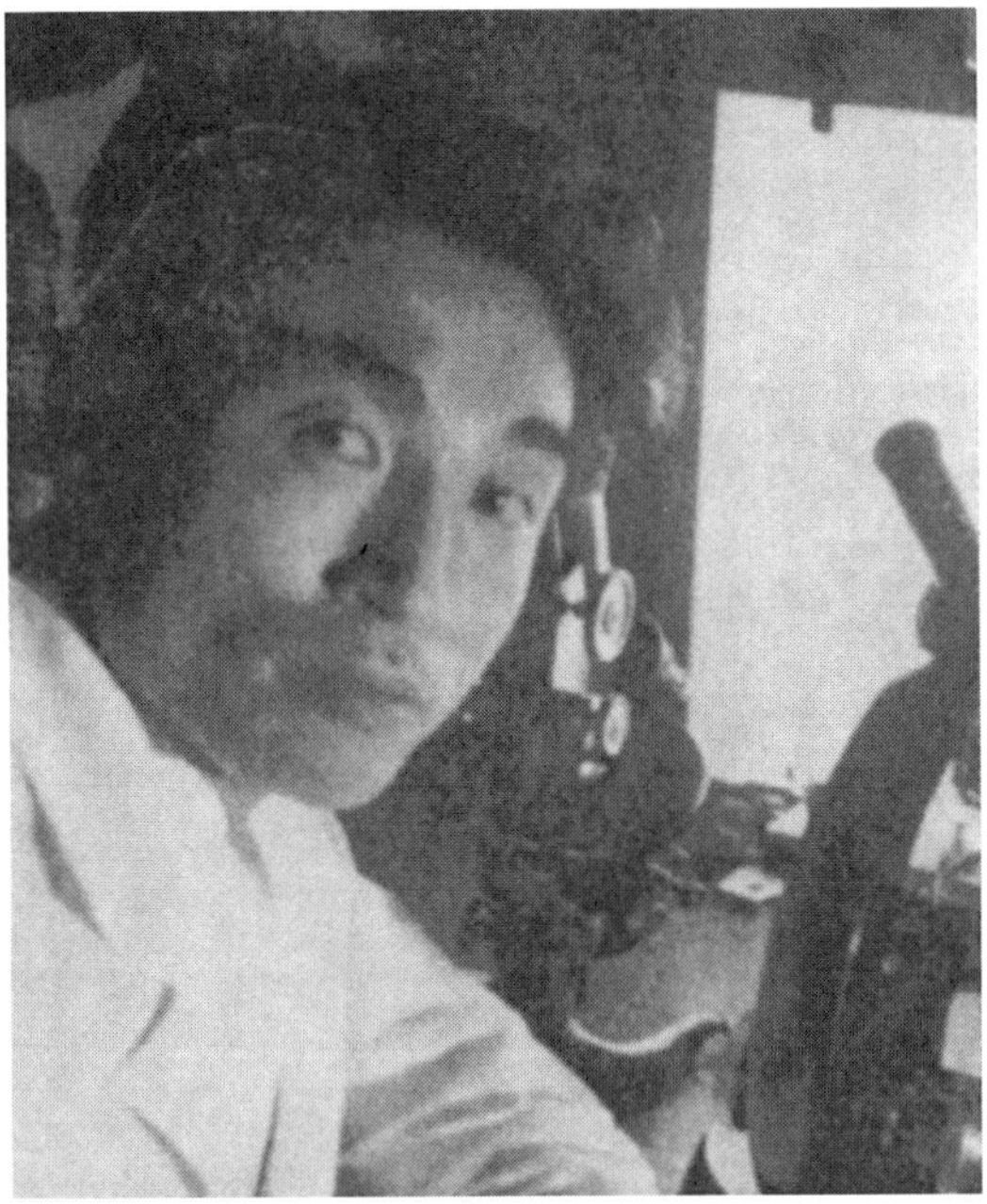
▶昭和33年頃、北里研究所附属病院にて

　岡井隆のここ数年の仕事の量は大きく、そのすべてが歌壇の問題であった。短歌の将来を多くの人が、彼に期待するのも当然だろう。彼はたえず揺れ動いてやまない未知の混沌でもあるからだ。彼が現代短歌の突破口として試みる方向の困難も大きい。抽象的に、志を述べる方法、行動を歌い、新しい「私」を確立する方法と、表現主義的な技法との断層もこれからの課題といえよう。座談会「現代短歌とリアリズム」で彼は、「即物的表現法に対してぼくは、まだ恋々たるものがあるんです。つまり、自然発生的に出てきたものを、逆用し、もう一度鍛え直して自分の武器として、使い直すという、自覚した素材主義の可能性があるんじゃないか。」と発言しているが、これはたんなる思いつきではなく、岡井の短歌を理解するのに重要な点である。

　つまり、岡井の観念の表皮を破って、時折貌をみせる知覚の鋭さに根ざした作品を知っているだけに、今も喝采は謹しむのである。「群衆」「眼底紀行」より一首宛引こう。

心電図室を襲いて中天へゆく雷《らい》の群れ　その量その質
女童《めわらわ》の手をへて来つる氷塊の濁りのひびは明日のごとしよ

　――岡井隆の混沌は深い。それが巨大な星雲であってほしいと祈る。

（「短歌」昭和38年12月号より再録）

思想・生活・表現

佐佐木幸綱

1

私のごく個人的な感傷的な理由からなのだが、この文章は、颯爽とした美しい一行で書きはじめたかった。たとえば、菱川善夫の「岡井隆」は、「岡井は詩に入る前にイズムから入った。彼の歌集『斉唱』はそんな印象を僕らに与える」と書きはじめられていた。また、黒住嘉輝の「岡井隆論——惨たる栄光」は、「岡井は不幸な作家である。といったら人は愕くだろうか」の一行ではじまり、上田三四二の「岡井隆」は、「岡井隆に一匹の雄を見ることからはじめよう」という一行ではじまっている。前川博の「殺人前奏曲——岡井隆歌人失格論」は、「僕が岡井隆論を書く目的は、実は岡井を抹殺することにあるのだ」と実に元気のよい一行ではじまる。まあ、他人のことはどうでもよいのだが、私は私なりに工夫した冒頭の一行を、と、どれだけ考えたことか。

しかし、考え、思いついた何種かのフレーズの中で、いちばん美しくない、いちばん潔くない、言いわけのそれから書きはじめることとなった。なぜか？　言ってみれば、それがこの一篇のテーマである。

私には、菱川のように岡井に対して同世代としての連帯感はない。が、黒住や上田のように距離をとって岡井の位置づけ意義づけを試みるほど冷静ではいられない。岡井が近藤芳美を論じてそうであったように、岡井を切りつける刃を研げば研ぐだけ、その刃が己れ自身を傷つけないではいないだろうことを予感する。

歌とは何なのだろう、と考える。自分がなぜ歌をつくるか、ではない。他人の歌のことだ。われわれは、批評と称して、他人の歌をよい歌だ、悪い歌だ、上手だ、下手だ、などと云々する。しかし、私たちは、上手下手を判定するのが楽しくて他人の歌を読むわけではないだろう。なぜ、ここにこんなことを書くのか。私は、ある時期、岡井隆の歌に励まされた経験があるからだ。岡井は他人を励ましてやろうと思って歌をつくったのではなかったろうが、結果として読者である私は彼の歌によって励まされた。だれも言わないけれども、短歌の受け手の問題としてこの辺はたいせつなところではないだろうか。否、短歌の本質の問題としてたいせつなところではないだろうか。独詠歌一本に絞られてきて対詠歌が忘れ去られている今、私にとってこの経験は貴重である。私は私のこの経験を踏まえて、なぜ岡井の短歌が、人を少なくとも私を、励ましたか、その点からまず見てゆかなければならないだろう。

2

はじめて岡井隆の名を知り、彼の歌を読み、彼を見たのはいつのことだったか。昭和三十四、五年のこと、私がまだ学生で短歌をつくりはじめて間もないころのことだったろうが、特に印象が深かったというほどの記憶はない。印象に残っているのは、昭和三十六年二月刊の『土地よ、痛みを負え』である。私はこの歌集に励まされたのだ。

　昭和三十四年十一月二十七日に、約二万人のデモ隊が国会構内になだれ込んだ。私は、その二、三か月前からいわゆる学生運動の末端に参加した政治的には全くウブな学生だった。警棒で殴られることで権力がまさに力であることを知り、友人の逮捕、機動隊員の口裏を合わせたデッチ上げの起訴で権力の懐の深さを知り、逃げながら石を投げることでわれわれの無力を知る、それほどにウブな学生だった。思想も論理も状況も、あるいは正義も良心も、現実政治の場面では極端に相対化され、まったく変貌してしまうことも知らなかった。想像力の貧困なせいだと言われればそれまでだが――。

　それから一年を経た私は、それらを知ったことと、左耳の後に今も残る傷痕とを名残りにいわば呆然と日を送っていた。

　そんなある日、『土地よ、痛みを負え』が送られて来たのだった。後に述べるように、この歌集はちょうど露出オーバーの写真のような、奇妙な、非現実的現実感をたたえた歌が多い歌集である。私はそこに、〈美しさ〉と〈倫理〉を見てとった。呆然としていた私。この本は、その呆然を一種の飢餓感の自覚に置換し、そこに意欲の種を播いてくれたのだ。

両脚《あめあし》のしろき炎に包まれて暁《あけ》のバス発てり、勝ちて還れ
　バスの周りはいまひらきゆく傘の群れ一途にゆれて遠ざかりぬる

　私はひたすら自分にひきつけてこの歌集を読んだわけだが、こうした非行動者としての歌に出会っても、「てやんでえ、いい気なものだ」という風には思わなかった。あるいは、私が政治にウブであったおかげで、それほどひどい挫折感を覚えなかったからかもしれないが、それだけではない理由が他にあった筈である。

　後に岡井は、「……『勝ちて還れ』なんて書いたのは安保がすんだあとの八月、九月ですよ。ですから本当に、安保がすんでの棒ちぎれだったんです」（座談会「芸術と政治の間で――昭和三十五年前後」昭45・3『短歌』）と言っている。彼は安保闘争の期間中、医学の学位論文を書いている最中だったということで、この二首を含む「勝ちて還れ」がいわゆる安保闘争詠とその基盤を異にしていることを示唆しているが、たとえば、次の岩田正の発言の如きは、当然彼は予想していたはずだ。

　岩田正は、岡井の「勝ちて還れ」を批判して「だが非行動者はあくまでも非行動者である」と断言し、「キシヲタオ……しその後《のち》に来んもの思《も》えば　夏曙《あけぼの》の erectio penis」に触れて、「あの時点に自ら賭けてデモに加わった歌人なら〈キシヲタオ〉すことが〈penis〉に決してつづくはずはなかったろう。（中略）penis を想像する岡井は、ここで自らの固定観念で、概念的にあの闘争をわりきったとみられてもしかたないだろう」（「現代短歌の起点――岡井短歌の変遷」『現代短歌'66』所収）と糾弾した。

　岩田正の、行動者の短歌を、との提唱が、六〇年代の短歌の重要な問題を提起していたことはほぼまちがいない。なぜなら、前衛短歌が想像力の駆使と高度な喩法の獲得によって単純な一人称の形式から短歌を解放しようとしたときから、何らかの意味で、逆に歌う主体自体の質的変革が要請されていたからだ。そこで、行動者の短歌は、そのもっとも端的な実現への一案であり得たからである。

　しかし、岡井に関しては、私は岩田のようには思わなかった。私にとっては、作品を評価するしないは別として、ともに行動し、ともに敗れた同世代の歌人たちの作品、清原日出夫や岸上大作の作品が少しも私を励ましはしなかったのに反して、岡井の歌が励ましであった点が重要なのだ。なぜ、岡井の歌が私を励ましたのか。おそらく、岩田が安保闘争を絶対視し、それに対応する歌う主体を求め

たのと逆に、歌う主体に絶対を見ることで安保闘争を相対化してみせた岡井の基本的な姿勢にそれは基因している。これは後に詳しく触れることになると思うが、岡井は〈歌う主体〉を重視した歌人である。彼の近藤芳美批判は結局そこにゆきつくわけだし、柴生田稔・岡井隆の応酬は「――を」歌うことに力点を置く柴生田と、「――が」歌うことを重視する岡井の対立であった。岡井が佐藤佐太郎を認めるのも、「詩人の心のはたらきは、現実を映す鏡のそれではなく、現実を極限まで濾過して美をすくいあげる薄膜の営みにほかならぬ、とするなら、佐太郎の歌こそ、その種の信念の所産だといえよう」という、〈歌う主体〉重視の立場からであった。松のことは松に習え、とは岡井は思わない。彼は安保闘争のことを安保闘争に習うという姿勢はとっていない。岩田の発言は、六〇年代の短歌の見通しとしては正しかったにちがいないのだが、岡井については誤解していたのだ、と私などは思う。

3

今度読み返してみて驚いたのだが、「勝ちて還れ」一連をはじめ『土地よ、痛みを負え』がたたえているイメージはいちじるしく観念性を帯びている。私はそうは思わないが、リアリティを歌のアクチュアリティの絶対的条件と見るならば、岩田の固定観念概念で現実を割り切っているとの指摘が直接作品評価にかかわるわけで、この歌集を高く評価するわけにはゆかないだろう。

たとえば、上に引用した「雨脚《あめあし》のしろき炎に……」の歌である。この歌は、意味を追うならばはなはだ曖昧である。一首だけを切りはなしてその意味を解そうとすれば、作者は発ち行く暁のバスに向って「勝ちて還れ」と願いつつ見送っている側にいるととるのが自然である。「雨脚のしろき炎に包まれて」との視覚的な句で起されれば、当然「暁《あけ》のバス」も視覚の対象であるべきはずだ。つまり作者はバスの外に居てバスの車体を見ていると解すべきである。これが短歌型式の約束である。ところが、岡井の力説する〈場〉の論理をむかえて解するとそうはならない。岡井理論を入れて「勝ちて還れ」一連、もっと広く岡井の六〇年安保に関わる一連をこの一首の置かれた〈場〉と考えるなら、岡井は熱い共感を持ちつつも安保デモに参加する行動者と別れ、孤独をかみしめながらこのバスの最後部座席に乗っているはずなのだ。もし、このように受けとるならば、一連から推して、「雨脚のしろき炎に包まれて」と、こんなに颯爽と表現されるのはおかしいわけだし、「暁のバス」という岡井独得のナルシスティックな言語意識に支えられた言葉がそれに接続するのは奇妙だとすべきだろう。

「勝ちて還れ」冒頭の一首は、一首中の現実感だけを問題とするならば、このような曖昧さあるいは矛盾をはらんでいる。(実は、雑誌発表時(昭35・11「短歌」)では、この歌は第十五首目に置かれていた。が、バスは一連中ではじめて出るわけで、本論要旨にはさしあたって関係はない)読者は、一首を読み、前者のごとく解する。が、一連を読み進むうちに、おやおやと気づき、視覚的なイメージを観念的イメージに置き換える。後者の解かな、と気づくわけである。連作一連の構成が、その背後に一人の歌う主体を想起させる仕組みになっているからだ。そこで、両者がオーバーラップすることで、自分を含めた何かへの熱い期待と、その期待と表裏をなす切実な離別の心情が浮き出て来る。観念的な世界が浮き出てくるのである。その辺の微妙な感じが、露出オーバーの写真が私たちに呈示する現実の細部をとっぱらった映像の奇妙な美しさに通じているのだ。私は上に、非現実的現実感と言ったが、どうもそうとしか言いようのない世界である。

うつうつと地平をうつる雲ありてその紅《くれない》はいずくへ搬ぶ
正確に何かを摑みひきしまる拳《こぶし》殖《ふ》えゆき冬に入る視野

これらの歌も、読者である私は視覚的イメージと観念的なそれをオーバーラップさせて受けとらざるを得ない。私は、この奇妙な、屈折した美しさに励まされた。当時の私にとっての絶対的な体験を、相対化し、質的に変えてみせてくれたこれらの作品を、一種まぶしいものを見るように見たのかもしれなかった。

4

歌人としての岡井隆は倫理的である。各歌集「あとがき」の類やエッセイを見れば、彼が歌うことそのことをまさに倫理としてとらえていることが一目のうちにわかるであろう。早く、菱川善夫が、「いやおうもなく彼を社会矛盾の反映という方向に駆ったものは何か。いうまでもなくヒューマニズムだ。彼のリアリズムが他の作家から彼をわかつものは、実にその一点に於てだ」と指摘し、さらに「状況への問いかけによって、たえず前に進もうとしている。彼が〈退嬰〉を憎むのはその故だ」と書いている（「岡井隆――新世代の旗手5」昭33・5『短歌研究』）。菱川は直接に倫理という言葉を使用してはいないが、ヒューマニスティックな内容と、モラリスティックな姿勢をすでに歌人岡井に見ていたのではないか。もっとも、私のいうそれは、『斉唱』にはそれほど明らかに見えてはいないのだが――。

それはともかくとして、『土地よ、痛みを負え』発刊当時の私には倫理的な何かが必要だった。精神的荒廃、大げさに言えば人間の尊厳の崩壊が切実だったからだ。闘争の過程で、権力者側の絶大な力と懐の深さはすでにある程度知ったわけだから、敗北感、挫折感はそれほどひどくはなかった。むしろ当然の敗北と考え、岸上には冷い評価を下している（「何が大切か」昭38・1「早稲田短歌19」など）。敗けたら敗けた歌をつくればいいじゃないか、との坪野哲久の岸上に対する発言に賛意を表したりもした。闘争はまたはじめればよいのだ、そう思った。

しかし、そこで知った屈辱感、私自身の内側にも見た卑怯、臆病、不信、これらにはまったくまいってしまった。私は、それらがほとんどの人間の肉体・生理の最深部に根ざしていることを知らされた。「何が大切か」で、「政治によって疎外された主体性を文学によって復権させ得るとか、文学をもって鋭く政治にアプローチしてゆくことで復讐を遂げるとかいった考え方は捨てねばならない」として、政治も生活も恋愛も、そしてもちろん文学もごちゃまぜにあるしかありようがないことを確認すべきだ、といった意味のことを書いているが、その背後には、政治の場で精神の荒廃に気づいてしまった苛立ちがあっただろうと今になって思う。

そんな私の前に置かれたのが次のような歌だった。「天の炎」の中の作である。

拍手して学生群に近づける妻の後方に妻より激《げき》し
旗は紅き小林《おばやし》なして移れども帰りてをゆかな病むものの辺《へ》に
じりじりとデモ隊のなか遡行するバスに居りたり酸き孤独嚙み

岡井は、「みずから右寄りに擬装して」とも歌っているように、この時、「非行動者はあくまで非行動者だ」とか、後退だ、とかの批判は当然予想していたはずだ。そこで、彼が沈黙を選ばずにあえて歌ったのはやはり倫理の範疇の問題だろうと私は見る。これらの歌も、構造としては、歌う主体を生活者岡井に置き、それを絶対化することで、反体制運動を相対化した歌とみることができる。今見ると、完全に相対化したとは言えないように見えるけれども、当時の雑誌を瞥見《べっけん》すれば、反体制の側の人間が俺は闘争に参加しないと宣言するそのことがどんなにたいへんなことだったか、誰もが重いと思っていた闘争に参加することの重さを、生活者の論理でひっくり返して見せたことは小さくはない意味を持っていたことがわかるであろう。

もちろん、実際問題としては、闘争への参加より生活を優先させた人間はいくらでもいた。否、大半の人間がそうした体験を一度ならず持った筈である。デモに参加する方より、アルバイトに行く方を、デートをする方を選ぶといったぐあいにだ。私が側頭部を何針か縫うために議員の診療所にかかえこまれた五月二十五日、岸上は三時限まで授業を受け、十三円のサバを買い、Kに〈意志表示〉の清書をたのみ、Kに〈カフカ〉を貸したりしていたように。

岸上は、学生運動家として何もしたわけではないし、デモにだって数えるほどしか行っていないはずだ。行動者にこだわれば、岡井と五十歩百歩だったと私は解している。しかし、それは文学の問題ではない。ここでの問題はそれをどう歌うかにある。岸上は、五月二十五日のことを、つまり、デモに参加しないで最後の片思いの相手Kと会っていたことは歌わない。十三円でサバを買った自分も日記に記すだけだ。逆に、石を投げたりしたかどうかは別として、岡井だって何回かはデモに行っていたにちがいないのだ。しかし彼は「スクラムに圧されている胸」とはうたわなかった。

検閲があった時代とはちがうのだ。勇気を問題にするならば、装甲車を踏みつけたと歌うより、デモに行かないで十三円のサバを食って寝たという歌をつくる方が、勇気が必要だったろう。六〇年前後の歌壇の異常な興奮ぶりを思い出してほしい。七〇年の村木道彦の位置とはわけがちがうのだ。

だが、全部がデモの歌をつくっている時に、誰かがサバの歌をつくらねばならない。と、岡井は考えたのではないか。でないと、プラス札が全部マイナスに変ってしまうからだ。私の考えでは、岡井はこのときマイナス札を自分が出さなければ、という使命感のようなものを持ったのではなかったか。

岡井が短歌を文学運動としての面で捉える代表格であったことは周知のごとくである。彼の『現代短歌入門』がこれまでの類書とはっきり一線を画すのは「短歌における文学運動」なる一章を持つことであるし、「青年歌人会議」から「定型詩の会」に至るまで、その推進者の筆頭は岡井であったと見るべきだろう。論証することはできないが、これらの事柄から推して、意識的にせよ無意識的にせよ、「天の炎」「勝ちて還れ」を作らせたのは、こうした岡井の一種の使命感だったと見ることもできよう。この頃の岡井の作へ集まった批判について、私は「岡井隆のやや逆説的な自省の作品に後退のレッテルをはりつけてより極端な前進へと彼を追いたてるあらわな裏がえしの権威主義」と書いている。歌をつくることが抵抗であり、自立することであり、行為であり得ることを、岡井はその使命感をバネとしてここで示したのだ。

6章で触れる「生ま身の生」「生活の思想」重視の作品が『朝狩』からその基調音をひびかせる。その理由も、それまでおぼろに見えていたそれらを、この六〇年のころ、彼は明確な、かたちとしてつかみとったゆえだと見るべきだろう。また、近藤評価の基準が、「歴史的な見通しの正否」、「実感に即するより、その実感を常に見はりつつ立ち割ってゆく思考過程」(「ある享受——近藤芳美歌集『歴史』」昭27・3「未来」)から、「生ま身の思想に固執して既成の思想や固定観念を攻撃する」(「『黒豹』の背景」昭44・11「短歌研究」)と変わっていた屈折点もおそらくこの期にあるのだろう。この屈折点は岡井論の大きなポイントだと私は見る。

《注・『土地よ、痛みを負え』あとがき、あるいは上記座談会の回想的談話等で、六〇年安保の時期に政治的非行動者でありつづけたのは医学に没頭していたからだ、とくり返し発言している。また、同歌集あとがきに「妻とわかれ現実に僕は家を出た」とある。私はいま、かりに岡井が生活者たるわれに力点を置いた契機を使命感に見たが、仕事のこと、家族のことに手いっぱいだったというのが現実の岡井の本当のところだったのかもしれない。本格的な作家論として「岡井隆論」と銘打つなら、この辺の事実関係を実際に当ってみなければならないだろう。ただ、岸上について見たように、現実の岡井がどうであったということがそのまま直接に作品に反映されたと考える必要はない。特に岡井の場合、ことを単純に考えてはならないだろう。岡井の短歌論を踏まえて考えるなら、俗に政治的季節と呼ばれたあの時代を〈場〉ととらえ、その〈場〉の効果を配慮に入れた、エンターティメントの要素の勝った作〈天の炎〉〈勝ちて還れ〉を理解する方が自然だ。つまり「〝場〟の力を利用せよ」(「〝場〟の効力を計算せよ」(「〝場〟について――表現をどこまで高め得るか?」『現代短歌入門』所収)の応用篇だと私は見ている》

5

かつて岡井の歌に励まされた経験を点検することで、彼の歌の〈美しさ〉と〈倫理〉のあり方を見てきた。そして、その両者の基底部に彼の〈歌う主体〉重視の姿勢があったことを見てきた。岡井が本質的に「――が」歌うことを重く見る歌人であったからこそ、多分、私を励ましたのだ、との推論を得た。、では、〈歌う主体〉とは何か。

この点は小文の主旨から外れるので詳論するいとまはないが、誤解を恐れずに、ごく大ざっぱに言えば、近代短歌史、そして現代短歌史は、どう歌うかの歴史だったと言えそうである。とくに六〇年代短歌は方法論議全盛の時代であった。岡井の『短歌型文学論』を見てもわかるように、岡井には分析癖、理論好みの癖があるから、彼はさかんに、定型をどうとらえ、韻律をどう理解し、喩法をどう活用して、どのように歌うべきか、等を論じている。人によっては、岡井こそが六〇年代方法論議の中軸だったと見る人もいよう。たしかにそういう面もあったし、また、実際に実作上でどう歌うかに様々に腐心したりしてもいる。しかし、岡井の歌の本領がそこにあったとするのは、当らないことは次の章で明らかにしよう。

ただここで一言触れて置きたいのは次の発言である。岡井は「私文学として短歌」(『現代短歌入門』所収)文中で次のように言っている。

短歌における〈私性〉というのは、作品の背後に一人の人のそう、ただ一人だけの人の顔が見えるということです。そしてそれに尽きます。そういう一人の人物(それが即作者である場合もそうでない場合もあることは前に注記しましたが)を予想することなくしては、この定型短詩は表現として自立できないのです。

これは岡井の短歌表現論の中核的な部分である。ここで岡井がカッコの中で言っていることは、たとえば「ナショナリストの生誕」における一人のナショナリスト、「思想兵の手記」における一人の思想兵、つまり作者の分身あるいは仮構の〈われ〉とともに短歌表現の主体になれるということだ。私が作者と言わないで〈歌う主体〉などと言って来たのはこの点と関わりがあるわけで、単に作者と言ったのではあらわしきれない作者と作者の分身が重なり合うことで結ばれる像をも含めたかったからである。

それでは、〈歌う主体〉の問題に入ってゆこう。

6

岡井の評論集『海への手紙』『戦後アララギ』を一読すればわかるように、岡井の評論は、まっとうで、論理的で、しかも自信に満ちている。随所で、論争は望むところだとか、いつでも受けて立つとか、好んで好戦的な姿勢を見せる。戦後歌人の評論中で彼のこうした潔い評論のスタイルは目立つ。岡井の優れた特色の一つに数えるべきだろう。

しかし、ここに一篇、そうした彼らしくない、斜《しゃ》に構えた姿勢、口ごもった表現が目立つ評論がある。「はじめから、ことわりを言わねばならぬのはつらいが」とか、「読み捨てていただきたい」とか、「ぼくなぞの考えだと」とか、「たぶん単純すぎるといわれるだろう」とか、言いわけめいた口調が続出する三十枚ほどの文章、それは「『黒豹』の背景」(昭44・11「短歌研究」)である。

上にもちょっと触れたように、岡井は昭和二十七年に『歴史』に触れてはじめて近藤を論じている。これはごく短いものである。その後、「近藤芳美論のために」「近藤芳美にはじめて会ったとき」「芳美論断章」等で近藤を論じようとしたが、いずれも失敗している。岡井の評論の特色と上に記したが、近藤を論ずる場合は例外であった。近藤を切るには岡井自身をも切る両刃の剣が要求される。やはり書きにくかったのだろう。「芳美論断章」などは、彼の文章としては珍しく、支離滅裂という感じさえする。

その彼が、近藤を論じてともかくもどうにか言い切ったはじめての文章がこの「『黒豹』の背景」であった。歌壇から身を退く決心がこれを書かせたのか、これを書いたことで身を退く決心がついたのか、あるいはそんなこととは無関係なのか、まあ、そんなことはどうでもいいことだが、彼はこれを書くことで彼自身の作品世界をもさらし出さざるを得なかったのは確かである。

一文の要旨は、一言で言へば、近藤芳美において文学者と生活者の両面の関係がいいかげんだ、ということだ。近藤の反戦の思想は、彼の企業への忠誠心と矛盾する筈なのに、その点に関して近藤は目をそむけている、というわけだ。岡井は口ごもりつつも、「この人は本当のところをしゃべりたくないために、よそごとばかり言っているんじゃないか、といった全く失礼きわまる感想さえ抱いたのである」とついに言う。

これは、まさに、ついに言っているわけで、近藤を告発する岡井は彼のよって立つところを明確にしつつ、同時に〈歌う主体〉たる岡井のありざまをも追いつめざるをえない。

以上のごとく、六〇年代の岡井の短歌観を知るのに「『黒豹』の背景」は重要な論点を含んでいると考えられるので、煩瑣をいとわず、以下少し長く引用しておこう。

(1)ぼくなぞの考えだと、抒情というのは歌っている人間が、単一で素朴な姿をして、ぼくの前に立っている、それがよく見えることである。たとえば、近藤さんなら近藤さんという人が、昔、『埃吹く街』のころにそうだったように、一つのまとまりのあるイメージとして、ぼくの前に浮かんで来るということである。(中略)ところが、今度の二冊の本(『異邦者』『黒豹』)のうしろがわに、あいまいで分裂した近藤さんしか浮かんでこない。近藤さんは此の本では、もう、ほとんど、建築会社のことなぞ語ろうとしない。語ろうとしないのではなく、おそらく、語りがたいのであり、語ってもしかたがないとおもっているのであろう。

(2)こういう、文学者と生活者との間の、二者択一的な対立関係の設定は、たぶん、単純すぎるといわれることだろう。たぶん、私小説家——日本的自然主義文学者たちの演じた劇の再生にほかならず、そのような歌人は、今の時代には、ほとんどいないということになるのかもしれない。

実は、今の時代には、ほとんどいないというところに問題があるのである。

五十代に入って近藤さんは、さきほどあげた現場の歌のなかで、「労働」とか「働くもの」「出稼ぎのむれ」とかいう言葉をつかって、一つの河をわたろうとしている。それは、右にのべたような、生活者としての破産を絶対にさけようとするぼくら誰しものうちにある保全の志と、生活者としての破産を予期しないで実行することのできない文学者の魂との間の架橋である。この架橋は、しかし成功するわけにはゆかない。言葉というものは使い手の意図を裏切る場合がある。

(3)ここで、(近藤が)「思想」と「生ま身な生」の間に、対立をみているところが重要である。ぼくは、実をいうとこういう二元的な考え方にかならずしも同調しない。近藤さんが、この論文(「思想と文学との関わり」)の他のところで言っているような「病苦と貧苦と、さらに一家の中の絶えない葛藤とに身をさいなまれながら、啄木自身の生は別のところに燦然と営みつづけられ云々」というふうに理解していないのである。生ま身の、未熟な人間であり、若く貧しく病んでいた啄木だからこそ、このような思想をもっていたのだとかんがえている。「別のところ」どころか、まさに、その場所に「営まれた」生だったのである。

(4)情況は、どのように設定してもかまわぬし、詩的虚構は、むろん必要なのである。ぼくの疑問は、大きな機構のなかにあって、その企業への忠誠心をもち、その企業の一部門の管理者として「労働」を統べている五十代の男が、本当は、どのような「思想」をいだいているのか、ということである。どのような「生活の思想」を「暮しの思想」をはぐくんでいるか、ということなのである。(中略)反戦の思想をそのまま掘り下げていけば、どこへ出るだろう。ひょっとすると、企業への忠誠心とは、およそ矛盾した場所へ出るかも知れないのである。そういった「生ま身の生」と「思想」とが、はげしくぶつかり合って、近藤さんをひきさく。そのとき、近藤さんが、より一そう「生ま身の生」に固執して、そこから、既成の思想や固定観念のように近藤さんをさいなむ「過去からの声」を攻撃し、「生ま身の生」に根ざした戦争観をうたうならば、それは、テレビから取材しようと、旅行から取材しようと、近藤さんの今の生活の思想をうたうことになるであろう。

整理しておこう。(1)、歌人は作品のトータルにおいて単一な人間像を結ばねばならぬ。(2)、その場合、一歌人が文学者であり同時に生活者である分裂した現実に関して、楽天的な一元化たとえば言葉の選択といった辺で処理することは不可能である。(3)、(2)の両者は根元において一体であるはずだ。生活者としての「生ま身」が文学者の「思想」の土壌なのだと考えるべきである。(4)、「思想」を歌うということは、既成の思想(たとえば反戦思想)を「生活の思想」「暮しの思想」で洗うことなのだ。

読者の中には、奇異に思われる人があるかもしれない。近藤が生活派・暮らし派であって、岡井はその逆、生活が歌に反映されることなんかどうでもいいと考えている歌人ではなかったかと。ひとからげに前衛派と呼ばれ、前衛派の旗手としての岡井、というふうに理解されてきたわけだから、前衛派というのは、反生活非暮らしの歌とされてきたのだから、そう思うのは無理のないことである。そして、それは一面で正しい見方なのだ。

しかし、今度刊行された『岡井隆歌集』を注意深く通読すれば、幾重にも重なり合った観念的表現の襞《ひだ》の間から、まちがいなく生活者岡井隆の顔がのぞけるような仕組みになっていることは事実だ。もちろん、たとえば、近藤の歌から読みとれる近藤夫人の像と、岡井の歌から読みとれる岡井夫人の像とはまるでちがう。岡井は、歌の読者が岡井夫人をイメージとして描けるようには歌わない。彼女の髪の毛は長いのか短いのか、色は白いのか黒いのか、そういうことは読者にはいっさいわからない。彼は「――を」歌う歌人ではないから、夫人を歌いはしないからである。しかし、岡井の歌集には、まぎれもなく生活者岡井のそばにいる岡井夫人は登場する。

話をもとにもどそう。上に見たごとくであるから、岡井の近藤批判を、ためにしに批判と見るのは当らない。岡井が自らを語っていると見てさしつかえない。

卒直に言って、私は、この一文を読んだときにまず、近藤さんは自分自身に批判されているような気がするだろうな、と思った。この論旨は二十代の近藤が現在の近藤を叱っているのではないかと錯覚するほど近藤の論を体現したものである。私はこのノートを書き進めつつ、岡井の論で俺自身を切っているという錯覚に陥るのだが、ここでも、なんのことはない、近藤を批判している岡井は、近藤の論によって自らを切っているのだ。追いつめているのだ。

追いつめられた地点で、でてきたもの、私の言葉でそれを翻訳すれば、近藤の論を踏み越えて岡井がここで言っていることは、自立する自己の確保の手だてであり、詩における自己絶対化の決意であろう。

ところで、これは岡井の資質なのだろうが、彼は性格的に孤立好きというか、天邪鬼《あまのじやく》というか、他とはちがっている自分を好む性癖がある。私を励ました歌、群衆を置いてバスで出発するとか、デモとは逆方向に向って行くバスに乗っているとかいう歌の発想もそうであった。また、

あえて至難の巌《いわ》のめぐりに集いたる群衆を火のごとく崇《あが》めつつ
学生は神かと不意におもいつく一握《いちあく》の味噌湯におとしつつ

これらもその発想だ。私は、今度の『岡井隆歌集』によって、はじめて彼の初期の歌を見る機会を得たのだが、この発想が最初期から一貫してあるのにひそかに驚いた。初期歌編「O《オー》」は、次のような歌ではじまっている。

暁の月の寒きに黒き松の諸葉《もろは》は白きひかりを含む
西の辺の山脈《やまなみ》の前に雲しづみ高嶺《たかね》むらむらと立てる見ゆ夕べは
諸草《もろくさ》の末枯《うらが》れむときにまきの木が新葉《にひば》青々とひろげつつあり

黒の中に光る白、沈みゆく雲の後に立つ高嶺、枯れゆく草をめぐりにおいて新葉をひろげる槇《まき》の木。十代の彼が着目したのはこういう状景である。

友もいらず導者もいらずただ素直なれよ日向《ひなた》の黄なる土に伏すなり
指に下げし罎のインキが匂ふ朝人さけながら席とりて居り

「O」には、こういう歌がいくらでもある。

ついでに言っておけば、これらを簡単にエリート意識といって片づけるのは誤りであろう。しかし、「群衆を火のごとく崇めつ」と

か、「学生は神かと不意に思いつく」とかの歌に、私は不快な嘲笑のひびきを聞くことは言っておこう。岡井には、自分の分身をつくることはできても、自己の相対化はできないのだ。

さて、こうした資質を持つ岡井は、自己の絶対化を強化する方法として近藤の開拓したところを継承し、そこで強化した自己の絶対化をもって近藤を突破しようと試みた。これが歌人岡井隆の基底部である、と私は思う。(1)から(4)まで引用した、現実に生きる「生ま身」「生活者」重視の姿勢があったから、彼が第二の師と呼ぶ塚本邦雄に殺されないですんだのだ。

私は以上のように岡井における〈歌う主体〉の認識を理解するわけだが、岡井自身も心配していたように、これでは日本的自然主義者たちのよって立ったところと変わりないじゃないか、という疑問が当然出て来よう。基本的にはそのとうりなのだ。

だが、二つの点で岡井はそれを抜いていると私は見る。前者は、言うまでもなく、私が励まされた経験をもとに縷々《るる》述べて来たように、岡井が「――を」歌う歌人ではなく、「――が」歌う歌人であり、その〈歌う主体〉が、歌うことで歴史、社会、現実、思想に関わろうとする積極性を持っていた点である。たとえばそれを状況ということばに置きかえるならば、岡井は「状況を」歌った歌人ではなく「状況へ」歌った歌人であったということだ。

第二は、岡井が、歌うことが自己変革につながるかもしれぬという幻想を抱いていることだ。(1)~(4)でみたように、生活といった下部構造にがっちり思想は束縛されている、と彼は基本的に信じている。とすれば、生活を変えぬかぎりその人間の思想は変わらない。あるいは有島武郎が悩んだように、今の生活を変えても今までの生活でつちかわれて来た「暮しの思想」は簡単には変えられない。しかし、歌うことでなら〈歌う主体〉を変えられるかもしれぬ。彼はこのような幻想を抱く。

走れ、わが歌のつばさよ宵闇にひとしきりなる水勢きこゆ
こころみだれてパン嚙むころぞ真日《まひ》くれてさわ立ちやまぬ歌の翼よ
昨《きそ》の夜の唄きれぎれにきこゆるを鳥発《た》つや何の鳥とおびゆる
真実という語恥《やさ》しくわが歌はひと日のうちにわれを変えゆく
たえずわが行方を蒼くさえぎりてめくらむばかり迅きつばさは
夜をこめて歌の風切雨覆まなかいに見ゆ刃のごとく見ゆ

といったぐあいにである。

細かく述べる紙幅がすでにないので、一言で言ってしまうが、この「状況へ」歌うことと、歌うことに幻想を抱くことの両者は、岡井の内部で時間的にずれて出てきている点は注意すべきだろう。そして後者に属する歌、つまり歌うことで自分を投げ出して行く発想の歌には、作品的に見てよいものはほとんどない、というのが私の感想である。やはり『岡井隆歌集』ではじめてまとめられた最新の歌篇『天河庭園集』では、生活の変革に沿っての歌によいものがあるが、歌うことで変革しようとする歌でよいものは見出せない。私が、彼の本質は基本的に(1)から(4)の引用中にあるとする由縁である。

7

岡井が近藤を論じてくり返し失敗したように、私もここで失敗したようである。はじめからそれはわかっていたのだ。岡井が本質的に「――が」歌う歌人であり、その彼が「――へ」歌ったときもっとも美しく輝く作品を書いたとする論旨は言い得たと思うけれども。

（初出「短歌」「岡井隆ノート」、評論集『極北の声』〈角川書店〉より再録）

短歌の精神

『岡井隆歌集』に寄す

村上一郎

ちょっとオーヴァーにいうと、まるで電話帖のような大きい本が届けられて来た。

『岡井隆歌集』がそれで、見れば、『斉唱』『土地よ、痛みを負え』『朝狩』『眼底紀行』と既刊全歌集が収められている他に、初期の「アララギ」時代の作を集めた「O（オー）」や、また「〈時〉の峡にて」『天河庭園集』もまとめられて入っている。すなわち、岡井隆の全業績が、ここに一本となって上梓せられたのであって、これは『斉唱』なぞ手に入らないわたしらにとっては、ありがたい集である。むろん他に、岡井隆はすぐれたエッセイも書いているし、医学者としての論文も立派なものがあると聞くが、わたしはやはり彼を卓異秀抜《たくいしゆうばつ》にしてしかも「あはれ」を知る歌人と信じているので、かかる全業績がまとめられたのを至上のことと存念するのである。

うちみるところ、この一巻、時間的には昭和二十年作家十七歳の秋から、昭和四十五年作家四十二歳の夏にまでわたっている。その間《かん》、実に二十五年、岡井隆は身をもって現代短歌（或いは戦後短歌）の在りようを支えてきた。得意の時もあったろう。が、失意の時も多かったであろう。しかも見方を変えれば、わずか二十五年、人の一生からみるなら前半の序曲にすぎない。岡井隆が、一身上の理由から、わたしらの視野から遠ざかり、作品も見られなくなってから今まで、わたしはきっと再び岡井隆が短歌の世界に戻ってくると信じて疑わなかった。いまこの集をめくり返しつつ、その信念はかならず成るものと期待を深くしている。（ついでにいうなら、寺山修司も、いつか短歌に戻るとわたしは信じている。でなかったら、戦後短歌は塚本邦雄ただひとりでしょいつづけねばならず、これは、女流を含め多少の人が出てはいるものの、塚本個人にも公的にも大変なことである。）*

＊

「O（オー）」について、いまわたしはあまり発言したくない。旧い「アララギ」の長所をよく学びとったな、と思うばかりである。昭和十五年ごろには、短歌に志したなら、まず『植物図鑑』と『広辞林』（その頃は『広辞苑』なし）**を買って、頭から読み、かつ暗記したものである。そういう努力なしに短歌をはじめられるようになった戦後はダメである。

つぎに『斉唱』にゆくと、これは岡井の第一歌集であったばかりでなく、戦後短歌に岡井ありというのろしのような集であっただけに、メモしたくなる歌がいくつもある。

果肉まで机の脚を群れのぼる蟻を見ながら告げなずみにき
ただ素直に学びて足れと言うのなら今日さえ死なんと激しかりしを
茫然と塁《るい》をまもれる幾人が窓に見えつつ鳴る午後の鐘
漸くに岐路に立ちすくむ思い湧く確約避けて別れ来にけり
立ち会いし死を記入してカルテ閉ずしずかに袖がよごれ来る夜半《よわ》
言いつのる時ぬれぬれと口腔みえ指令といえど服し難きかも

医師たることと、戦後マルクス主義への同調者であることと、歌人であることと、複雑な――といっても当り前のことなのだが――

からみ合いのうちに作歌されているなかの秀作を今日拾うことは容易であるが、昭和三十年代のはじめという時点に立ち返ってみるなら、安易にこれらを見ることはできない。しかも、この頃の岡井は、なかなか多欲な人であった。一首のなかにいろいろのものを取り罩めてくる傾向もまざまざと現れている。

音ひとつ玉虫掌《て》より立ちゆきぬ疎まれながら午後もあるべし
コミュニズムのための童話の国恋いて稚かりけり共鳴の日々
眠られぬ母のためわが誦《よ》む童話母の寝入りし後王子死す
つぎつぎに啼きいずる犬の中ゆきて欲しきかな巾ある思考力

こういう『斉唱』の世界から、岡井は『土地よ、痛みを負え』のなかの問題作「ナショナリストの生誕」等に移ってゆく。これを何か「転向」のようにいう人びとが多かったが、菱川善夫の左のごとき評言が思い出される。

「『斉唱』から『土地よ、痛みを負え』への岡井隆の変貌は、あきらかに単純なリアリズム、一元的な世界の把握からの脱皮を告げるものである。だから私が、かかる文学技法の変革、共有の上にみるのは、まずもって技法を成り立たせた文学意識の変革と共有である」（菱川善夫「実感的前衛短歌論——『辞』の変革をめぐって」昭和四十一年七月号『短歌』誌。後に『現代短歌　美と思想』に所収。）

菱川の右の論には、岡井の『朝狩』の二作品、

右翼の木そそり立つ見ゆたまきはるわがうちにこそ茂りたつみゆ
群衆を狩れよ　おもうにあかねさす夏野の朝の「群れ」に過ぎざれば

に対する解説が述べられている。菱川はこれらの作に、具体的な思想そのものを見るのではなしに、韻の強弱、韻そのもののメタフィジックな力なぞを見る。「たまきはる」なんぞという古語の使用も、それ自体がすでに言語の可能性と韻の可能性に対する鋭い自覚にもとづいているのだ、というのが菱川の論であるらしい。わたしもこの点は同意できよう。

岡井自身は金子兜太との共著で『短詩型文学論』（紀伊国屋新書）を出しており、岡井はここで、独特の母韻律《ぼいんりつ》論を展開し、斎藤茂吉の実作について、己れの論を固めている。

＊

さて『斉唱』から『土地よ、痛みを負え』に入ると、わたしは再三これを読んだはずであるのに、かつて佳什とした歌に代って、次のようなものがよく思われてくる。

つややかに思想に向きて開ききるまだおさなくて燃え易き耳
訛り濃き愛の表白　送話器へのびあがり声を殺す少女の
檸檬《れもん》搾り終えんとしつつ、轟きてちかき戦前・遙けき戦後

次いで、また次のような作にも心惑《うご》く。

ああ朝焼け頭上に爆《はじ》け昨日より鳴りつぐ鐘は何を弔う
何ものももはや生い立つ気配なき地の果てにして傾く墓標
右肺《うはい》には稀《うす》き酸素が、左肺《さはい》には臆説が満ちみちて死にたり
いくたびか汗をおさめて立ちむかう西欧というは遂に何ならん
一団となり孤行者となりながら翅《はね》もちて灯《ひ》につどうものらよ

不思議なことに、かつてわたしの高くかった、

市民兵に転化してゆく時あらばわれらもい行くことあらば、妻よ

なんぞというのが、今は実にくだらなく思え、かえって次の一首なぞを採りたくなる。

ある日遠のきある日轟々とちかづきて弁明を強いやまぬ声らよ

総じていうなら『土地よ、痛みを負え』は一九六〇年安保闘争の終結を認めねばならぬ日に成った集——もっと早くから岡井の集を編む志はあったというが——であった。先にもいうように、やや多欲すぎる作者は、あまりにも多くを短歌の中にもちこみすぎており、また連作のテーマなぞ見ても、ありとあらゆる天文・人事・地形・地物・動植物その他に及んでいる。これが当時の岡井にとっては、ひどく苦しい、しかしさもなければ文学を断念してしまう他ない絶対の状況だったのだろう。『土地よ、痛みを負え』という題名そのものからして、

一房の紫紺が置かるかかるもの産みたるのちの地《つち》いたましく

といった思いを罩めていたのであろう。

この一冊の集をはじめて手にした日、わたしはこれを読み違えていた。つまり、安保闘争殿戦《でんせん》の裡に在って、わたしは何時か状況負けしていたのである。十余年をへだてて、今回読み直してみると右の引用のごときものを採るように、わたし自身がこころを移さねばならないのである。

＊

『朝狩』に移ると、この集に対して、わたしは何回か発言してきたことを思い出す。とくに昭和四十五年の春「文学界」誌のために書いた拙文「短詩型文学論断章」は、その後『増補改訂・日本のロゴス』(国文社)にも収めてあるので、もし、ついて参照されれば、まことに幸いである。

肺尖にひとつ昼顔の花燃ゆと告げんとしつつたわむ言葉は
甦《か》えす力なきは一国を思わしめ昏々とせる瞼見おろす
塩からきあかつき粥をすすりつつ風評のなか妻たらむとす
野の城の辛《から》き孤立をまもり来て帰り来ぬれば妻ともの言う
刃をもちてわれは立てれば右ひだりおびただしき雲の死に遇《あ》う

真昼

説を替《か》えまた説をかうたのしさのかぎりも知らに冬に入りゆく
核心にせまりつつあるいくたりのああ膝つきしそのひとりはや
私《わたくし》のめぐりの葉のみくきやかに世界昏々と見えなくなりつ
走れ、わが歌のつばさよ宵闇にひとしきりなる水勢きこゆ

こちらは何度読んでみても名作である。歌はしらべであるという自恃をもって成った、岡井にとって最高の集であると、わたしは思っている。いや、前にもそう書いたが、『朝狩』は、戦後のおびただしい歌集のなかで、十指或いは五指に入ることは確実な集である。ただし、「おのずから」という初句にはじまる七首も並べてある連作なんぞが、わたしの好みには合はない。「おのずから」がリフレーンを成しているとも思わない。いったいに、この時期の岡井はリフレーンを作るのに懸命であったようだが、成功している作はあまり多くはない。

＊

少しく駈け足となったが、わたしらは『眼底紀行』に入らねばならない。この歌集が出版された直後、塚本邦雄が、

掌《て》のなかへ降《ふ》る精液の迅きかなアレキサンドリア種の曙に

の一首を激賞し、わたしは反対の意見を述べたことを思い出す。わたしは「岡井美学」なんぞというのに反駁を感じていたのであり、現在も説を替えない。何でも入るポリ・バケツのような「××

美学」という奴を、わたしは憎むのであり、それがちょうど『眼底紀行』のあのおもちゃ箱のような装丁と伴い合って、おっちょこちょいの連中が、岡井美学的ないい方を横行させかねない状況であったのである。『眼底紀行』の祝いの会があって、わたしは右のような発言をし、二、三人が反駁し、岡井美学でいいじゃないかということであった。歌人はこういうくだらない評者を――わたしのほうがくだらなかったらわたしを――拒絶すべきである。そんなことができなくて何の「前衛」なのか、歌人なのか。

『眼底紀行』で採るべき作品は、例えば次のようなものである。

軍路のふかぶかとして到らざるなきアジア東北に生きて来にけり
叛乱へ到る技術をおもうたび想う木銃《もくじゅう》を日に捧げて立ちき
あかとき露のあふるるばかりなるなかに死にゆきしかば暗き舌見ゆ
右翼から呼びかくる声さびさびと火群《ひむ》らを消して仕事終るとき
性愛の火照りに遠く照らされて労働へ行く奴婢は過ぎたり

これらは『眼底紀行』のはじめのほうに出てくるもので、後半まで読み破ってゆくなら、二十首やそこらは、秀作として見出されよう。『土地よ、痛みを負え』でやや「前衛」ぶりを見せた岡井は『朝狩』を経て、腰を深深とおとした姿勢となり、在るべき短歌の道へ向っていた。このことは、岡井にとっても、歌人間の在りようにとっても、よいことと思われた。

菱川善夫は、昭和四十三年の時点で、現在もっとも深い「迷妄」のうちをさまよっている人として岡井をあげ、こういった。

「岡井にとっての怖るべき問いは、定型詩人の中で創出された岡井の思想が、現代知識人の思想に、いったい何をつけ加えうるのか、というむしろ素朴すぎる問いのうちにあるだろう」（『現代短歌　美と思想』、初出は昭和四十三年一月刊「律'68」か？）

菱川のいうのももっともと思われるふしがあるし、「人間は考える限り迷うものだ」（ゲーテ）という諺《ことわざ》にしたがうなら、迷妄のうちをさまよっているとしてもあながち不面目ではないかもしれない。しかし、わたしは、『眼底紀行』まで歩んで来た岡井に向って右のようにいうのは不躾けであると思った。菱川がどちらかというと戦後短歌のなかで、塚本邦雄ばかりを問題とする人であり、それはそれでよいのだが、短歌人のなかには、いやに評論家とか文化人とかいうやからに低い姿勢をとりがちの人びとが多いから、とくにいっておきたいのである。

もはや、紙数も時間もつきた。さいごに、岡井の歌がまた「未来」にのるようになる日をこころから待っていることをつけ加えたい。現在の――つまりその時々の――知識人の思想なんぞ気にすることはない。

（初出「現代詩手帖」）

附記　右の一文、このたび本書に収められるるの期を得、付記若干をほどこす。（村上）

＊　斎藤史、葛原妙子らは、戦中と考えた。わたしの評価しだしたのが戦中ゆえである。

＊＊　三省堂刊。大槻文彦の『大言海』『言海』二名辞典に次いで用いられていた。なお、昭和十五年ごろにというのは昭和十五年こそは、いわゆる「皇紀二千六百年」とて大々的に式典があり、その八年には「新体制」運動が突如として口火を切り「国際スパイ団」（ゾルゲ、尾崎秀美ら）をふくむ、いうならば上は天子から下は布衣無官無位の農・工・商人・ルンペン・プロレタリアに至る迄、「一木一草」ことごとくを併呑してゆく年であること、しかもこの年、わたしにとっていうなら『新風十人』が出、八月『魚歌』また『桜』が出ていること、わたしが、やや歌らしいものを作りかけた年であること。それを「奨励」してくれたのが今の歌人でいうと東博、歌人外では水田洋、『アララギ』系では故・中村喜平、及び杉山忠平らだったことによる。

＊＊＊　ほぼ六〇年安保の年の夏から一九六四―五年くらいをわたしは、「殿戦」期としている。むつかしい時代で、友は友と別れ、新しい友ともまた……という時代である（何時もそうだが）。

（初出「現代詩手帖」『歌人論叢書Ⅰ　岡井隆研究』〈欅書房〉より再録）

〝夏〟のために

中井英夫

ことし、7月28日号の「週刊朝日」は、〈〝蒸発〟の前衛歌人岡井隆のもう一つの人生〉という見出しで岡井隆の失踪のいきさつと九州での思いもかけぬ〝発見〟とを伝えている。その少し前の本紙にも同じ趣旨の短い記事が出てい、これはそれを敷衍してみせた形だが、たいへんに元気で、作歌にもまた意欲を燃やしているという内容を読みながら、私はいささか鼻白む思いがした。というのは彼の失踪当時から私はひそかに一冊のノートを用意し、関係者の証言を聞き廻りながら次第に彼の内面に近づいていって、その固く秘められた動機を解明するとともに劇的な発見を幕切れとする、いわば同時進行の小説を考えていたからである。この企ては、しかし失踪後まもなく、動機は女性関係のもつれであって、郵便貯金を手がかりに一か月後にはもう所在が判明するという、あっけない大団円となったため放棄するほかなかったが、〝作歌にもまた意欲〟というのが引っかかって仕方がない。むろん岡井隆は塚本邦雄と並ぶ前衛短歌の闘将であって、昭和三十年以降の歌壇はこの二人を先頭に新鮮な作風の展開をみせたのだから、才質ともにすぐれた彼の復帰は、現代短歌のためにも慶賀に堪えないけれども、菊判六七四ページという分厚い歌集を傍らにおいて考えると、感懐は複雑であった。

この歌集はことしの六月の刊行だが、あとがきの日付は昭和四十五年七月二十三日となっている。その最後にこう記されている。

〝……右のごとく、本書は、歌集六冊分の内容を持ち、昭和二十年著者十七歳の秋から、同四十五年四十二歳の夏にいたる二十五年間の作品歴が大凡のところ鳥瞰出来る仕掛けになっている。なんという厭《いや》な本であろう。厭ならやめればいいのにそれを敢えてするとは、なんというおろかしさなのであろう。そうおもえばこそ、わたしは、本書の出版を長くためらって来たのであるが、或る私的事情を機縁として刊行へ踏み切ったのである。〟

そしてこう書いた二日後に岡井は、北里病院医局長という職を棄て、妻子をおいて失踪したのだが、とすればこれは彼が自分のために生きながら立てた墓であり、その壮大さがみごとであるだけに、このすべてを覆すに足るほどの作品をもってするならともかく、なまじな復帰を手放しで喜ぶわけにゆかない。歌壇というのは妙なところで、もう十年ほど前にも、岡井と同じ青年歌人会議に属していたY・Sという歌人が失踪した。歌誌『歩道』の中堅で、判りのいい評論を書き、実生活では銀行マンとして出世頭にいたし、幸福な家庭も営んでいた、その二つながらをあっさりと棄て、このほうは完全に蒸発して、いまに到るまで消息のかけらもない。こうした先例があるだけに私は、岡井の失踪がより完璧であることを願っていた。妻にも親友にも打ちあけることのない悲痛な男の祈りが、より深く保たれることを念じていたのだが、それはあまりにもあっさりとついえた。しかしなお私にはこの事件を、三島由紀夫の死や、寺山修司・春日井建ともどもの鮮かな歌のわかれと重ね合せて眺めたい思いが強い。

ところであとがきにある六歌集のうち、初期の『O（オー）』と最後の『天河庭園集』とはこの集のため編まれたもので、他は『斉唱』『土地よ、痛みを負え』『朝狩』等の、彼のもっとも活躍した

時期の三歌集がここでも芯になっている。『O』は稚純といえるほどの澄んだ眼で綴られた習作期のもので、

何心なく灯《ひ》を消す夜と思ひつつかなしみながら消す夜半《よは》とあり
苦しみを表す術《すべ》を知らずしてただ言ひ表《あらは》す霧と山とそこにゐる吾

と

等の歌に続いて、やや後半の変貌を思わせるに足る「友情論」という題の連作が一から五まで並んでいる。手にインキをつけた若者の人恋しさと怒りと悔いとを浮彫りにした、これは彼自身のための童話であろう。

歌壇での処女歌集『斉唱』は、発売当時から青年のあいだで讃嘆の声が高かった。

抱くとき髪に湿りののこりいて美しかりし野の雨を言う
北の海から拾い来りて母のために海星《ひとで》の指は継ぎ合わされぬ
眠られぬ母のためわが誦《よ》む童話母の寝入りし後王子死す

といった、なお淡々しく美しい作品の合間合間に、次第に変貌の用意はなされ、次のような数首がある。

言いつのる時ぬれぬれと口腔みえ指令といえど服し難きかも
冬の日の丘わたり棲む連雀《れんじゃく》は慓悍の雄《おす》いまも率たりや
母の内に暗くひろがる原野《げんや》ありてそこ行くときのわれ鉛の兵
父よ　その胸廓ふかき処《ところ》にて梁《はり》からみ合うくらき家見ゆ

そしてこの集の末期のころに塚本邦雄との出会い、さらに吉本隆明との論争があり、その二つを通じて岡井は、その風手にふさわしい、みごとな〃慓悍の雄〃に変貌した。余談ながら先日初めて吉本隆明と対坐した折、岡井の話になって、「北里病院をあっさり辞めたってのは実にいいことですよ。あれァいい」と、しきりにその〃快挙〃を讃えるのを興味深く聞いた。もともと岡井には無医村や薄給の診療所の医師を進んでつとめるという行動力と実績とが青年時代からあったことを併せてつけ加えておきたい。

続く『土地よ、痛みを負え』はこの集中の白眉でもあり、岡井の全作品の頂点でもあって、「ナショナリストの生誕」「思想兵の手記」さらには「暦表組曲《かれんだあ》」等の凛然とした一連をこんど読み返して新たな感銘を受け、編集者時代からあまりにも長く頑固な岡井への偏見がようやくほぐれるのを知った。

その前夜アジアは霏々と緋の雪積むユーラシア以後かつてなき迄
列島のすべての井戸は凍らんとして歌いおりふかき地下から
異国の兵群るる一枚の冬見ゆまつ道さまにその冬枯へ
産みおうる一瞬母の四肢鳴りてあしたの丘のうらわかき楡
市民兵の最後を聴けり誰よりも低き後方に席を移して

格調高い連作から数首を抜いてもあまり意味はないが、この一巻と『朝狩』との言葉の噴出は、千百年の短歌の歴史にかつてないみごとさであり、壮烈な ejaculation を目の当りにしたような奇妙な息苦しさを覚える。

キシヲタオ…しその後《のち》に来んもの思《も》えば　夏曙《あけぼの》の erectio penis
掌《て》のなかへ降《ふ》る精液の迅きかなアレキサンドリア種の曙に

純白に輝く墓『岡井隆歌集』の一巻をゆるがせて、もしいまいちど歌人岡井隆が出現するならば、そのとき歌壇はかつてない輝かしい夏を持つことになるだろう。

（初出「海」『歌人論叢書1　岡井隆研究』〈櫟書房〉より再録）

『人生の視える場所』の余白に

大岡信

岡井隆歌集『土地よ、痛みを負え』について以前書評したことがある。『人生の視える場所』のために小文を草することになって、当時の書評を収めた自著をとり出してみて驚いた。一九六一年六月号の「短歌研究」に掲載されたことが初出一覧でわかったからだ。何と！　もう二十年余りが経った?

年譜で見ると、岡井さんは一九六一年には数え歳三十三。私は三十だった。あの時以後、私は岡井隆の歌について感想を書くということをしていない。もちろん何人かの歌人の名を挙げながら書く文章の中でなら、何度も岡井隆の名を書きしるしているはずだが、あの歌集の二年後に岡井さんが共著で出した『短詩型文学論』についてやや長文の書評を書き、岡井理論の厳密主義に対する本能的疎隔感から、いろいろ難くせをつけて、どなただったか岡井擁護の歌壇人を怒らせた（という記憶がある）以外には、久しい間ごぶさたをしていたことになる。

「……岡井氏の作品には、雲雀の傷をいたわりに松の疎林に入ってゆく、羞じらいを優しく包んだ甘美な抒情と、自己をアジアの新しいナショナリストに擬し、思想兵とみずからを呼び、市民兵の一人として革命の戦列に加わろうとする武装した精神とが混じり合っていて、起伏の多い、身振り豊かな世界を形造っている。

同時に同じ出版社から出た塚本邦雄の『水銀傳説』と読みくらべると明らかなことだが、塚本氏が言葉の自律的な作像力を最も完全に発揮させるために、自己のモチーフを扼殺してまで言葉の自働性を生かそうとし、いわば日常的な自己の完全な抹消によって純粋な言語美の世界によみがえろうとしているのに対し、岡井氏は逆に、言葉の表象力の限界を超えてまで、自己のモチーフを言葉のうちに、あたかも弾薬を装填するように塗りこめようとする。」

私は当時こう書いた。引用の前段は『土地よ、痛みを負え』が刊行されたのが一九六一年であったことを否応なしに思い出させる。「ナショナリストの生誕」とか「思想兵の手記」などの連作を岡井さんが次々に発表したのは一九五七年のころだったし、安保条約闘争はその三年後、歌集刊行からさかのぼればそのわずか半年前の出来事だった。

今昔の感があるのは当然かもしれない。私はナショナリズムとかナショナリストとかのイズム、イストに対して熱い共感を抱いたことのかつてない人間なので、岡井隆のその側面については、どこかで理解を放棄していたところがあったと思う。今でもそれは駄目だろう。たとえば日本の古典詩歌を私が読むことだって、根本の動機は日本を相対化したいからである。それを促すものが、日本の古典詩歌あるいは文学の歴史と実質そのものにあることを、私はますます強く信じている。

右の拙文引用後段は、塚本邦雄と岡井隆の対比だが、二十年余りを経て、今もこれを変更する必要を感じない。私は右引用に続く部分で岡井作品をいくつか引用し、岡井さんが成功した場合はもちろん、仮に失敗作を書いている場合でも、「岡井氏のスタイルの特徴は実に明瞭にあらわれている」と書いた。「それは言葉がうまく結像しない場合でも、モチーフは強烈に自己主張を遂げているからだ。塚本氏の場合にはこうした意味での自己主張はない（あるいはありえない）のである。」

私の書評の最後には、次の感想もしるされていた。

「しかし岡井氏は短歌の歴史においては珍らしい表現主義的なスタイルの持主だとぼくには思われ、その意味でもぼくには興味ある詩人なのである。」

これらの指摘もまた、二十年前の私の考えであると同時に、『人生の視える場所』を読んだ今の私の考えでもあるということができる。

もちろん、その間に岡井さんの身辺に生じた大変動を考慮に入れる必要はあるだろう。けれども、人の噂でわずかに知っている程度の断片的な知識をもって、岡井隆の生活と内面を推し測ってみても仕方がないじゃないか。何しろ私が知っていたのは、ある時岡井隆が忽然と東京から姿を消し、やがて九州でひそかに暮らしていることがわかったこと、そしてその後愛知県に移り、現在もそこに住んでいること、その間に何冊もの歌集と何冊もの批評集、随筆集を出したこと（そのあるものについては、私は新聞で書評したこともある、署名なしで）、そして彼が新しい土地で職を得て生きてゆくためには医師であることが大いに役立ったであろうこと（そのことは私には岡井隆の歌と生活を考える上で非常に重要な点だと思われる。もし私が岡井さんと同じ立場に立ったとしたら、たぶんたちまち食ってゆくのが難しくなるだろうと思われ、ああ岡井隆は手に職を持っているんだなあ、と思ったことがあるのを思い起こす）、——その程度なのである。

そういう立場の人間が見た場合、この歌集に付けられた「自注」はどう見えるか。

率直なところ、「自注」には中途半端なところがある。本来は不要であってもいいはずのものをわざわざ書くことにしたのだから、徹底的に書き尽してもらいたかった。さもないと、読者としては腹ふくるる思いのすることになりかねないのが「自注」というものの恐ろしさで、大抵の人がそれで失敗する。『自註鹿鳴集』が傑作である所以は、会津八一があそこでむきになって学を披瀝し、語義を穿鑿して自作を擁護しているからだろう。やるなら徹底的に自作を弁護しなくてはならない。それでいて嫌味に陥らないこと。こいつは難かしいが、まるきり不可能というものでもない。『人生の視える場所』には自己への熱烈な弁護が足りない感じがする。材料が生煮えのまま放り出されている所がありはしないかと思う。

この歌集の最大の筋を作っていると言っていい亡父への複合的な感情の起伏、それに伴奏をつけつつ新たな主題群をなしてゆく下村槐太、織田信長、グスタフおよびアルマ・マーラー、マックス・クリンガー、グスタフ・クリムト、エゴン・シーレ、あるいは正岡子規、また東歌などをめぐる、私史記述的な意味合いの濃い一群の人物論・芸術家論的短歌群、それらと作者自身との関わりについても、「自注」は必ずしも説得的でない。岡井さんはある時は詳しく語り、ある時は成行きまかせの放下的態度で語っていて、要するに岡井隆の外的・内的両面での生活をよりよく知りたいという私の野次馬的好奇心は十分に満たされない。岡井さんの言葉よりも、それを書いている岡井さんの身振りの方がより印象的だと思うことがままあるのもそのためだろう。

けれども、そう言ってみて、私は二十年前に自分が書いた『土地よ、痛みを負え』の書評の論旨を繰返していることに気づく。岡井さんを「短歌の歴史においては珍らしい表現主義的なスタイルの持主」と私は当時書いたが、「自注」はよくも悪しくもそういう歌人の書いた「自注」だった。そういえば、岡井隆が「師父」とさえよんで偲んでいる村上一郎という人がやはり、書いた言葉よりも、それを書いている人の身振りにおいて印象的と私には思える文筆家だったことも思い合わされる。それが短歌を作るある一群の人たちにはたまらないほどの魅力らしいのを、少し離れて見ている私は時々不思議に思っていた。

さて、拙文はそれが付録としてつくはずの歌集のためには、甚だしく礼を失した伴奏になっているのではないかと思う。それには当然理由があって、すなわち私はもともと岡井隆の歌が好きだから、平然と作者自注への不平を書くこともできると自認しているのだ。

おのずから嘘を重ねて此処《ここ》に置く世のもろびとのなしたまふごと
箸立ての箸抜きながら塩尻のそば一椀になごみゐたりき
宙宇とふ銀の被殻のおもはるるからだよろこぶ束《つか》の間ののち

たとえばこの三首が互いに連続して排列されていることの意味を考えるだけで、私は十分な楽しみと喜びの時を、また刺戟を得ることができる。そして岡井隆の歌一首一首が、いかに心情を流露させるすべを自得している真正の歌人《うたびと》の歌であるかについても、語ることができる。これらの歌の合間合間に挿まれている詞書、「適度の敵意は人を爽快にすると芥川は言ったが。」とか、「人生の視える場所なんてどこにもない。それはわかっている。」とかの、なるほど作者にとっては思いの深い言葉ではあろうが所詮彼の作る歌そのものに較べれば悪しきジャーナリズムにすぎないと思える詞書は、ほんとを言えば私には不要である。

ひるがへりひるがへりつつ重《かさ》ねたる春のからだの鎮《しづ》まるらしも
女《をみな》とは幾重《いくへ》にも線条《すぢ》あつまりてまたしろがねの繭と思はむ

こういう歌を読めば、かつての岡井隆が作った次のような秀歌もおのずと思い出され、そのことで私はなお岡井隆の歌への親愛を深める。

匂いにも光沢《つや》のあることをかなしみし一夜《ひとよ》につづく万《まん》の短夜《みじかよ》
火を産まんためいましがた触れあえる雌雄にて雪のなか遠ざかる

かつての歌と、今の歌と、その間に二十年、あるいははや三十年近い歳月が流れ、火を産まんがために触れ合った雌雄の間にも無量の時と事とが生起消滅しただろう。その現状を歌った歌には、さすがに生の苦渋の影が濃いが、それとて詞書や自注で解明するには、歌の方がはるかに雄弁な沈黙にひたっている事実をどうすることもできない。まことに、

男女《をとこをみな》はなにゆゑにかくもの暗くしかもたぬしき立ちても居ても

『人生の視える場所』の中で、私が面白いと思った歌から以下に選んで書きしるす。

壁文字はまたサインペン流し書《がき》学生といふはつひに佗《わび》しも
獅子《ライオン》の声をつくりてしばし居つ実にむなしき努力と思へ
くもり日の荒海のへのふぢつぼは巌々《いはをいはを》にかはきつつあり
魚の血の鰓《えら》よりいでて流れたり外面《とのも》は今日も毛のごとき雨
日和さだまるころを噂はながれつつはらわた疾《や》みて家居《いへゐ》せりける
どの女《ひと》もわがあやふさを知らぬ顔して、両端の乾《ひ》だりたる戸に釘
　うたむとす。
しぐるるや画集を雲のごとく抱き復《ま》た惹かれゆく線のたしかさ
マッキントッシュ風の椅子には女居てきらり一瞬死へ足垂れて
夕まぐれ油《あぶら》を移しつつ思ふあぶらの満ちてゆくはたのしゑ
能登鰤《のとぶり》の身をほぐしつつ思ふかな晒刑《さらし》に遭ひて斬《ざん》にあはぬを

天心に一羽の赤き鷲を飼ふ海軟風に乗れやわが鳥
あづさゆみ春へ向ひてさんざめく毛物ぞ服を着《つ》けて歩めり

〈火のつきの迅くなりたる女かな〉

水の下に色はうごきて遊べどもときに緋鯉の照らされて出づ
わが父は淡くはるけくしかもなほかしこに棲むとおもふ時あり
一語一語声あらげて人類のふかき後背《こうはい》へ射込まむとすも
右耳《みぎみみ》を夢の領地に没《い》れながら朝妻《あさづま》に言ひ夕妻《ゆふづま》に言ふ

「水の下に」の歌のみ、詞書をも同時に引いたのは、両者の関わりに興味を感じたからである。他の歌でも、たとえば「一語一語」の歌のごときは、医師としての岡井隆の日常の活動に具体的に関わるものであることを「自注」で知り、「後背」の語の思いがけない使用法についてなるほどと思わせられるが、これは「自注」の解説抜きで読んだ方がむしろ面白いから注は引かない、等々。

私が右に若干を抄出した歌は、いずれも高度の歌の技術に支えられている。それが私を喜ばせ、岡井隆への信頼感を湧きたたせる。引かなかった歌の中には、もちろんにわかに膝をうって喜ぶことのできない歌もある。あたまの方から数首引いてみれば——

パン焼きあがるころを狙ひてわれは来つよみがへれ愛　苦《にが》き方《かた》より

スラックス紅きはさまでよろこぶな今夜《こよひ》は千々にものおもふ故
婚《まぐはひ》にいたらぬ愛を濃緑のブロッコリィにたぐへてぞ恋ふ
フェイントをかけ若きらと競《きそ》はなむ争はなむといふにもあらず
いますぐに文学やめむたぬしかるべしとおもへどままならなくに

いずれもどうも耐《こら》え性がなくなっているのではないかと思われる歌である。平たく言えば、着流しスタイルのおしゃべりが、少し締まりない愚痴になって、ただそれだけ。こういう歌にも詞書がつき、自注までついていると、癇癖な読者は舌うちする。

私はこの連載短歌が雑誌にまだ掲載されている最中に外国暮らしをすることになったので、評判が高かったというこの連載の、評判になった理由を知らないが、歌と直接関わりのないことを詞書は詞書で綴ってゆくスタイル上の試みが、その大きな理由の一つであっただろうことは察しがつく。しかし、正直なところ私は詞書のこういう恣意的、日常生活直結的、読書・音楽・美術散歩的羅列には、あまり意味がないと思う。岡井隆ほどの歌人なら、然るべき深い用意がなくてはかなうまいと思いつつ真面目に付合って、私はかなり草臥れた。歌を読むときの集中、緊張を妨げられる断片語があまりに多い。歌壇ではこれが迎えられるのだろうか。そうだとすれば、私には当節の歌壇のそのような側面は、これまた悪しきジャーナリズムの一面ということになろうと思われる。それともこれらは岡井さんにとって必要不可欠な必死の掛け声のごときものだったか。

とはいえ、詞書の中には、「〈甚平といふうすものを好まずき〉」とか「『全仕事』っていう言葉も大きらい。」とかの思わず破顔一笑を誘う科白もある。私はうなずきながら呟く、「〈G・マーラーのためのブリコラージュ〉か。ブリコラージュっていう言葉も大きらい。しゃれた片カナ語、大方は大きらい。」

岡井隆は何といっても戦後短歌の生んだ数少い本格派剛速球投手である。曲球《くせ》も数々わがものにしてきたが、この人の歌には時到れば鮮やかに流露する純な抒情があり、ふかぶかとたたえた思いがある。私にとっては、その岡井さんは昔も今も変らない。この人の率直で優しい微笑や声と同様に。

（『人生の視える場所』〈思潮社〉折り込みより再録）

體感的思想詩人
岡井隆論

桶谷秀昭

岡井隆をはじめて見たときの印象を今でもよく覚えてゐる。岡井隆の歌や散文を読むとき、いつのまにか私はそのときの忘れがたい風貌を思ひうかべてゐる。

一九六四年の初秋だつた。正確に云ふと八月二十九日の夕方、紀伊国屋出版部へ私の最初の著書の校正刷を返しに行つて、そこで村上一郎から紹介されたのであつた。しかしそこをもうすこし詳しく書かないと、あの岡井隆の姿が浮かんでこないのである。(当時村上一郎は、紀伊国屋出版部の嘱託で新書の出版を担当してゐた。岡井隆と金子兜太の共著『短詩型文学論』は既に前年の七月にその新書の一冊として出てゐた。)

その日は曇り空が夕方ちかくなつて雨になった。秋の訪れを告げる夏のをはりの淋しい雨である。私との用事が済むと、歌人の岡井隆が暫くすると来ることになつてゐるが、まだ少し仕事が残つてゐるから洋書部の売店で待つてゐてほしいと村上一郎が言ふので、承知して指定の場所へ行つた。所在なくて、棚の本を抜き出したり、背文字をぼんやり眺めたりして時間を潰してゐたが、ふと目を挙げると、十歩ほど離れた通路に岡井隆が立つてゐた。閉店まぎはの店内は人影もまばらで、すぐわかつた。

その瞬間の印象が忘れがたいのである。岡井隆は心もち頤を突き出すやうにして遠くの方へ視線を投げ、書棚に背を向けて無骨に立つてゐた。その姿は、待つといふ行為そのものに集中してゐる人間の純粋な姿だつた。しかしその純粋な姿にはおのづから翳があつた。『O抄』の中の「友情論二」と題する歌がある。

簡単に約束一つ破られて街より街へさまよひてゆく

かういふ経験を十代のをはり旧制高校生の頃から何度も経てきた人が、三十代の中ばになつてなほ失はぬ純粋なのである。それや文学なんかやる人間にはめづらしくもないことだらうよ、といふ声がたちまち聞えるやうな気がするが、そんなせりふこそ、失望を先取りすることによつて身につけたひねたポオズに安住してゐる、文学をやる者の世界ではめづらしくもない言ひ草の一つである。

そこで、また次のやうな言葉が思ひ浮ぶ。

萩原氏は、むろん、多少、からかい気味に言っているのだけれども、わたしは、萩原氏(および、前記の西村氏)のような、打てば響くような反響が好きである。わたし自身、いわゆる複雑な性格ではないからであろうか、また、文学の世界でだけは、妙な手練手くだはいやだと思って来ているからであろうか、歌についての考え方は、たとえ千里のへだたりがあっても、話しが出来る相手のように思うわけであります。 (『前衛短歌の問題』第I章)

つまり「文学の世界でだけは、妙な手練手くだはいやだ」と思つてゐる人間が、現実日常の生活の場面でもよほどのことがない限り、手練手管を使はない、使ふことのできない人柄であることを、私などは右の文章から直感するのである。そのとき、いつのまにか私はあの初めてみたときの岡井隆の風貌を思ひ浮べてゐるのである。

やがて村上一郎があらはれて、三人でその辺でビイルを呑んだ。何を喋弁ったか、すっかり忘れてゐるが、無口で、他人のことがよくわかる、(かういふ素質は詩人にかならずしも有利でないだらう。しかし大詩人に必須の条件であらう。)掌の大きい、懐の深い人物であることがわかり、あの最初の印象を裏切らなかった。

しかし岡井隆自身は当時を如何に見てゐるか。たまたま恰好の文章がある。

わたしはこのごろ、昔のようには自分の二十代を憎まなくなった。青年だった自分を多少は許せるようになった。と同時に、三十代以降の自分を寂しい奴だとおもうようになった。

わたしは、勢一ぱい背すじを立てて三十代を歩んだ。その背すじをのばした姿勢に、いじらしさを感ずるのである。(中略)紫野《むらさきの》は、九年前に「極」の仲間と一しょにそぞろ歩きした。そのとき原田禹雄とはじめて会い、山中智恵子とはじめて会った。わたしの『土地よ、痛みを負え』塚本の『水銀伝説』が同時に出版された年。六〇年安保の翌年であり岸上の死んだ翌年であった。わたしは力に満ちて生きていたようにおもえた。しかし、それは虚妄だったようだ。

(『前衛再考——京都の記憶から——』)

この文章は一九七〇年五月に書かれてゐるから、まだ村上一郎が生きてゐた頃である。そして、右の文章は、これにつづく一節《ワン・パラグラフ》のあと、「この線をたどると錯綜するが、結局村上一郎の庭へ出る」といふ一句に出会ふのである。そこで私は「村上一郎の庭」で岡井隆を知ったことになる。

私はまだ『土地よ、痛みを負え』を読んでゐなかった。それでも、その日、何を話したかは忘れたが、結構、話ははづみ、と迄云はなくとも、話題に困るやうなことはなかったと記憶してゐる。短歌とか文藝批評とかいふジャンルの別などたいして問題にならないやうな、或る共通の雰囲気の中にわれわれは生きてゐた。さういふ時代であった。その雰囲気を一つの指標をもっていへば、「六〇年安保」後の数年間である。

*

ここ迄書いてきて、二か月ほどこの稿を中断してゐた。父が死に、その葬らひのために日を送ってゐた。その間、一枚の原稿も書かず、漸く原稿用紙に戻ってきたわけだが、先にカッコつきで云った「六〇年安保」うんぬんに続けてその前後の雰囲気について何かを云ふ段になって、運筆が渋滞した。無論、私的回想を書くつもりはない。岡井隆の歌集『土地よ、痛みを負え』について何かを云はねばならぬと思ひながら、容易に筆が動かないのである。

しかし、まづ、常套の、気の利かないやりかたで、考へてゆかう。この歌集をあらためて通読して、心に残った歌を列記してみる。

列島のすべての井戸は凍らんとして歌いおりふかき地下から
最もちかき黄大陸を父として俺は生れた朱に母を染め
どの論理も〈戦後〉を生きて肉厚き故しずかなる党をあなどる
檸檬《れもん》搾り終えんとしつつ、轟きてちかき戦前、遙けき戦後
いくたびか汗をおさめて立ちむかう西欧というは遂に何ならん
ヨオロッパより百年を後れつつ臆説ひとつ蘇らしむ

かういふ意識は、いまでも依然として私にある。しかしそれが意

識の表層に屹立して、激しく表現を迫ることはない。さういふ意識がモチイフの切実さを失ったといふのではない。はるかに沈潜したものとして抱へ込んでゐると云ふべきであらう。しかしそれは決して激しく噴出しない。時間感覚として、「ちかき戦前・遙けき戦後」といふことは云へるのであるが、それは「轟」かないのである。

　西欧への立ち向かひも、「いくたびか汗をおさめて」といふ敢闘の意志においてでなく、過去の栄光を愛惜する感情によって可能なのである。ヨオロッパは墓場だ、その墓へ詣りに行くと云ったイワン・カラマアゾフの感情の方に近い。

「最もちかき黄大陸を父として俺は生れた」という脱亜欧化の日本近代の歴史のアポリアへのいらだたしい反噬。これもいまは、いらだちとしてはない。いらだつほどにはっきりした光景として存在しない。いらだちぐらゐでは追ひつかぬほど事態は深刻で複雑になってゐると云ふべきであらう。それなら、さういふ厄介な事態に対応する感情の表現が可能であらうか。

　それらのことをこれらの歌は考へることをいまなほ強ひるのである。思想詩としての性格をもつこれらの歌が、たいへん状況的でありながら、当時の状況の失はれてしまったいまも、作品としての力を失ってゐない証拠であらう。しかし、当時の雰囲気の記憶をもたぬ読者にとってはどうかといふことになれば、何とも云へない。

　思想的表現の衝動が、声調を犠牲にしてかへりみぬこれらの作品が十年、二十年先にどう生きるかである。このことについて、作者自身がいちばん痛切な自覚を抱いてゐるのではないか。

　たとへば、最近の書き下ろし『正岡子規』の中で岡井隆は書いてゐる。

> 　実は、わたしは、子規を、志なかばにしてたおれた偉大な先駆者として見ることを、あらかじめ警戒したいとおもう一人である。文藝は、ついにその意味での〈事業〉ではない。本質として、そういうことはありえない。たとえ本人が「多少野心を漏らした」などといっていても、文藝の到達した場所は、野心を消去した場所である。

革新家子規の像を期待する読者に、まづ冒頭から冷水を浴びせて置いて、おもむろに、沈着に、「平静で軽薄で快活でさえある態度で、短詩型の文藝と遊戯した一文人」子規の像を描くのが、岡井隆の『正岡子規』である。

　子規の文藝理論といへば「写生」であり、その写生説が茂吉の「実相観入」にいたっていかに発展させられたのか、あるひは変質したのかといふ、こちたき議論は、中野重治の『斎藤茂吉ノオト』にみられるし、その晦渋な議論がすっきりしないままに残してゐる問題が、今日なほ解かれてゐないやうに思はれるけれども、岡井氏はさういふ問題を正面から採り上げない、子規といへば写生の鼻祖と考へるアララギ流の流布された子規像へのはっきりした不信を抱いてゐるからである。

> 　散文化を歌の内部へ抱えこんだ後世は、子規の歌の様式美を理解しなくなってしまった。写実主義やリアリズムの鼻祖にされてしまった子規は、その歌の中に、つねに「写実」のかけらを探されることになった。これは、ある意味でいたましい誤解である。

　ここで「子規の歌の様式美」といふのは、『墨汁一滴』の中の有名な藤の花の連作十首についてであるが、これも有名な茂吉の「瓶にさす藤の花ぶさみじかければたゝみの上にとゞかざりけり」への熱烈なオマージュを念頭に置けば、岡井氏はあからさまに言及はしてゐないが、茂吉の鑑賞がその一首の中に執拗に「写美のかけらを探す」ことで成り立つてゐる近代写実意識への批判であることは、あきらかである。

『正岡子規』はさういふモチイフにつらぬかれた本であるが、私の読後の印象でとりわけ残つたのは、さういふモチイフ実現に当つての岡井氏の表情である。短詩型文学の近代的革新家子規といふ流布された像への気負つた反措定提出の口吻など、すこしもみられない文章の表情が印象に残つたのである。

私にも覚えがある。筑摩書房の同じシリイズで『北村透谷』を書き下ろしたとき、この近代詩意識の玉砕的変革者と云はれてゐる詩人の作品が深く刻みつけてゐる亀裂の暗示するものに関心が向かはざるを得なかつたのである。透谷の変革の意志がつよく表情されるところに、伝統の拘束性が同じ度合ひで暗示されるといふ逆説である。その逆説をさへ、日本文学の変革の意志が生んだものと云つていいのであるが、肝腎なのはさういふ変革の発想法が暗示する重層性である。

岡井陸が子規の写生をあへて論ぜず、蕪村の翳を曳く浪曼性や様式美という近代短歌の連作が忘れ去つた発想法の中にある連想形式を強調した理由が、私なりにわかるやうな気がする。かういふ子規像は誰かが書かねばならぬものであつた。

しかし、ひるがへつて思ふに、岡井隆は、子規を素材として近代短歌批評に根底的な一石を投じただけではない。そのモチイフのもつと底の方には、かつて前衛歌人として自他ともに許した自己への批評があつたと思はれるのである。尤も、さういふ自己批評は岡井隆において昨日今日に始まつたものでないことは改めて云ふ必要がないだろう。自己批評は、一時、行方をくらました、文学の仕事の中断の時期を含めて、深いところへ来てゐると私は感じる。それを成熟と呼ぶか呼ばないかは、どうでもいいことである。

私は昨今、書評紙などで岡井隆の評論集やエッセイ集を、たぶん若い（と思はれる）歌人が、あたかも今日の岡井氏をかつての前衛歌人からの転落した者であるかのやうにあげつらつてゐるのをみると、いつの時代にも世代間にくりかへされる珍らしくもない光景ながら、幻想からはできるだけはやく醒めるに越したことはないのだと思ふ。岡井氏は黙つてゐるが、その返事ははつきりしてゐる。

「文藝の到達した場所は、野心を消去した場所である。」

私が岡井隆に惹かれ、語りたいと思ふのは、さういふ「野心を消した場所」に立つてゐる彼の姿なのである。

*

「もはや青年の心をうごかす文学は成就しがたく、ありていに言つて数人の友人知己に見せるだけの私歌集なのだ。」といふ文章を含む「あとがき」を付した歌集『鷺卵亭』が届いたのは、村上一郎の死んだ年であつた。昭和五十年である。

歳月の熟れゆく房のうつくしき他人《ひと》事《ごと》とのみ見つる限りは
不吉なる北へかたよる夕焼けもむしろたのしと言ひ出づるべく
雨は全東北を降り覆ふとき霧ながら越ゆこころの峠

もはやいつ死んでも不思議でない年齢に近くなつた私どもは、といふ文句を含む私信がこの歌集に挿まれてゐたが、これらの歌は、その言葉を心に留めながら、目にとまつたのである。「歳月の熟れゆく房の」一首だけでは格別の想ひはなかつたのであるが、あとの二首をあはせて読むとき、とりわけ「霧ながら越ゆこころの峠」といふ言葉に、岡井隆の苦しみが伝はるやうであつた。人生のある時期、心の中の高い崖を飛び降りるやうな生き方をする人間がゐる。無論、意志によつてと云ふより何ものかに強ひられてさうなるのであるが、岡井隆はさういふタイプの人間とはちがふ。彼は、さういふ潔い、一挙に危機の淵に飛び込む生来とはちがふ素質への凝視において、これらの歌を生んだ。

生きがたき此の生《よ》のはてに桃植ゑ《う》て死も明《あ》かうせむそのはなざかり

いま暫しおくれてわれは戦《そよ》ぎなむ卓上に大鋏《おほばさみ》見えたる

薔薇抱いて湯に沈むときあふれたるかなしき音を人知るなゆめ

人知るなゆめ、と云ふこの「かなしき音」がどんな音であるか、知る人間は知つてゐるのである。遠い昔、「河和《かうわ》寮生報告」あるひは「友情論」と題した八高生時代の連作の中に、かういふかなしみを、友人たちとの親和と違和と離反の中で抱いてゐる作者がゐる。

その父を母をおとしめて言ひ居しが今日は早早と寝につく友よ

指に下げし罎のインキが匂ふ朝人さけながら席とりて居り

声なく憎み合ひ夜となれる部屋われのみ高き机用ひて

「われのみ高き机用ひて」がいい。そのことによつて一層友人の憎悪を搔き立ててゐるであろうことを背中に感じつつ、高い机に向つてゐる作者の孤独な姿には、業のやうなかなしみがある。人は生涯、歩く姿勢を変へられぬものである。『土地よ、痛みを負え』の思想詠をずつと内の方へ曳き込んで、熟した結実をもたらした、秀歌の多い『朝狩』にもそれがある。

「ヴェニスに死」ぬ末路羨《とも》しもみずからの朝の排泄の色みおろせば

後ろから日が差すことのかなしくて四五行にまとめあぐドイツ語を

鋭きもの内よぎりいつわれを撃つふりかえりざま撃ちゆくものよ

合奏におくして唄う弦ひとつ、遺されて生く生を想えば……

わが背後にいまこそ空虚《から》になりて泣く女《おみな》のごとき部屋あるらしも

妻たちのにくしみを知り生きゆく日もえさかる枝くわえ立てる

これらの歌に私は體感的な思想詩人としての岡井隆のかなしみを感じる。「思想が肉にくい込んで来る一瞬の重心のちかきとおきたゆたい」といふやうな、歌としては出来がいいとはけつして云へない作品を、あへて作らずにはゐられない岡井氏の資質を思ひながら、さう思ふのである。

発表当時、評判になつたといふ、「右翼の木そそり立つ見ゆたまきはるわがうちにこそ茂りたつみゆ」を、私は思想詩としていいものとは思へない。と云ふより、これは状況詩と云ふか、思想風俗詩とでも云ふべきもので、作者の内側のカオスが、情勢論的発想の地面へずらされてゐるのである。この歌から岡井氏の政治思想への危惧を云ふ批評が当時あつたらしいが、とんだ誤解と買ひ被りであらう。この歌は作者がどう転んでも「右翼」になんかなり得ないことを語つてゐる。同時にそのことは、この歌が何かの思想的回心をもたらすやうな力を秘めてゐないといふことでもある。一首の歌が人間の思想の転回を暗示し得てゐるなら、「右翼」だらうと何だらうと、大したことである。

結局この歌は、「説を替えまた説をかうたのしさのかぎりも知らに冬に入りゆく」の一首のあとに置かれてゐることの方が重要であらう。いづれも岡井氏の自意識と自己分析が生んだ歌である。ただ、表現の地面が、ずらされてゐる。

金子兜太は岡井隆にそなはつてゐる「相対思考」といふことを云つてゐる。的を射た批評と思ふが、その相対思考が緊張のゆるむときダルな意識に転落することも指摘してゐる。

私は岡井隆の思考體質が相対主義と呼ばれるやうなものとは考へてゐない。相対主義者にしては、彼のかなしみもにくしみも深すぎる。「説を替えまた説をかうたのしさのかぎり」といった自己イロニイを弄ぶかのやうな表現よりは、愛憎と悲哀の方がはるかに深く大きいのである。

潮のごと差す偽《いつわ》りに眼を閉じてわれはいま一人の民衆の敵
〈小市民めが!〉ことある毎に差別されつ言う奴ら自身の長い尻尾よ
ひようひようと午前はすぎてかえりこし卓にくさぐさの刃をしあつむる

現実の動向とか方向とか趨勢にたいしてけつしてうとくはない人の、その鈍くはないアンテナのはたらきが生き心地をよくはさせない資質のもたらす孤独とかなしみがある。そして、かういふ一連の歌を読みながら、

束の間の影の移動を行為とよび天をあがなう夢を育てつ

のやうな歌に出会ふと、岡井氏の魂の故郷のありかがわかるのである。それは世の相対主義者がけっして抱かぬ魂の故郷である。かういふ歌は『朝狩』の中では目立たないのであるが、『鷲卵亭』以後のあるひは『土地よ、痛みを負え』以前の作風に照らすとき、前景にせり出してくるやうに思はれる。

繰り返せば、岡井隆の相対思考は相対主義とは別のものである。それは彼の魂がこの世における生きにくさを代償としてあがなつた夢と、彼の論理體質に由来する自己分析のはたらきとのディアレクティクと云つた方がいい。ここに彼の固有のかなしみがある。

*

『歳月の贈物』の中には村上一郎の死に寄せた連作「記憶への献辞」が入ってゐる。これは、この歌集の「あとがき」にも言及されてゐるが、「無名鬼」の村上一郎追悼号の編集者として私が岡井隆に原稿を依頼したのである。岡井隆とはずいぶんながく会つてゐなかつた。また村上一郎の晩年――岡井隆は「末十年」と呼ぶ――に岡井氏は村上一郎から遠去かつてゐた。あれはたしか昭和四十年代の初め、日本読書新聞で、岡井・村上対談といふのがあり、村上一郎の躁鬱病の徴候があらはれ始めた頃の躁状態のときで、事情を知らぬ相手だつたら、とうに肚を立ててゐるところを、岡井氏はよく辛棒して対してゐたが、やはりそれも限度があつたやうで、しまひには、「わからんです」を連発するようになり、打ち切りになつた。そんな印象がある。

『ロマネスクの詩人たち』は、「萩原朔太郎から村上一郎まで」の副題が示してゐるやうに、巻末の作家論は「村上一郎」である。ここに収めてある三つの文章のうち、「歌集『撃攘』のことなど」「壺中天について」の二篇はいい文章である。今度読み返して、或るところでは爽かな笑ひがこみあげ、或るところでは、ああ、さうだつたなあ、となつかしい同感を自然に誘ふ。

昭和四十年までの村上さん、あるいはそれ以後でも病気の寛解

期の村上さんは、いわゆる変人なんかでは全くなかった。

すぐれた人物であったが、エクセントリックではなかった。すぐれたところを、人前で見せびらかして歩くことをしなかった。『榊都美夫詩集』をくれたことがあった。あとから追悼号などをよむと、榊と村上の関係はふかい。それならそれも言って渡してくれればいいのにと、今さら思ったりする。村上一郎は、すっくと立ち、自分をかくさないが、かと言って、自分を喧伝したり説明したりもしない人であった。

含羞の人村上一郎をよく描いた文章である。かういふ人間洞察の眼を持つてゐる人として、岡井隆があり、その人から鎮魂の歌がもらへたらと思つた。送られてきた歌の冒頭の一首、

莫迦らしくなるまで富める此の国を十幾年か凝視して去る

が心を打つた。まつたき同感を烈しく誘つた。その次に「いま暫しおくれてわれは戦《そよ》ぎなむ卓上に大鋏《おほばさみ》見えたる」が来る。これは「あとがき」にもことはりがあるやうに、『鷲卵亭』からの再録である。この歌は何時作られたのだらうか。出奔して西の方を放浪してゐた時期であらうか。

先に、私は、岡井隆は人生の或る時期に心の中の高い崖を一挙に飛び降りるやうな資質の人ではないと書いた。しかし、これは、さういふ資質が危機からつねに平衡を保つてゐるといふ意味ではない。淵のすぐそば迄行く。ふらふらとして、眩暈に襲はれる。僅かの時間のずれが偶然のやうにはたらいて、淵からとびしさる。この體験が、おのづから村上一郎の自殺の動力へのレアルな洞察になつてゐる。

「ベレエ帽かむり直して礼《いや》をせり鳥打古りてわれは従ふ」が微笑を誘ふ。さうだ、こんなふうにおれも村上一郎と、どこかの街角で出会ひ、すこしおくれて歩いた……。

神経はなに故かく疾《や》みながら言葉をおくる前へ前へと
言ひつのる時のせはしき身動きと電話の彼方《かなた》紺の寡黙と
うとましくなつかしきかな品川へ着くまでのべつまくなしの舌《した》

ここで私は笑ひ出す。笑ひながら岡井隆へ感謝するような気持になつてゐる。しかし、かういう調子で書いていくと、どうも主題から外れていきさうなので、打ち切ることにしよう。『ロマネスクの詩人たち』の「あとがき」に、「村上一郎が存在したことは、わたしに大きな影響を与えたが、同様に、一九七五年以降の氏の不在も、わたしの書くものに大きく影響している」といふ文章があるが、これこそが村上一郎にかかはる岡井隆の主題となるべきものである。そこへ向かつて私の筆は集中すべきであるが、まはりをうろついてゐる。

＊

『歳月の贈物』の最後の章は「性愛にかかわる素描集・他」である。「性愛」といふ主題は昔から岡井隆の歌に無視することのできぬ領域を占めてゐる。恋愛とも性欲とも云はず、性愛と呼ぶ生命のはたらきを歌ひつづけてきた。

性欲はうねうねとわがうち行きて眠りに就かむまえに過ぎゆく
まつすぐに女にむかう性器など食い足りて椅子に居ればまぼろし
性愛の汚名さびしくしんしんと病む独り寝を思いて帰り来

（『朝狩』）

ちかづき来てまたたくうちに紫にかぎろい行くか女・夏・恥
性愛の火照りに遠く照らされて労働へ行く奴婢は過ぎたり
（『眼底紀行』）

かういふ歌を思ひ出しながら、『歳月の贈物』の、

▶「中の会」岡井隆研究会の発言をききつつ

性愛のまにまに頽れゆきにしや岡井隆といふ青年は

といふやうな歌に出合ふと、これが岡井隆の自己イロニイであることを承知しながら、それにしても、すこし淋しすぎると思ふ。「あじさゐのあめのまどひの稚なくてさぶしき退転をかさねたるかな」を私は、淋しいとはさほど思はない。「照葉樹林と雨。これがどうも愛恋と短絡するらしいのだ。」という詞書も無理なく呑み込める。

しかし私は、『歳月の贈物』の中で、この主題をもっとも岡井隆らしく歌つてゐるのは、次のやうな一首だと思ふ。

目に見えぬたたかひをせむとりかこむ物象はみな女なれば

かういふ感受性が岡井隆を中野重治に近づけたすくなくとも一つの原因であらう。岡井隆は昨年出したエッセイ集『メトロポオルの燈がみえる』の中でだつたと思ふが、戦後とは女だ、と書いてゐる。中野重治が『甲乙丙丁』の中で描いてゐる戦後の悪夢も、女の姿をしてゐた。男の姿をした女が沢山ゐる。男になりたがつてゐる女が沢山ゐる。同じエッセイ集で、男にとつて女の友人といふものはあり得ない、女との友情などあり得ない、恋人かしからずんば他人かのいづれかだ、といふ意味のことを書いてゐる。

まやかしの女とのたたかひあるかぎり、岡井隆における「性愛」の主題の病むこともあるまいと思はれる。

（「短歌」昭和57年7月号より再録）

岡井隆の位置

磯田光一

歌壇にうとい人間がここで話をするのは気がひけますが、昭和一桁生れの世代で中学三年まで戦時下の国語教育をうけてきた私のような人間には、いわゆる「和歌」にたいするアンビヴァレントな感情があり、私は戦後しばらく短歌をあえて避けてきました。その後、塚本邦雄、寺山修司とともに岡井さんが前衛短歌の旗手として登場してきたとき、読んだのは少しあとになるわけですが、非常に特殊な読み方をいたしました。文学青年にとっては自分より少し上の世代、つまり兄の世代が気になるもので、昭和一桁生れの人間で、大正末期に生れた三島由紀夫と吉本隆明を意識していない人は少ないと思う。つまり戦時下のナショナリズムをかぶった体験と、焼跡のニヒリズムの感触とが、なにか原体験のようなものになっていて、その処理に当惑しているわけです。

さてここで三島由紀夫、吉本隆明という対蹠的な立場にある個性を、短歌の世界に平行移動すると、虚無から美をつむぎ出す人として塚本邦雄さんの存在があり、これが三島に共感する私の内部の絃と共鳴し、他方、岡井さんのほうは「荒地」派の詩人たち、つまり田村隆一、吉本隆明、鮎川信夫といった人びとが詩の世界でやったことを、短歌の世界でやっている人にみえました。初期の『土地よ、痛みを負え』をみますと、

どの論理も〈戦後〉を生きて肉厚き故しずかに党をあなどる
父よその背後はるかにあらわれてはげしく葡萄を踏む父祖の群れ

ところで、前者はかつて権威を持っていた共産党にたいして、戦後の世代の思想形成が肉体を持つにいたったことを詠んでいますが、用語からいっても花鳥風月をこえた新しさを感じました。また後者のほうは、戦後の近代主義ではとらえきれなかった風土の問題にふれていて、これらの作は戦後史の流れのうちでは、「国民文学論争」から六〇年安保の時代の底流にあったものを、短歌表現に生かしたものに思われたわけです。

しかし、戦後の時代の流れをみますと、かつての反逆者がいつかは何ものかを保守する側にまわるように、前衛の短歌もなんらかの成熟を余儀なくされるものでしょう。受賞作の『禁忌と好色』は同じく昨年刊行された『人生の視える場所』と一対をなしていると思われますし、また二つの歌集が、岡井さんが父親を失った体験を代償としている点に、私は関心をいだきました。岡井さんはたまたま「サンケイ新聞」六月十八日の夕刊に「父のことなど」というエッセーを書き、そこで塚本邦雄、寺山修司の父親のうけとめ方と、岡井さんご自身の場合とを比較しています。塚本さんの場合には、塚本さんの生まれた年に父親が亡くなっている、だから、塚本さんには虚構の世界にしか父を呼ぶ場所が最初からない。つまり虚構派になるわけですね。寺山さんの場合には、父親が戦病死だそうですから、父をうばった国家を恨んで、母親のほうに関心が行く。これにたいして岡井さんは五十二歳までお父さんが生きておられたわけで、父子の葛藤が岡井さんの作品のある種の暗さと、その魅力の源

泉でもあったと思われます。

　戦後の文学全体の問題としても、父子の関係は大きな問題で、明治時代に『破戒』を書いた島崎藤村は、晩年に『夜明け前』で父のイメージをきちんとえがきました。ところが戦後はどうもうまく行かないようで、『暗い絵』から出発した野間宏が、『夜明け前』に対応する作品を書けないという点にも、問題の一端があらわれています。つまり子としての前衛が、父の立場を作品にしにくいという点に戦後の成熟のむずかしさがあるわけです。

『禁忌と好色』は秀れた歌集で、その内容は歌集そのものか、「短歌」七月号にのっている五十首ほどの抜粋を読んでいただくのが一番いいわけです。そこで私は、あえて『禁忌と好色』のうちから、歌そのものが歌論を兼ねているものを取りあげてみたいと思います。

　様式の水をくぐりて詩は生《あ》るる着流しのわれ胡座《あぐら》のわれに
　あたらしき禁忌の生《あ》るる気配していろとりどりの遠き雨傘

　ところで、前者では「様式」の問題が出てまいります。それは後半部の「着流し」や「胡座」の日常性にたいして、それを規制する秩序の問題としてあらわれている。私にはこれが、父性の権威のなくなったとき、反語的に何かを求める願望のあらわれのようにみえます。しかも後半の明るさ解放感が、ユーモアをともなって表現されています。これが詞書にあるように正岡子規を意識した作だとしたら、そういうことになるのでしょうか。

　岡井さんは「短歌」七月号の座談会で、柔原武夫氏の「第二芸術論」は実作者の説ではないので無責任だが、子規がどんな無茶なことを言っても実作で責任をとっている、という意味の発言をなさっています。これは岡井さんの『正岡子規』（筑摩書房）の自注のようなもので、子規論のなかの明治のナショナリズムの問題との関係などは、岡井さんと昭和のナショナリズムの問題との関係そのもののようにみえました。それでは実作で責任をとるとは岡井さんにとってどういうことであったか。さきに引用した後者の作に「禁忌」という言葉がありますが、これは「様式」のヴァリエーションだと思います。芸術上の様式は生活的には禁忌としてあらわれる。しかもいままで岡井さんは父親の禁忌との緊張で作品を書いてきたわけです。それが禁忌の喪失を体験なさったわけです。この個人的な体験は、タブーを失って風化しつつある戦後社会のあり方とも交差しているわけで、そこで「あたらしき禁忌」を呼び求めている。

　しかし「禁忌」の問題には、しばしば歴史のアイロニーが作用します。つまりかつての日本回帰のように、本卦がえりが起こりがちなのですが、この一首の後半部の「いろとりどりの遠き雨傘」というモダニズムのイメージによって、「禁忌」が倫理的リゴリズムになるのをチェックしている。詞書にあるように、「日本の雨には四季の別がある」という、季節の循環というレベルで伝統を意識しているわけで、遠ざかりつつある季語の問題を継承しながら、「あたらしき禁忌」を「様式」として求めていることがよくわかります。

　たしかに受賞作を含む昨年の二冊の歌集によって、岡井さんは新しい場所に出た、あるいは出つつある、という印象をいだかされます。前衛にふさわしい成熟のかたちを、「あたらしい禁忌」を媒介して、これから実現していただきたいと切望する次第であります。

（昭和五十八年六月二十日　東京会館にて講演）

（「短歌」昭和58年9月号より再録）

わが祈禱《いのり》いづこにとどく

岡井隆氏の短歌

笠原芳光

ガラテア書のある一行に目を遣《や》りしまま茫々と週末を越ゆ

岡井隆氏の代表的な短歌の一つである。この「ある一行」は、はたして『新約聖書』中のパウロの書簡とされている「ガラテア書」の、どの部分に当るのだろうか。「最早われ生くるにあらず、キリスト我が内に在りて生くるなり」とか、「今は神を知り、寧ろ神に知られたるに」とか、「兄弟よ、汝らの召されたるは自由を与へられん為なり」といった言葉を思いだす。だが、それを詮索することは無意味だろう。

机上に開かれたままになっている「ガラテア書」のある一行を、ちらと見て、気にかかりながら、忙しさにかまけて無為のうちに、またこの週末を過ごしてしまった、といった感慨でもあろうか。「週末」の音が「終末」にも通じるあたりに、日常性の裂け目がのぞいている。およそ宗教というものが現代人にも意味をもつとすれば、おそらく多忙な生活のはざまに一瞬、開示される、このような非日常なるものとの出会いではないだろうか。

岡井隆氏は医師として国立豊橋病院の内科医長であり、同時に歌人としては歌誌「未来」の主要なメンバーである。現代短歌、前衛短歌の第一人者が塚本邦雄氏であるとすれば、岡井氏は持続してナンバー・ツーの位置を占めてきたといってよい。その塚本氏はキリスト教や『聖書』に関する歌を数多くつくりながら、非キリスト者である。それに対して岡井氏にはキリスト教関連歌は少ないにもかかわらず、かつてプロテスタント教会で洗礼を受け、最近、また教会に出席しはじめたキリスト者である。信仰は形式の有無ではなく、内面の問題であるから、容易に判断することはできないけれど、岡井氏の場合は形態、内実ともに信仰者といえるだろう。少なくとも現在はそうである。そこで、今日に至る経過や心境を本人から聴いてみた。

岡井氏は一九二八年三月、名古屋に生れた。父親は技術者でありながら、短歌をつくり、「アララギ」の会員として、斎藤茂吉に師事し、また日本基督教団愛知教会に所属する信者であった。いわば氏の原像といってよいだろう。氏も少年時代からその教会に通い、とくに牧師の型破りの人間性に惹かれていた。旧制第八高等学校から慶応義塾大学医学部に進み、東京では井草教会に出席した。そして牧師小塩力の人格と知性に傾倒し、聖書学の新しい動向にも興味を持つようになった。しかし青春期の悩みはむしろ氏を文学の乱読に向かわせ、また戦後の急迫した社会情勢はマルクス主義にも魅力を感じさせるようになった。

卒業して東京の下町の診療所に勤務したことから、日本共産党に入党する寸前までいった。しかし、いわゆる六全協における党の方針転換に異和感を覚え、政治活動に不信を持つようになった。これは戦後初期のまじめな青年の多くがたどった道である。キリスト教からもマルクス主義からも遠くなったころ、結婚したが、家庭にもいろいろ困難な問題があった。だが短歌には精進し、『斉唱』『土地よ、痛みを負え』『朝狩』『眼底紀行』といった歌集をつぎつぎに刊行した。

とくに『朝狩』のなかで、「群衆を狩れよ　おもうにあかねさす夏野の『群れ』に過ぎざれば」など、万葉調と現代語を組み合わせ、それも体制側からの視角という形で安保闘争をうたった新鮮な作品は、歌壇よりも、むしろ一般の知識人から注目された。しかし人生上の苦悩は持続した。『眼底紀行』のなかに、「詩歌などもはや救抜につながらぬからき地上をひとり行くわれは」がある。「救抜」は救済という意味であるが、当時の氏の実感であろう。詩歌をつくりながら、それが救いにつながらぬ、といって宗教からも離れてしまった、というところに苦しい心境がにじみ出ている。

岡井氏がキリスト教に回帰していく、ひとつの契機になったのは、家人が信仰を自己の問題とするようになったことである。それも、ものみの塔聖書冊子協会と呼ばれる教派に誘われ、熱心なこの団体では一週間に四日も夜の会合があり、氏も数多くのパンフレットや録音テープを購入して研究した。そこでは他宗教や偶像崇拝はきびしく拒絶され、節句に鯉幟を立てることや、雨の日にてるてる坊主をつるすこともいけない。また病気や事故にあっても輸血をすることは『聖書』に違反するといって認めない。

岡井氏は家人とともに集会になんども出席し、話しあいもしてきたけれど、けっきょく納得できないという形で、この教派を離れる。しかし、そんなことからキリスト教への関心が再び、よみがえってきて、最近、家の近くの、そして最初に受洗した教会と同じ教団の豊橋中部教会の会員になった。神学思想としては、その教会の正統的なありかたに賛成しているが、日本基督教団のなかにある、かなり顕著な革新的、というより政治主義的な傾向には疑問を感じるという。おそらく、かつての共産党に接近しながら、その党派性の弊害を知ったのと同様の考えからであろう。

近年、岡井氏の短歌には博識の教養や硬質の思想とともに、暗喩にみちた軟質の情感が湛えられている。そんななかで、つぎの歌はめずらしく氏の「信」を表白するものといってよいだろう。一九八三年八月に発表された「夏の嵐」中の一首である。前詞に「〈この国家、この社会的結合が倒錯した世界であるがゆえに、倒錯した世界意識である宗教を生みだす〉とカール・マルクスは言った。すこし単純すぎるんじゃないか」とあるところに、すでに氏の宗教観が表れている。「わが祈禱《いのり》いづこにとどくかげりつつ過ぎゆく一日《ひとひ》一日《ひとひ》の畝間《うねま》」

塵労の日々のはざまで、なにものかに祈らざるを得ない、それがどこへ達するのか、あてはなくとも、という不安と安心の交錯した精神状況がここにはある。

（一九八五年七月二日）

（『宗教再考』より再録）

三十有余年

杉浦明平

岡井隆君とはじめて出会ったのは、敗戦後数年たってからだったと思っていたが、さいきん昭和二十一年十月に渥美の江比間海岸で土屋文明先生を迎えての歌会の記念写真を知人からもらってみると、三十人ほど重なって写っている人垣の最後列の右端に首を出しているのが若き日の岡井君のようである。とすると、敗戦後一年たったばかりのころ岡井君と会ったのだと改めて確認した。今から三十六年前である。

岡井君のお父さん岡井弘氏は、名古屋在住の古いアララギ会員で、斎藤茂吉選歌の上位にほとんど休まず並んでいる常連の一人だったから、数年歌を休んだけれど、「アララギ」の校正をずっと続けていたわたしには、きわめて馴染みの深い名前だった。日本陶器の技師で、戦後は重役になられたが、歌風も人がらも風采もやや硬苦しい感をまぬがれぬジェントルマンライクの人だったのに、隆君の方は、当時旧制第八高校生で、敗戦後の学生らしく、服装も態度もかなり野暮ったくて、弘氏の息子とは思われなかった。

その歌会に隆君が出した歌は、つい数年前までわたしも暗記していたほど印象深かったし、土屋先生も「歌はおやじさんよりうまいね」と低い声でささやかれたくらい戦後の情況やムードを伝えていた。

それ以来、岡井君との関係はつかず離れず続いて今日に至った。岡井君が「アララギ」を離れて、近藤芳美の「未来」に参加したとき、そのころ急速に短歌世界に関心を失っていたわたしは、当然の成り行きと思って応分のお手伝いをするつもりだったが、回転しだした運動にはわたしの援助など必要でなかった。むしろわたしの方が岡井君に批判され、教えられることがすこしずつ多くなっていくようだった。

一つは、戦時ちゅうのアララギ歌人のうち、茂吉をあれほどきびしく糾弾しながら、文明には甘すぎるぞという指摘だった。第二は、わたしが日共党員として六全協前後になお党に未練をもっていたころ、蒲郡の「未来」大会で、そういう女々しさを暗喩でかなりきびしく歌った岡井君の作品を取り上げたとき、思わず愚痴をいわずにいられなかったことだ。岡井君の歌に惹き出されたんだなあと今でも思っている。

ところで、わたしは若いころからアララギにどっぷりつかってきたために、現代短歌は語法も何もちがっていて、さっぱりわからない。ただ岡井隆の歌だけは、何とかわかるし、かれの書いたエッセーを読むと、現代短歌がいくらかずつわかったような気になる。そのために、かれのエッセーを今の新しい短歌を知る案内人として愛読している。というものの、塚本邦雄の歌ともなれば、岡井君の解説を読んでも、さっぱりわからないなあと歎息する。

（「短歌」昭和57年7月号より再録）

まだ若かった岡井君のことなど

近藤芳美

わたしの『埃吹く街』に「製陶工場」という一連の作品がある。記憶のすべて、すでに定かではないが、前後にある歌から推定して、敗戦の翌年の夏から秋にかけてのころのものと思ってよい。東京をはじめとする日本の都市は空襲による廃墟と化し、わたしたちはその中を、亡国の民として飢えに追われて生きていた。

その夏か秋のいつだったのか、わたしは名古屋まで出掛けたことがあった。多分、戦後初めて東京を離れての旅だったのであろう。

名古屋駅を降りると見渡すかぎりの焦土だった。その焦土のどこかの十字路の焼け残った石に腰を下し、持って来た弁当を開いた。新聞紙に包んだ鶫の焼鳥である。それは、東京を発つ日に恵那の療養所の歌会の人々から送りとどけられたものだった。当時、その歌会の選歌をしていた。貧しい戦後の療養所のプリント誌である。彼らはお礼にと思って病棟の裏山に来る小鳥を捕え、わたしのために送ってくれたのであろう。開いた新聞紙の中に、鶫は一面に黴を吹いていていた。

名古屋まで来た用事は早目にすんだ。わたしは名古屋のアララギ歌会の人らに会いたいと急に思い立ち、その一人である岡井弘さんに電話した。未知の歌人ではあったがすぐにたずねて来るようにという返事だった。それからまた焼けあとを探し歩いた。戦争で生き残ったものが久々に会いたいという思いはわたしたちに共通した。

名古屋駅の北の方に戦災をまぬかれた一劃があり、その中に日本陶器の工場があった。岡井さんはそこで技師長をしていた。斎藤茂吉門下の歌人であり、名古屋アララギ歌会の中心人物でもあった。訪れたわたしに工場の中を案内して下さった。ベルトコンベヤの流れのままに純白の西洋食器が次々に作られていくのを一種の感動と共に見て廻った。荒廃した日本に占領軍からわけてもらう食料の、その見返りのわずかな輸出品の一つが、岡井さんらが懸命に作っている眼前の食器類だったのである。初対面の岡井さんは温厚な中年の紳士でもあった。

その夜、わたしのために岡井さんの自宅で歌会が開かれることとなった。訪れたその家は、同じように焼け残った市のはずれの住宅地区の中にあった。あたりの静けさは、東京では戦争で失われてしまったものだった。鬼頭清隆さんら、名だけは知っていた会員が集まって下さった。

その中に、岡井隆という少年歌人がいることをひそかに期待していた。弘さんの長男であり、まだ八高生であった。アララギに歌を出し始めたばかりであったが、東京の発行所に出入りしていて、わたしは人よりはいくらか早くみずみずしい才能に気付いていたのであろう。

だが、歌会が始まるときになって少年は姿を見せなかった。わたしが来るのを聞いて、無断で家を出ていったという。父の弘さんやお母さんまでがしきりに恐縮されたが仕方がなかった。わたしらは結局少年のいないままの会をつづけた。そうして、その未見の少年の、いかにも少年らしい羞恥をまじえた狷介な心理にわたしひとりは気付かないわけではなかった。

わたしたちの新歌人集団の運動の前身、二十日会が浦和で始まったのはその年の終りである。

（「短歌」昭和57年7月号より再録）

岡井隆の印象

高安国世

岡井隆の存在は、いろんな意味で歌壇の刺戟になってきた。考えてみると、他の誰もがやらなかったことをいくつかやってきた。アララギ・未来の一般的詠風から、突如(?)抽象的表現へと移ったのは、私の記憶では蒲郡での未来歌会の詠草からのような気がする。誰も理解せず、私がいくらか好意的解釈をしたことを彼は多としたようであった。その後まもなく思いつめたような手紙をくれて、何か相談がある模様で、待っていると大阪の「メキシコ美術展」へ行く途中だということだけで、ひょうしぬけを覚えたことがあった。今『斉唱』を見ると一九五六年に「囚われのメヒコ」がある。思えばあのとき、京都から大阪へ行って塚本邦雄に会った歴史的転回点であったのかもしれない。

それからもしかし、私はまだ岡井の作風の基盤に生活・社会からの直接感動があることが、やはりアララギで育ってきたせいと思い、一種のしたしみを感じてきた。出発点は生涯を決定するように思える。

岡井が多才で、話術がうまく、人をそらさないことは誰しも経験して知っている。私にはただ、その才気がすこし気になる。歌人が時代精神に敏感であることはわるいことではない。むしろ鈍感すぎる歌人が多すぎることを憂う方が本当かもしれない。しかし、私自身の受けた彼の論説の印象は、あまりにも情況に即し、戦術的であったということである。たとえば「高安国世への長い一通のメッセージ」であるが、いわゆるアララギ批判という彼の必然的な論脈の中に置いて、大きな展望をもって見れば、意図がわからないではない。反論は当時書いたので繰り返さないが、情況論的戦術的意図があまり露骨で、むしろ彼のためにも目をふさぎたくなる。結論的に言えば、岡井君よ、ありあまる才能をあまりにその場に浪費せず、もうすこし本質的勉強を蓄積しないか、ということになるだろう。

ただ、私が感心し、示唆を受けたことの一つに、「亡命」中「辺境」で茂吉論や邦雄論を書いたああいう論文の手法がある。あの当時は、おそらくすぐに発表するあてがあったわけでなく、こつこつと私的ノートを書き溜めていったのであろう。その間に、自分の周辺の生活記録をまぜて、研究の経過全体を、小説とも手記ともつかぬ文章にまとめ上げた。私はあれを、やはり他の誰もがやらなかった一つの新手法だと見、はじめから論文として肩肱張って取組むのと違った成果が得られることを面白く思い、その精神なり手法なりを、私自身近年のドイツ文学の論文執筆のときにいくばくかとり入れようとしている。

岡井自身、辺境からの復帰以来、柔軟で謙虚で、羞恥心さえ隠さない誠実さが魅力を加えているようだ。もう一度言おう、どうか自重して、どっしりと大きな仕事をしてくれたまえ。

（「短歌」昭和57年7月号より再録）

純粋と次の時代

香川進

a　岡井隆については、わたしに二つの書稿がある。一つは「現代歌人論」第五巻の冒頭に位置すべきもので、他の一つは、彼がいわゆる前衛短歌を代表したころ、私宅に招き、片山貞美、小野茂樹とわたしの三人とのあいだで対談をしたときの記録である。未発表だが、ともに長くて、短文一頁では抄記もできない。

b　対談記録は二つの部分から成っており、一つは片山貞美がていねいに筆記したもので、前衛の騎士に、前衛とは何かというような設問をするのは野暮もよいところ、ということで、彼が斎藤茂吉と北原白秋との歌を何《ど》ううけとめているかを聞くわけ。隆の応答は整然としている。他の一つは小野茂樹が前衛短歌の問題につき、隆の考えをただした対談後半部を、茂樹がじゅうぶん記録として整理できぬままノートしたもので、これには茂樹の意見もはいっているらしい。（なにしろ二十年も前のことなのだ。）箇条書きにすると、——

イ、前衛派といわれる次の時代の歌人は、その前の戦後派といわれる人々を克服できるか、との質問にたいし、隆がいう。「先輩の壁が思ったより堅くて攻めるに難しい。」

ロ、香川が、「短歌研究」に載った岡井論文を示し、「ここが要点だとおもうが、わたしにはよくわからない。何ういう意味か。わたしたちとは言葉の概念構成も論理の推進方法も異質なようだ」と聞く。小野がひきとったらしく、多年にわたりヘーゲルのエンチクロペディを研究した香川さんと岡井さんとでは論理の次元が違う、論文の進めかたもちがう。また創作過程も別である。意味や感動の直接表現でなく、いったんそれを分解して再構成する云々、と書いてある。（やりとりに耳を傾けていて、わたしは何度も戸惑ったから、小野ノートは長い、が要点を抄記した）

c　それから暫く後、わたしは名古屋に転勤し、よく有志の座談会に出席した。ノリタケ・チャイナの純美は世界的で、よく話題にのぼった。わたしのほうの製鉄も、原鉱から多くの混在物を除去し、純粋のFeをとり出す。ところがノリタケの幹部が言うに、次の時代は、ただ単に純粋性を求めるのではなく、諸々の要素を一つのものに集合構成するのではないか、と。現にノリタケが製作をはじめた研削材は集成体である。なるほどと思っているあいだに、わたしはそうしたものも製造し、さらに次元が高度なセラミックを作りだす会社の社長兼会社更生管財人になってしまった。今では、セラミックスは、エメラルドやルビーを創出している。

ｄ　次の時代を言ったノリタケの幹部の一人がほかならぬ岡井隆の父にあたる人であったことはあとで知った。

アララギ八十年の歴史と伝統を、完全に自己の作品の内容としながら、岡井隆は、なおかつ新しい時代を求めてゆかねばならない。

（「短歌」昭和57年7月号より再録）

若き日に

高柳重信

短歌の世界に対して、いつも私は極めて恣意的な隣人であったから、たとえば戦後の各時代に、歌人たちが切実に求めつづけて来たものは何か、また、そのためにどのような困難に直面したのか、それを漠然と想像することは出来ても、具体的にはほとんど知らないに等しいであろう。しかも、戦後三十数年の来し方を振り返ってみるとき、どうやら私と短歌形式とはあまり相性がよくなかったのではないかと思われることが多いのである。

したがって、いまも私が親しみをもって思い浮かべる歌人の名は、まさに固定観念そのもので、まず塚本邦雄に指を屈し、つづいて岡井隆ということになる。それも、はるかに遠い日々の記憶が優先しており、現在に近づくにつれて次第に印象が薄くなってしまう。これは私の老化現象か、それとも短歌というものは、その歌人の存在を絶えず身近に感じていないと感銘の喚起が弱まるのか、とにかくそういう状態になっているのである。

ところで、私が塚本邦雄と知り合ったのは、戦後まもなく彼が「メトード」という小冊子を出したのを契機とするが、岡井隆の存在を知ったのは、その塚本の処女歌集『水葬物語』が出てからである。岡井との初対面がいつであったか正確には思い出せないが、たしか青年歌人会議などという名の集団があって、たまたま塚本邦雄をテーマとする研究会が開かれたときに同席したのが、そもそもの始まりであろう。周知のように『水葬物語』が世に出たのは昭和二十六年であるが、その前年の二十五年に私は同じ装幀の処女句集『蕗子』を出し、更に二十七年には第二句集の『伯爵領』を出しているので、それが岡井の手許にも届いていたのが一つの機縁となったものと思われる。その頃の塚本は、いまほど執筆に追われておらず、ときおり歌人たちの品定めを詳しく書いた手紙をくれたりしたので、それを参考にしながら眼前の岡井を観察していたような記憶が残っている。まだ岡井は二十代で、私も三十歳になるかならぬかの頃であった。

岡井の書いたものを読むと、その昔は気弱な文学少年であったらしいが、私の眼前にいる岡井は如何にも重厚な感じのする青年で、すぐれた組織者・指導者としての堂々たる貫禄を備えていたから、私も少なからず気おくれがしたように思う。ただ、その笑顔には初初しい含羞が見えて、それが当時の岡井の短歌作品に底流するものと微妙な一致を示していた。

やがて歌壇では、いわゆる前衛短歌をめぐる一連の活発な動きが見られるようになり、塚本の開拓した方法に触発されたという岡井は、次第に塚本と並んで論じられる存在になっていったが、俳人の私からの眺めでは、この二人の歌人は随分と違ったものに思われた。塚本の作品は黙読しても音読しても、しばしば激しい酔いに誘い込む不思議な魅力を持っていたが、岡井の作品から同じような酔いを感じたことはなかった。むしろ、当時の騒然たる社会状況に強い反応を示す岡井の実に情熱的な作品を読みながら、私は奇妙なことに幕末の志士たちの歌などを思い浮かべていたのである。

　そう言えば、その幕末の頃も、また明治以降の如何なる社会状況においても、ほとんど俳人たちは反応を示さなかった。また、それが俳句形式の思想のごとく考えられて来たとも言えるので、私も多少の戸惑いを感じたようである。しかし、それを別の角度から言えば、ビアホールの隣りのテーブルで盛んに真情を吐露する人に、そっと聞き耳を立てているような複雑微妙な共感があったことも否定できない。

　その岡井も、年齢を加えるにつれて少しずつ変化し、感情の襞が次第にこまやかになり、言葉を追って或る種の情景が眼に見えるよう出現してくるという作品が多くなって来た。私のような俳人から見れば、いわゆる短歌らしさが濃厚になったとも思えるが、果たしてこれでいいのかどうか遽かに判断は出来ない。最近の岡井は、もっとも伝統的な作法の俳句を書いてくれと私に注文しているが、それとこれと関連があるのであろうか。

（「短歌研究」昭和57年10月号より再録）

▲名古屋市八事天道にて（昭和27年頃）

▲昭和45年８月，青島海岸にて

岡井隆を遠望する

飯島耕一

ものごとには時機ということがある。詩も歌も大正の初年が黄金時代であった。白秋と茂吉と朔太郎、そして山村暮鳥も高村光太郎も日夏耿之介もいた。しかも彼らが若かった。朔太郎のあの日本語を近代工業の転換期に結びつけて論じたのは渋谷国忠氏だったが、明治の末から大正初年にかけて社会もまたよくもわるくも革新期にあったわけである。

その次は昭和初年だろうか。昭和初年、詩のほうで西脇順三郎が登場した時代が、銅の時代だった。そして戦後は？　どう考えてみても鉄の時代なのではあるまいか。その絶望の上に立ってわたしは詩を書いている。一九八〇年代、とくに時機がわるい。詩を書いても歌をつくっても徒労に終るかもしれない。しかし書き、つくらざるを得ない。

今日の詩にも歌にも、人材や才幹は山ほどいる。しかし時機がよくない。詩や歌にはとくに時機の恵みというものがある。白秋、茂吉、朔太郎はとりわけ時機に恵まれていた。彼らが個人的なこと（離婚でもいい病気でもいい）に苦しみ、その詩や歌をつくれば、それが普遍的なひろがりを持った。

岡井隆はそのような中で歌をつくっている一人である。とくに岡井氏はそういう悲劇の感じられる歌人である。岡井氏は他のジャンルをえらんでもよかった。しかし短歌をえらんだのである。岡井氏あたりでいよいよ短歌も終るかもしれないと思わせられる。それは今後も歌をつくる人は何千何万と出て来よう。千利休がいなくとも茶道はつづくようなもので、茶道や華道や工芸と同じように、歌も俳句もつづくだろう。しかし一人の作家、しかも革新的な作家となると、短歌はもはや絶望的なのではあるまいか。塚本邦雄とか岡井隆はその自覚を持っている稀れな歌人であると思う。その他は、いくら歌が巧みだろうと、人望があろうと、誠実であろうとお茶やお花の先生にすぎない。

岡井隆には結社など決してつくらず、孤独に作歌をつづけてほしいものだ。結社の先生になるとよくない。未来に偽の希望を持ってしまうからだ。

岡井隆の有名な失踪事件があり、わたしはくわしくは知らないが、氏はそこで孤独と孤立をよく味わったにちがいない。自分の前に帯のような川があり、その向うに「ふつうの人々の世界」が展開されているという、気どおい夢幻的な感覚を必ずや味わったことだろう。氏はまた活動をはじめた。「ふつうの人々の世界」に立ち戻って。しかし一度は対岸へ行った人だと思われる。

氏に会ったことはない。写真を見ると何となくおしゃれで気障っぽい感じもしないではない。わたしはある人にそう言ってみた。と、その人は「岡井さんと話していると自分がサラリーマンだということを忘れる。いい人ですよ」とくり返したのだった。

（「アルカディア6」昭和56年8月より再録）

III 歌集解題

連雀轉位考
岡井隆論
塚本邦雄

立春の苦き菜に鹽
名にし負ふ連雀の雄にたてまつる
いかにせむ
夢にうつつに
きみ麻刈のとはのたびびと

I

のどかにてわれの想ひの透らざるかかる夜半の塚本邦雄
『マニエリスムの旅』「ブルー・トレイン西へ　Part II」

その昔、求められて「新いろは加留多」を作つた時、「わ」を「忘れてくれてありがたう」としてみた。獨言《ひとりごと》ではなく、自分を忘れ去つた相手に宣告する言葉とするなら、言つてしまへば元も子もなくなる兩刃の剃刀《かみそり》風の味を含む、洒落た皮肉のつもりだつた。無言の行《ぎやう》の「ものを言はぬのは儂ばかり」に、例の「忘れねばこそ思ひ出さず候」なる箴言を加味する意圖もあつた。まことに、私のみならず他の人人にしたところで、十年の間に一人や二人は、逢つたことを、あるいは相知つたことを、自分も悉皆忘れ去り、相手も記憶喪失者さながらに、腦裡から消去してほしいと切望するやうな、さういふ「關係」はあるはずだ。そしてほぼ同數の、死後も記憶の中に齋《いつ》き祀《まつ》り、かつ愛惜したいほどの、稀なる出《て》會《あひ》と人物は存在しよう。人間關係において、この後者こそ、唯一つの救ひかも知れぬ。

私自身、正直に報告するなら、前者を「思ひ出す」時の、嘔吐を催すほどの不快感と悔恨を、後者を意識しなほす時の法悦に近い滿足感が、必ずしも、常に凌駕してはくれないが、それは、私自身の罪の深さと、度外れな潔癖のせゐだらう。いづれにせよ、その「稀なる出會」の最たるものの一つに、「マニエリスムの旅」の著者のゐることは、あらためて記すまでもない。むしろ周知の事項に屬する。その私が、「かかる夜半の塚本邦雄」といふ「挨拶」に、愕然として立止り、眞意をはかりかねて、これは「忘るればこそ思ひ出し候」の婉曲な表現なのか、この私が作者の識閾に浮ぶことによつて彼自身の「のどか」なる「夜半」を侵害したのではないかと憂慮する。昭和五十四年の眞夏八月、「短歌研究」の初出で見た時から前記の不透明な「感動」は變らない。その意味で、この挨拶歌は成功してゐるのだらう。この歌に續く一首についても、挨拶を受けた本人は、私と同様の、あるいはそれ以上の衝撃を受けるのではあるまいか。

佐太郎の『天眼』をよむ二三日まへ出遭ひたる蛇《くちなは》思ひて　同

ほとんど惡意に近い「謎」を孕んでゐる點では、挨拶の域を越えてをり、それだけに作品の價値は高いが、私は反射的に、佛語《ぶつご》の「天眼《てんげん》」より前《さき》に、眼球のひきつれるカタレプシアを表す醫學用語としての「天眼《てんがん》」と、音韻上でも意味上でも關聯する「癲癇」と、蛇それも、眼鏡蛇《コブラ》の雙眼絞を一瞬に思ひ浮べて、肌に粟の生ずる氣持がする。これがもし、『青き菊の主題』讀みをり二三日まへ出遭ひたる蛇思ひて」であつたとしたら、私は「のどかにて」とは比較にならぬくらゐのショックで、まる一日は煩悶することだらう。たとへ、蛇は古代エジプトでは智慧の象徴だつたと、岡井隆獨特の爽やかな口跡で解説を加へられても、分析不可能な毒素は既に私の良識を痲痺させ「蝮の裔よ」などとあらぬことを口走らないとも限らぬ。

それにしても挨拶歌とはむづかしいものだ。短歌はもともと告白と口説《くどき》とに最適の詩型で、挨拶の機能は俳諧の發句に讓つたといふ前歴もあることだ。芭蕉や虚子のやうな挨拶の名手にしたところで、五句三十一音ではああまで達意、輕妙のもてなしは無理だつたらう。そして、彼らの場合も、挨拶は決してあらはではない。された相手のみがそれと感得し、微笑を返すのが、むしろ挨拶句の醍醐味であつた。たとへば、「冬牡丹千鳥よ雪のほととぎす」や「梅白し昨日や鶴を盜まれし」にしても、前者は桑名本統寺住職への、後者は三井秋風への、いささか斜に構へての華やかな挨拶であるが、そのやうな前提を拂拭しても、十分味のある秀句であり、あるいはまた、虚子作「紅梅の紅の通へる幹ならん」や「飛驒の生れ名はとうといふほととぎす」は、一つが葉山の水竹居において、その別邸庭園への讚美をこめた挨拶、一つは上高地の溫泉でたはむれに名を質《ただ》してみた下婢への、挨拶といふより心附代りの句であつたが、これらまたいづれも、成立事情や因緣を超えて「作品」たり得てゐるやうだ。そして、しかも句中に「とう」などと相手の名を取入れるのは、まことに稀な例であつた。

短歌における挨拶もそのほとんどは詞書に盡される。詞書に名を記す、その行爲自體が萬感をこめた表敬もしくは親愛の情の披瀝であつて、續く歌はほとんど意味を持たぬ例もあらう。勿論、逆に憎惡と侮蔑と憤怒のいづれかか、それらの合計であるケースも例外的に十分考へ得る。作品中に姓名、もしくは名を詠みこむのは、挨拶もさることながら、題詠の「題」のニュアンスも濃い。詞書はあくまで「オール・ドゥーヴル」のたぐひ、會心の一皿に、意中の人物の名を料理してその味はひを試させたければこそ、敢へて固有名詞の、しかも人名といふ、詩語になりにくい言葉を、三十一音の一部として採用するのだ。そして、その鮮やかな用例として、まづ、私は『赤光』の「悲報來」や「さみだれ」にいち早く現れる歌を記憶する。「赤彥と赤彥が妻吾《あ》に寢よと蚤《のみ》とり粉《こな》を呉れにけらずや」と「あが友の古泉千樫は貧しけれさみだれの中をあゆみゐたりき」がその用例の一部であるが、この二首など、背後の事實、あるいは作者の意識・無意識と關りなく、固有名詞は動かすことも叩くこともできぬまでに、作品の血肉となり切つてをり、しかもそのために作品は文句なく美しい。しかも俳句の挨拶のやうに、必ず相手を顯彰し、微妙な照り翳りはあるにせよ、作者の意中を盡すとは限らない。赤彥への一揖はともかく千樫への言葉は、常識的には褒より貶の色合を帶びてゐるやうに見えよう。貶は憐を、憐は當然愛を伴ふ。ただ、俳句では、かうは叙べられまい。作者の手練と天才的な言語感覺が、危い一瞬に、姓名を詩語以上の歌語と化した。

通用門いでて岡井隆氏がおもむろにわれにもどる身ぶるい

『土地よ、痛みを負え』「暦表組曲《かれんだあ》」

意外にも、少くとも私にとつては、漠然とした豫想を裏切つて、岡井隆の作品に、一首の中に、彼と現實に利害關係を持つ人物の姓名の現れるのは、これが最初である。アルター・エゴ以上に關りの深い人物は他にない。断るまでもなく人名は、短歌作品以外には、歌集『O』の「伊良湖數日」のサブタイトルの「杉浦明平に從ひて」に初めて見、『斉唱』の「二つの世界」の小タイトルに「茂吉の死」を、松川事件裁判を歌つた作品中に「赤間の聲は燃ゆるごときに」が出て來るが、要するにその程度である。萬斛の涙を祕めた「野葡萄挽歌」にしても、サブタイトルに「故相良宏に」と、誄《しのびごと》の宛名として記しとどめるのみであつた。その相良が聲に出して告げた「すぎし日をファルスと思ひ捨てむにも雨は注がむ福田節子の墓」の「墓」、同じ墓を歌ふ時も、岡井は「槇植えて墓標の肩に触れんとすああその枝の重くはないか」と、固有名詞から極力遠ざかつた空間で、眞情溢れる挽歌を試みてゐる。ちなみに「福田節子」は、『相良宏歌集』に見るただ一つの、作品中の姓名詠みこみであつた。

犬の名の「マキ」や「太郎」は數の中に入るまい。「パウル・クレエ」も「ムイシュキン」や「カラマーゾフ」も、あるいは「ルイジ・ヴァンパ」も、ここで言ふ固有名詞の範疇からは逸れる。むしろ『朝狩』の「汚名・花から鳥へ」のサブタイトルと一聯の第一首に現れる「Dr.März《ドクトル・メルツ》」を擧げる方が妥當であらうか。「彌生博士《ドクトル・メルツ》」が彼自身であることは歴然としてをり、歴然たることは百も承知の上で、一種の自己韜晦に酷似した雅稱創作を敢へてした心理と、美意識と、技法を覺えておきたい。この一聯中には、岡井隆論を草する時默過不能の作品、「組織、萌黄の忠誠をこそ求め來ぬむらさきの苗われは捧げむ」を含むことも想起したい。

『眼底紀行』には「村上一郎に」と題する旋頭歌が十五首見えるが、作品中にその名は詠みこまれず、『歳月の贈物』の「記憶への献辞」に「武藏野住人村上一郎と大書して投票場を出づとこそ聞け」と吐き出すやうに歌ふ。無類の苦みと辛みを帯びた挽歌の中ゆゑに、この一首の已然形係り結びの後にひびく舌打をも聞きのがせない。『鷲卵亭』に見る固有名詞は「ホメロス」と「青木繁」、それに「ヘッダ・ガブレル」、他にはタイトルと脚注に含まれた「西行」、「ハイデガー」に指を屈するが、これまた問題外であらう。たとへ、制作時期の工房の雰圍氣とメカニズムとを傳へるには絶好のデータであるにしても、挨拶の意も、題詠の趣向も介在してはゐない。そして、この歌集巻末の一章「性愛にかかわる素描集・他」の中に、突然、ふたたび彼自身が姿を現す。制作は昭和五十二年の眞夏の頃であらう。

性愛のまにまに頽れゆきにしや岡井隆といふ青年は

「といふ青年は」と、距離をおいて、殘酷に客観視できるほど、作者は壯年の、泰然たる、あるいは寂寞たる境地に達したのだらうか。あるいはまたほろ苦い自嘲であらうか。いづれにしても私の友「岡井隆」と呼ばれた青年が、「性愛のまにまに」、「頽れて」行つたのか、立ち直つたのか、居直つたのか、炎え上つたのか、浄められたのか、私は知らない。知りたくもない。ただ知りたいのは、岡井隆といふ青年ではなく、岡井隆といふ「醫師」と、岡井隆といふ「歌人」の行方であり、現在であつた。その醫師と歌人が、性愛のまにまに、頽れ去つたはずがない。否、頽しようにも別人格に侵犯は不可能だ。ともあれ實名入短歌が、岡井隆の最若書きから昭和四十五年七月二十三日まで、すなはち『岡井隆歌集』の「書誌的解説とあとがき」執筆時までの四半世紀の間に、「岡井隆氏」ただ一首であり、篠弘命名の「再誕岡井隆」、すなはち昭和五十年二月から五十二年八月までに、また、ただ一首「岡井隆といふ青年」であることは、記念すべき、また記錄に價することだつた。彼はみづからの名を自作の中で呼ぶ時、頭を低く垂れながら、上目使ひで、必ず天の一角を睨んでゐた。そして、すべての自作に、その初句の前か結句の後に、「岡井隆は」といふ主語の、一度書いた上で消された痕跡のあることを、改めて教へてくれた。

かがり火に横顔をのみ想ひ出づ　あのころぞ我が狂ひそめしは　「鵞卵亭昨今」

批評しぐるれパトグラフィアの夜明けまで　永田和宏仁和寺の家　同

鬼房《おにふさ》はあへて方言をつかはずき旅鳥の沼しづかに語る　「マニエリスムの旅」

チューリップの花芽を覗き込む男齢知命をきのふや過ぎし「海庭」　同

想像は飼ふべし空想は除くべし。北村透谷二十四歳。　同

なつかしき安西冬衛。滿州といふひびきには文学がある。　同

鷗外の戦陣書簡よみしかば晶子にきびしかりしよ彼は。　同

飲んで書く。此のなだらかな酒壺の「肩」と言ひたり清水昶は。同

大島史洋、句集幾冊かおくりくれぬ。強がりを言ふ齢にあらず。同

名古屋『未来』は岡井隆をうけ入れずその否《いな》ゆゑにわれは清しむ　「傳言集」

塚本邦雄と佐太郎の他に現れる挨拶、もしくはこれに準ずる歌を列記してみた。このたびの歌集では、巻末の「傳言集」の中に纒められてゐるが、「野場鑛太郎を悼む」「今西久穂に寄す」は、初出では標題を設けて箇箇に一聯を構成した作品群であり、他に、「騒ぎ止まぬ定型格子」中に、「石田比呂志に」が含まれてゐたと記憶する。この八首の中、「かがり火」と「チューリップ」は、殊に「岡井隆氏」または「岡井隆といふ男」を書いて消した痕が見える。他に「サン・サーンス」と「折口信夫」と「Nさん」を數へるが一應保留しておいた。哀傷と呼ぶ死者への餞を含めて、挨拶歌の數は既往の歌集中最も多い。私は「漠然たる豫想を裏切つて」などと初めの部分で口走り、彼に挨拶歌の少いのを意外としたが、これは必ずしも誤解や偏見によるものではない。土屋文明と齋藤茂吉に、私など想像もつかぬくらゐ近づいてゐた岡井隆への、敬意に似た先入感であり、期待に他ならぬ。『装飾樂句《カデンツァ》』を療養歌集と名づけてくれたほどのリアリスト岡井隆に、私はいつも、彼だけは、私の嫌惡する「現實」とやらに、素手で、裸でかかはつてゐてほしいといふ、得手勝手な願望を抱いてゐた。かつまた、今一つの大きな理由は、彼の評論作品における、昭和四十七年以後の、著しい文體の變化にもかかはる。

例證を示すまでもないが、たとへば『茂吉の歌私記』に始まる、あの詩の一節、もしくは随筆の一行に似た、緻密で洒落た日記體の文章と、純粋な詩論・論考の、一見無雑作な交互排列、その實は熟慮を経ての、かなり巧緻な配合と錯綜効果は、彼自身のみならず、敢へて言ふなら日本の、現代のエッセーにおいても劃期的な手法の發見開拓であつた。一方で作者の生身《なまみ》の汗やクレゾールのにほひが鼻孔を刺戟し、不知火筑紫の海濱の潮風が頬を打つやうな、ドキュメンタリーが、ある時はアレグロ調で進み、時にはモデラート・カンタービレ風にたゆたひ、一方では生得の科學者らしい冷靜周到な筆致で、対象の詩歌作品を解剖分析する。このユニークなスタイルは『辺境よりの註釈』において、クライマックスを示す。私の歌への犀利な批判の書として構成されたこの書は、「掌《て》ににじむ二月の椿ためらはず他者の死こそわれの楯」への言葉を以て閉ぢられた。

この、韻文的散文と散文的韻文、あるいは俗をよそほふ雅文と、韻文を裁断分析する散文の、排列、配合の技法は、續いて彼の短歌作品に轉位する。「愛餐」は、その轉位の、初初しくしかも大膽なデモンストレーションではなかつたらうか。前兆は『鵞卵亭』にお

ける「西行に寄せる断章・他」にもうかがひ得る。更に遡るなら、『眼底紀行』なる歌集中の、同タイトルの主題作品も、「木曜詩集」にも、それらに先行する「木曜通信」にも、むしろ、もっと野心と衒氣に彩られて、この種の「實験」は見ることができる。だが「愛餐」以後に現れる、獨りで歌ふ二重唱、ソロのデュオは、單なる實験作品でも、おそるおそるの、錯誤をも計算に入れての試行ではなかつたはずだ。そしてこの頃から、彼の短歌はひたすら散文に近づき始める。韻文詩が定型風散文に移行しようとして滑り落ち、あるいは舞ひ上る時の奇妙な快感に、作者自身目を細め、また次の一瞬唇を嚙んでゐるやうな、その表情がありありと浮んで來る作品の展開であつた。この快い違和感と、うとましいやうな快美感は、詞書と短歌、詞書的作品と短歌の一對の、その對照によつて生ずる場合も、一首の各句の照應によつて生れる場合もある。さすがに、そして當然のことに、同じパターンを決して繰返すことはない。

シェーンベルク「浄夜」の不安な音響は春になる海の声に似ている。
洋凧《だこ》の青きを揚げて海のへに時はうつろふ満ちてうつろふ

ことわりの言えないたちのわたしも鮫の肉は食べたくないと言った。
たとふれば編集者からかかりくる夜半の電話にふりつもる雪

寄贈書に応えできぬこの寂しさ。
贈りつつ返礼のなき不気味さはいかにかもせむ知れど礼《ゐや》せぬ

愛餐《アカペ》は宗教用語だが、どうってことない。日々これ愛餐。
あはれあれ愛餐に在りて頽ちたる彫りふかき魚顎こそよけれ

ほとんど實用を目的としたかに思はれる「返礼」の主歌と前奏句、「電話」の主歌・前奏句の各前半。自分を含めた特定の讀者しか意識してゐない「洋凧」の殊に前奏の口語體短歌と「愛餐」の主歌。「電話」の前奏センテンス中の「鮫」以下。これは一聯計二十四對のほんの一例であり、追覆曲と綺想曲の混合形式に似た構成を持つたこれらは、どこを採つても、一見は單純で形而下に訴へつつ、實は虛虛實實の內容を隱してゐる。もつとも讀者にさう錯覺させるやうな作品主題の展開を、結果的に見せただけで、作者は至極淡淡と、おのがじしに、敍《の》べかつ歌つたのかも知れない。

II

遙けくも、と言ひさして私は言葉を呑む。『歲月の贈物』といひ『マニエリスムの旅』といひ、まことに素直で、しかも含みの多い標題であつた。遙か彼方から、疾風怒濤を捲いて彼は駈けて來た。時に滿身創痍となりつつも、再起三甦、昂然として歩み直す。私も亦、あまたの意趣と存念を引きずりつつ、彼さへ思ひ及ばぬであらう蹉跌と恥辱を經て生き凌いで來た。ああ歲月、時だけが癒やしてくれると心深く恃んで、齒軋りしつつ堪へて來た。たとへば、昭和四十五年七月末からの五年は、長閑な日など一日もなく、しかも思ひは憎惡のためにかへつて澄みとほり、「かかる夜半の岡井隆」の生還を、星に禱るのみであつた。『星餐圖』跋文を草しつつ、私は後の日にこの贐が、『辺境よりの註釈』となつて返つて來ることを、夢にも考へてゐなかつた。否、深く信じかつ恃みつつ、あだになることを懼れた。あだになるかも知れぬと想像することすら拒んだ。歲月のみが、この喪失感を充たしてくれる。私は昭和二十五年五月以來の幾つかの經驗によつて、それだけは確信に近いものがあつた。

昭和四十六年角川版「短歌年鑑」の巻頭座談會で、私は岡井隆月旦の口火を切り、『現代短歌'70』所載の「倫理的小論集」の、そして後の日に『岡井隆歌集』の巻末に見る「以上簡潔に手ばやく敍し終りうすむらさきを祀《まつ》る夕ぐれ」を論じた。突然で、同時にこの容赦のない詠法を讚へ、その魅力と際立った效果を云云した。座談會開催は四十五年十月十七日、朝からの雨がやつと霽れた夕刻、同席は上田三四二、玉城徹、司會の赤塚才市、この三氏であつた。俎上にある作者の、消息を絶つたといふ消息は、勿論知つての上で、しかも、絶たうが絶つまいが個人の自由であり、短歌作品に毫も關りのないことは前提としての月旦でありながら、私は何故か作者に代つて、こころもち聲を高め、肩をそびやかしてゐたかも知れぬ。『現代短歌'72』に發表した「網膜遊行」が、眼底紀行の標題本歌取であることは、よほどこの間その間の事情にうとい人にも察しはついたことだらう。第九歌集『青き菊の主題』の跋文に私は、目を固く閉ぢて「〈網膜遊行〉は『星餐圖』の主題の一つであつた盟友への言問《こととひ》を明らかにしたものであり、掉尾の一首こそこの一卷の基調である」としたためた。この挨拶を贈り主がいつ讀んでくれるかさへ、私には全く豫測がつかなかつた。まして一聯三十首制作時は五里霧中であつた。「青き菊の主題をおきて待つわれにかへり來よ海の底まで秋」の、むしろあからさまな隱喩に、その時受手が苦い笑ひを浮べることをも、私は覺悟してゐた。しかも、かう記し止めずにはゐられなかつた。まして一聯の中に鏤めた、ただ一人にのみあてた歌の數數は、「時」さへ淡《うす》めてくれぬなまなましいにほひを今も殘してゐる。「海に綠蔭あらずばわれの詩にかけて愛に滅びむうつつは問はず」「生きて冬の海を聽くてふおそらくは血も紺青のなごりのうしほ」「立春の苦き栞に鹽／名にし負ふ連雀の雄《を》にたてまつる／何死なむいまのうつつも／きみ麻刈の須臾のたびびと」「脊戀のそびら一枚檜《ひ》の板のごとしゐがかばくれなゐの瀑布《たき》」「あらずケンタウロスのたてがみ口嚙みてあひいだかざる男のわかれ」「藍青の髮の少女をしりへにす愛とは切つて棄つべき言葉」「かへりみてかの七月の髮猛る　さしぐみて死を否め男は」「男彼處に逐ひつめられて茴香を刈る　われはよろこびにたへず」「壯年の胸の扇の骨ひらき夜は夏あやまちをくりかへせ」「月射さば／心みだるる青海波／ここに被奉踪者／夜の射干《ひあふぎ》を斷ちたり」「忘れよと今朝こゑ細る連雀をゆるせかひなの搾木ゆるめば」「よみがへるために死すてふ眞水もて洗へば紫蘇の禁色の苗」「死するまで噤ぐくちびる疾風に燦爛として冬雲雀あり」。何を十首二十首改めて引くことがあらう。一聯悉く、「岡井隆に」と特筆大書して奉つた歌であるものを。まして「連雀」「搾木」「禁色の苗」等が何を暗示し、何を本歌とするか今更説明の要もさらさらあるまい。

昭和五十四年「短歌」四月號に、私は百首歌「覺《めざ》むる王のための喇叭華吹《ファンファーレ》」を發表して第十二歌集『天變の書』に收めた。「王」が岡井隆であることも論を待つまい。しかも、彼は常に「正數の王」たるべきであつた。たとへ、假に、浮世の俗の俗なる空間で、「性愛のまにまに頽れ」ようと、あるいは高められてゐようと、詩歌の、それも現代短歌の世界では、言葉のまにまに燦然とそそり立つ塔であり、王者であらねばならぬ。そして、再び、彼はその決意と資格を恢復した。あれからあしかけ十年、「一昔前」と呟く聲がする。歳月の贈物と奪取せしものと。私の頭は銀の霜におほはれた。岡井隆のせゐとのみは言はぬ。それにしても彼は知命の何のと口では歌ひつつ、三十代かと錯覺するやうな若若しさで、眉いよよ秀で、眼きらめき、バリトンは更に艶を增してゐた。「たづさへて一生《ひとよ》の冬を炎ゆるとよはしばみの芽のけはしき蒼」、この一首を私は殊に、彼と彼のニューファミリーに捧げた。現住所「豐橋」を物名風に詠みこんだことを、彼は一讀して覺《さと》つてくれたはずだ。他にも一聯の急處、曲り角に、彼にたぐへての詠は配置してゐる。「笹の花きみはエデンの東よりかへりきたれる冬の太陽」「壯年の君は流離のするゐを生きてゆらりと山百合の一かかへ」。言はぬが花、そして私は、言ふも亦時によつては花と記し添へておかう。挨拶歌は、その氣で讀めば、「普遍性」と呼ぶ陥穽をも設へてくれるものだ。「岡井隆に」と大書すべきを、私は何故、かくも韜晦したのか。

しかしながら、私は、「かかる夜半の岡井隆」とは歌はなかつた。そのかみ、「海中に鐵橋の脚睡りをり眠れ黑死病《ペスト》の町の醫師リュー」と『綠色研究』中の「不定冠詞」で歌つた時、私はカミュの作中人物を、ぴたりとわが友「隆《りゅう》」に重ねて考へてゐた。言はずとも通ずる。通じねば、表面だけで感得可能、味到可能な作品に彫琢すべしとみづからに命じた。俳諧の挨拶の眞髓と、そのための技法が、私の方法論を、挨拶コンポジションあるいはポエティカを律してゐた。ある時は、岡井隆が、「〈時〉の峡間にて」で、殊更に、岸上大作を「アイザック・K」と記してゐたこと、すぐ解け過ぎるアナグラムを使つても、生《なま》の姓名を口にしなかつたことをも、「鑑」のやうに、創作用の机邊に置いてゐたものだ。

五十四年五月號の「短歌」に、岡井隆の百首歌「海の庭」は發表された。百首歌とは言ひながら、五十首は10ポイント、五十首は12ポイントの活字が交互に組まれ、先立つ小活字作品は、續く大活字作品とほぼ一對をなす。ある時は小なる方が問、大なる方が答のニュアンスを含み、またあるペアは小が詞書風に、大が主作品の趣をなす。あるいはまた、一組を作ると見えながら、かつ見せながら、二つは互に比較を絶し、照應を拒み、それゆゑにより強く響き合ふものもある。また、日錄の斷片風の、またまた「實用」價値ある三十一音から、マニエリスムの模範と思はれるやうな超絶技法の綺想歌まで、その振幅の甚しさは目を瞠るばかりだ。啞然とする箇處さへ尠くはない。そして、どの部分もこれ岡井隆ならざるはなく、しかも「愛餐」より更に不逞と破格の度を加へた。

多才なりしサンサーンスの詩を知らず。誰かひたひたと教へたまへな。
中腰になるとき見えし花の芽の房こそ闇になだりたりけれ
ある年の頃も今ごろわたつみのいろこの宮のほほひげの神。
海の方春のをどりは續きつつあらき砂《さ》粒《りふ》はかがやきそめぬ
初期歌謠論をよみつつ時折は沖に出て行き陸を笑つた。
水際の遊びの終り藁帽子いくつうばはれたりし夏の日
閲歷にひそむ女を記憶して友人なれば意地のわるさよ。
もの言はぬうす気味わるき青年を統《す》ぶれども吾《あ》もかくてありけむ
くせつよき毛髪を矯め矯めながらティンエイジを過ぎたりき、あぁ。
肉體はつねに衰ふとただ一語のみ海光の充ちて浴室
枝の園。星を抱いてとがり出す枝、枝、枝の。こころは閉ぢて。
ひむがしの一いろの青ほろび行き生き過ぎたりと誰かいふ声
このふるき詩型によせる愛憎はたとふれば今日午後の海潮。
風の林の底を歩める黑き鳥をりをり人にしたがひ歩む

七首の中央に「友人」‥「青年」の一對を挾んで抄出したのは私の作意である。いづれも散文と境界を侵し合ふ異風の歌だ。私は心の底で鋭い拒絶反應を催しつつ、それも亦作者が十二分に意識したものであらうことを察し、むりやりに呑みこんでしまふ。そして百首歌は、この苦行の繰返しを避けようとすれば、まづ讀み了へ得まい。抄出の「友人‥青年」の前後に配した各三首の、詠歎と敍述をほしいままにしたやうな美しい歌も、勿論壓倒的に多い。だが、作者の意圖は、さういふシンボリカルな「作品」を、一瞬蒼褪めさせるやうな、實用性を具へ、擬・挨拶風の効果を帶び、讀み捨てられさうな異風の歌を、要處要處に配置することではなかつたか。挨拶歌が俄然目立つことになるのもこの百首であつた。「サン・サンース」の優雅な發想と、それに艶消の水をさすやうな下句の大正期風敬語表現のおもしろみ。「花の芽」の調べは、明らかに和泉式部の

「戀こそ戀のかぎりなりけれ」を映してゐる。それも和泉の上句、「夢にだに見で」を、彼は同じ上句で「見えし」と受けてゐのだかるら、到れり盡せりだ。「わだつみのいろこのみや」は『鵞卵亭』の「わたつみのいろこのみやゆながれこしたちばなの實はいかにたそだむ」と、在筑紫の賜物、青木繁的殘像であらう。「初期歌謠論」結句は傑作だ。皮肉ではない。「沖に出て行き陸を笑った」の快い違和感こそ、「マニエリスム」の功德の一つなのだ。かつてのいはゆる口語短歌よりも、むしろ中塚一碧樓の鬼氣を帯びた諧謔に通ずる部分であらうか。霜かすかに零《ふ》り、知命を過ぎた彼が、なほジーンズもスニーカーも、若者以上に似合ふ祕密もこの邊にひそむやうだ。

「藁帽子」のどこかに寺山修司を懷しみ、「ティンエイジ」と「浴室」は、かつてかの『眼底紀行』の「少年期に関するエスキース」をありありと思ひ出させてくれる。アレクサンドリア種の淡緑の曙は還らずとも、寂滅爲樂・天人五衰の歎きに似た「肉體」の偈は、まだまだなかなか雄雄しい。「枝の園」の激しく切ない息遣ひ、「風の林」の默示錄風象徵、いづれも岡井の本領紛れもない。そして「このふるき詩型によせる愛憎」は、これまた『鵞卵亭』の、「歌はただ此の世の外の五位の声」以來の、短歌に關するクレドであった。そして、思ふに、「海庭」百首は、すべからくこの一首をサブタイトルとすべきかも知れなかつたのだ。抄出を省いたものの、「から松につづくから松。濃州を信濃へこゆる峠おもへば。」：「古典的曲目の蔭さはやかに左《ひだり》半球を侵しつつあり」など、抄出作以上に見事だ。私は寡聞にして知らないが、眼球に左・右半球の稱は、解剖學的に存在するのだらうか。たしか「赤道《アエカトール》」も「子午線《メリディアニ》」もあることだから、左・右半球もそこから、否それ以前に生れてゐて當然だし、無ければ創ってよからう。勿論、そのまた大前提として、日本を左半球に置くコスミックな捉へ方を忘れてはなるまいが、私には、そのやうな宇宙的な古典曲は想像しようがない。「越天樂」は名前負けだらうし、榮頌《グロリア》も求憐譜《キリエ》も、いづれ人が創った神への祈りに過ぎぬ。

私は、それよりもこの百首で、ひそかに拒絶反應を壓し殺した歌について觸れねばなるまい。「エディターに電話を入れてたたかはせども稿料にふるることなし。」：「岬山《さきやま》の南岸ぞひをただよへる人頭大の瓜にしもあれ」、「声帯をやられて愉快不愉快を超出。やつをなぐりたくなる。」：「閲歴をあいまいにして働けど撃《う》たるるときは栖もたまらぬ」、「Nさんも髮うすくなり歌よみが小説を書く是非あげつらふ。」：「日暦の裏がははつね虛しさやあまねく白くむなしさは来ぬ」、「四十年以降の人の下馬評に君は入ってゐるか、知らない。」：「夜の園冬木の銀杏《いちやう》みてたてば植物は上より見下《おろ》しぬ、「日本語になめらかに挿しはさまれる米語もどきの言葉また言葉。」：「職すててよそに行きたる男かや細長き魚《いを》焼きてこもれる」：「退官を惜しむつどひに万葉の一首を引いて言へば寂しや。」等等、列擧した作品例の、特に小活字句點（。）つきの歌の平談俗語調は、おほよそ私のみならず、從來の彼の作品の理解者、愛好者の一部あるいは大部分の、眉を顰めさせるたぐひの歌ひ方で何かを企んでゐる。聲あり、「何で眉など顰めよう。それこそ、彼の血、肉の源であったものを。汝、血は水よりも濃きを知らぬか」と。

「巡業に來てゐる出羽《ではが》嶽《たけ》わが家にチャンポンを食ひぬ不足《ふそく》も言はず」「四歳《よんさい》の茂太《しげた》をつれて大浦《おほうら》の洋食くひに今宵《こよひ》は來たり」「このごろ又外國人《ぐわいこくじん》を殺しし盗人《どろばう》あり我心《わがこころ》あやしきを君はとがむな」：「不足せる會費のことを言ひおきて君死にたりと知らせを受けぬ」「秋になりていちじるき勞れは胃腸より來るならむ去年もかくの如くなりき」「本所深川あたり工場地區の汚さは大資本企業に見るべくもなし」。前三首は『つゆじも』、後三首が『山谷集』からのアトランダムな抄出であることなど斷るまでもない。これら「マニエリスム」から最も遠く、最も無縁の、別世界・異次元の歌、鬱然たる權威に鎧はれ、數千の善男善女の信仰の對象たり得、今日なほファンを喪つてはゐない偉大な散文的韻文詩を、岡井隆は噯《おくび》が出るほど讀み、かつ讀まされ、この濃厚な臭氣を持つ水で洗禮され、そこから出發し、かつ脱出した。その功は勿論罪の方も他の誰よりよく知つてゐる。私が戰前のモダニズム作品に、時として酷薄を極めた態度を取るやうに、彼の、かかる文體への眼は往往冷淡に過ぎたかとも思はれる。

　文體も用ゐやう一つ、さう岡井隆は達觀したのか。無用の用を、異質を際立たせることによつて、おのが世界の精彩を誇示する手法を試みようとしたのか。短歌と呼ぶ不死身で神聖で、一方貪慾を極め、往往破廉恥なまでに變貌を好む詩型を、馭しかつ犯し、手なづけるべく居据わり、居直つたのか。「Nさん」が誰を指すかは、ある狹い範圍の讀者にはたちどころに感得可能だ。そして結果的には、實際の姓名を明記する以上の皮肉な效果がある。Nのフルネイム化が、讀者の胸中で實現すれば、小説を書く「歌よみ」の名も至極自然に浮んで來るだらうし、あげつらふ「是非」が九十九%「非」に傾くことも十二分に豫想できる。ぼかすことによつてなほさらあからさまになり、明らかにされるより一層擽つたくにがにがしくなることを、計算したとは言はぬまでも、氣づかぬ作者ではあるまい。だが、この略字人物が、「奈良さん」「新見さん」「沼津さん」「根來さん」「野宮さん」のいづれかである可能性も全くないわけではない。「小説」もまだ生れてゐないもので、態度論の「是」と「非」へのサゼッションでもあり得る。解釋がどうでもつく、この曖昧性の後めたさ。讀者の方が氣後れに立ちすくみ、羞恥を覺えねばならぬほど、主に小文字句點入短歌の方には私性が濃厚だ。折角公開してくれた日記日錄の、その裏側から透けて來る非公開部分を、覗き見してゐるやうな錯覺に陷る。まさに、怖らく、作者の苦衷もしくは優しげな配慮に反して、陷るのだ。

　「エディター」も「やつ」も、はたまた「下馬評」の「君」も「職すてて」の「男」も、おほよそ、「Nさん」的な、負《ふ》の影を濃く曳いて、作者のやや冷い眼光にさらされてゐる。私さへも、いつそのこと、かう詠み捨てたら、さぞ快いだらうと羨むほど、放膽無心に歌ひつ放し、敍べ放題だ。その放埒な散文調が、疑ひもなく、百首歌の、本來の、調子の高い、冱えた、幻像構成部分を、よりズームアップし、意外な伴奏とも化する場合・部分があるにはある。それにしても、と私は「海庭」を振返り、「歳月の贈物」には、かかる要素もあつたことに愕然とし、やがて強ひて莞爾とするのだ。『鵞卵亭』以後の作品群に『つゆじも』期の茂吉との關りを指摘したのは篠弘の「再誕岡井隆論」であり、これは岡井隆自身も十分に認めてゐるやうに、數多岡井隆論中の白眉であることは異論を挾む餘地もあるまい。そして、私は、篠弘が克明に抄出比較した「茂吉：隆」の發想と技法の、本歌取り的近似の外に、まことに素樸な類推ながら、挨拶・非挨拶の別なく、固有名詞、殊に姓名の頻用をも、近似點の例外例に加へたくなつた。

　すなはち、『つゆじも』大正八年九月以降、高名な「道富丈吉」の現れる前後から、詞書は長くなり、その中にも、作品中にも、人名が次次と出沒し、歌は誰かの逆影響かと思はれるほど異樣なまでに散文化する。そしてこの時代の、またこの歌集そのものの機微を、最も犀利に研究詳述したのが、岡井隆の『茂吉の歌　私記』と『遙かなる斎藤茂吉』の「1」であつた。そして、たとへば、『つゆじも』巻末の「洋行漫吟」に言及して、「日附のある數行の散文」すなはち詞書が「歌と歌との間の時間を補足的に充たしている説明文であると同時に、歌だけでは何を言っているかわかりにくい〈事實〉理解の手助けにもなつているのを知る」と述べ、またその詞書に現れる三人の氏名に觸れて「《俺だけが知ってりゃいいんで、おまえらは知らんでもいい。そういうプライベートなメモ。日記。その間にひっそりと書きつけたような歌のたぐいをあつめたのが、この『洋行漫吟』なのだ》」と、彼は茂吉に代つて宣言する。そしてこの言葉のニュアンスは、屈折し、亂反射しつつも、たとへば「愛餐」以後の彼の作品群に照り翳る。そして茂吉の洋行漫吟には「茶館《ちゃくわん》に は『清潤甜茶《せいじゅんてんちゃ》』の扁《へん》がありにほへる處女《をとめ》近づき來《きた》る」や「Ici repose un soldat français mont pour la patrie 1914〜1918. われもぬかづく」のやうな、詞書を消しても感動に價する作品が混つてゐるやうに、否、それと比較を超えて、岡井隆の作品群は、かへつて「マニエリスム」の迷宮へ、再び一歩一歩誘はれて行く。

「マニエリスム」についての想ひ出は遠くかつ深い。しかも私にとつても日日新たであり、かつなほ測りがたい。グスタフ・ルネ・ホッケの『迷宮としての世界　マニエリスム美術』が、種村季弘・矢川澄子共譯で「美術出版社」から出たのが昭和四十一年二月五日、私は三箇月後れて五月五日にこれを購つた。一時は聖書の隣に並べた座右の書であつた。「〈マニエリスム〉とは、珍奇なもの、魔術的なもの、自然な現實の彼方、内部に隠されたもの、社會的隔離、貴族的特殊地位への衝動、これら異常なもののなかの自己主張を、鋭い才能によつて正當化し創造した西歐文化の反性たる産物である」と、この著の風變りな窓開函の裏面にマニフェストがある。それは、昭和四十年まで、私が、また岡井隆が、滿身創痍で實現しようとあがきつづけた、「現代短歌」の一面の主張と、ぢかに通ずるふしも多分にあつた。五年後四十六年十月と十二月に、同じホッケの著、種村季弘譯の『文學におけるマニエリスム』Ⅰ・Ⅱが「現代思潮社」から出た時、私は譯者からの寄贈を辱うした。その卷末跋文で、譯者が『迷宮としての世界』公刊當時を語つてゐる。曰く「ここ數年のマニエリスム研究の活況からは想像も及ばないことだが、マニエリスムという訳語からして定訳らしいものがなかった。《マンネリズム》と開き直ったのは論外として、マニエリズム、マニエリスム、マナリズムとあまたあるなかを、まァおつかなびっくりマニエリスムに落着いたようなものであって、他は推して知るべしであった」。昭和四十一年と言へば、『眼底紀行』のほぼ後半に屬する時點であらう。そしてその最高音部が、私の、最愛の「少年期に関するエスキース」であつた。『眼底紀行』と『マニエリスムの旅』は、單に、旅人たらむとする作者の姿勢のみで繫るのではない。

作者は、『眼底紀行』までの遊行に關して、ただの一度もマニエリスムを、殊更に標榜することはなかつた。しかも作品自體は、短歌におけるマニエリスムの典型を具現してゐたと言つてもよからう。作品例を一一擧げる要もない。一九六〇年、安全保障條約反對國民運動を大テーマとした『土地よ、痛みを負え』の「勝ちて還れ」さへも、マニエリスムの傑作の一つであつた。そして、『眼底紀行』の「少年期に関するエスキース」や「憂愁樹林」や「眼底紀行」が、その豊かな達成の相《すがた》であつたことは言を待つまい。今日、岡井隆は口に出して「マニエリスム」と言ふ。百首歌に見た散文化作品、平談俗語歌、と言ふよりは、詩としての、魅力ある謎に充たされてゐない短歌を目の前においてなほ、彼は「マニエリスム」を告げる。マニエリスムへの旅ではなく「マニエリスムの旅」であることに、私は嗟嘆の吐息を洩らす。

溜息をつくことはあるまい。作者は莞爾として「ユートピア夕景」を「ユートピア夕景補遺」を示す。殊に後者の、詞書的短句と短歌作品の照應は、有機的とも言へる至妙の抑揚と韻律を交し、既に續續と追隨者を生むほどの、一つの「方法」と化しつつある。「岡山への試み」、あるいは「ブルー・トレイン西へ」の第一部もほぼこの效果は持續してゐる。私は、まことに唐突なことながら、齋宮女御徽子の、あの天來の詞書的間投句さへも聯想したことがある。すなはち「吹く風になびく淺茅は何なれや人の心の秋を知らする」「白露に消えにし人の秋待つと常世の雁も鳴きて飛びけり」等の絕唱を縫つて、一首一首の前におかれた、「露も久しき」「誰に言へとか」「言はむかたなの夜や目のみ覺めつつ」「たぐひあらじかし」「あらじ我が身を」「あはれのさまや」「かぎりなりけり」「見苦しの樣や例の山ふところ」のたぐひである。この妙《たへ》なる前書詩句は、前例なく、亞流をも拒んだ。

　　昨夜パンセをよむも、むやみにさびしい。
帆ばしらの斜線けぶれる夕暮ややややふとりめの妻を率《ゐ》て来《こ》よ
　　　　　　　　　　　　　　　　　　「ユートピア夕景・補遺」

　もう、記号が掌で仁義きってる。
われら此のうつくしき夏夕ぐれのみどりのなかに耳たぶの傷　同

　別に、結語というわけじゃないけど。
風神にあらがふ技は濃くなりぬふたたび人もわれもかなしも　同

　女と言い争いながら後楽園を横切った、昔。
想ひ出に潰されてゆく器《うつわ》かなわれの身体《からだ》は闇をよろこぶ
　　　　　　　　　　　　　　　　　　「岡山への試み」

　逃亡者の軌跡をたどるのだ。
みんなみへ北へ岐《わか》るる支線見ゆなかんづく日豊線の淡き弧
　　　　　　　　　　　　　　　　　　「ブルー・トレイン西へ」

まさに「旅」、歌集は、夢にもうつつにも、草枕、笹枕、波枕、浮枕、そしてある時は雲枕、風枕、「かかる夜半の塚本邦雄」と呟く彼は、その夜、獏枕でもしてゐたのだらうか。今年の秋はせめて「菊枕」でも贈ることにしよう。私は、五十四年七月二十日、生れて初めて不知火筑紫の國を見た。福岡と北九州市への旅であつた。幾度か機縁はありながら、斷ち、斷たれ、ものごころついて半世紀、ただの一度も赴くことなく、トレド二度見て柳川知らずと嗤はれながら、何故か足がすくんで訪へなかつた地である。續いて九月には都城へ、更にまた十二月には熊本へと、まるで堰を切つたやうに、いづれもやむにやまれぬ事情と用件あつて九州へ旅した。そして行く先先での路・道・徑で、あるいはあの頃、あの連雀、慓悍の雄は、あのあたりの空を隱れ飛んでゐたのではあるまいか、その時こぼれた風切羽の一片でも落ちててはゐないかと、沈思したものだ。私はまた、心の中で誦《ず》してゐた。「立春の苦き菜に鹽／名にし負ふ連雀の雄にたてまつる／いかにせむ／夢にうつつに／きみ厮刈のとはのたびびと」と。

　　　　　　　　　　　　　　　　　　昭和五十五年二月五日　立春

（『マニエリスムの旅』〈書肆季節社〉より再録）

〈原風土〉への愛と背反

岡井隆・序説

北川透

名古屋とか三河の風土とは、詩にとって何なのだろうか。岡井隆の詩業のことを思うと、どうしてもそのことから考えていかざるをえない。

《名古屋の生家にたいするわたしの感情はかなり複合した悪意である。あの地へかへると、ひとが溺ったやうに、まず意志がぬけおちる。虚脱する。それから、やはらかい、徐《おもむろ》に侵蝕する、しづかな腕でしらぬまに睡りに就かされる。あたかも全身に麻酔をかけられておほがかりな手術をほどこされてゐるやうだ。》と、かつて書いたのは、沈黙して久しい鈴村和成である。この「地方論——北川透の方へ」の表題をもつ、ねちこい文章はなんど読んでも息苦しいほどの濃密感をたたえている。

もしかしたら、名古屋とか三河という風土は、わが列島の病理の根帯をなしているのかも知れない。高校時代から、わたしたちはよく友人同士の雑談で、なにしろこのあたりは日本封建制の聖域だからな、と自嘲しあったものだ。とは言っても、制度としての封建制を問題にするのではない。風土的な感性に立ち籠めている、それの濃密な気圧のことを指しているのだ。むろん、現象としてみるなら、この地帯は日本のデンマークと呼称された進んだ農村をかかえ、トヨタ系の自動車会社に象徴される、近代合理主義の尖端をいっている、と言えるかも知れない。太平洋ベルト地帯ということばもある。

しかし、そうであればこそ、その陽と陰の二重構造は、まさしくわが列島の病理の根帯を成すものではないか。とはいえ、この土地から一度も離れて暮らしたことのないわたしには、そこに歴史的に累積されてきた風土的感性の奇怪な優しさと抑圧の装置の、内と外の総体について、本当のところはよくわからないと言える。ただ、わたしはその内圧に対して、盲滅法にわが槍を突き刺し、突き刺しして生きてきただけだ。そこへこの土地を離脱した鈴村が、〈北川透の方へ〉と鏡を向けてくると、そこに映っている《地中からのびる無数の、湿った、しかし強靭な紲が、手足をがんじがらめにして、口をきくことも億劫である》という、その幻の姿態は自己像を見るような息苦しさで迫ってこざるをえない。

岡井隆もこの風土で生まれ、育ち、そして、首都への離脱と、そこから列島弧を大きく移動した、短かからぬ年月をもつ。いまはまた東三河の一角に居を構えている。この一巡が彼の詩にとって何であるかは、むろん、まだ未定のことであろう。ただ、わたしの狭く読んだ範囲では、彼にはこの土地への《複合した悪意》の表明は、あからさまには見られない（とひとまずは述べておこう）。逆に「木曜詩信」（一九六三年）のなかに《名古屋よ　性あらば女とよばれよう／わたしは愛するもはや地上にはない原《ウァ》名古屋を》という、端的な愛の表明がある。この率直さは、前に少からずわたしを驚かせた。そして、それは彼の詩が定型詩だからだろうか、短歌だからだろうか、という想いへ誘った。

しかし、ここでも愛の対象が《もはや地上にはない原《ウァ》名古屋》である、という屈折に注意すべきだろう。この《原名古屋》とは言うまでもなく、空襲によって廃墟と化した、彼の少年時代の幻の都市のことである。このもはやどのようにしても地上には存在しえない原像への憧憬は、当然、廃墟から甦えってきた無性格な〈文明都市〉名古屋への背反する意識を生み出す。それに彼の短歌自体は、この《原《ウア》名古屋》が鋭い亀裂を苦しんでいることを隠していない。

父よ　その胸廓ふかき処《とこ》にて梁《はり》からみ合うくらき家見ゆ
まなこのみ今は闘う父と子に樹々さか映す部屋のあかつき
衰えし父を私室に訪《と》わんとしわが手のなかの乾かざる砂
（以上『斉唱』より）

その父の胸廓の深いところに視える暗い家は、それは彼の育った風土を象徴していないだろうか。《原《ウア》名古屋》は、父の胸廓を透かしてみられるとき、《梁からみ合うくらき家》としての姿をあらわさないわけにはいかないのである。逆に言えば、それを内蔵するからこそ、岡井隆にとって、父のイメージは、いつも苛酷に対峙されるものとしてあらわれざるをえない。それは更に次のような像を結ぶ。

烈しく君が反動と呼ぶものを守る唯一として父はあり
（『斉唱』より）

妹を呼びかえす声父よりも鋭し日本の〈家〉の奥から
冬となる白堊の丘の底に汲み水はあらそう父子にわかたる
火を焚いて媼の去るを待つ間《あいだ》怒りをころしあう父子の指
父よその背後はるかにあらわれてはげしく葡萄を踏む父祖の群れ
まこと父の手もて眼前に割《さ》かれたる聖《サン》革命書、傍線に満ち
（以上『土地よ、痛みを負え』より）

この父が、岡井隆の現実の父たる人とどう重なっているか、いなかは、この場合どうでもよい。問題は父のイメージを通して、《日本の〈家〉の奥》や、《父祖の群れ》集う風土、そのなかに仕掛けられている感性的な抑圧の装置が、浮き彫りにされていることだ。《原《ウア》名古屋》への愛は、同時にそれへの激しい軋轢をかくしていると判断していいだろう。そして、その〈原風土〉への愛と背反は、彼にとって単に分裂ではなく、おそらくは二重性としてあるものだ。言うまでもなく、愛の方は、母のイメージにふりわけられている。もっぱら抑圧的で、厳格な父のイメージに対して、母のイメージは、優しい感情に満ちている。

母の内に暗くひろがる原野《げんや》ありてそこ行くときのわれ鉛の兵
（『斉唱』より）

眠られぬ母のためわが誦む童話母の寝入りし後王子死す
読み終えしモーパッサン置きて旅発ちぬ癒えゆく母の眠りし後に
掌《て》に二輪踏むかぎりなき花げんげ母に添いつつゆきたきものを
禱《いの》りの歌ひびきてすでに闘わぬ城あるらしも母の庭には
（以上『土地よ、痛みを負え』より）

むろん、ここには病める母というモティーフが潜んでいるだろう。風土を背負って、対立者たらざるをえない父に対して、病む母は祈りの歌のひびく《闘わぬ城》であり、童話や神話の生きるロマンの世界だ。そして、それは少年時代の《原《ウア》名古屋》への愛着ともつながっていよう。上田三四二は、これを例のフロイドの深層意識の理論に求め、父を殺し、母を姦すエディプス・コンプレックスで説明しようとしているが、わたしはそれはなお一面観に過ぎぬように思う。もっとも、エディプスに帰すような読解が生まれるのは、

作者が父と母にふりわけている抑圧的なものと優しさとが、いくらか心理的に割り切れ過ぎているからである、とも言えよう。ともあれ、それを〈原風土〉への愛と背反の二重の契機のうちにみる方が自然だ。そして、その契機の孕む逆説は、父の抑圧が、いわば風土的なものへの対峙を通して、子を自立させるのに対して、母の胎内の《暗くひろがる原野》がもたらす慰藉は優しい眠りへの退行を許すということである。それ故にこそ、それの単なる分裂でもなく、一元的な選択でもなく、母と父のイメージの二重性が、岡井隆が血縁とする〈原風土〉の相貌とならざるをえなかった。

ここでおろかな問いを放つことを許してもらえば、わたしたちの詩にとって短歌とは何なのだろうか、ということである。岡井隆はわたしにとって、その短歌世界においても、人性上においても、最も親しい歌人の一人であるが、いったいなぜ彼が歌人であるのか、歌人と呼ばれねばならないのか、いぶかしく思う時がある。このすぐれた文学的資質を拉致した短歌の魔力をうらめしくさえ思う。むろん、そこにわたしの短歌へのある距離がある。

その距離について語れば、ついに短歌とは風土的韻律ではないか、という想いだ。それを伝統的韻律と呼ばないのは、それが単に形式上、感性上累積している時間性だけでは片がつかない問題が、短歌にはあまりに多くまつわりついているからである。わが風土から自生してくる強い植物、日本語の生理に根源をもっているなめらかなリズム、ぬめぬめした体感、あの宮廷歌会、大新聞から小さな地方新聞まで絶対に消えることのない短歌欄の詩の残骸、結社雑誌の権威的・倒錯的な編集……こういう問題が、わたしには脈略もなく、次から次へと思い浮かんでくる。そして、おのずから風土的韻律ということばが口をついてでてくる。

短歌滅亡の声を何度も聞いたように思う。いまも聞いていると言ってよい。滅亡とは何を指すのだろうか。誰も短歌を詠まなくなることを指しているのだろうか。そうだったら、おそらく日本国家の滅亡まで、いや、日本語を話す日本人の消滅まで、短歌が滅亡することはあるまい。しかし、短歌滅亡を詩の死としてとらえるとしたら、それはいつでもありうる。短歌は、おそらく過去に何度も詩として死に、また、甦えってきた。短歌が死ぬのは風土的韻律の呪縛によってであり、それが甦えるのもその呪縛の強さによってである。なぜなら、その呪縛の強さは、それに対する抵抗の契機をも育てざるをえないからである。短歌がその内部に反短歌的なものの契機を失うとき、それは単に風土的韻律に占有される。おのれの内部に自己異和の牙を失った短歌は詩ではなく、単なる短歌に過ぎない、と言いかえてもよい。単なる短歌などというものは、定型によって辛うじて支えられている詩の形骸にほかならない。そういう形骸に過ぎないもの、短歌と呼ぶほか呼びようのないものが、宮廷歌会や大小の新聞の短歌欄や結社の雑誌に横行し、遍在している。むろん、現代詩なるものも、現代文学なるものもあらわれようは違うが、同じような姿をさらしているにちがいないので、そのこと自体を別に短歌特有のこととして言うのではない。しかし、短歌特有のものは、その風土的韻律の規範性の強さである。

しかし、ここにひとつの逆説が生まれよう。それは短歌が詩として甦えり続ける努力は、単にそれが現代詩となってしまうことにあるのではない、というあたりまえのことである。短歌が風土的韻律、その累積された伝統詩としての規範性を大きく担うことなくしては、その反短歌的なものとの拮抗も弱いはずである。短歌的な規範――その中心たる定型律――を単に弛緩させたり、放棄した短歌などわたしには興味がない。そんなことをするくらいなら、口語=

自由詩（現代詩）にまで、その形式上の虚無を徹底すべきであろう。短歌にしろ、現代詩にしろ、方法上の中途半端や折衷主義は、詩とは無縁である。

前衛短歌ということばがある。岡井隆や塚本邦雄のそれが代表としてあげられる。短歌史の内部では、おそらく前衛ということばを必然にしている何かがあるのだろう。わたしはそれに暗い。だから勝手な言い草になるが、どうも前衛短歌ということばになじめない。好きになれない。前衛現代詩というものを聞いたことがないからであろうか。どんなに新しい短歌も、形式の問題で言えば後衛詩でしかない。むろん、わたしは文学に後衛詩も前衛詩もあるもんか、という位相で書いている。だから短歌が、五七五七七の定型律、あるいは三十一音を基本的に保守することが後衛的だとはまったく思わない。それこそが短歌の強力であり、存在理由だと思う。その詩型を保守するということをめぐってこそ、歴史的に累積されてきている風土的韻律と深部での格闘が可能になるのではないか。そして、それを可能にするには、短歌がおのれにつきつける斧、自己異和の視点をもたねばならぬことは当然だ。その伝統詩型の内部に、おのれへ向けた斧を吊るしている短歌を、前衛短歌と呼ぶなら、わたしにも了解できる。

岡井隆が前衛歌人であるかどうかは知らない。しかし、彼が風土的韻律――その累積された時間性を十分に担いきることで、それへの自己異和を強力に育て、詩としての短歌を甦えらせ続けてきたことは疑いない。この場合きわめて暗示的なのは、岡井隆がアララギ派の短歌を、おのれの出自としていることである。彼の「高安国世への長い一通のメッセージ」には、戦後早くに西三河来訪した土屋文明に随行した、旧制高校二年当時の〈岡井少年〉のことが活写されているが、三河（西三河）の風土的な感性は、きわめてアララギ的ではないか、と気づいてぎくりとした。

《今でも、本質的にはかわりあるまいが、愛知県の三河一帯は、特に土屋文明門下のアララギ人の多いところであり、その構成は農民と教師が多く、文明がとくに親近を寄せていたのはそのなかでも農民歌人たちである。ぼくの独断であるが、戦後最初に、土屋文明を囲んで歌会を開いた場所は、おそらく西尾市でなかったか、……》

（「高安国世への長い一通のメッセージ」）

西尾市、つまり、旧幡豆郡西尾町は、わたしなどが小中学生の頃、お盆やお正月に、わずかばかりのお小遣いをもらって、本を買いに出かけた小さな城下町である。むろん、このあたりの農民歌人たちは階層的には上層部に属し、水呑百姓のせがれであったわたしなどとは無縁な世界であったが、そこから視えてくるものはあるのである。それはアララギという結社を一面で、しかもその一面は根底的なところで支えているのは、何についても微温的で、しかも血縁的な紐帯の強い三河の風土に象徴されるような感性ではないのか、ということである。むろん、それは表面的には都市生活者の感情がうたわれていても、それと直接には関係がない、もう少し基層的な感性の在り様についての、わたしの推測である。

そう考えてみると、先の《父よ　その胸廓ふかき処《ところ》にて梁《はり》からみ合うくらき家見ゆ》という歌は、また別の相貌をあらわしてくる。つまり、茂吉門下のアララギ派の歌人である父の胸廓のなかの《くらき家》とは、同時にアララギの結社の暗い家でもないのか、ということである。岡井隆の結社に対する強い敵意や悪意は、この父の胸廓の内部の結社との対峙によっても育くまれたと見てよいと思う。むろん、その一面で、母への慰藉としてある、その同じ出自への愛着が隠されていることも見失われてはなるまい。それ故にこそ、アララギ的なものに対する自己異和は、鋭い形をとらなければならなかったとも言えよう。たとえば、誰しもが『斉唱』や『土地よ、痛みを負え』の特質のひとつに政治的、社会的な情況をうたったものが多いことに気づくだろう。わたしは、それを岡井隆の政治思想に求める見方は、表面観に過ぎぬように思う。岡井の詩の原質にそれを見ようとすれば、それがアララギという結社に時間として累積されてきた〈自然〉や〈写生〉、さらに《くらき家》に象徴される風土的感性に対する自己異和であることは明らかだと思う。

それにしても、『斉唱』や『土地よ、痛みを負え』は、いま読めば異常なと形容したいほど、松川事件、インドシナ戦争、エジプトの運河国有宣言、朝鮮人の問題や日本共産党に対する批判など、政治的な事件や情況が素材として引き寄せられている。岩田正は「現代短歌の起点」で、こういう現象を列挙して《社会的政治的に反響をよんだ事件は、ことごとく岡井という作家主体の中で反芻され、そして独自な思想詠、あるいは独白詠として歌いだされている》と述べ、更に、そのようなことを《共産党関係の歌人を除けば、岡井以上に歌った歌人はいない》とまで書いている。また、金子兜太もそれと同じことを、《岡井の思想が、状況との弁証法なしには生きてゆけないものであること、明らかである》(『岡井隆論』)と述べている。ともあれ、これは歌人に例を見ないどころか、詩人にまでその枠を広げても、岡井以上にそれをうたった者はいない筈である。

ただ、その評価ということになるとかなり微妙である。岩田正のように肯定的にのみ、見るわけにはいかない。なぜなら、〈原風土〉への背反という個人的モティーフが強いところでは、事件や情況がうたわれても、深い内面的な陰影が刻みこまれているのに対して、それを欠いた部分は、その時点ではある衝撃を持ちえたとしても、時間とともにもっとも亡びやすい部分をつくってしまっているからである。たとえば、それを『斉唱』の〈4〉の部分、あるいは『土地よ、痛みを負え』の「運河の声」や「ナショナリストの生誕」にみてもよい。

日本の革命か自国の独立かいさかい継ぐと五原則以後
ことごとく党の弱さに帰していう酔うごとく又さいなむごとく
悪びれず日本人を導き来てきびしき岐路に立ちまよう君ら
(以上『斉唱』より)

緋のいろのアジアの起伏見つつゆくジープ助手台に寒がりながら
肺野《はいや》にて孤独のメスをあやつるは〈運河国有宣言〉読後
立ちあがる運河の声に背をさらし爪切りちらしいる手術前
(以上「運河の声」より)

最《いた》もちかき黄大陸を父として俺は生れた朱《しゅ》に母を染め
抱かるるときも拮屈　弧をはりて立ち長身の母なる島よ
産みおうる一瞬母の四肢鳴りてあしたの丘のうらわかき楡
(以上「ナショナリストの生誕」より)

わたしは、ある意味では、岡井の一九五五年当時の党批判を凄いと思う。引用の歌よりもすぐれたものに、《言いつのる時ぬれぬれと口腔みえ指令といえど服し難きも》、《病み痴れし老いを遺せる射殺死をかれら端的に〈犠牲死〉と呼ぶ》などがある。文学の政治に対する批判は、つきつめられればすべてラジカル(根底的)にならざるをえないが、これらの歌にはそこに突き入る鋭利な直観、あえてそれに直面することを恐れない強靱な感性があるように思う。言ってみれば、そこに六十年安保時における、既成左翼に対するラジカルな批判の先取となっている位相がある、と考えてよいのではないか。しかし、それにもかかわらず、それらが短歌として、いや、詩としてどこか弱いのは、党批判の歌としての構造がもっぱら外部志向・外部告発としてあって、内的な屈折をもたないからだと思う。言いかえれば、岡井自身の〈原風土〉への剔抉が媒介されていないので、どうしても深さが生まれない。

「運河国有宣言」についてみても、《肺野《はいや》にて孤独のメスをあやつる》や《爪切りちらしいる手術前》という発想に、遠い政治への関心が、その関心の直接性においてではなく、医師としての孤独な仕事の内部に、引きつけられてうたわれている。それがこれらの作品の独自性となっていることはたしかだが、しかし、それは党批判のような対象との、激しい緊張感を欠いているだけ、前者以上に単なる情況歌に近くなってしまっている。

「ナショナリストの生誕」においては、なによりもナショナリズムという観念を、すでにあらかじめ決定されたように扱っている図式性が気がかりだ。ナショナリズム――これほど多義的で、あいまいに用いられていることばはあるまい。むろん、詩にとって政治学上の困難などどうでもいいことである。そこに自分の生きている風土に対する逆立の契機さえ打ちこまれていれば、それをナショナリズムと呼ぼうと、反ナショナリズムと呼ぼうとどちらでもいい。しかし、「ナショナリストの生誕」は、先の〈原風土〉としての、父と母に対する愛と背反の二重性という、岡井隆のもっとも深いモティーフから展開されるのではなく、後進国の政治的な民族主義を範型にするようなところから展開されてしまったのである。すなわち、そのナショナリストの父を〈黄大陸〉に求め、母を〈列島〉に求めるという観念的な図式性は、後進ナショナリズムを範型とするところからしか生まれない。それでも列島を母に擬人化する比喩は、彼の母に対する原イメージが鮮烈に映し出されていて美しいし、その観念性は短歌として独立している個々の作品をすべてにわたっておおいつくしているわけではないが、やはり、《つぎつぎに大陸に立ちあがりゆく諸声《もろごえ》、とおきわが揺籃歌》のような楽天性は、そらぞらしいと言える。しかし、次のような歌には、その観念性を振りすてるプリミティブなよさがあるように思う。

産み月の母欲《ほ》る寒《かん》の水一斗　内《うち》たえまなくひび割れる故
列島のすべての井戸は凍らんとして歌いおりふかき地下から
つややかに思想に向きて開ききるまだおさなくて燃え易き耳

（以上「ナショナリストの生誕」より）

ナショナリズムと言えば、この歌集のなかでは、「朝鮮居住区にて」の連作における、次の歌の方が、おのれのナショナルな体感によく触れて、すぐれているように思う。

とじのこすうすい流浪の唇は言うかとも見える〈平壌《ピョンヤン》で死にたかった！〉
その高い腹部のうちに腐りきる〈日本臣民〉〈内鮮一如〉
にんにく・牛の胃《せんまい》をうる灯が見えてここから構える、何故？　俺は身

（以上「朝鮮人居住区にて」より）

それはともかく、「ナショナリストの生誕」にみられる観念性と言い、社会的、政治的な情況に対する直接的な対応と言い、それらは彼がアララギ的な〈原風土〉から受け継いだ、感性的な定型秩序に対する異物たるにほかならないだろう。その自己異和という特質においてこそ、それらはともかく単なる政治詠や情況歌から区別されているのである。そして、その自己異和のラジカルな様相が、岡井の抒情に〈雄性〉とか〈戦闘性〉というものを付与しているよう

にわたしにはみえる。
　さらに、アララギの〈写生〉や直叙法に対する自己異和は、大胆な主体・客体の転換、喩法による象徴化、短歌的な詩語の破棄による散文性、直截性への思い切った踏みこみ……などさまざまな技法上の試みとなってあらわれている。それらのうちめざましい数首をあげていってみよう。

のびて火を吐く権力の手の前方でけし飛んだ緋の蝶形花冠
語彙貧しき鮮人だからと知りながら刹那に抱くわが非情の語
因襲の底に組織をいそぐとき蝸牛さえ血の色の縞
容疑理由　牧笛不法所持および家畜騒擾示唆《そうじょうしさ》・堕胎致死
（『斉唱』より）

　これらは、必ずしも秀作とは言えないだろうが、ここで短歌はおのれの内部から突きつけられた斧の一撃に耐え、なお、その定型律としての宿命に耐えようとしている。その思想としての表出とリズムとの緊張感が、型としての歌の姿を忘れさせ、詩的な充溢感をもたらしているのだ。
　むろん、わたしはこういう作品のみをよしとするのではない。むしろ、歌集『土地よ、痛みを負え』の達成が、比較的平叙法に近い「土地よ、痛みを負え」の連作や、「暦表組曲《かれんだあ》」にあるとき、方法の問題は単純ではない。「暦表組曲《かれんだあ》」より秀作を数篇引こう。

民ら信ずるおだやかなる七曜の反復《くりかえし》、熟知せる明日が来るのみ
昼ながら内に暗黒の刻《とき》すすみ嗤《わら》いつつ吾れ炎天ありく
七曜のなかばまで来て不意に鋭く内側へ翻《ひるが》える道あり
週末へけわしき傾斜　芥らに左右から追いぬかれ汗ばみ
まっ直ぐに生きて夕暮　熱き湯に轟然と水をはなつ愉しみ
（以上「暦表組曲《かれんだあ》」より）

　ここでは岡井短歌が、一瞬のように開いてみせる、生活する時間の裂け目や虚無の楔が、静かな意味の広がりとなって伝わってくる。
　ところで、『土地よ、痛みを負え』がまとめられる頃から、岡井隆に韻律論の志向が生まれていることを注意したい。風土的韻律——あるいはアララギ短歌に対する自己異和が、単なる作歌方法上の異和にとどまらず、短歌の本質を論理的に対象化しつくす志向性をもったのだと考えていい。言いかえれば、定型歌人にとって、風土的韻律から自由になることは、むろん、それを捨てることではなく、おのれの宿命と化した定型律の本質を所有しつくすことにあり、彼はそれに向けて歩みだしたのである。そして、そこにおいて、単に作歌方法論の域にとどまらない、普遍理論の道がめざされたことに、稀有な様相があるのだ。それらは、現在、見易い形としては『現代短歌入門』や金子兜太との共著である『短詩型文学論』にまとめられた。このうち、短歌原論の展開としては、後者が高い水準の仕事となっている。
『短詩型文学論』所収の岡井の部分は、正確には「短歌論——韻律論をめぐる諸問題」という表題がつけられているが、これは吉本隆明の『言語にとって美とはなにか』の韻律論の部分、那珂太郎の『萩原朔太郎その他』所収の韻律論、更に最近の菅谷規矩雄の『詩的リズム』などとともに、戦後の生んだもっとも重要な韻律論である。特に、岡井隆のものは短歌的韻律の領域の原理論として詳細をきわめ、肯定・否定の評価はあるにせよ、これを全体として越えている理論はまだ出ていないと言っていい。ここでは、その場ではないの

で内容にまでわたって触れないが、風土的韻律に対する自己異和を、論理的に対象化しきる欲求をもたない歌人たちは、ほとんどこの岡井の試みを無視したらしい。いや、不遜な言い方をすれば、評価しようにもそれをするモティーフの蓄積すらなかったのではないか。ここに、短歌の世界において、いかに表面でははなやかな扱いを受けようとも、深いところでのこの歌人の孤立した位相を見ることができる。

その当時、いくらかまともな批評は、現代詩の側から、おそらく大岡信一人がしたにとどまるだろう。その大岡も随分まとはずれな発言をしている。たとえば、大岡はいささか古色蒼然たる九鬼周造の韻律論と、岡井隆のそれを比較して、そこに《困惑しないのがかえって不思議なほどの力点の違いがある》と書いている。その違いと言えば《ひとつには岡井氏が扱っている対象が、「詩」ではなく「短歌」であり、そこでは「韻」よりも「律」の方が重視されるという特殊な事情からもきているのだが、またひとつには、岡井氏が、ぼくには奇妙に思えるほど、言語学あるいは音声学の基礎的概念に執着し、たとえば日本語の「等時拍リズム」という特徴を、何とかして短歌の「しらべ」と結びつけ、それを解明する上での貴重な鍵にしようと執拗なまでに努めているためでもある》(「やぶにらみ韻律論」)ということになる。

ところが、ここで否定的な扱いを受けている、韻より律の重視、言語学・音声学の基礎概念の検討、等時拍リズムと〈しらべ〉との関係の追求……のことごとくが、どう考えても、岡井の普遍理論をめざすモティーフとして、特別にすぐれたところであることは論を待たない。これについては、菅谷規矩雄が〈時的リズム〉という広い視野から、その批判も含めてはじめて正当な評価をしたが、それと言えども、まだ、岡井理論の全体の構成にまで眼が届いていない不十分なものである。

それはそうとして、わたしの言いたいことは、こういう原理的な志向が、六十年代の彼の短歌にもたらしたものの大きさである。それをひと口で言えば、〈原風土〉に対する愛と背反というかつてのモティーフは、〈原風土〉のまるごとの対象化という、いっそうの深さをもつことになった、ということになろうか。むろん、それは一方で、安保闘争の帰結が、いわゆる進歩派としての政治的な幻想を捨てさせた、ということも関連しているだろう。五十年代における党批判のラジカルな位相を、彼は、安保闘争を通じて、たとえ政治行動としては傍観したとしても、思想者としては復習し深化させたはずであり、それに媒介されて政治的な進歩派の仮装を投げ捨てることは、詩人として、文学者としてよりラジカルな位相への移行であっても、その逆ではない。

このようにして、方法的な意味でも思想的な意味でも、岡井隆は、短歌に対する無理な(つまり外在的な)要求から解放され、その定型律なる制約との格闘を、〈原風土〉の総体的な対象化という自由へ転化させていったものとみることができる。〈しらべ〉重視の考え方もそこに生まれていよう。そして、わたしたちは、『朝狩』から『眼底紀行』にいたる、これまでの彼の詩業のなかでは頂点を成す部分を読み得るようになったのである。

その特質を、先のナショナリズム(「ナショナリストの生誕」)との比較の上で言えば、『朝狩』の次のような歌群が問題となるだろう。

うちつづく振顫《しんせん》のち死にゆける右翼者に刃《は》のごとき葉捧ぐ
右翼の木そそり立つ見ゆたまきはるわがうちにこそ茂りたつみゆ
もはや右翼でも左翼でもない涸れた叫びがさけびつつ蹴おとされゆく

ひとり脱ぐ汚名の襯衣《しやつ》のファシストの黒衣に似つつ肌緊まるかな
（以上「朝狩」より）

先の岩田正が、これらを引いて《一部の批評の如く、これらが岡井の変節を意味したり、右翼への好意的関心とみたりするのは、あきらかな誤りである。ただ彼の心の中で、カストロのナショナリズムとヒットラーのそれとの区別が、あきらかにされていない、ということであり、民族主義への関心が右翼のそれへむかってきたという危惧である》（「現代短歌の起点」）と書いているのを見てびっくりした。いくらなんでも、それはひどすぎるよ、という感じなのである。
　カストロのナショナリズムなどというものは、わたしたちにとってはただの観念である。それは後進国ナショナリズムという政治思想に還元できる。しかし、《右翼の木》がそそりたっているのは、わたしたちの〈原風土〉であり、それは民族主義という観念にも、どんな政治思想にも還元できない。あるいは、それを後進ナショナリズムと短絡してつまらない政治の夢を描いてみたり、ファシズムと結びつけないためには、この《右翼の木そそり立つ》、わたしたち内部の〈原風土〉を対象化しつくすほかない。政治思想の脈絡でしか、短歌を読むことをしないなら、いかにも《民族主義への関心が右翼のそれへむかってきた》ようにみえるが、岡井が凝視しているのは単なるイデオロギーの上澄みではない。もっとおどろおどろしたおのれの風土への内観がそこにあるのだ。
　とはいえ、かつては《梁からみ合うくらき家》や《父祖の群れ》の抑圧が、父の胸廓の奥深くに見られたのに対して、『朝狩』では、それをおのれの胸廓の深いところにみる方法に移行したとは言えるだろう。もはや、〈原風土〉を父と母にふりわけてすましているわけにはいかない。それを自分と妻が引き受けざるをえないのだ。

われら若《も》し裁く立場にあるならば、雪の晨《あした》の黒衣の妻よ　（『朝狩』）

そこに《かならずしも明るいとは言えぬつきつめた恋愛を契機として、さきの妻とわかれ、生活を一変せしめており、その時以後、近親友人の誰彼から有形無形の非難を浴びてきた。》という問題も重なっているだろう。もはや〈原風土〉は外にあるのではない。自分と妻の内部にもあれば、それを裁いてくる外部にもあるのだ。

潮のごと偽《いつわ》りに眼を閉じてわれはいま一人の民衆の敵　（『朝狩』）

この内観の深さ、自己批評の強さによってこそ、わたしたちの内部で昏々として眠っている、〈原風土〉の異形の相貌は、その全容をあらわしてくると言えるだろう。
　ここからようやく本論が始まらねばならぬところで、わたしはひとまず、この稿を閉じざるをえない。せめて『朝狩』からすぐれた歌を数首引用して終りたかったが、それもやめて、《右翼の木》と合わせ鏡のような、次の数首を書き写しておこう。

鋭どきもの内よぎりつつわれを撃つふりかえりざま撃ちゆくものよ
匿名書簡来ていたりけり「汝《なんじ》、汝《な》が帝王のごと昧《くら》き胃を除《き》れ！」
独裁者の城の内部が写されて、見よ視線もて焼きうるならば！
一匹の狂信を狩る　地の果てのようにひろがる廊下の果てで
説を替《か》えまた説をかうたのしさのかぎりも知らに冬に入りゆく
（以上『朝狩』より）

（現代歌人文庫『岡井隆歌集』〈国文社〉より再録）

『天河庭園集』解題

福島泰樹

『天河庭園集』は、『斉唱』（昭31・10）『土地よ、痛みを負え』（同36・2）、『朝狩』（同39・7）、『眼底紀行』（同42・10）に連繋する岡井隆第五歌集であり、一九六七年の作「〈時〉の峡間にて」以降、六九年十一月頃制作と推定される「世代差あわれ」にいたる三年間、三五六首が収められている。

まてよ、七五年七月に刊行された歌集『鷺卵亭』（六法出版社）帯には、たしか〈第五歌集〉と銘打ってはいなかったかと、お気付きの読者のためにすこしく説明を加えるなら、たしかに『鷺卵亭』は、単行本となった順序からいえば第五歌集ということができよう。だが、私がここで敢えて、〈第五歌集〉といったことに拘泥するのは、岡井隆の作品がこれまで一貫して時代区分を必要として書かれてきたことにある。だからその順序は明確にしておかなければならない。

『鷺卵亭』が、〈七〇年と七五年の作品アマルガム〉（『鷺卵亭』あとがき）である以上、当然、それ以前の作品が、歌集として一巻に収められたからには、その順序を譲らねばなるまい。『鷺卵亭』は編まれた順序からいえば、五回目に編まれた五冊目の歌集であり、作品の制作年月日順にいうならば、第六歌集ということになる。乱暴な言い方をするなら、勘当されていた五男坊が勘当を許されて帰って来た、六男坊はこれまで占有していた五男坊の帯を、兄貴に返し、六男坊の帯を結んで元へ戻るのである。

『天河庭園集』という歌集名は、周知のごとく、思潮社から七二年六月に刊行された『岡井隆歌集』の第六番目に位置する――四歌集のほかに初期作品集「O（オー）」がある――作品集「天河庭園集」より取った。作者の〈書誌的解説〉によれば、〈「天河庭園集《あまのがわていえんしゅう》」は、昭和42年3月より同45年5月までの作品で、「短歌」「短歌研究」「未来」「詩歌」「短歌新聞」「毎日新聞」『現代短歌'70』「詩と批評」「郵政」などに発表したものを、四首または八首一組に再編し、ほぼ制作順に並べたものである〉ということになり、作品二四八首が収まっている。一九六七年春より一九七〇年初夏、七〇年反安保にいたる作品集ということもできよう。

なぜに氏は、自ら第五歌集を編むことなく、「天河庭園集」二四八首を、『岡井隆歌集』の中に暴力的に押し込めて、あてなき旅へと赴いてしまったか。私たちにとってそれは衝撃的事件であった。誰が名付けたか知らないが、〈岡井失踪〉の報は、意識的歌人達に深刻な影響を与えた。塚本邦雄は第七歌集『星餐圖』（昭46・11）跋「星餐の辞」で、〈「星餐圖」集録作品期間中に、詳しくは昭和四十五年の朱夏と晩秋に、一人の盟友と一人の先達が突如私の視界から姿を消した。彼方への遁走の真意が那辺にあったか今日も未だ私の理会は及ばないが、それゆえに痛恨は筆舌に尽しがたく、死者へのまして生者への服喪の憶ひ沈寥なるものがある〉〈この一巻を心からなる嘯詩、誄歌として獻じよう〉とするし、岡井隆、三島由紀夫に綿綿たる悲別の情を綴っている。私が知るかぎりでも、佐藤通雅、佐佐木幸綱、河野愛子、三枝昻之らの短歌における呼びかけは感動的でさえあった。そこに通底するものは、六〇年代の朋、同志、先達への熱い想いであった。かく言う私も、七〇年代初頭の死者、失踪者への熱い想いをこめて歌を紡いだ一人であった。

〈七〇年代挽歌論〉なるものを提唱したのは私であったが、「倫理的小品集」を引用しながら当時、私はあるところにこのような文章を綴っている。

苦しみて坐れるものを捨て置きておのれ飯食《いい》む飽き足らうまで
予定して闘争をするおろかさの羨《とも》しかれども遠く離《さか》りつ
飯食いて寝れば戦《いくさ》はどこにある俺というこのこごれる脂《あぶら》
此処《ここ》へ来《こ》よ此処へ時間に殉《したが》いてうらぎれるだけうらぎりながら
曇り日の秋田を発ちて雨迅き酒田をすぎつこころわななき

「倫理的小品集」から引いてみた。これらの作品が発表されたのは、六九年十一月、秋、安保決戦のさ中であった。また作品が制作されたのは六九年に入ってからのことであり、丁度、高橋和巳が京大闘争の中で「わが解体」を書いたころと符合し、まことに興味深い。私の乱暴な物言いを許してもらうなら、「倫理的小品集」こそは、六〇年安保敗北の晩秋に編まれた代表歌集『土地よ、痛みを負え』以降、氏が切り拓いてきた六〇年代短歌そのものへの問いかけであると同時に、自らの存在のありようを突き刺す自己否定、解体寸前の〈喘ぎ〉声ではなかったろうか。

そのことについて昨日、私は国学院短歌研究会の主催する〈定型詩の可能性〉というシムポジュームに招かれ、〈五四年、中城ふみ子『乳房喪失』に始まるいわゆる前衛短歌は、六〇年をピークとし、以後十年の後退戦の後、岡井の「倫理的小品集」を最後に完全にその運動を終えた〉と、断言的に述べてきた。かくして岡井隆は、六七年から七〇年に至る三年間の作品二五〇首余りを、第五歌集『天河庭園集』として刊行することなく、『岡井隆歌集』の中に暴力的に押しこめて、旅立ってゆくのである。

まことに「天河庭園集」こそは、六七年十月羽田闘争以降の連続的街頭戦・陣地戦、なかんずく全共闘が提示した〈自己否定〉の論理を受けとめつつ定型詩短歌を唯一絶対の武器として、政治状況を己の文学状況へと、文学状況を政治状況へと投げ返しつつ己の〈状況〉へとコミットさせてゆく営為にほかならなかった。「倫理的小品集」にみせた凄まじい居直り振りこそ、七〇年へむけての、更には歌の別れ、失踪にまで自己を追いこまずにはいられなかった、政治・文学・日常などという図式を越えた岡井隆の〈状況〉にほかならなかった。であるから七〇年代の歌状況を〈挽歌〉に追いこんだのは実は、岡井隆、その人であった。

全共闘云々については、読み返してみて、いささかひっかかりがないではないが、「倫理的小品集」が自己否定の果ての居直りであることにかわりはない。小品集以前の私は、決して岡井隆のよき読者ではなかった。どうやら、私は政治的意識が先行しているか否かによって、氏の作品を読んでいたらしい。このことについては氏自身も、〈私の作品を政治行動のインデックスとだけ読んでいるらしい〉と、私の無理解振りをなにかの文章で詰じっていた。

すでに時は、一九七八年、こうして当時の文章などを読み返していると、この頃のことが鮮明によみがえってくる。氏と最後に会ったのは……。これもある演劇紙の求めに応じて書いている。

岡井隆と最後に会ったのは、七〇年五月、事故死した青年歌人小野茂樹の葬式の午後であった。前日の通夜で、氏は怒りを吐き捨てるような口調で、しみじみと語っていた。「まったく、いい歌人は皆、早死にしてしまう。相良宏、岸上大作、坂田博義、そして今度は小野茂樹だ」。

寺の門をくぐろうとするとき、ばったり氏と出会った。そうだ私はあのとき、ゲバラよろしく見事な髭をたくわえたドクター・リュウ事、岡井隆氏と、短歌の朗読会を是非とも成功させようと、約束したのだ。私の自作朗読をもっとも力づよくほめてくれたのは岡井隆であった。しかし、まだその約束は果していない。

七月、小野茂樹のあとを追うように逝ったのが、十八歳の杉山隆であった。同じ頃、岡井隆は、一切を投げ捨てて旅へ赴くのである。

このように多くの死者、短歌訣別者の無言の総括ののち、岡井隆の旅立ちをもって、一九五〇年代に始まり、六〇年安保前後の昂揚期を経、以後の後退戦をもって、運動としての前衛短歌は幕をおろすのである。岡井はみずからの手で止めを刺すのである。

岡井が旅立ちを前に、ひそかにまとめていった『岡井隆歌集』が刊行されたのは、昨年の夏のことであった。寺山修司が未完歌集「テーブルの上の荒野」を全歌集の中に押しこめたように、岡井もまた未完歌集を「天河庭園集」として強引に押しこめる。庭園集巻頭一首はこうだ。

曙の星を言葉にさしかえて唄《うた》うも今日をかぎりとやせむ

〈制作年代順〉というのはあくまでもほぼ……である。あきらかに一つの決意の下に庭園集は編纂されている。

まったく「天河庭園集」は、『斉唱』、『土地よ、痛みを負え』、『朝狩』、『眼底紀行』など数ある歌集のなかで、一番乱暴で磊落な集であるにもかかわらず、一番読みごたえのある、一番熱っぽい肉声と気魄のこもった一巻である。まこと〈乱調こそ正調である〉という、氏の短歌論・韻律論を地でいったような作品群なのである。

……作品引用中略……

〈苦しみつつ坐れるもの〉や〈大声の夏雲雀〉が、蹶起せる学生や戦闘的反戦労働者にむけてのそれであることは言うまでもない。それにしてもなんという苦悶の果ての、なんというすがすがしい居直りぶりであろうか。

実際、こうして引いてゆくときりがない。六〇年安保後の『土地よ、痛みを負え』や『朝狩』の中には、状況を対岸に見据えて、状況に挑んでゆこうという姿勢が確かにあった。それゆえきわめて視覚的であった。また〈喩〉や〈方法〉をとことん重要視したのもそのためであった。

しかしいまや状況は此岸にある。おのれの内にこそ状況はある。ならば見ることはできない、噴出させるのみだ。まったく悪戦苦闘の後退戦のなかで、底深くおのれの内側に下降しつつ、しかも跳躍《ジャンプ》しようとする懸命のもがきが全編、みなぎっている。かくして岡井は、回帰しえぬ状況の泥沼に首まですっぽり浸ってしまう。

飛ぶ雪の碓氷をすぎて昏みゆくいま紛れなき男のこころ

もはや飛びたってゆくよりほかはないのである。

ちなみに、この集の制作年代は、六七年三月から七〇年五月に至る。六七年、なにがあったか。六八年、なにがあったか、六九年なにがあったか。読者諸氏よ、想い起して欲しい(……中略……)。

岡井隆が去った報を私に知らせてくれたのは佐佐木幸綱であったが、その晩、私たちは、小野茂樹や岸上大作などの話しをしながら安ウイスキーをコップに流しあい、あわせて岡井隆の出立を祝したものであった。「おれたちは悪運つよいから、短歌を作りつづけてゆくよりないな」という彼の悲愴な口調が妙にいつもらしくなかったのを覚えている。

〈解題〉らしい〈解題〉を書かなければならなかったのだが、当時の「天河庭園集」への想いはつよく、おのれの文章を引用などせずに書いたとしても、同じことを繰り返すしかあるまい。「天河庭園集」の時代史的意義は右のごとくなのである。

以上、書き連らねてきたように、「天河庭園集」は、この十年間、私が最も身を熱くして読んだ作品集であった。これを是非とも一巻の歌集にまとめてもらいたい、というのがこの間の願いでもあった。歌集『鷲卵亭』を読んでその想いはますます強くなった。七六年の十二月、数年振りに氏と再会の機会をえた。酒を酌み交わしながら、この話しをきりだした。一瞬鋭い表情となり、それから頰笑みがかえってきた。

本来なら、遅くとも昨年の秋には刊行されているはずであったが、編者の都合で今日になってしまったことを、著者および読者諸氏にお詫びする。本歌集が刊行されることによって六〇年代と七〇年代の架橋工作はなされたのである。すでに八〇年代も真近かである。以下、若干の補註を書き添えることとする。

1967

「〈時〉の峡間にて」29首『律'68』(昭43・1)「六〇年の暮自死した詩人アイザック・Kに」という副題を付した本篇は、実験的第四歌集『眼底紀行』(昭42・9)編集と相前後して制作されたのではないかと思われる。短歌作品三十一首、長歌風散文詩四十四行からなる本篇は、思潮社版『岡井隆歌集』(昭47・6)においては、『眼底紀行』と作品集「天河庭園集」との峡間に独立して配列してある。なぜか分散し細切れにして纏められた「天河庭園集」には、主題制作という本篇の性格上収まりがつかなかったのではあろうが、それ以上に作者の、本篇に対する冒険的意図が読まれてならない。本篇は、六〇年から六七年にいたる運動体として、短歌前衛を結集させた「律」の最終号たる『律'68』に発表された。

もし本集『天河庭園集』を、初出発表年月日順に組むとすれば、本篇は、当然〈1968〉の年頭を飾るということになろうが、岡井隆歌集における作者の意図、また推定される制作年月日、作品の力量から考えて、まさに六〇年代の〈時の峡間〉の終焉を告げるべき記念碑的詩歌群と言ってよい。ゆえに編者は、本篇を『天河庭園集』巻頭に配し――否、作品「〈時〉の峡間にて」一篇をもって本集は、時代の重たい緞帳をあげるのである。

「歌かとも見ゆるメモランダムⅠ」15首　「未来」(昭42・4)原題は「歌かとも見ゆるメモランダム」。〈Ⅰ〉は、本集編集構成上便宜的に付した。作者が昭和二十六年近藤芳美らと創刊し、当時編集を担当してきた短歌結社誌「未来」に発表。

「歌かとも見ゆるメモランダムⅡ」8首　「詩歌」(昭42・6)原題は前篇同様、〈Ⅱ〉は構成上付したものである。〈初句重畳の詩法による〉という副題がある

風のさなかをピアノ曲来よむらさきの花冷えの夜を惑いぬきつつ
なにか烈しきピアノ曲来よむらさきの花冷えの夜を惑いぬきつつ

と全作並行したいところであるが、初句重畳によるダブルイメージ、韻律の激流・プレストこそ作者のねらいであろう

風のさなかを
なにか烈しきピアノ曲来よむらさきの花冷えの夜を惑いぬきつつ

と、したのである。

「絹の道」5首　「毎日新聞」(昭42・4・9号)「短歌/俳句」欄に掲載される。「武蔵野はいま冬が終わったばかりだ。ついこの間まで冬はその殿戦をたたかっていた。一束の霜と雨と疾風を連れて。そして、日曜の朝、きのうまでの仕事の重畳たるかげりが、私の心のうえに落ちている。/昨夜はいっせいにひらいた木の花を見ようと、沈丁の香のながれる庭に下りてみた。幻の雲雀が夜空を揚がる。/休日が終わろうとしている。電話も鳴り終わってしまった。客も帰った。はねたあとの芝居小屋のような居間。じゅうたんの裾に打ち上げられたスリッパの爪先の軽い反り、そのふかい影。土曜を月曜へつなぐシルクロードがはっきり見えてくる。/生きるとは苦しく、またたのしいことか。惑いのすぎたひととき、風音が聞こえる。」という、「作者自解」が付されている。

「一週間」30首　「短歌研究」(昭42・9)

「ノオト」I 25首「未来」昭(42・11)「ノオト」I章からII章まで、二段組8ポで六頁にわたり、ぎっしりと組まれている。当初は、ノオト中の短歌作品のみを収録する予定であったが、ノオトが、ただ単に作者の個人的メモといったものではなく、あきらかに読者を意識して編集された性格のものであり、また歌人が作品をなすための取材といった領域をはるかに越え、散文と韻文がせめぎあう独自なノオト形式の一典型としての価値を考慮し、「木曜詩信」に通底する詩作品として1章から24章までを収めることとした。ただし、25章は、一種の歌論であり、他の評論でも、十分に展開されているため、本巻の性格上割愛した。なお、22章作品「名古屋癌学会数日」五首は、そのまま「郵政」(昭42・12)に発表されている。編者は、「郵政」発表のもののみを独立した短歌作品として編もうかとも思ったのだが、他の章との相関関係から、この作品は読まれ、またこの作品が、他の章へはたらきかけてゆくイメージを考慮し、ノオト中にとどまってもらうこととした。〈「ノオト」I〉とあるが、「未来」発表時には、「ノオト」とあるのみである。次なる「ノオト」同様、構成上〈I〉〈II〉を附した。

「ノオト」II　旋頭歌を含む他17首　「未来」(昭42・12)〈「ノオト」I〉と同様の理由から本巻に収録した

1968

「春潮夜々ニ深シ」5首　「短歌新聞」(昭43・1)

「肖像のためのスケッチ」30首　「短歌研究」(昭43・1)

「炎語苦原にて」9首　「短歌」(昭43・1)

「市民と月光」7首『証言・佐世保』(昭43・5・25日刊行)『証言・佐世保』は、国文学者松田修が全国に呼びかけて成った佐世保闘争に関する詩・短歌・俳句からなるアンソロジー。

「飛ぶ雪の」9首　どの作品を探してみても「飛ぶ雪の」という原題をもった初出作品はない。すこし説明をするなら、編者が、

　飛ぶ雪の碓氷をすぎて昏みゆくいま紛れなき男のこころ

という一首に、めぐり会ったのは、思潮社版『岡井隆歌集』、「天

河庭園集」15章であったから、七二年の夏頃のことであったと思う。爾来、私は、この作品を愛誦し、又、折りにふれては人前で語るようになった。

今度、本巻を編集するにあたり、初めてこの一首が、左記の如く、「高原からの手紙」というタイトルで「詩と批評」（昭43・5）に五首連作で発表されていることを知った。

高原からの手紙

林檎園雪にひろぐる枝組みの一樹一樹のやわらかき違和
ツアへ発つ一団遠くなるころをまた騒ぎ立つ内なる声は
あらあらしき愛の経過を素描して青年は寝る腿立てながら
喘ぎいし雪の明りのくちびるはなに食み居らむこの夕まぐれ
飛ぶ雪の碓氷をすぎて昏みゆくいま紛れなき男のこころ

作者には、まことに失礼ではあるが、編者にはなにかもの足りないのである。なぜか、おそらくは、〈飛ぶ雪の〉の一首への愛着ゆえであろう。ちなみに、この一首は『岡井隆歌集』では、第16章四首目に配列されている。その前後を書き写すなら

15

〈話す〉とは即ち〈担う〉重たさの柘榴《ざくろ》置をきぬその手のひらに
登りつつ克《か》てよ克てよと喘ぎ行くかちがたきかも秋山われは
紅葉《もみじ》して一つの声に耐えしかどおもいは激《たぎ》つ夕かげるまで
さやぎ合う人のあいだに澄みゆきてやがてくぐもる天の川われは

16

林檎園雪にひろぐる枝組《えだぐみ》みの一樹《ひとき》一樹《ひとき》のやわらかき違和
（高原からの手紙）
喘ぎいし雪の明りのくちびるはなに食《は》み居らむこの夕まぐれ
（高原からの手紙）
櫂《かい》二つ朝あわ雪に漕ぎいでて現象のかげことばのなだれ
（市民と月光）
飛ぶ雪の碓氷《うすい》をすぎて昏みゆくいま紛れなき男のこころ
（高原からの手紙）

17

そのあした女《ひと》とありたり沸点を過ぎたる愛に〈佐世保〉が泛ぶ
微視的に微視的に見て動きゆく群衆はなお言葉を信ず
状況を大摑みして推移する椿の花の群らがりのあ る
それをしも暴力と呼びうるならば月射せよふかき水の底まで

いずれも、初出発表時においてルビはない。

〈17〉章四首には異同があり、初出発表時は〈もしそれも暴力と呼び得るならば月射せよいとふかき水まで〉である。

それらのことはさて置くとして、15章は、「短歌」（昭43・1）発表の「炎語苦原にて」から四首、17章は、『証言・佐世保』（昭43・5・25刊）発表「市民と月光」七首中から四首、16章「高原からの手紙」の作は三首であり、〈ツアへ発つ一団遠くなるころをまた騒ぎ立つ内なる声は〉と、〈あらあらしき愛の経過を素描して青年は寝る腿立てながら〉の二首は此処にはない。15、16、17章と読み進めていって、気が付いたことは、思潮社版中「天河庭園集」が、一見、アトランダムに構成されているようで、実はそうではないということである。六七年秋から六八年冬にいたる時代の危機と高揚が、実にさりげなく手短かに配置されているということである。〈飛ぶ雪の碓氷《うすい》をすぎて昏みゆくいま紛れなき男のこころ〉の一首が登場するに実にふさわしい舞台装置なのだ。

なぜ編者が、初出「高原からの手紙」五首を尊重して、おそらく制作を同じくすると思われる「市民と月光」「高原からの手紙」と配列してゆかなかったかというもう一つの理由は、当時の「未来」（昭43・9、10合併号）をめくっていると、菊地敏夫、小山そのえ、両名による「歌会記」に出くわしたことにある。「未来」二〇〇号を記念して、昭和四十三年八月二十四、二十五、二十六日の三日間、長野県北安曇郡白馬村細野、九北旅館においておこなわれた「八方尾根夏期集会」における「歌会」の報告である。参加者それぞれが作品をもちより、詠草発表五九首中、岡井が左記二首を発表していることに気付いた。

灰色の軍みなぎらいゆく一国を忘れむ、忘れむとして夕ぐれとなる
あした死ぬことたしかなる人の胸乳房ゆたけくかげらいて見ゆ

編者は、この二首をどのように歌集中に配置するか、苦慮した。「八方尾根夏期集会歌会提出作品」とタイトルを附すわけにはいくまい。
「歌会記」のあとに、藤元靖子が「早朝吟行会記」という短い報告をしている。早朝吟行は、前日、岡井の提案によってなされ、またこれは、「未来」でも初めての試みであるという、岡井はこのとき、左記二首をものしている。

草がくるたぎちの音の恋ほしさにまたまぎれ来よ山鳩の声
山かいのみどりにしずむ雲さえや動きそめつつ見ゆというものを

これは『岡井隆歌集』版「天河庭園集」ではない。あくまでも、『眼底紀行』に連繋する岡井隆第五歌集『天河庭園集』である。ならば一首なりと、落してはならない。それならばどのように歌集中に配列するか。先の二首と同様、苦慮した。
要は、内容を損わぬことだ。出来うることなら、制作した時期と動機を異るこれら二篇の作品を、たまたま八方尾根集会報告に載ったという機縁を軸にまとめて、連作として新たな雰囲気をかもすことが出来はしないか。その時、「高原からの手紙」五首が閃いたのである。三編を構成し直したらどうだ？　「高原からの手紙」を基本として、ゆき場のない二篇、四首を加え、あらたな連作の可能性を探ぐってみよう。タイトルは？　「高原からの手紙」では、なにかもの足りない。綺麗すぎはしまいか。秀絶、〈飛ぶ雪の碓氷をすぎて昏みゆくいま紛れなき男のこころ〉を記念して、「飛ぶ雪の」としたらどうか。以上のような理由から、左記三篇は左のごとくなったのである。

飛ぶ雪の

ツアへ飛つ一団遠くなるころをまた騒ぎ立つ内なる声は（高原からの手紙）
灰色の軍みなぎらいゆく一国を忘れむ、忘れむとして夕ぐれとなる（八方尾根歌会提出作品）
草がくるたぎちの音の恋ほしさにまたまぎれ来よ山鳩の声（八方尾根早朝吟行）
山かいのみどりにしずむ雲さえや動きそめつつ見ゆというものを（八方尾根早朝吟行）
林檎園雪にひろぐる枝組みの一樹一樹のやわらかき違和
あらあらしき愛の経過を素描して青年は寝る腿立てながら（高原からの手紙）

（高原からの手紙）

あした死ぬことたしかなる人の胸乳房ゆたけくかげらいて見ゆ
（八方尾根歌会提出作品）

喘ぎいし雪の明りのくちびるはなに食み居らむこの夕まぐれ
（高原からの手紙）

飛ぶ雪の碓氷をすぎて昏みゆくいま紛れなき男のこころ
（高原からの手紙）

「転形へ」五首　「未来」（昭43年9月10日合併号）「作品㈠」十七頁に、川口美根子、山田はま子、大島史洋、我妻泰、近藤とし子らと頁を頒けあっている。結社誌発表という限定から、いずれもタイトルは付されていない。したがって編者は、〈転形へ暗示をふかめつつあるは百日紅のたわわなる白〉という一首目から、タイトルを選んだ。五首目、〈ビアフラは遠きかかぎりなく遠し檜原の雲は轟と答えつ〉から、「ビアフラは遠きか」とするか、あるいは前々章「市民と月光」、「飛ぶ雪の」と続いてくることから、「檜原の雲」としようかなどと迷ったが、第二篇「一九六八年」の掉尾を飾る意味をこめて「転形へ」とした。

1969

「初冬日月」10首（昭44・1）

「火の前で——病床メモ」3首「未来」（昭44・2）作者は、前年秋より病床にあり、作者が当時勤務していた北里研究所に入院。その間書かれたのが、「初冬日月」と「未来」一月号、二月号の二回にわたって掲載されたノオト風エッセー、「火の前で——病床メモ」である。病気の原因については〈寒い秋〉、〈血液検査の結果高度の低色素性の貧血と診断され、入院した〉、〈結局のところ、二十年来の宿痾である痔核が因でかかる高度貧血をもたらしたのだろうということに落着きそうである〉と、手術前日に書かれた最初の「メモ」に記されてある。同メモの末尾にはただ「十八日」と記されているだけであるが、二回目掲載のメモには「十一月九日」とあるところから、「未来」一月号のメモが書かれたのは、十月の十八日のことであったのだろう。

さて「十一月九日」付のメモは六章からなり、その第一章は「稀には歌も生れたりした……」とあり、本巻に収録した作品三首のあとに、〈こうして書きとめた歌のたぐいは、「初冬日月」と題して、ある雑誌にも送った。それを見て、年少気鋭の友人が、つい先だっても「あなたは、これほどまでに、歌うことがなくなってしまったのか。」と叫んだ。わたしは、あえて弁明しようとはしなかった。／弁明の無用なことは、歌が証明している。〉と記してある。ノオト風、エッセーであるから、勿論、作品にはタイトルはない。エッセーのタイトルをそのまま冠することとした。

「レイ・チャールズを聴きながら作った歌」20首　「未来」（昭44・6）

「春の人」27首　「短歌」（昭44・7）

「林檎樹と雪」5首　「未来」（昭48・8）スペースの関係からか標題は付されていない。

「林檎樹と雪」と付させていただいた。作者が情熱を傾けてきた「未来」発表最後の作でもある。

「天河庭園集序歌」18首　「短歌研究」（昭44・8）

「駅についての十五の断想」15首　「短歌新聞」（昭44・11）

1970

「世代差あわれ」15首　「短歌研究」（昭50・1）

「倫理的小品集」49首　『現代短歌'70』（昭49・11・15発行）当初、編者は、制作年月日順に本巻を編もうと考えていた。制作年月日順であるならば、「倫理的小品集」は、その主題と文体から推して、「駅についての十五の断想」と相前後するであろう。また発表年月日順であるならば、「一九六九年」の掉尾におかれるべきである。しかし、「〈時〉の峡間にて」をもって時代の重たい緞帳をあげた第五歌集『天河庭園集』一巻は、大作「倫理的小品集」一篇をもって、時代への幕を閉じねばなるまい。これは編者のあの時代と、本巻への熱い倫理的責任のごときものであり、本巻を編む理由でもある。もし、前章「世代差あわれ」が、他の一九七〇年発表の作思潮社版『岡井隆歌集』「天河庭園集」に収められている「浪曼的断片」（「短歌」昭45・6）や「木の追憶から雨へ」（「望星」昭45・9）同様、歌集『鷺卵亭』に収められていたならば、「一九七〇年」という篇は、敢えてもうける必要はなかったのだ。

最後に読者諸氏にお断わりしておくが、「一九六七年」から「一九七〇年」にいたる四篇の部わけは、必ずしも、その年の制作及び発表といったことではなく、各篇の総合タイトル、〈象徴〉としてのそれである。もとより、〈Ⅰ〉、〈Ⅱ〉、〈Ⅲ〉、〈Ⅳ〉といった部わけも可能であったし、部わけは必要はなかろうという意見もあろう。しかし繰り返すようだが、『天河庭園集』一巻は、六〇年代後半、六七年から七〇年にいたる時代の詩なのである。まさに作者が言うところの「危機歌学の試み」であるのだ。

いずれにしろ、あまりにも有名になった

あけぼのの星を言葉にさしかえて唱《うた》うも今日をかぎりとやせむ

の一首が「倫理的小品集」の最後にあるかぎり、一九七〇年発表「世代差あわれ」を、小品集のあとに配するわけにはいかなかった。「あけぼのの星を言葉にさしかえて唱《うた》うも今日をかぎりとやせむ」一首をもって、作者は、一つの時代に区切りをつけるのである。

補綴一九七〇年という時代の一つの区切り、作者の個人史といった側面に照らして本歌集を編集するならば、七〇年の作「浪曼的断片」と「木の追憶から雨」へを収録すべきであったろう。しかし繰り返すようだが、これらの作は、五冊目の歌集『鷺卵亭』に収められている。編者があくまでも初出発表を重要視するのであるならば、当然『鷺卵亭』中の異同を問題にして、これらの作品を本歌集中に収録することは可能であったろう。だが、『鷺卵亭』は、作者にとって容易ならざる年、一九七〇年以降の作を纒めるという意図につらぬかれているようだ。ならば仕方のないことである。願わくば諸者諸氏には、そのあたりの事情を留意なされ、本巻「倫理的小品集」に直接的に連続してゆく作品として『鷺卵亭』「浪曼的断片」をお読みいただきたい。すなわち一九七〇年以降へではなく、以前に引きつけるといったかたちで……。

書き損じたことは多々あるようだが、もはやリミットである。再び、天河庭園に燦然と星の輝かんことを、Good night, my star!

（『天河庭園集』、〈国文社〉刊より再録）

IV

歌集研究・書評

最愛の敵、岡井隆に

〈斉唱〉へのメッセージ

塚本邦雄

大阪市立美術館の凍てついた厚い硝子扉《がらすど》のむこうに、「われになき未来をもてる青年」として君を認めてから、既に四百の昼と夜《よる》とが経過した。

その雪の日の美術館の内部には、メキシコの画家達の圧倒的な生命力と野性に充《み》ちたタブロォが犇めいていた。その南国の芸術の熱《ねつ》っぽい光と影を経巡《へめぐ》りつつ、僕達はひそかに烈しい敵意と友情を醸《かも》し合い始めたのだ。

かつて、遠方に赤味を帯びて強く輝く一つの惑星として意識していた未知の作家が、案内に立つべきである僕を寧ろ導くようにして、いつか終りの、シケイロスの部屋に到った。その現実の惑星、君が例の「自画像」の前に立った時、僕にむかって吐き出した、否定的な一語を明瞭に記憶している。

「何という凄じい自己肯定だ。たまらんね。」全くだ。そしてシケイロスの数多《あまた》の試煉と闘争に克《か》って来た太陽の匂いのする逞しい精神力は、確かに君と共通するものがあるとしても、あの開けっ放しの大仰《おうぎょう》なナルシシズム的自画像は君の精神世界と全然無縁だ。君は他《た》には勿論、特に自己に極めて厳しい作家である。「常に、そして何時迄も互いに峻烈なライヴァルとして対立し続けよう。」これがその夜別れの握手とともに誓ったことの一つであった。

顧《かえりみ》て充実した四百日だったといい得よう。短歌を含めて詩の世界にも、はっきりと、転換期が到来していた。乱暴な言い方だが、在来のリアリズム、過去的なアヴァンギャルドの、それぞれが互いに異った次元で反目し合い、あるいは曖昧極る妥協を試み、そして民衆からその乏しい実りを嗤われている悪循環の状態が正に破局に直面していたのだ。そして僕達は各々、そのキャタストロフの渾沌の中から、重要なファクターと主題とを分ち合って出発したのだった。「青の会」を経て「青年歌人会議」が結成された。この揺籃期《ようらんき》及び第一期は、君の作家的タレントと人間的魅力を抜きにしては決して考えられるものではない。

そして僕も亦、君のヴァイタリティに励まされて七月、永い療養生活から辛うじて解放され、その夏の終りには、社会人、勤労者としての汗を泛《うか》べて再び君に会うことが出来た。最初会った時は、僕の「装飾楽句《カデンツァ》」の原稿が出版者に渡る直前であり、再びの会見の時は、君の「斉唱」が間もなく印刷されようとしていた。そしてその夕べ、君のためには早すぎ、僕にとっては遅すぎる、奇妙で然も厳粛極る二人だけの出版記念会が開かれた。僕達の祝宴のために白系露西亜の少女が串刺の羊の肉を運んで来た。そしてこれは僕が今日までに経験したただ一度の出版記念会だった。

永い晩夏が続き、すぐに晩秋がやって来た。青年歌人会議関西グループの「斉唱」研究会が開かれ、僕は約二ケ月の準備を経てその作品論を担当した。君との神聖な契約通り、僕の斉唱方法論批評は峻烈に終始したと思っている。僕は君の意識して使用したメタファー、シミリイ、アレゴリイの類を巨細にわたって摘出し、又連作形式による短詩型ルポルタージュの構成方法とその説得性について考え、現代話《はな》し言葉の活用とその成果を追求した。成功した例は寧ろ敢えて当然とし、不徹底、若しくは常套に堕《だ》したものはこれを糾弾《きゆうだん》した。そしてその批判は僕自身へも亦激しい鞭としてはねかえった。そして僕が君から得た最も貴重なものは、君の生き方、「斉唱」を背後からしっかり支え盛り上げている豊かな基盤そのものであった。その日、太宰瑠維君が「作家論」で触れたように、「階級の烙印」を自《みず》からの手で消し去り、叡智と情熱を以て敢然と行動し批判する、退嬰と妥協をゆるさぬ、まことにリアリストの名にふさわしい生き方は、改めて僕に深い感動を与えてくれた。たとえ短歌を措《お》いても、君には「医学」という、それ自体高い社会的価値をもち、君の内部では決定的なウエートを占めるライフ・ワークがある。

すべてを短歌に賭けるという態度、それは言葉の上では悲痛であり、又総ての作家が、創作のモメントではそうあらねばならぬ当然の姿勢だが、文学としての地位の低い、依然アウタルキーの段階にある短詩型の作家にとっては、遂に「虚無」そのものに賭ける空しい営為、生活の喪失を招き兼ねないのだ。君の精神生活のヒンターランドの豊饒さを羨む所以《ゆえん》であり、自戒する次第である。

君は君自身の意識しない数々の優越性を備えて生まれ、生き、作家として出発した。詩劇の中の傑れた「ユニゾン」のように、短詩型の機能、要素を結集、綜合して実験にうつした「斉唱」の内包する問題は大きい。君自身の考えているより大きいかも知れない位だ。ここに改めて言うまでもないことだが、君はアララギの異端、あるいは現代短歌の異色として存在し認識されるのではない。明日の文学の正統として、至極正常《まとも》で健康な態度と技術の所有者として創作しているのだ。そして更に、僕達は、今日、単に外部世界の現象を、モノマニアックに逐い廻して記述することからはっきり訣別すべき時期に達している筈だ。自らの、ひいては人間の、内的世界とのきびしい対決を避けて、一体如何なるリアリズムが存在し得るか。いわゆる社会主義リアリズムが、その理論においても実作においても、今日まで決して生活派ナチュラリズム以上でなかった原因を謙虚に考えねばならぬし、君の方向と意欲はそこでかけがえのない貴重なものになって来るのだ。アヴァンギャルドを血肉化した真のリアリズム、個と社会、現実と歴史の関聯を正しく見据えたアヴァンギャルド、比重をいずれに傾かせるかは作家個々の問題として、この二つの世界の稀なる統合の上にこそ明日の詩歌は開花し結実するであろうことを信じてやまない。その詩歌の発芽は戦後派の停頓した時期に始まり、現在はその生成期である。その一九五六年の、見事な典型の一つが即ち「斉唱」に他ならない。

世界は暗く異常な緊張は一日一日と強まってくる。短歌も終末を目近《まぢか》にした喘ぎがあらわである。この困難な時代に生き、明日の短歌をすっかり滅亡させ、葬った上で、全く異質の然も健全な短歌を蘇らせるという壮図《そうと》に、同時代の作家として君と肩を並べて参加できることは僕の大きな喜びだ。

今宵、大阪は立春を前の厳しい寒冷の中にある。君は今立派な先輩、知己、有能な友人らの輝かしい環《わ》の中央で、ややうつむいてこのメッセージを聴いてくれるだろう。数百粁の空間を超え、今、僕もその祝宴に加わろう。

おめでとう。詩神《ミューズ》はつねに君と共にある。

乾杯！

（一九五七年二月二日の記念会で朗読したメッセージの原文）

（「未来」57年より再録）

岡井隆歌集『土地よ、痛みを負え』を読んで

吉本隆明

わたしは、以前に魯迅の論文をよんだとき中国の広さが羨ましいな、と思ったことがある。論争者のひとりは上海に住んでいる、他の一人は延安に住んでいる。かれらは一生顔をあわせる必要がないから、おもいきりよく論争できる。論争とはそういうものではないのか。魯迅が日本に住んで文学者だったら、あれだけの鋭い論争はできなかったのではないか、そんなことをかんがえたのである。ところで、最近、魯迅友の会の会報「魯迅」をよんでいたら、竹内好が「つまり魯迅は、戦争中占領地区の上海にはいられない、後方（国民党地区）にも延安にも行くまい。しかもチャップリンのように国際人ではないから亡命もしないだろう。あるいは放浪者として過したかもしれない。」と発言しているのにぶつかった。そして、またまた中国の広さが羨ましい気がした。

しかし、文学の世界、詩の世界は、日本のように狭い土地や文学界でも、無限の広さとして累層化することができるものだ。わたしは、戦前の文学者同士の論争などは、ほとんど信用していない。論争した翌日、文学者のあつまりに出て顔をあわせれば、やあっ、というようなことになっておしまいになってしまうからだ。しかし、わたしなどの年代は戦争体験から垣のうちにはいらないで文学をやる方法を探求した。そして、いまではその可能性が土着できるのではないか、とかんがえている。

詩壇と歌壇とは、上海と延安ほどへだたっているのか、まえに岡井隆と小気味のよい論争をかわしたのをおぼえている。わたしは、その論争も役に立って短歌の世界が、すくなくとも鑑賞や表現論の世界では、よそよそしく感じられなくなった。いま、岡井隆の歌集に小批評を試みるのに、ある機縁を感じている。

わたしが、この歌集をよみおえて感じたことは三つある。ひとつは思想のこと、もうひとつは表現のこと、さらにはもうひとつは職業と文学のことである。

この歌集をおおっている暗い思想は、岡井のことばでいえば、「ナショナリストの生誕」、「思想兵の手記」、「運河の声」、「アジアの祈り」というところに集約される。岡井には後進地帯にわだかまる想念を、思想的な範疇として自立させたい欲求があるようだ。たとえば、「朝鮮人居住区にて」の作品で、

　とじのこすうすい流浪の唇は言うかとも見える〈平壌《ピョンヤン》で死にたかった！〉

　にんにく・牛の胃《せんまい》をうる灯が見えてここから俺は身構える、何故《なぜ》！

これは思想のとば口にある意識のわだかまりである。この作品をよみながら、戦後二年目ごろ、朝鮮人の石鹸工場に油脂の水素添加技術をおしえにいったときのことをおもいだした。かれらがわたしに体臭的な親近感をすりよせてくると、わたしのなかにわだかまる意識がうまれ、岡井隆の作品でいえば「身構える」こころになるのが常であった。「何故？」ということをわたしは論理的につきつめてみたことはない。しかし理解のとどくかぎりでいえば、わたし

（たち）は、そこにわたし（たち）の過去のすがたをまざまざとみていることに起因している。しかし、この問題は、思想的範疇として自立させうるかどうかはおのずから疑問でなければならない。岡井の作品でいえば、次のようなものがいわば思想的に自立された意識のわだかまりである。

肺野《はいや》にて孤独のメスをあやつるは〈運河国有宣言〉読後
最もちかき黄大陸を父として俺は生れた朱《しゅ》に母を染め

職業的な仕事や出生のなかにこのわだかまりが侵入している表現は、いうまでもなく岡井のなかで後進ナショナリズムのもんだいが思想として自立していることを象徴している。それはどこからきたのか。医学の分野での学問的後進性の自覚からか、ある普遍的な挫折感からか、この歌集からはあきらかではない。しかしすくなくとも、岡井のなかである拒まれた思想があり、その思想は暗い観念にすがたをかえて、後進地帯の問題にわだかまる意識をひろげてゆく。わたしはイデオロギーとして認めるよりも、岡井の内的な象徴としてこれを読まざるをえないのである。

現代の定型詩人は、自由詩の分野から想像できにくいような表現の問題に当面しているにちがいない。思想は定型外にある既得権だが、これの表現はまったく短歌固有のもんだいである。岡井は「あとがき」で「短歌飜訳説」をのべ、短歌表現は、日常語の表現からのホンヤクとかんがえたほうがいいという見解をみせているが、現代に歌人であることもまた辛いといわなければならない。では、岡井のいうホンヤクとはどういう問題であろうか。

〈否《ノン》?〉なぜ?〈何故《なぜ》って……〉かさね置く手袋の雪融けながら湖《うみ》なす卓は（岡井）
手套を脱ぐ手ふと休む何やらむこころかすめし思ひ出のあり（啄木）

啄木のばあいは、手袋をぬぎながらふっとかすめたある漠然とした想念を、そのときの情況として提示することによって短歌として成立した。そして、読者も、しばしば日常でおなじ瞬間をもったということがこの作品によって想起できれば、かすめた想念が何であったかは読者の固有のもんだいとしてくりひろげられ、その度合が大きければ大きいほど作品を深読みできるという具合になっている。岡井の作品では、雪をかぶった手袋を卓上に脱ぎながらの作品でありながら、意識はひとつの問答をくりひろげ、眼は手袋の雪が卓上に融けて水たまりになるのを視ていなければならない。もちろん、実際上は手袋からのたまり水を視ながら、意識が意味のある問答をくりひろげることは不可能である。しかし、作品は、その世界でふたつを同時描写しなければならぬところに追いこまれている。これが岡井に短歌飜訳説をとらせるような現代歌人のおかれている表現の場である。わたしは、岡井の作品をよみ、啄木のおなじ着想の短歌をおもいだし、すでに三十一文字のなかで時間を重ねあわせねばならなくなっている現代の短歌のことをかんがえた。ここでは、もう作品の情感は、そのままでは作品のそとへ流れずに、ひとたびは構成の深度となってから読者の手にわたされる。

岡井の歌集で、わたしがもっとも惹かれたのは「暦表組曲《かれんだあ》」の諸作品であった。

七曜のなかばまで来て不意に鋭く内側へ翻《ひるが》える道あり（水曜日）
獣《けもの》焼く灰ふりやまぬ今日ひと日人はしきりに和解をいそぐ（木曜日）

通用門いでて岡井隆氏がおもむろにわれにもどる身ぶるい（木曜日）
まっ直ぐに生きて夕暮　熱き湯に轟然と水をはなつ愉しみ（金曜日）
妻不意に鮮《あたら》しく見ゆ、白昼の部屋ぬけてゆく風を抱きて（日曜日）

岡井隆が医者であることは、この歌集ではじめて合点したわけだが、こういう連作をよむと、かなりな深さまで職業人であり生活人である岡井の日常生活の息づかいがよく伝わり、たとえば、序にある「アジアその既知にして奇異なることも七曜に似てくらし日の色」のような作品でさえも、生活の基底をはらんで膨らんでみえる。そして、月曜日には仕事に身がはいらず、週なかばには疲労が飽和し、いちばんほっとするのは土曜日といったような職業人ならばだれでも感ずる感慨のようなものさえ作品のなかから視えてくるような気がする。そんなことは別にうたっていないのだが。わたしは、すでにはやく化学者であることを断念し、技術者であることも叶わなくなったが、向うから追いたてられないかぎり職業人であることはやめまいとおもっている。岡井の作品から医学的なテーマが消失したとき「あれもこれも」が成就するときかもしれないが、そのときも茂吉などとちがって生活人は消失しないでもらいたいものだとおもう。

（「未来」昭和三十六年五月号）

（『吉本隆明著作集V』〈勁草書房〉より再録）

「海への手紙」はいつ配達されるのか

寺山修司

わが国の郵政法に従うと、手紙には必らず切手を貼らねばならぬ、ということになつている。稀には切手のない手紙というものもあるが、その場合には受けとり手が、料金不足分として切手代に相当する金をとられることになつているから同じことになるのだ。

従つて、岡井隆が「海への手紙」という部厚い手紙を投函するにあたつて、一体、切手のことをどう考えたか、というのが私にとってもつとも興味深いことであつた。

なぜなら海は、つまり岡井のいうところの「島を限つて騒立つている筈の君」は、不足料金などとは全く絶縁した、きわめてメタフイジカルなものとしてとらえられており、しかも、住所までが不定ときているからである。

私は、この限られた枚数に於て、岡井隆の手紙の切手の役割を買つて出ることは出来ないが、この手紙の行末を推理することは出来る。言つてみれば、これはかなり散慢な手紙であり、読者たちは

「海とは、自分のことではないだろうか」

などと思い上つているうちに、まんまと岡井隆の口車にのせられてしまうような仕組みになつているのである。

私は、この「海への手紙」と、少し時を後にして訳出された〳〵ー

マン・メイラーの「ぼく自身のための広告」とを比較してみない駅にいかなかった。なぜなら、この二冊は共に、ある時代、ある伝統に対して、自分がいかに創作の上で「壮烈に闘かったか」を、広告的に語る痛快な書だからである。しかし、両者の比較によって最初に得られる感想は何よりもまず「歌壇の貧しさ」ということでしかなかった。たとえばノーマン・メイラーは自分の長編小説について解説している小文の中で「二十世紀の絶望は、人間の意識が信じられないほどの速さで増大したのに、歴史をかえ、変化させる人間の能力はいまだかってないほどインポーテントになっていることだ」と、文学のアウト・グラウンドにまではみだして口角泡をとばして語っているのにもかかわらず、岡井隆の方は、自ら「この本は岡井隆、短歌以外集だ」と銘打っているのに、やっぱり短歌のことしか語っていないという印象が強いからである。そしてこのことは、歌壇というミニ・コミ集団が、岡井隆のようなヴァイタリテイをもった詩人にさえ、他へ目をそらすことを許さない……という貧しさによって成っているという証しにしかならないからである。

この本を、岡井隆は「歌論集」と題したことについて、後でことわり書きしてあるが、まさにこれは歌論集というよりは、作品集であり、岡井隆が短歌を語るのではなくて、自分を語ることに熱中した本だったというのがふさわしい。従って岡井はこの本を通じて、批評の本道であるところの無私に到るべき道を歩んでいるとは思われない。

つまり、歌壇、乃至は短歌というものを患者として、メスをふるう外科医というよりは、むしろ自らの病患に対する自らのカルテのありどころを示した、といった方がよいのかも知れない。ここに欠けているのは、客観性なのである。

語るべき対象と語るものの、過度の密着が「海への手紙」一巻をして、岡井短歌入門の手引にしており、その点ではメイラー同様、（ある意味ではメイラーよりも、より純粋に）広告的な役割を果している、ということが出来る。私は、こうした熱い本が、もっと以前から出るべきだったと思うし、この本の歌壇史的な意義については、高く評価する。そしてそのエネルギーには全く敬服するほかはない。

しかし、同時に、この本がより歌壇的であって、より短歌的ではなかったことを惜しまない訳にはいかないのである。

なるほど、情勢論ぬきで本質を語ることは馬鹿げている。しかし、情勢論に、自分を密着させすぎると、岡井隆ほどの土着した詩人でも、自己をリゴリステックに見つめる目をくもらせてしまうのだ。ということを私は学んだのである。

私は、この本に、大論文が無くて、すべてが軽快なフットワークからくり出されるジャブや、思い上った形式至上主義者へのカウンター・パンチになっている点を物足りなく思うものではないが、私小説作家が、永久に自分の可能性を超えるイメージをもちがたいように……岡井自身もはっきりと内部からつきぬいてゆく熱い主体を、まだつかみとっていないように思ったものであった。

（しかし、このことは、彼の、「現代短歌演習」〈「短歌」連載中〉に於て、見事にくつがえされつつあるようなので、性急に論議することは止めよう。）

私は、論理的というよりは、むしろ叙情的な詩人である岡井隆の、この『海への手紙』一巻を愛する。しかし、同時に、ついに自分の内部状況と外部状況を切り離さぬままで、これらの論文、日記、書評を放り出してしまった岡井隆自身を愛する訳にはいかない。

岡井隆は後記に於て「この本は、だから今読者諸賢の腑分けをまって横たわっている屍であるが、それもかなり面白そうな材料の一つである」と書いているが、これは客体としての姿勢を自らえらんだことをしめしている。

つまり、彼は、ここでは主人公として自らが客体化されることをえらんでいるのだ。そこのところが、私にはノーマン・メイラーの手紙集とちがつて感ぜられるのである。

岡井隆が、「さあ、どうとでも俺の 文章を 腑分けしてくれ」というときには、傲岸なほどナルシスムの匂いがするが、メイラーの方は「腑分けの対象はあくまでも時代と、そして時代に引裂かれてゆく人間性」なのであつて、そこのところに文学と政治の微妙な接点があるように思われるのである。

私が岡井隆を好きなのは、彼の反逆者としての熱さのゆえであつて、「腑分けされる側」としての、それではない。後記をよむと、岡井隆がひどく偉くなつてしまつたようで少しさみしい気がしてならなかつたのも事実であつた。

敵はまだ斃れていない。ナショナリズムが岡井隆の血のなかに、どのようなとぐろをまいているのかはまださだかではないが、私は、もつと岡井隆が巨視的な批評の視坐から歌壇というものをとらえていつてもよいのではないか、と思う。

これから、私もまた岡井隆と相互批判などをやりながら、日本の定型詩を書きつづけてゆくことになる訳で、岡井隆はその限りでは私のもつとも尊敬できる歌人なのだが、ここには「木曜便り」や「短歌に於ける文学運動」の岡井隆の自己形成史があるばかりである。私は、すべての読者が岡井隆の友人であるならば、この本こそ彼の、もつともすぐれた自己紹介になるのではないか、と思う。

しかし、この、歌壇三国志的な乱世図と、その中で育つてゆく剣豪若き岡井隆が、短歌以外（ほんとの意味での）のものをも一刀両断にできる主体的な論理と、そして実作に見られる芯のつよい叙情とで立ちあらわれつつあるいま、これは単に「なつかしい本」の一冊にすぎないものではないかと思うのだ。

ところで、公的な郵便物を除くと、切手のない郵便物というのは稀にある。「少年期」に於ける母と子の手紙、山手線の中で女学生につけ文するラブ・レターなどがそれである。それらは、本人にとつてはきわめて「私的」と思われているものであるが、本来的にいえば、表現というものが、どこまで公的でどこまでが私的なものなのか……ということがひどくアイマイで、どうとでもとれるものである。

そこで私は思うのだが、この手紙の相手こそ「海」などという抽象体ではなくて、若い歌人であり、この本の題名こそ「ぼくに関心ある歌人へのための注」とすべきではなかつただろうか。

……つまり、「木曜便り」というほどのミニ・コミを信じようという岡井隆の決意と、それ以前の「海へ語りかける」唯心的な詩人の内部との間を埋めるような……そんな手引きがどこかに必要だつたのではないだろうか。

というのが、私の感想になるのである。

しかし、「田螺問答」のようなナイーヴな詩人と、吉本隆明に決してゆずらぬ強靱な論客とが混在する岡井隆のような、骨つぷしの太い歌人は他に見あたらない。

この本こそ、すべての歌人がよみ、そして否定すべき本である。

（だが、それにもかかわらず、今のところそれを果して、この本をのり超えてしまったのは、どうやら著者の岡井隆だけのように思われるのだが……）


（「未来」昭和38年2月号より再録）

やぶにらみ韻律論

岡井隆・金子兜太共著『短詩型文学論』を読んで

大岡信

岡井隆と金子兜太の共著による短詩型文学論ということであれば、現代短歌や現代俳句に何ほどかの関心をいだいている者が、最初から強い期待をもってこれを読もうとするのは当然であろう。ぼく自身がそうであったように。

しかし今、ぼくの念頭に去来するのは、何とも言いようのない困惑の思いである。金子氏の俳句論についてはここでは、しばらく措く（この俳句論は、本格俳句論や造型俳句論など金子氏の従来の現代俳句方法論を、子規の蕪村論に始まる近代俳句の伝統的視野の中でもう一度再検証し、その正当性を客観的に確認しようとするものといえるが、一般読者の理解力に訴えようとする配慮が十分になされていて、すぐれた入門書の資格をも兼ねそなえている。もっとも、論文末尾に近く、現在の新鋭俳人たちの作品をかかげ、その鑑賞を試みている部分などは、よく理解しがたいものもある。これは金子氏の鑑賞の行き届きすぎるくらい行き届いているのに比して、対象となった作品がヒヨワなためであるとぼくは感じた。いずれにせよ、ここでは俳句篇のことはしばらく措く）。ぼくが困惑の思いを抱いた原因は、したがって岡井氏の短歌論にあった。

まずもってぼくが意外に思ったのは、短歌論と銘うたれているものの、実際には、副題にもある通り、「韻律論をめぐる諸問題」の検討のみに異常なほどの情熱が注がれているという事実である。これはどういうことだろう。おそらく、この新書を読もうとするほどの一般読者は、現代の短歌あるいは俳句に関して、ある程度包括的な、また歴史的な観点からする鳥瞰図的展望をそこに求め、加えて、気鋭の歌人岡井隆の創造的告白を聞こうとひそかに期待する人が多いのではなかろうか。少なくともぼく自身はそういう心構えをもってこの本を手にとったのだが、著者はみごとにこうした安易な期待をしりぞけ、短歌という定型詩が定型詩として機能する際の必要条件に関して、微細をきわめた論を展開しているのである。これは、一般教養書としての性格をそなえているはずのこの種の新書を執筆する態度としては、大胆きわまるものといわねばならない。なぜなら、岡井氏が展開している韻律論は、専門的な学術研究書にこそふさわしい主題を扱っているものであり、しかもそこに提示されている論点は、すべてこれを仮説にすぎぬと見れば見得るものだからである。

岡井氏はなぜ短歌論を韻律論に限ったのか。それはこうだ。「短歌を短歌たらしめているものは、この〈五音・七音・五音・七音・七音という〉『一定の韻律』である。うたは究極のところ、しらべに帰着する、こういう直観が、いまのところ不動のものである以上、これ以外にわたしには方法がないのである。」（七ページ）そして、この「一定の韻律」の内容検証に岡井氏がなぜこれほどの精力と情熱を注いだかといえば、それは岡井氏が「定型詩人」であるからであり、しかも定型詩としての資格を疑えば疑いうるような詩型である短歌に、その詩人としての生命をかけた詩人だからである。では、定型詩人であるということは、どのような義務と権利を詩人に与えるか。これこそ岡井隆の執筆の主要動機であったにちがいないものだが、それは次のように説明される。
「定型の思想とは、まず第一に、詩型に関する契約の思想であるとかんがえられる。詩型の契約が、ただちにリズムの契約ではないことは、本文中に述べた。定型詩人は、最初の読者である自己を含めた想定上の読者との間に、詩という、言語の継時的展開に関する、一つの契約を結ぶ。その定型詩によっている限り、この契約は破られてはならない。契約は、一面において、自由の制限であり拘束であるが、同時にそれが、自在感を生むようなよろこばしい制限にもなるのである。
定型詩人とは、詩想を展開するにあたって、その詩型に関する契約をはっきりと意識し、定型と詩想との、互いに他を限定し合い、せめぎ合う力動的な拮抗感のなかに創造のよろこびを見出す人の謂いである。」(二〇二ページ)
契約というような用語はいかにも岡井流である。「何も契約なんかしなくたって、詩型は十分おれのものになっているよ」と呟く多くのすぐれた定型詩人もいるだろうという疑念は、当然生じるのだが、そういう自然の親和力を岡井氏は認めたがらないようにみえる。そこにこそ、一方ではたしかに定型詩とみなしうるのに、西欧流の定型詩観からすればあまりにも単純素朴で、厳密な諸法則を欠いている、この短歌というユニークな詩型を前にして、岡井隆が自覚的に撰択した立場があったのだろう。そこに、あえて短歌界全体の一匹狼たらんとする岡井氏のひそかな自負と誇りを感じるのは、ぼく一人ではあるまい。短歌は定型詩である、という通念にあえて挑戦し、短歌を作る者すなわち定型詩人なのではなく、定型詩人(いいかえれば歌人)であるということは、個々の詩人の決断によって撰びとられねばならないひとつの決定的行為なのだという思想がここにはある。この思想は当然「大衆短歌」と「現代短歌」を峻別しようとする立場にも反映されるわけで、それらの点についてはぼくも共感できる。したがって、定型詩人であることを自覚的に撰択した岡井氏が、その短歌論を韻律論(すなわち定型論といってもよいだろう)で貫こうとした意図も、十分理解できる、といいたいのだが、この辺からぼくの頭は困惑の霧に冒されはじめるのだ。
正直なところ、岡井氏がグラフ付きで展開したような形での韻律論議というやつは苦手なのである。ぼくが詩を書きはじめたころ、ちょうどマチネ・ポエティックの押韻詩の試みがぼくらの前に現われ、日本語の韻律に対する関心を強く刺激した。ぼくの友人の中には、押韻詩や押韻の訳詩を試みる者もいたし、ぼく自身、一時その種の試みに刺激されて自分なりの工夫を試みたこともあった。しかしその当時から今にいたるまで、思うにぼくの韻律への関心は、形態的なものであるよりはむしろ心理的、また形而上学的なものに近かったと、岡井氏の論文を読んだのち、あらためて確認した形である。このことは、マチネの試みが依拠した九鬼周造の『日本詩の押韻』という精緻な理論書(これは岡井氏もその重要性をこの本の中で力説している論文だが)においても触れられているところで、たとえば次のような一節がある。
「もし詩の律が、呼吸、運動感覚などによつて説明される限り、心理学的と云はれ得るとしたならば、詩の韻は、偶然性の問題を蔵する限り、哲学的または形而上学的と云はれることが出来る。従つて、日本詩歌の律は屢々、心理学者によつて研究される。(中略)それに反して、詩歌の押韻の本質はプラトンの宴会篇の問題を問題とする者によつてのみ完全に把握されるのである。」(同書一五五ページ)
ここで語られている韻の哲学的側面は、次のような美しい直観的把握から引き出されたものであった。「ポオル・ヴァレリイは詩は

『言語の運《シャンス》の純粋な体系』であると云ひ、また押韻の有する『哲学的の美』を説いてゐる。彼が「純粋」といひ「哲学的」といふのは言語の音響上の偶然関係的に基づく遊戯を指してゐるのである。いはゆる偶然に対して一種の哲学的驚異を感じ得ない者は押韻の美を味得することは出来ない。浮世の恋の不思議な運命に前世で一体であつた姿を想起しやうとする形而上的要求を知らない者は押韻の本質を会得することは出来ない。押韻の遊戯は詩を自由芸術の自由性にまで高めると共に、現存在の実存性を言語に付与し、邂逅の瞬間において高接肢の多義性に一義的決定を齎すものである。押韻は音響上の遊戯だから無価値だと断定するのは余りに浅薄な見方である。」（八ページ）

さきの引用にいうプラトンの宴会（饗宴）篇云々は、この文中では浮世の恋云々として説明されているが、要するに九鬼周造はその押韻論を、韻の偶然的符合のうちにさしのぞかれる「ふた子の微笑《ほほえみ》」の形而上学的驚異の上に築こうとする意図をもっていたのであり、ぼくなどが押韻という試みに感じる魅力も、ひとえにこうした側面にかかっているのである。詩の中で偶然の符合（韻に限らず、影像についても観念についてもいいうる符号）が果たす強大で神秘な役割りについては、きわめて多くのことが語られてきたし、エリオットのような古典派の詩人も、シュルレアリストのようなロマン派の流れをひく詩人たちも、その点ではそれぞれに了解し合える領域をもっているとさえいっていいのである。ぼくが韻（的なもの）に関心を寄せるのも、そうした、いわば詩的宇宙全体に関わりをもつ、まさに形而上学的な要素としての韻（的なもの）に常に強く惹かれるからであった。

いいかえれば、詩の律動的統一性に惹かれて止まぬからこそ、韻（的なもの）、つまり偶然の啓示がきわめて重要になるのであって、そのような観点にたつ限り、現代詩においても音韻論の成りたつ理由は十分あるだろう。ただしそれは、必ずや形態論的範疇をこえて、詩の存在論にまで展開せざるを得ないだろう。

そうした考えをもって岡井氏の韻律論を読めば、困惑しないのがかえって不思議なほどの力点の違いがある。それはひとつには岡井氏が扱っている対象が、「詩」ではなく「短歌」であり、そこでは「韻」よりも「律」の方が重視されるという特殊な事情からもきているのだが、またひとつには、岡井氏がぼくには奇妙に思えるほど、言語学あるいは音声学の基礎的概念に執着し、たとえば日本語の「等時拍リズム」という特徴を、何とかして短歌の「しらべ」と結びつけ、それを解明する上での貴重な鍵にしようと執拗なまでに努めているためでもある。岡井氏は五・七・五・七・七という、従来短歌の定型性を形づくる根幹とみなされてきたリズムの代りに、「原型リズム」として「三十一拍」という「一定の音量」の定型を置く。この三十一拍の原型リズムに、意味のリズム・五七のリズム・母音律のリズム・視覚のリズムという四種のリズムが同時に干渉することにより、いわば複合された潜在リズムを生みだす。すなわちそこに、個性の相違、声調の特殊相があらわれる源がある、というのが岡井氏の理論の骨子であるように思われる。

そういわれてみたところで格別蒙を啓かれたような気がしないのはなぜだろう、と、ぼくはいささかうしろめいたい思いもまじえて考えているのだが、岡井氏の韻律論は、結局のところ、大切な基礎作業において、ぼくを十分納得させてくれなかったように思われるのだ。つまり、五七のリズムに代えて等時拍による三十一拍の原型リズムをたてるとするなら、〈なぜそれが、三十一拍でなければならないのか〉という疑問が当然生じてくるのに、その点について岡井氏は何ら説得的な論拠を示していないのである。五音・七音を基礎とする限り、三十一音という拍数には必然性があった。しかし、この五音・七音という要素を捨象して、すべての拍を等質的なものに還元し、等時拍三十一音リズムという、ノッペラボーな型を「原型」としてかかげる以上、なぜそれが三十一音を守らねばならないかという根本的な疑問の逆襲を受けることは必至である。もちろん岡井氏は、あらためて五七のリズムを干渉因子として導入し、つじつまは合うようになっているのだが、それならば、なぜわざわざ三十一拍リズムを「原型」などと大仰に持ちだす必要があったのだろうという、別の疑問が当然生じてくるのである。一種のむだな手続きという感じがここにはある。図表をいくつか作り、また言語学や音声学の初歩的な図表まで借用して説明される「母音律」の考え方には、さらに展開すれば興味ある結果が生まれそうな（しかし、その結果は、短歌よりもむしろ他の、たとえば自由詩において、よりよく利用されるだろうという予感のする）観念がみてとられるが、これとても、現在あるような形では、普遍性をもっているとは言い難い。

　細かいことをいえばまだいくつかの疑問がある。たとえば、岡井氏が「韻律」という言葉を使用する仕方は、九鬼周造が韻と律とをきびしく区別して用いているのとは違って、かなりルーズであり、そのためこちらがしだいに不安をつのらせてしまうということ、また、「視覚のリズム」という章で展開されるのが、当然予想されるはずのイメージ論ではなく、漢字とかながめまぐるしく交替するのを追ってゆくときの目のリズムにすぎないという、これはまあ、驚くべき自然主義（？）的思想であることとか、また生硬な学術的（？）用語が、ある時は言語学から、ある時は精神病理学から、ある時は音声学から、随時借用されて「詩」を認るのに用いられているため、ぼくのような読者はヘキエキするばかりであること、また、「戦前型の結社と戦後型の結社を両否定することによって、短歌を新しい形の集団芸術としてよみがえらせたいとおもうわたしであるが、そのためには、強力な社会的文脈の支えが必要なのであるから、この先はもはや空想の領域に属する」というような文章の中に、なぜ「社会的文脈の支え」というような不思議な、どこやら権威主義的文脈の匂いさえする言葉づかいがまぎれこむのか、とんと理解がゆかないこととか、いろいろあげればあげられる。要するに、そういう細かい点で、ぼくは岡井氏の論文を読むのにひじょうに難渋したのであった。そのためにぼくは、これを詩論ではなく、むしろ学術研究論文としてみる方が適切であろうとさえ思ったのだが、実際に歌人諸氏がこの論文を読んでどのような実践的忠告をここから読みとられるか、ぼくにはひどく興味があるのだ。

　くりかえしていうが、岡井氏が定型の思想ということを正面に押し出し、それを論証するためにこの論文を書いたということには、ぼくは共感を惜しまない。しかし、それが主として韻律の「律」の面に重点をおいてなされたこと、したがって、九鬼周造の言葉を借りるなら、詩の「心理学的」説明に重点がおかれ、偶然性の豊かな（きわめて現代的な、とあえていいたい）問題を内蔵する「韻」の、「哲学的、形而上学的」側面についてはほとんどまったく触れられていないことが、ぼくの失望の最大の原因だったように思うのだ。短歌についても哲学的、形而上学的に語ることは可能であり、その言語学的・音声学的側面を語ることも、その背後にそうした含意がなければ、ついに短歌の屍体解剖をするにすぎないことになりはしないか、とぼくは思うのである。

（初出「短歌」昭38・9、『歌人論叢書1岡井隆研究』〈樺書房〉より再録）

思想と相聞と
歌集『朝狩』について

山中智恵子

岡井隆様

立秋の翌日『朝狩』がとどいて、早速「眼底紀行」の頁をさがして見当らなかったときの失望をまず申上げねばなりません。深切な後にもまして『朝狩』を、岡井隆という作家を、理解する手がかりとして是非お入れいただきたかったと未収録の理由をうかがってなお未練がましく思うのです。「眼底紀行」は、「木曜詩信」という楽屋につながず、「群論」と「歌の翼」をつなぐものではなかろうかと。

朝狩りにいまたつらしも　拠点いくつふかい朝から狩りいだすべく　（群論）

群衆を狩れよ　おもうにあかねさす夏野の朝の「群れ」に過ぎざれば

おれは狩るおれの理由を　かの夏に悔《くや》しく不意に見うしないたる

抒情する牛をあつめて落ちて行く神々の村　灯《ひ》ともしごろを　（眼底紀行）

胃へくだるくさ薙ぎの草こなごなにかがやきながら　孤立する牛

あさぼらけ鋭きかげの集《つど》いきて巌《いわお》をおこす作業終えたり

女童《めわらわ》の手をへて来つる氷塊の濁りのひびは明日のごとしよ

〈「群れ」に過ぎざれば〉〈狩りいだすべく〉と歌ったからといってファシストの黒衣をみたり、大君＝岡井と錯覚し、思想の後退変節を問うたり、冷静な手つきで群と個の生体解剖を行ったとみる人人は、〈われもしびるるまでに群れたき〉という叫びや〈いえがたくして前景に〉出る内臓群を誰のものと解していうのでしょう。そんな誤解をまともに受けとめるためにも「眼底紀行」にここに必要ではないでしょうか。「眼底紀行」から受ける感動は、それが旋頭歌を入れたり、詞書でつないだり、マチネ・ポエティックばりの短詩をちりばめたりした表記の変幻などから来るものではなく、あの晴朗なそのゆえに大方の喝采を得た「ナショナリスト生誕」には無かった歴史の痛恨のようなものから来るのだと思われます。安保闘争後の折れ目曲り目と、後記の汚名の記憶、そして一人の人間の政治闘争や恋の体験のはるか彼方、人間が記憶もとどかない遠い昔からここに生きて来たという歴史そのものの痛恨のリズムが無意識に人を打つのだろうと思うのです。作品のなかの「私」が安保闘争や汚名を記憶しているのではなく、もはや安保闘争や汚名の方が私の記憶を刻みつけてしまった、過去が現存するものとして展開するひとつの抒情劇となった、といっていいのではないでしょうか。こうは申しますものの私も心届した時〈オレノフカサオレヲナガレタチノクラサシルソウメイノメヲ」ヴォルガガワ〉などとくちずさむのですが、「語り」に終始していた「ナショナリスト生誕」にはそれが語るということの本質——完全に過ぎ去った出来事として叙事する——である客体性のゆえに、生誕すべきナショナリストの苦痛が伝わらなかったという欠陥があり、その代りに〈つややかに思想に向きて開ききる〉前向きの耳が屹立したのだといえましょう。「眼底紀行」では事はかく明瞭ではないので、読者は〈前景〉とは〈抒情する牛〉とは、と間道をたどりながらも、まぎれもなくいつかはB

Oと啼き響むであろう牛をみ、巌とともにそれを起す人間の鋭い影が立ちあがるのを聴くのです。眼底をつらぬいた抽象衝動は、意識野ふかくるるとして「私」の足跡をしるしながら徹底した自己放棄――むしろ否定――を遂げたのだと思われます。そして言葉と思想との全き相聞もまた遂げられたのだと。「ガザ遊園」の註記に〈抽象ということをまともに考えていた一時期があって〉とありますが、たしかにまともに（造型芸術に近くと解しては失礼ですが作品からうける感じはそうなのです）考えてらっしゃった時に成就しなかったものがここに在るようです。「ガザ遊園」の〈憎しみの黒き壔〉と〈嫉視の丘〉の実念論《リアリズム》めいた比喩の対偶、〈接線の切々として〉という序詞風の頭韻、まして〈割線のあざやかに二分かれ過ぎつる〉に至ってはユーモラスな効果が出ていますが、実は真面目で深刻なのですから困ってしまいます。たとえ独立国家とか自我の自由というものを円のイメージとして、楕円とは？　垂鉛とは？　と問いつつ〈妻〉とかさねあわす壮大な意図なのだろうと同情してみてもおかしいのです。「婚」にしても〈過去三膨月鳥魚〉はあまり成功とはいえないようです。

〈あゆみ寄る余地〉眼前にみえながら蒼白の馬そこに充ち来《こ》よ
（Dr. R. 日録抄）

透視して闇にしずめるおりふしにわが骨は見ゆ人をつかみて
むしろ同時代人《コンタンポラン》への連帯に舌焼かむかな昏るる下枝《しずえ》よ
（公孫樹の歌）

説を替《か》えまた説をかうたのしさのかぎりも知らに冬に入りゆく
（垂鉛の思想）

はろばろとわたれる鳥は故《ゆえ》知らに逐われて落つも　われは落ちぬを
（婚）

走れ、わが歌のつばさよ宵闇にひとしきりなる水勢きこゆ
夕ぐれは車輪のむれに添いてゆくまことかぎりなく暗く集い来《く》
（歌の翼）

喩といい抽象といい、この十何年か現代短歌が追究してきた方法は、すべて「うた」の直接法へと略取しなくてはならないのではないかと思います。直接法抽象とは語の矛盾ですが、〈即物的表現に恋々たるものがある〉とおっしゃる。その物にかかわることなのではないでしょうか。

「齋唱」から一貫する述志、しかも圧倒的なその魄力は、右に左にうちなびく技法を超えて岡井さんの生得のものと思われます。小林太市郎の魂魄説によれば、魄の要素は女の方がつよいということですが、うたの求心力である魄力の勁さをあなたの作品にみたとしても、慓悍の雄たることに異をたてるわけではありません。ただここに魄の勁さあればこそ、魂の方向、〈花から鳥へ〉とお歌いになろうとする証しをみるのです。

（「未来」昭和43年2月号より再録）

ひとりのみち

『眼底紀行』批評

河野愛子

静穏な心で読むことのできない本であった。岡井さんの意志的な

貌がそこかしこさまざまな角度から顕ち現われてやまない。この仕事の内容と進路に、私はいくたびかあらかな感動を抱いた。とともに、方法の山巓を見上げる手に負えぬようなおもいも複雑につよくつきまとった。私はふかく吐息し、そして景仰した。いつまでか、困難な孤りの道をあゆむこのすぐれた歌人、力ある男性であることへの信頼と評価のおもいを、私は私なりにあたらしく確めた。

前衛歌人とよばれるひと達のなかの、たとえば塚本邦雄氏の作品が、ことばの芸術性にはげしい呪咀執着をぬりこめつつ、一流の構成の美学を展開しているのに較べて、岡井さんの作品は、はるかにつめたい意味の文学として立っているとおもう。岡井さんは、ことばの芸術性そのものに身を沈めきることのむずかしい生誕とそだちを、もはやふかく身につけてしまっているようである。その創作過程で、彼の内部世界、また政治や社会や家庭やの日々の環境から、まったく自由な宙空に放たれて、人工的美の世界を築こうとする志向、好尚、エレメントを彼はもたない。近藤さんがかって、「背後に生活性ないし現実感覚ともいうべきものを充実させているあいだ、それは思想ということばと表裏するものだ」と語られた、まさにそういう地点から書かれる作品であるといえる。おもえば、岡井さんは、前衛歌人たちのなかで、もっとも歌人らしい歌人ではないか。彼の作品の底にいつも息づく現実感覚、私は彼の作品を長いあいだ、それによって理解し愛好し味わって来た。

けれども、そういう彼の現実の思想、観念、日常具体等が、ある場合には(体質的かもしれない)彼のイメージの不足のままに、その方法の中に無理矢理におしこめられてしまうことがある。(大まかにいって、彼は絵画的映像的なタイプでなく、より理念的哲学的な人間だ)そのとき作品はあまりに抽象化されすぎ、私たちに意味も感情も伝えない、性質不明の壁と化して立ちはだかってしまう。

岡井さんの身近に、二十年もいて歌をつくり、彼の仕事に無関心でいられなかった私の、貧しいけれど私なりの鑑賞力を総動員しても、かすかな谺も返らない歌がいくつもある。もとより私の不明のせいであることもあるだろう。でもすべてを何か高級であるための判らなさとして思いこみ、何とかして判ろう、判らないのは恥しいことだなどと、私はけっしておもわない。ただ、実験者にとって無駄のないみちすじなどあるものではないし、たとえ私に無意味無効であったとしても、作者にとって或る意義をもつものであろうことを考える。そして、その上で私は見ようとする。厳格な写実の達成を踏まえつつ、新たな方法の道に赴いた人の、現実と切り結ぶことのできた直く鋭い眼を、それは詠嘆に訣れたつよい精神の核、生きる思想の奥行に繋る。剛く堂々とした一人の存在感覚といえるものに私は目をあてる。

週末の汗の浅宵　深き皿より紅いろの脂をすくい上げて愉しも

この本の初めに置かれた乱調歌篇について、著者があとがきで触れていることばは、短歌の将来とその命運にかかわらせて、ねむっている私たちの心を揺りおこし、おもいを潜めさせる、或る予見的な洞察をふせたものではないだろうか。説明されるまで、私は疑いもなく、これらを五七五七七の知悉の区切りに当てはめつつ読んでいた。言われてみてなるほどとおもったのだけれども、変調異調の短詩としてこちらを目覚めさせ、誘いこむには、作者の意図の中に、私の場合、私の内部や、私のまわりの成立ち方が、今日ただいまこのままであっていいはずはないのではないかとおもう。右の一首を私はじつに心にふれて読んだのだったが、来し方の短歌を読む熟練した（?）読み方で読んだので、何の違和感もなく、なかんずく「深き皿より虹いろの脂をすくい上げて愉しも」のところに格別に惹きこまれて、素直にマルをつけたのであった。

このように、乱調歌そのものの成功の可否はべつとして、岡井隆という一歌人の仕事の総べてのなかに、私は、彼が短歌の歴史と本質を明確に摑みとり、その明るからぬ宿命を見通しながら、その孤独な営為のなかにいよいよ断ちがたい愛をしずめてゆくすがたを、ここ熱く目守らずにいられない。

後半のおもいきり自由な発想の詩や歌を交えた散文にしても、これもまた彼の「選び」のための、あらくれたエスキースだとおもう。この散文脈のなかで出合う発想の奔放さと広域に私は驚きつつ、このような形態の中にさえ彼の使命的な立場をおもったりする。短歌は究極のところ「しらべ」であると言いきった人の、新しい疑念にみちびかれて、これらの散文と作品を読むのだが、かつて『朝狩』に馴染んだとき、私は力づよく流動するうたのしらべに心をのせていた。『眼底紀行』では、そのうねりを退ける散文的な要素を濃くし、詩みずからの内容とむきあわされるよう、ひそかにこちらの意識を矯められるのであった。

かぐわしき妻なりければ　接線《せつせん》の切々として吾《あ》れ逼《せま》りけり（朝狩）
天にとどかむ雷雲の手を持ったれば、女《ひと》よ夕暮の井戸が騒ぐも（眼底紀行）

彼は、〃創見は男の仕事であり、女はそれを伝播するものだ〃との意見をいつか述べたことを思いおこす。もちろん女にとってやすやすと伝播できるような道ではないけれども、すくなくとも、自分の作品の形や質に、彼の愛好する用語、あの〃騒立ち〃をもたらさずにいられないことは、この胸の裡に知ることなのである。

私は、『眼底紀行』一巻の中に、彼の打出しつつある発想の質が、今後の制作の上に、どのような推移変容を行わせるものか、かなりの緊張感をもって見てゆきたい。

女らの労働の声絶ゆるべきその夕ぐれのつね胸騒ぎ
存在が狩られるはつかなるときに白じらとわがこころの遠矢
黒いシャツ着ている夜は放浪のまして恋しくあぶらづく襟
兵はゆく名もなきいくさわが行くはいずこ神経の雷管抱いて
狩りの日の子供の庭のはたには髪けものめき母ぞあゆめる
贄《にえ》という言葉にくめば風のまにまにひるがえる一枚の肉

いままでの歌集にちらついていたアララギの技法はほとんど影をひそめ、内へしまわれてしまった。

彼の精神の多様性、鍛錬を経たものの美しい節調、これらが私のたましいをとらえる。

女のなまみの感覚から目をやれば、さびしいまでに広い男性の内側がみえる。

彼はうたう「悲嘆という通路をつねに残した女」、「核心は燃えて、はかなき外殻のひわひわとして」彼を見る女、アダムの肋から取られたわが（男）の骨の骨、肉の肉、それゆえに「ひとりぽっちの女はいない、ひとりぽっちの女はいない」と呟かずにいられないような女。彼にいいあてられるこの「女」は、女自身の側からはけっして自らをこのようにはいい表わさない。女はこれらを総身に襞なして生きるただ在るままのしろがねの肉、その盲目をけだかくささげて、「男」そしてその「こども」を、まことの「男」と「こども」に変えるよろこびのしろい肉であった。彼にあまたたび訪れるエロスの刻、彼は妻を手がかりとしてそこに「女というもの」を見据える。彼の献歌は「妻に」でなく「女に」であることを忘れてはならない。彼は「女」としてうたうより以上、「男」としてうたい、そして自らの「男というもの」をさししめすのだ。

厭戦歌うたいたかまりゆく声のふつと　おれらも死ぬか鋭く
湯どのからむつつりと頬あからめて出ずれば若き闇かぐわしも
アリョーシャたらむとしたる一日の夕ぐるるころわが器官燃ゆ

「少年期」の歌は、作者の若い自我、とりわけ性の若萌えの時期の格闘をきびきびとした文体で彫りあげた。生臭い体臭を漂わせながら、暗い季節のなかに、青春彷徨の清い慈しみと認識をあふれさせている。この本の中でもっとも判りいい萌黄の一篇である。

さて、彼の歌はいったいこれから先、どこに行くのであろう。とてもわかることではない。作者にだってわかりはすまい。私にわかるのは、彼の努力が、タンポポ詩人たちのためになされているのではない、ということだけだ。

彼の文学と生き方を見るとき、或る健やかな調和と秩序の感じをまとっている。厭世や虚無の翳りはなく、人生と人間を肯定する側に立っている。

彼のなかに、こののちふいに頽廃がおとずれたり、毒の草が咲きかけるなどということは、たぶんないだろう。アポロ的人間などといっては大げさすぎるかもしれないが、主知的な、自覚的存在であることを否む者はないだろう。彼の魂をつつむ血は、そのつよい脈打ちのなかに冴え、これらによって純血である。

岡井さんのあるく道は、かくて〝選ばれた者〟の行くどこまでも意志的な剛直な一人の道にちがいない。

少数の人に深く読まれ、それによってやがて多くの人に理解されるという、すぐれた創見者、開拓者たるものの運命をおのずから持つものにちがいないのである。

（「未来」昭和43年2月号より再録）

岡井隆の初期作品

「O（オー）」批評

大島史洋

歌集「O（オー）」は、昭和四十七年に思潮社から刊行された『岡井隆歌集』ではじめて編まれた初期歌編である。この『岡井隆歌集』には、「O」を巻頭に、以下、『斉唱』『土地よ、痛みを負え』『朝狩』「木曜便り」『眼底紀行』「〈時〉の峡間にて」「天河庭園集」といった部立で、昭和二十年から昭和四十五年までの岡井隆の主要作品がほぼ収められている。「〈時〉の峡間にて」以下は、のちに歌集『天河庭園集』として一冊にまとめられることになるが、『岡井隆歌集』刊行の昭和四十七年の時点では、既刊の単行本歌集四冊と、それをはさむように、それ以前の「O」、最新作の「〈時〉の峡間にて」「天河庭園集」を両端に配した、岡井隆の全歌集といった趣で、この『岡井隆歌集』は誕生したのであった。巻末の「書誌的解説とあとがき」で岡井は次のように書いている。

「右のごとく、本書は、歌集六冊分の内容を持ち、昭和20年著者十七才の秋から、同45年四十二才の夏にいたる二十五年間の作品歴が大凡のところ鳥瞰出来る仕掛けになっている。なんという厭な本であろう。厭ならやめればいいのにそれを敢えてするとは、なんというおろかしさなのであろう。そうおもえばこそ、わたしは、本書の出版を長くためらって来たのであるが、或る私的事情を機縁として刊行へ踏み切ったのである。」

こうして歌集「O」は生まれた。歌数一七三首。「『O（オー）』はじめに」「『O（オー）』跋にかえて」という二つの文章で、岡井はこの初期歌編について、ほぼ自分で語ってしまっている。そこには、二十五年間に及ぶ作歌活動を経た著者の冷静な目と、遠い昔を思う感慨の情とがこめられている。『O（オー）』はじめに」の文章から引用してみよう。

「『斉唱』以前の作品の大かたをここに蒐めた。なりふりかまわず蒐めて見たのである。昭和20年十七才の秋から同22年十九才の冬まで約二年間の作品である。」

「後半三分の一位のところは『斉唱』の「冬の花束」の初期と時期的に重なっている。大体この集の作品は、習作の域をいくらも出ないのだが、そこにある制作のモチーフに関して言えば、「冬の花束」のそれと微妙に異なっている。すなわち、この集では〈模写〉への執着が、制作の主たる動機になっているのである。〈模写〉の対象は、当然まず自然（山川草木鳥獣魚介）であるが、同時に、正岡子規以来の、根岸短歌会——アララギ系の先行作品の模写でもあった。初期で目立つのは、斎藤茂吉とその弟子たちへの傾倒であろう。茂吉への傾倒がなかば崩れつつ、土屋文明とその一派の作品模写へと移行するあたりで、この集は終っている。だから、今から見て稚拙ではあっても全部採るか、全部捨てるかするほかない、独自の主張を持っている」

これは、作者自身の目から見た冷静な分析である。そして、実際もほぼその通りである。ただ、これは作者自身の成長過程に対する解説であり、のちの目から見れば首肯し得るものではあるが、その当時の他者の目にもこの解説と同じように映っていたとはかぎらない。岡井隆の歌に対する当時の批評のいくつかを見てみることにしよう。

「朝明」昭和二十二年三月創刊に載っている次の五首（「O」では、13　河和寮生報告一）、

くれぐれの光ひそまる海よ陸《くが》よ突堤のさきに孤りになりぬ
中空より金属触るる如き声きていずくに落つる鳥と思はむ
おぼほしく海わ照らして月あればおほどかに鳥の影す声する
磯近く畑はらひくく暮れなずむ一ときを聞く海鳥の声
余光より月のぼる間ををりしかば黒くふくれ来し海に沿ひゆく

に対して、次号の批評では、一首目と五首目がとりあげられ、次のように言われている。

「『海よ陸よ』『黒くふくれ来し』等、むり押しに押してくる様な句も、それほど気にならないのは、作者が本気で歌を作っている証拠であろう。他の三首に就いてもほとんど同じことが言えると思う。どの歌にもそれぞれ親しみ難い語が入っていて歌を味合う妨げとなっているが、今直ちにこれをどうしろとは此の作者には言えない。自ら気付いて改めるまで待って居ればよいという様な気がする。」（八木喜平評）

未知の才能に対して、親切ではあるが遠慮がちな批評である。「親しみ難い語」というのは、「くれぐれ」「中空」「金属」（「O」では〃かね〃とルビをふる）「おぼほしく」「影す声する」「余光」な

どをさしているのであろうか。これらが岡井の言う〈模写〉によるものなのかどうか今後の検討を必要とするが、当時の岡井青年は、名古屋のアララギ会員の中に在って、異質の才を認みられつつあったようである。この批評も、「朝明」創刊以前のガリ版刷りの雑誌「東海アララギ会報」(昭和21年1月号〜12月号)に発表された四十八首の岡井の歌をふまえて言われているのである。ちなみに「東海アララギ会報」に発表された歌は「O」では約半数しかとられていない。「なりふりかまわず蒐めて見た」と言うわりには厳選である。(この文章の終りに、「東海アララギ会報」に発表された歌を、不完全な形ではあるがあげておいたので、参考にしていただきたい。)

なお、四首目の「磯近く畑はらひくく」は「O」では「磯近き畑はらひくく」となっているが、これは、『O(オー)』はじめに」の『河和寮生報告』のあたりで一二度近藤芳美・土屋文明両氏の意見を容れて改作したものも(改作の方がととのっているとおもうが)原作にもどした」という部分の一つに当たるのであろう。

「朝明」第五号(昭和二十三年三月発行。昭和二十二年三月の創刊から一年たっているが、雑誌がなかなか出ないのでまだ第五号である)に発表された次の五首(「O」では、23　友情論四、に改作されて四首がのり、他の一首は『斉唱』の「冬の花束」に見える)、

黄にてりてやがて読めなくなる活字時おきながら瞼ふるひて
易々と理解してゆく表情を見せつけられしのみ体《からだ》しびれくる
肩かたく怒かくして一時間ああ斯くして暮れるのか今日は
ちらちらとしたる瞳に背を向けてただ理解せぬ行《ぎょう》繰りかへす
時には変化欲しくなり頼まれし留守居にゆくランプポケットにして

に対して、次号の批評では五首目がとりあげられ、次のように言われている。

「五首の中では一番単純な歌だが、すっきりしてゐてわかりがよい。第一首『瞼ふるひて』は大袈裟だ。第三首『肩かたく』もよろし。一首感動を伝へて強く流動する。第二首第四首創作の一節をよむ様で面白相だが、対象を明示せずして一断面を描写したのみでは、何のことかわからない。努力のしがひなきは措しい。然し、作者が新しさを求めて邁進する態度は雄々しい。」(花井鉞四郎評)

も一つ紹介しておこう。「朝明」十一号(昭和二十三年九月発行)の、三輪太郎の「八月集小感」という文章の一部である。「八月集」というのは、第十号の其一欄のことで、そこに岡井は七首発表している。

「徐々に思索的に移りつつあるといふ、現代の凡ゆる文学の中にあって、

その理論のための童話の国恋ひて稚かりけり共鳴の日々
まざまざと叛かるるものを感じつつ手を挙げし歓呼の中を出て来ぬ
よごれ果てて狭き論理よ君の字故壁から壁へ読んで廻りゆく

此れらの作品が生れたといへよう。

一読複雑怪奇、とりつきにくい。何度も読返して漸く想像し得る処迄位にわかつて来た。一般にその複雑さ、難解さの故を以て、之を高く評価し勝ちな事は、以前に杉浦明平氏が指摘された事である。複雑さと近代的なものとは或る程度迄関連しているらしいが、読者にわからせようとしない態度と云はれても仕方のない様

な作品は如何に評されるであらうか。

兎も角作者は殻を破らうと苦しんで居る。勇敢にも対決せんとして居る。更に或る程度それを成し遂げて居る、周囲の低迷の中に於て。

模倣と、低俗と、散漫と、無思想等と、短歌は案外此れらを覆ひかくすのに都合よく出来て居るらしい。

思想の貧困ではなくて、思想のない所に僕等は漂って居るのだ。


閉ぢ込められて漂ふ黄の蜂を落してしばし夕の眠

理論といひ、思惟といひむづかしい字を並べても結局、此の歌を読んだ時の方が素直に共鳴出来るのは何故だらう。

やはり僕等が漂ふ黄の蜂である為だらうか。閉ぢ込められて居るためだらうか。案外、此んな所から道が拓けて来る様な気がしてならない。」

三輪の文章に見える四首は『斉唱』の「冬の花束」に収められている。ただし、「一読複雑怪奇」「読者にわからせようとしない態度」と言われたせいか、「その理論のための童話」が「コミュニズムのための童話」となおされている。

三輪がとり上げていない三首は、〈笑声の常に絶えざるコーナーあり分らぬまま囁く群の中に居つ〉〈はにかみてその後を告ぐる表情にも白々と避けて避けて別るる〉〈風のある一ときを何かあらぁらしき楽《がく》は流れき一人の思惟に〉であるが、これらは『斉唱』にも「O」にも収められていない。（ただし、一首目の歌と類似の句をもつ歌は「O」の先にあげた〝友情論四〞の中に見える。こうして一つ一つ見てゆくと、「O」はかなり複雑な構成であり、岡井の初期歌編も「O」以外にかなりの作がありそうである。）

以上、八木、花井、三輪、三氏の岡井評を見てきたが、どれにも共通していることは、みなすでに岡井青年に一目《いちもく》を置いているということであり、後年の岡井がいう〈模写〉という点とは別の、新しさ、雄々しさ、勇敢さという面で認められていたようである。

「O」の時期の作品を最初から丁寧に読んでゆくと、岡井のいう〈模写〉の意味もある程度は理解できるのであるが、本人の意図とは別に、当時の読者は岡井青年の中に別のものを見ていたわけである。ただ、岡井の言う「土屋文明とその一派の作品模写へと移行するあたりで、この集は終っている」という指摘は重要で、「O」後半にはそれが顕著である。

苦しみを経て強き人のあり遂にあきたらずかかる思考は
やすやすと国を説く彼等を考へゐる中《うち》汗落ちて机のニスが匂ふよ
割り切れしその世界は恋ひ思へども目の前の君の擬態が憎し
嘲笑《あざわら》ふことに慣れつつ言ひ尽さず君より吾の疑ふ早く
指摘して意地わるかりし言葉故《ゆゑ》思ふ自覚なきわが社会意識を

こういった歌がそれである。これらの歌はそれなりに評価できるが、現在の僕の目から見てもやはり袋小路という感じがしないでもない。それは、のちに岡井が土屋文明の弟子たちについて述べる意見にそのままつながってゆく。

ところが、そうした歌の傾向が『斉唱』に入るとかなり変わって来るのである。それは、

灰黄《かいこう》の枝をひろぐる林みゆ亡びんとする愛恋ひとつ

という歌で『斉唱』が始まり、「O」に接続する「冬の花束」という章が巻末に置かれているという構成の妙による印象だけではない。何かが決定的に作用しつつあるのである。それが何なのか、今ここで追究する余裕もないし、簡単には言えない点であるが、〈模写〉だけではない、雄々しさ、勇敢さを当時の人はすでに見ていた、ということだけは確かなようである。「おもえば、この集の終末の時点で歌をやめてもよかったのである。ところが、現実は、模写のモチーフのほかにも幾つかの動機を用意して、四半世紀にわたる歌作をうながしたのであった」(『O(オー)』はじめに)と岡井隆は書いている。

＊

参考「東海アララギ会報」〈昭和21年1月号(創刊号)〜12月号(終刊号)〉所載、岡井隆作品。○印は「O」所収(改作を含む)。

1月号　不明(たぶん五首)

2月号

十五分あまりなりしか落ちゐざる心のままに南天堂書店に居りき
宵月の冴ゆる間にありて小庭辺《さにはべ》の寂《かそ》けくなりし光の中に佇《た》つ
○嶺《ね》にふれむばかりに嶺《ね》より出でし雲みるみる中に峡《うち》の空を過《よぎ》りぬ
○山原の一隅《くま》にして立つ巌《いはほ》ここより笹は茂り下れり
時折は教室ふかく鳥のかげのうつることありて午後になりたり

3月号

この嶺《ね》より直ちにつづく如くにてまなかひに低き青草の山
土あらき道入りゆきてからたちも青き冬草も心にし沁む
○山笹の色あざやかに茂る見ればなべてが深く露をたたへぬ
ひとところ水泡たゆたふ流ありて洲の上の蘆なびきやまずも

4月号

わづかなる起伏しなして続きたる頂の原は低き木の原
○まなかひの赤き岩崩にかかる水夕かげり早き谷に落ちゆく
雑木原にほふばかりに紅葉して頂を下る心寛けし
むらがりて茎立ち高き山笹の遠くしづまる峡の木原に
春の雪宵やみに止む空遠く吹きゆく風の音清清し

5月号

地《つち》の面昏れゆくはやしむらがれる薺の白き花をともしむ
この十年程に浅《あ》せにきといふ入江数かぎりなき貝殻しづむ
○やや遠く鵜のおこなひを見て佇ちぬ水くぐりゐる時のたのしも
○二川の落ち合ふところ見えをりて月の光に白く音なし
汀まで作りし畑にのびし麦いくところも釣人に踏みにじられつ

6月号

○夕光《ひかり》はだらに明かき木原にはあと幾刻《いくとき》の今日の鳥が音
○巻雲の高きなびきも暮れゆきて蛙の声は湧きくるがごと
○疾風《ときかぜ》が雑木をわたりゆく聞こゆわらびを採《と》りてつかれゐしとき
○浅谷へ下りゆく道はかそかにて樫の木の花選《たま》み手折りつ
○細きわらび太き蕨は手にありて松原なかに赤土を踏む

7月号

○鶯は寒き五月の風に啼けり頂に近くこの生くるもの

御在所ケ岳　二首

○風のむた天つたひくる音ありて渦巻ける雲おし移る雲
やぶがらしたくましく伸《の》ぶ校庭《には》に立ちひそかにきざすわれの悦び
土ぼこり想到《さうたう》せしむ階上より群れなしてくる下駄のひびきは
鳴りいづる終業鐘《しゆうげふしよう》に感傷《いた》まむも日日となりたり穂草踏みつつ

8月号

○峡の夜空すでにして黄にうるほへば今しばらくは照らす月見ず
○あらあらし光動けば高原の霧のおちこちよ鶯の声
○岩燕ためらはず飛ぶ二谿より湧きくる霧のただ白き中

おちこちに霧透しくる鳥きけば育《はぐ》まむかも萌ざす思ひは

9月号

○光なきあかとき雲のしづみゐる村をめぐれるいくつ山峡
○竹群はいまだ黒きに朝明の低ぐもなびく川をわたりて
○構想はゆたかなる青にかかはりて夕あきらけき竹群と水
○翡翠《かはせみ》がするどく飛びし河原の砂《いさご》をふみて水に近づく
夏の夜にうるほふ如き香こそするはだかになりて壺蘆《ころ》の実むけば

10月号

○苔ひたす流の上にあるときは輝くまでに黄蝶の群れく　谷汲
○紫に樫の木群は葉をかへす風わたりゆく山のなぞへに
冷え冷えし湛への底にゐもりゐて朽葉《くちは》の上をやすやすわたる
浪たててほしいままにし群るる鯉稚き鯉は餌にかかはらず
節高き草あかあかと日あたりて杉の木立の中に寂けし

11月号・12月号　出詠なし（以上、原文通り）

（「短歌」昭和57年7月号より再録）

家集一番

岡井隆歌集『鷲卵亭』

加藤郁乎

『鷲卵亭』は岡井隆の第五歌集である。『眼底紀行』以来、じつに八年ぶりの家集ということになろう。彼の久方ぶりの歌業一本とあって、気置なく平吟。あたふたと礼状をしたためてから山宅に持参して誦み耽り、また持ち帰って読み直すなどしていた次第だが、門外漢の心安立てな感想めいたものを綴ってみる。

岡井隆ほど、多くの問題を提起してきた反面、その詩懐を率直に述べ貫き通してきた歌人も珍しい。たとえば、『書経』に出る「詩ハ志ヲ言ヒ歌ハ言《げん》ヲ永クス」のことわりなどを、実直なまでに実践躬行しながら、一方では歌ごころのコヤシたるべき曲折した人生経験も豊かに貯えつつある。依然として、能因法師みたいなインチキの旅中詠ごときを平気で吐きつづける現代歌人たち、そうした脱空漢の多いなかで彼はひとり悠然と、詩に痩せ愛に苦しむ沈静簡潔な歌を詠み刻みつづけている。自らを恃むこと多く、ときには熱腸の気をそのままにぶっつけた風も見られたことだったが、このたびの私家集には、歌人の身辺を吹き荒れていたと仄聞する人事忙々の記録なども淡々と吟詠され、収められた。なかには、絶好好辞の調べから、ちょいとよろけて、諧謔を弄したオドケの雑詠にも詩才を示しながら。

かつて、「性」と「政」をテーマとした歌が多かったのに較べて、「生」のひろがり様が幾まわりも大きくなったように思われた。

生きるとは匍匐後退にひばりのつくばつくづくおもひあぐねて

〝おもひあぐねて〟いようとも、倭建命の歌をこころざしに借りているあたり、その構想は尋常なものでなかろうし、〝幾夜か寝つる〟異郷での吐息も漏れる。また、『万葉集』に見る「新治《にひばり》の今作る路《みち》さやかにも聞きてけるかも妹《いも》が上のこと」というイメージをふり返ってみたりすると、この歌、恋のバラードのようにも思われてくる。「匍匐後退」とは、閨怨の情態に対するこなしでもあったか。

当然、生に対する死の吟調も、大きくひろがる。

生きがたき此の世《よ》のはてに桃植《う》ゑて死も明《あ》かうせむそのはなざかり

この歌から少し先の方には、「木曽谷のもみぢのおくに宿りしは詩を殺すべく now な試み」が立っていた。ここで私は、第四歌集『眼底紀行』で歌人が自ら「乱調」と名づけた歌篇の数々や、十年ひと昔も前にハガキで送りつづけてくれた「木曜詩信」に示された当時の、詩を殺すべく now な試み、を思い出した。

ゆく雲はするどき影を胎《はら》めども言葉をもちてわれは来にけり

堂々たる詠いぶり、傲骨稜々たる詞客の出で立ちだ。一体に、短歌はきれい事すぎて説明調もしくは説教調になり易い。最近、現代短歌は長すぎる、と書いたついでに、やたらと用いたがる〝われ〟はなんとかならないものかと苦笑の言を呈したばかり。ひいき筋のクドキ落しでなく、この歌に見る〝われ〟にはケレン味が感じられない。なぜかって？　岡井隆が対峙する〝われ〟には呪われた詩人《ポエット・モーディ》がいるからさ。

鏡像のわれの蒼さよ筑前《ちくぜん》へ来て蓄髯と誰かが言ひき

先の歌もこの歌も、ともに「鵞卵亭日乗」と題された章に改められてある。荷風散人の『断腸亭日乗』を思わせもするけれど、この諧謔ぶりをねぶっているうち、散人の「断腸亭雑稿」にあった狂歌についてのくだりを思い起こした。すなわち、「世に立つは苦しかりけり腰屏風まがりなりには折りかゞめども」にふれ、「われ京伝が描ける狂歌五十人首の中へ掲げられしこの一首を見しより、初めて狂歌捨てがたしと思へり」と。ヒゲ面の〝われ〟と酣暢縦談しているていの彼のこうした俳諧歌風、いわゆるたわぶれ歌の出現にホッとしたところで、もう一個の〝われ〟を見てみよう。

原子炉の火ともしごろを魔女ひとり膝に抑へてたのしむわれは

原子の火がプシュケとして体内に新陳代謝すると考えたデモクリトスも、さぞやびっくりの歌。なに、あの「笑える哲人」は原子をイデアと思い込んでいたまでの話だから、婦人と茶臼で取っ組んでいるうたびとの楽しみには、我不関焉。

藻類《さうるゐ》のあはきかげりもかなしかるさびしき丘を陰阜とぞ呼ぶ

古来、と言ってもいいだろう、歌人にはなぜか医者が多いけれど、たとえば女性器官などをいきいきと写生しているためしは、割と少いように思う。第三歌集『朝狩』で医師歌人岡井隆はセクシュアリティに富んだ歌を執拗に作っていた筈なので、めくってみたら、こうしたのがみつかった、「藻類《そうるい》にしきり逢いたく雪の来る半時間まえ巷にいでつ」と。してみると、この場合のソウ類もホト毛であったのか。ただ、こうした匂い付けみたいな趣向立ては天明調の狂歌人などの方がさすがに旨い。

鴫立つ嘗はしじにあらむとも遠し東国春立ちぬらむ

「西行に寄せる断章・他」と名づけられたくだりに、第一首として置かれている。西行法師の例の〝鴫立つ沢の秋の夕暮〟一首には、「秋、ものへ罷りける道にて」の詞書があったけれど、この本歌取りに摸した「春」の吟、寂しいようでいて、どこか、からっとしている。女性的な『新古今』ぶりの定家に先んじた『山家集』の西行に通じる、人生派歌人岡井隆の誕生にも似たその雄々しいポエジーに因るのだろう。蛇足だろうが、狂歌師のパロディをひとつ、「鴫はみえねど西行の歌ゆへに目に立つ沢の秋の夕ぐれ」、平秩東作の吟である。

労働が救ふときけば匂ふなあ嘘偽《うそ》がほのかに　蒼《あを》き雪降り

全く、さわやかな詠い様じゃないか。「労働ののち寂かなる夕《よる》は果《は》つあせらず生きむ殺さるるまで」の心境と相矛盾するじゃないか、と言いたげなヤッコには言わせてやんなさい。歌う玉石混淆、これまた楽しからずや。『眼底紀行』には、「労働へ、見よ、抒情的傍註のこのくわしさの淡きいつわり」というプレリュードがあった。

歌はただ此の世の外の五位の声端的《たんてき》にいま結語を言へば

しめくくりの歌として、冠絶の一首。〃此の世の外〃ひとつを取り上げて、ボードレールがどうのこうのと世辞者ぶるなんかは野暮の骨頂也。『眼底紀行』に示された、「詩歌などもはや救抜《きゅうばつ》につながらぬからき地上をひとり行くわれは」をいまに懐かしく想起すれば、それで充分だろう。『鶩卵亭』は岡井隆の「あとがき」を借りながら讃えれば、「数人の友人知己に見せるだけ」の心意気を控え目に伝えているからこそ、何物にもまして、すがすがしい私家集なのである。

（「現代詩手帖」昭和51年1月号より再録）

パラドキシカル・スリープ体験

岡井隆著『慰藉論』

佐々木幹郎

十二月の初旬に北海道までの旅を組んだ。上野駅から出発すると、東北本線、青函連絡線、函館本線と十八時間あまり、車と船のなかに閉じこめられていることになる。同行者数人の旅でもあり、おまけに寝台車の切符は手に入らなかったのだから、互いに話疲れた後にやってくる。眠れぬ夜の長さは出発する前から予測できた。

こういうときにこそ、岡井隆の『慰藉論』は有効性を発揮するのではないか。そう一人決めをしてカバンの中にこの書物をだけすべりこませておいた。だいたい、「慰藉論」なるタイトルの書物を書評するなどとは、どういう位相の作業なのか。いくら考えてみてもうまい答えがはね返ってきそうにない。向うがこういっているのだ。――《出来ることなら、書く行為そのものもわたし自身にとってこよなき慰藉となるような》と。それならば、読み手の側で慰めとならなかったら、それはそれで終りである。あとは見向きもしなければよい。

案の定、車内はヒーターがききすぎているせいもあってか寝苦しかった。二重窓の外には雪が、地の底を這い出してきていた。東北本線が終りに近づくにつれて、黙って窓ガラスの、そこだけは冷えすぎるほどの透明体に、額を押しつけてみた。どうやら、慰めとはなり得ぬようではないか。膝の上の『慰藉論』がそう問いかけてきている。いや、《他人の慰藉》――むろんこの場合は岡井氏のそれだが――を眺める行為が、容易に楽しみの形態をとってきてはくれないのだ。

もしかするとわたしは妙な接し方をしているのかもしれない、と思いつく。「現代詩手帖」にこの書物に収められた文章の大部分が連載されている間、わたしはほとんど滑空するようにして読む楽しみを味わっていた。あれは、あの楽しみの種類は何だったのだろう。ふり返って考えてみると、そこにはわたしなりのふたつの思いめぐらしがあった。

まずひとりの人間の文体の変貌ということに関してである。わたしはそれほど忠実な岡井氏の読者であったわけでもないのだが、この歌人が私的な生活上の変遷とともに東京から九州へ移り住み、歌人であることをやめ、といったかつて一部のジャーナリズムをにぎわした経験の質は、その裏側で明らかにそれまでの氏の読者層を放擲するものとしてあったはずである。二度と筆をとらないのか、とか、復活するとすればこうあって欲しいとか、あいかわらずさまざまな物珍らしげな意見を聞いたりしたけれども、いずれもどうでもよいとしか思えなかった。しかし、しばらくしてから岡井氏が注釈という形を借りて、斎藤茂吉と塚本邦雄について評論を、それぞれ一本の書物にしたとき、あっと思った。それから、やはり……という思いが続く。実は身を入れて岡井氏の文章を読むようになったのはそれからなのだが、わたしがやはりと思ったのは、この国の詩歌の心はこびに連綿として続く、〈旅〉との結びつきをそこに見たからであった。

安東次男の「京ちかき心」というエッセイは、芭蕉と蕪村を題材にして俳諧師の老いを論じた一文だが、そこで芭蕉が「おくのほそ道」を紀行の体を借りた歌仙の試みとして成した、と紹介されているだろう。衆から孤に帰る心の繰り返しを日常とした人間が、曽良を同行者と仕立てることによって、ひとりでは断てぬ未練を断つ工夫を編みだした、と。

歌人である岡井氏に俳諧の例がそのままあてはまると思ってはいないのだが、にもかかわらず、氏の注釈文のなかに（『慰藉論』もまた、さまざまな慰藉についての注釈行である）、幾度もかいま見える〈旅〉という言葉に接するごと、芭蕉の旅体をわたしは思い起こしていた。なるほど、岡井氏の場合、茂吉と邦雄が自らの未練を断つための同行者として引き出されたというわけか……。文体の変貌はいうまでもなく、そういう私的な執着のありようが、誰に伝えるべくもないという自らの読者の喪失に起因している。歌人の老いの思想とその熟し方も又むつかしい……。

雑誌連載中にはもうひとつの楽しみ方があった。題材とされているものが何であるにせよ、一篇一篇のなかに配分されている章の分け方とその構成法を確かめることである。ああ、巧みなドキュメンタリイだな、これは。一度走り書きや覚え書きのように原稿用紙の上に書き出したものを、再び戻って書き直す、といったような推敲の時間をほとんど費してはいない。そう思わせるところが読み手にとって心楽しかった。ちなみに「一点を見つめて揚る雲雀かな」の一篇に、岡井氏は貴重な時間と称せられる近代人の持ちものを自分は所有していない、と書いている。《わたしにとって、時間は少しも貴重でない。時間は、これを消費すべき消費材のごときものではない。》

時間はある。それは「手仕事」の集積として、「生成中のもの」の面白さとして、と岡井氏はいう。なるほど、ここまできてわたしは一冊の書物の形になった『慰藉論』に対して、妙な接し方をしていたおのれに気付かないわけにはいかない。わたしは月ごとに表紙の絵も特集も変わる雑誌の上で、そこだけ風穴のようにゆっくりとたゆたっている《他人の慰藉》の時間を眺めて、その一回性であることの透明な緊張線を胸元にひきよせていたのだ。それと同質のものを一本に編まれた段階で、しかも二度目の読者の眼として、車中の慰めのために求めるというのには無理がある。わたしの方は眠りに落ち入るまでの時間潰しのために精神は弛緩しており、向うはそういう精神状態をさまざまな題材でもって注釈しているからだ。やんぬるかな……。

　青函連絡船のなかで、この書物にあった「パラ睡眠」という言葉を覚えた。パラドキシカル・スリープ。浅い眠り。そういえば、『慰藉論』自体も又浅い眠りの一種ではないか。

　現代詩についての言及も多くあるのだが、ひとつだけ最もわたしの関心をひいたのは、岡井氏が現代詩で短歌的なものや俳句的なもの、あるいは《内向の世代の散文作品においてこそ充分に深く語られるような試みもまた、詩にとって本然的なものとは思えない》といっている箇所である。おおざっぱないい方だがこれはこれでよくわかる。短歌形式の表現の側からの発言として、いまだ過渡的な現代詩の表現上の形式が求められている、と理解しておいてよいだろう。さて、それなら戦後詩の全体像をみまわして《本然的なもの》を、どうたぐり残し現在へ置くべきか。それにはわたしの方が「パラ睡眠」ではなく、熟睡状態の「オルト睡眠」の方へ落ちこんでいかなくてはならないのだろう。こういう明確な矢印のようなものにせきたてられたこともあって、ついに『慰藉論』は旅の慰めとはならなかった。

（「現代詩手帖」昭和51年2月号より再録）

半具象と音楽性

『歳月の贈物』の手ざはり

高野公彦

さて何を書けばいいのだらうか。読み了へた、否、何度も読み返した『歳月』の贈物を前に置いて、私ははたと困惑する。これといつて書くことがないのである。かう言へば、この一冊の歌集に何の感銘も受けなかつたやうに聞こえるかもしれないが、さうではない。すばらしい歌が幾つもある。それらは歌の伝統を踏まへ、かつ新しさを具《そな》へた堂々たる作品で、私は思はず面白いなあ、凄いなあと幾度も感嘆し、また楽しんだ。但し『歳月の贈物』の一首々々を意味を辿りながら読まうとすれば、これはかなり厄介で、面白いなあ、などと気楽なことは決して言へない。では私は、意味を読まないで何をたのしんだのだらうか。たぶん音楽のやうなものである。

あまつさへしかるにしかしのみならずいはばいくらか母をあざむく

さりとてもさらばはてさてひとしきりじじつしんじつ吾《あ》を見うしなふ

こんな歌があつた。二首ともに、接続詞・副詞のたぐひが幾つもひらひらそよぎ合つてゐて、作品の骨格となるべき意味を持つた部分は「母をあざむく」及び「吾を見うしなふ」だけである。「母をあざむく」も「吾を見うしなふ」も、本来、重苦しい内容を湛へた詞句であるのに、作品は二首とも重苦しくなく、むしろ軽やかだ。接続詞・副詞のたぐひが、意味を添へるといふよりも、音楽的要素として作品中に布置されてゐるからであらう。

この二首は、それぞれ人生上に生起した或るしんどい状況を、みづから嘲ふかのやうに、鼻唄まじりといった感じで、軽妙な、見方によれば軽薄とさへ言へさうな調べでうたってゐる。うたひ上げるのではなくて、うたひ捨てる、といった印象を与へるこの二首に、きまじめな読者なら眉をしかめるかもしれない。また、別の読者は、みごとな作者の自己韜晦、現実への揶揄に、拍手をおくるかもしれない。

私はこの場合、どちらでもない。極端（もののいちばん端っこ、といふ意味である）な所に成立つてゐるもの、手法が作品を引つぱつてゐるもの、そのやうな作品は結局飽きがくるものである。ひとたび極端にまで行つても、そこから引返して来てうたつたものこそ最高の作品であるに違ひない、と私は信じてゐる。むろん、そんなことは百も承知の作者であらう。

本手《ほんで》、端手《はで》といふ語があったと思ふ。右の二首などは端手といふのに属する作である。意匠とか芸とかが表面に出て人目にたつのが端手といはれるもので、すなわち派手なのである。それに対し、「端」を削ぎ落した、もしくは「端」から引返して本来の筋に戻ってきたものが本手といふことになる。本手の歌とは、例へば次のやうなものであらう。（そしてこれらが、私のすばらしいと感じた作品群である。）

海のある方《かた》の空より透きとほり来て家ひたす青ありにけり

悲喜劇のさなかにすする葬《はふ》り粥《がゆ》その塩は浸《し》み魂《たま》におよばむ

うたた寝ののちおそき湯に居たりけり股間に遊ぶかぎりなき黒

たんぽぽを根ながら提げて母に見すいくばくもなく天《てん》へ発《た》つゆゑ

さんごじゆの実のなる垣にかこまれてあはれわたくし専《もは》ら私《わたくし》

母迅き四十九の昼すぎぬ呪《じゆ》といひて幹をはなるるつくつく法師

樹を植ゑて四五人の人去りしかば風いでて居りくらき木末《こうれ》に

グレゴリア聖歌のやうな声を出す誰飼ふとなき山羊と居りたり

今様《いまやう》は佛たたへてうたへども床《とこ》さびしともうたひなげかふ

かくのごとわれもありしか青春とよびてかなしき閑暇の刑は

奥州を縦ざまにゆくジェット機の閑吟をして行くにやあらむ

『歳月の贈物』を論ずることは、これらの作を論ずることでなければならない。だが一首々々について書くにはスペースはない。では、これらに共通してゐる重要な特徴は何だらう？　その前に、この第一級の作品群からいったん離れ、別の見やすい例に立止まってみよう。

さざん花の夜《よる》ふかき花ほの白うまた月明におびき出されて

岡井作品の中では取立てて言ふほどの歌ではないが、注目すべきことは一つのセンテンスとして曖昧な部分を残したままこれが投げ出されてゐる点である。月明におびき出されるのは一体何か。さざん花か、我か、或いは？　しかし決め手は、この歌の中から探し出すことは不可能である。単純な表現ミスかもしれない。だが、これは『歳月の贈物』を読むために、興味ぶかい例であると私は思ふ。

たぶん作者は、何ガドウシタといふやうな、センテンスとしての文法的な完結性（それが普通は不可欠なのだが）を、無視とまでは行かないにしても軽視して作歌してゐるのであらう。もう少し例を挙げる。

眼の下の雨の銀杏の若萌えのさゆらぎにつつ才走りゆく
伴奏のあはあはとして続ければひとりし唱《うた》ふ口《くち》のあけぼの
とどこほる時のはざまに息つめて核家族とぞいふ語古《ふ》りつつ
およそわれ女を視つつおののくは水禽《みづどり》ならむ　喚《よ》ぶ声は霜
夕ぐれは逐《お》はれて空にひろげたる公孫樹《いちやう》の枝の網《あみ》の目の紺

私にとつてこれらの作は、並んでゐる一つ一つの言葉の繋り具合とか全体の起承転結が分りにくい歌であつて、要するに何ガドウシタのかを読み取るのに困難を伴ふのである。その原因は、作者の、文法的完結性の軽視にあるだらう。しかし大体どの歌も口調がよい。結局、作者の歌のつくり方は音楽性が主、意味性が従、といふふうになつてゐるのだらうと想像される。

ここで、最初に掲げた「あまつさへしかるにしかし……」「さりとてもさらばはてさて……」の二首を思ひ出してみる。すると、ひらめくやうに私の頭の中に一つの想念が浮び上つてきた。もしかすると岡井隆といふ歌人は、音楽性が主、意味性が従、などと理性的にコントロールしながら作歌してゐるのではなくて、もつと原始的な生理感覚に突き動かされ且つそれに耐へながら作歌してゐるのではないか、と。生理感覚、といつても漠然としすぎてゐるなら、もつと単純に分りやすく、病気といふ言葉を使つてみよう。

岡井隆は病気である。すなはち、作歌の過程において、言葉を音楽そのものに化してしまはうとする一種の不随意筋を内にかかへた病人である――。

これは極論である。しかし、さう考へるとずゐぶん理解しやすくなるやうな気がする。いふならば岡井作品は、音楽性を出さうとしたものではなく、むしろ言葉を音楽に化さうとするベクトルを抑へた所に成立つてをり、最初の二首はその不随意筋を抑へられなかつた作例、また「眼の下の……」などの五首はやや抑へられた作例、といふことになる。

今度は、詞書について考えてみる。

1　ざわめく春。ニューファミリイという新語が生れわたしは笑つた。
歳月はさぶしき乳を頒《わか》てども復《ま》た春は来ぬ花をかかげて
2　模倣論議を好まなくなつた。詩観の成熟によると言うべきか。言うべきだ。
寒くあらく保守派を推して帰り来ぬまだいくらかは幻想がある
3　阿蘇にはゴルフ場も温泉もあるが、昔わたしはスケート場で手傷を負つた。
大阿蘇の山焼きの火のおのづから一つの丘に塞《せ》かれつつ燃ゆ

もつとあるが、これくらゐにしておく。詞書（但し、それぞれ次の一首にだけ係るとは限らない。これ以外にも歌が並んでゐる）と歌とは、即《つ》いてゐるやうで離れ、また離れてゐるやうで即いてゐるおもむきである。その微妙な即き具合、離れ具合は、素朴なリアリズム一辺倒の人から見れば理解しにくいだらうが、これは理解する、しないではなく、身を任せて読むかどうかの問題であらう。これらの詞書は、歌の意味を補ふためのものではなく、詞書自体を一つの小さな作品としてみようぢやないかといふ一種の遊びのやうだ。身を任せて、だまされるつもりで読めば、これは結構たのしい眺めである。意味性などに重点を置かず、口をついて出て来た言葉をそのまま（ではないだらうが）置いて、そこから歌への移り行きを、楽しませるやうになつてゐる。作者は、連句における前句と付句のやうな関係を意識してゐたのではなからうか。このやうな移り行きも、一種の内的な音楽である。

このあたりで。あの第一級の作品群に戻つてもよささうだ。あの十一首（他にも少しあるのだが）を読み直してみると、大体どれもほぼ意味内容の分る歌である。でありながら、歌の輪廓がくつきりと見えるかと言へば、私にはそれが見えがたい歌が多い。絵でいふ、没線描法のやうな手法が、かすかに感じられる。奇をてらつて作者がわざとおぼろめかしてゐる、といふのではなく、表現上の細述を放棄したことによるおぼろさ、である。その程度のおぼろさが、作品の中のイメージの鮮かさの周りに、ただよつてゐる。描象画ではなく、かと言つて具象画といふにはどこか不分明なところのある、いふならば半具象画。日常的次元のもの、或ひはことがらに還元できるイメージが散在してゐて、その周りを純粋な色（すなはち音楽化された色彩）がとりまいてゐる。あの半具象の絵に、これらの歌は擬せられるのではなからうか。これらは、言葉による音楽であるといふには意味が明瞭であり、しかし現実の描写であるといふには意味内容が淡《あは》いか不明のところがあつて、音楽に近づいてゐる。リアリズムと反対の極へ行つて再び帰つてきた、いはば端手から本手に戻つてきた作品群、と私は思ふ。

最後に、これまで秀歌を味はふことをしなかつたから、集中随一と思はれる歌について私の読み方を試みてみよう。その詞書を省いて歌だけを再掲する。

歳月はさぶしき乳を頒《わか》てども復《ま》た春は来ぬ花をかかげて

歳月が流れていつた。それは単に流れ去つたのではなく、人々の上にそれぞれ何かをもたらしていつた。それは幸であつたり不幸であつたりさまざまだが、不幸だけでないことは確かである。私も私なりに僥倖を味はふことがあつた。それは例へば山羊の乳のやうに素朴な味、また女人の胸乳から流れ出る乳のやうに甘い味がした。しかし幸福とは意外に寂しいものでもあつた。さうして、また春がめぐつて来た。春のしるしである花をかかげて。その花もまた、人人の上に私の上に贈られた天恵の乳の一つであるかのやうだ――。

一首は、ざつとこんな内容であらうか。おそらくは私の深読みと浅読みが入り混つて、過不足なき鑑賞とはなつてゐないだらうが、私は自分の読み方をあからさまに言葉であらはすことに惧れも羞恥も感じなかつた。どう読まれてもかまはないよといふ、この歌のふところの深さ、容《かたち》の大きさ、どつしりと腰のすわつた感じが、私の心を自由にしてくれたからである。本手の作品は、さういふ自由を享受者に与へるやはらかさを具《そな》へてゐるものであらう。

この歌は、表面的には目立たないけれどもやはり一種の音楽性があつて、快い。どうしてだらうと思つて眺めてゐたら、それはこの一首の中に漢詩的なリズムが漂つてゐるためらしい、と気づいた。歌の中にある自立語を取出して並べてみると、それがはつきりする。

歳月頒寂乳
復春来掲花

作者が漢詩を意識してこの歌をつくつたかどうかは分らぬがそれはどうでもよいことだ。このやうに音楽が表面にたたず、内在化してゐるのが素晴しい。私が勝手に病気だとか不随意筋だとか言つたものが、ここではみごとにただされてゐる。おそろしいまでに。

（「短歌」昭和57年7月号より再録）

マニエリスムの旅の印象

岡井隆歌集『マニエリスムの旅』

小池光

『マニエリスムの旅』を通読して思うことは、なによりその表現の自在さである。歌が歌として純粋な至上のものになりつつあるということである。歌を濁すものはことごとく歌の外へ追いやられた。歌は単純に平明になり、明澄な心よいものになった。

歌を濁すものといったのは、かつて岡井隆を論ずるとき必ず引き合いに出された、主題とか意味とか方法とかいったものである。そういう束縛から自らを解放したよろこびの声を『マニエリスムの旅』は発散している。なにからなにまで強引に歌の内部にとりこみ、重戦車のごとく鎧い、ひたすら重厚、有意味をめざす作歌法は完全に捨てられた。ことばそのもの、韻律そのものへの純粋な関心に、ここで岡井隆はためらいなく従っている。その心よさが一巻にみなぎっている。

『マニエリスムの旅』の主題はなにか。主題と呼べるほどのものはない、そういっていいであろう。主題がないのが主題である、そういってもよい。無論、主題らしきものはある。老いの自覚、放浪者の帰還、おくれてやって来た男の成熟、生活のたのしみの肯定などといってみることはできる。しかしそれらは、かつての岡井隆のように、歌の根幹に声をあらげて座ってはいない。主題や意味は歌を支配していない。歌をよく響《な》らす色どりのようなところへ退いている。主座にあるのはあくまでことばそのもの、韻律そのものである。

定型の格子が騒ぎやまぬ故むなしく意味をひき寄せにけり

という歌がある。この一首は『マニエリスムの旅』の作歌術、ひいては岡井隆の現在の短歌観そのものをよく解説している。意味が騒いでそれが定型を求めてゆくのではない。まず定型の格子が騒ぎ、それから意味は、いわば二次的に、引き寄せられるのである。むなしくというところは自己韜晦のニュアンスを汲みとるべきであろう。実際はたのしく、快活に、意味をあてはめ差し換えして行ったに違いないと思う。

かつての岡井隆は決してこういうことは言わなかった。思っていたにしても、いわなかった。もっともっと、ずっと意味の方にウェイトを置き、強引な手つきで定型の格子に意味を充填していった。少なくとも意味と様式は対等のウェイトでしのぎを削っていた。そういう態度を是とする側からみれば、岡井隆は明らかに転向し、後退した。

しかしその転向こそが、このはりつめた、のびやかな自在感を生んだのである。ここにマイナスの要素を指摘する必要はなにもない。短歌にオールマイティの機能を仮託する理由など、はじめからなかったのである。

人の生《よ》の秋は翅《はね》ある生きものの数かぎりなくわれに連れそふ

歌を生ましめた理由はなによりことば自身、おそらく「連れそふ」にあったであろう。

加えて、「秋は……生きものの……われに」と絶妙に展開するテニヲハの生む韻律感にあったであろう。

今日われわれは「連れそふ」を夫婦になると同義でしか使わない。それを蜻蛉が連れそい、しかも数限りなく連れそうと使うおもしろみ、連れそうを文字通り、連れ—添うにかえすことでことばを蘇生させるおもしろみ、である。「人の生《よ》の秋に」では光景の描写にとどまるが、にをはに変えるだけでにわかに一首全体が暗喩性を帯びる、そのおもしろみである。人生の秋という主題は、それらことば自身、韻律自身のおもしろみを加速する舞台立てにすぎないといってよい。そしてこのすぎないということを、決して、だから駄目だという風につなげてはならないのである。身不相応のことをいわせてもらえれば、たぶん、歌というものはこのようなものであり、このようなものでしかないのであろう。

蟬として一文明の秋を啼く此のオーシーツクツクのあはれさ

ここでも先行、また最後まで歌を支配するのはことばである。オーシーツクツクということばの味わい、それを「此のオーシーツク・ツクのあはれさ」と句にまたがせる韻律の妙味。岡井隆はなによりそういうものへ純粋な関心を寄せているのであって、文明の秋とか晩年意識とかいう主題らしきものはここでも「むなしくひき寄せ」られた「意味」とみなければならない。

うから率てかもしか園へ行くまでのつらき曲折さはれあは雪

かもしか園という耳なれないことばのちょっとしたおもしろみ、それが「うから——かもしか」と響き合う味わい、「あはれ——あは雪」という同質の味わい、そういったものがこの歌を歌として成さしめている。「つらき曲折」の深刻は、文字通り、韻律の曲折として転調としてもっぱら生かされている。純粋なことばのひびきあいの谷間に、ちらりと〈人生〉が影を射し、色どりを添え、ふたたびことばのひびきあいを招いて歌は終るのである。

これらの歌はまぎれなく秀歌であるが、深刻な〈人生〉のかげを曳きつつ決して暗くなく、明るくかがやいた印象がする。それは『マニエリスムの旅』全体に通ずる印象である。すみずみまで韻律はみなぎって、ゆたかに、十全に歌は響《な》りひびいている。あきらかに主役は騒ぎやまぬ定型の格子の側にあるのだ。

意味や主題の手応えをおもさといい、相対的に韻律やことば自体へのこだわりをかるさというのであれば、『マニエリスムの旅』の歌はだから、かるい。軽快ですらある。そしてともすればわれわれはおもさをそれ自身で尊び、かるさを蔑む。主題のおもさを歌そのものの価値に直結して考える。深刻を是とし、軽薄を非とする。『マニエリスムの旅』の岡井隆はそういう短歌観、文学観、ひいては人生観へある挑戦を試みているともいえるであろう。主題や意味はあくまで定型の格子を有音をもって満たすための、無意味の方へ近寄った、いわばエーテルのごときものとして導入される。定型をはみだし圧するものは、どんどん歌の外へ自由にはみ出させればよい。いわゆる岡井式のことばがきも、そういう態度のあらわれとして見ることができる。

ことばがきにはどれもこれも勝手気ままに書かれたもの特有の面白さがある。定型に引き寄せられずに終った、思いの屑のようなものが、そこかしこに散らばっている。歌の様式性に入れられなかった現実の猥雑性が臭うのだ。それは、岡井隆の個のリアリティを垣間見せると同時に、猥雑性にはさまれて歌の様式性や浪漫性がことさら際立つものになるという、二重の効果を生んでいる。

・女と言い争いながら後楽園を横切った、昔。
・眠るにもそろそろ技術がいる年齢か。
・叔父の死も糖尿病にかかわりがあったろう。
・感冒の昼、ブローティガンを読みこもる。
・二日は朔太郎の詩に注をつけてすごした。
・小旅行のたび空港をすぎた。あるいは旧い鉄道を伝ったりした。
・升味準之輔の政治学をよんでいると六十年代が浮かんでくるのだった。

……………

かつての岡井隆ならこういう猥雑性を強引にねじまげて歌そのものの中へ投入し、処理しようとしたであろう。岡井隆はことばがきを短歌のために、歌人として、書いただろうか。ここで岡井隆は歌人ではない別のものになっている。歌に没入しているのではなく、外から相対的に、ひややかに、歌を眺め、歌をあやつる自分を眺めている。短歌は唯一無二の表現法では名実共になくなった。歌がすべてではなくなった時、歌そのものは自在になりかがやきを増した。皮肉といえばこんな大きな皮肉はない。ことばがきにはまた、その皮肉を自らたのしんでいる痕跡がある。散文の内容を歌におきかえてみたり、歌に半畳や野次を投げてみたり、疑似短歌のようなものをつくってみたり、それらは未だこの詩型の絶対性を信じ切っている、あるいは信ずるほかにすべのない、世の多くの歌びとへむけられたアイロニーの視線でもあるのである。

今、岡井隆の内部で〈歌人〉という自己規定はどれほど強いか。『マニエリスムの旅』をおそらくそのきっかけにして、ぼくは非常に稀薄になってきたと思う。稀薄になり、自在になった。なりゆき上歌人といっておく、という程度でしかないのではなかろうか。それに代って、適当な言葉がみつからないが、文芸の徒といったらいいか、文人といったらいいか、あるいは中国流に読書人といったらいいか、トータルな意味での表現者としての自覚がゆるぎない自信と共に立ちあらわれてきているように思える。たとえば朔太郎を書くとき、短歌のプロパーが混る専門外のことに手を染める、といった意識はもうないであろう。同様に、歌を書くときこれが自分の唯一の、前後の拠りどころであるという意識もないであろう。岡井隆にとって作歌は、たぶん、ことばは悪いが、文人の業余の手すさびのようなところへ退いた。そしておそらく歌は結局それでいいのだと考えているはずなのである。歌が意味や主題や方法から解放されてきたように、岡井隆自らも歌人という自己呪縛から解き放たれてきたのである。歌からはみ出すものを自由にはみ出させるということは、はみ出すものへの断念を意味するものではない。たまたま歌には容れ難い、無理に容れる必要はない、ということにすぎない。個々の歌とことばがきの関係は、そのまま作歌活動とエッセイ・評論活動との関係に移行させることができる。

岡井隆という人はいろいろな意味で長子としての宿命を背負ってきた人であると思う。長子にはお家の興亡が課せられる。出来のいい子にはなおのこと、その圧力は強い。岡井隆が歌人として歩みはじめたとき、そのお家は第二芸術論でぼろぼろになっていた。それをなんとか再興せねばという使命感が岡井隆の営為を支えてきたと思う。そのためにはこの詩型を唯一の自己の表現形態と信じ切ることが、お家の血統を信じ切ることが、なにより要求される。事実、岡井隆はそうした態度で歌ってきたと思う。しかしその営為の累積は、家を興すとか亡ぼすとか、使命に燃えるとか家族先祖の期待に応えるとか、そういうところとは別の次元にみずからを導いてしまった。『マニエリスムの旅』に漂う自在感は、長子から解放され、ただの人になった自在感をその根底にたたえているように思える。つけ加えていえば、現実の岡井家の長子というもんだいもあろう。長子が長子である自分を強く意識させられるのは、親の前である。とりわけ年老いてよぼよぼになった親の前である。親を前提としなければ、長子は長子ではなく、子どもでもなく、ただの人になることができる。『マニエリスムの旅』に前後して、岡井隆は両親を亡くした。表現の自在さの回復は、おそらくこのこととどこかでつながっているようにも思う。最近の岡井隆は文学というべきところをことさらに「遊び」とか「遊戯」とかいっているが、それもまた、家から自由になった者の一種の照れのようなものであろう。

肉体はつねに衰ふとただ一語のみ海光の充ちて浴室
青年の肉体はまた器《うつは》かな春の卵を容れてしづまる
起きいでてふしどの上にすすり泣く典型的なあけぼのは来ぬ
色彩の汚点となりてこのゆふべチリ・フラミンゴ沼に立ちたり
ブルー・トレイン上段に眠る幻《まぼろし》を抱きおろしたり夜半の通路へ
今日一日《ひとひ》天《あめ》の変化《へんげ》のはげしさやこころをさらふ春のさきぶれ
飛ぶ波のはげしさまさる夕まぐれあたたかな医師それさへ演技

好きな歌七首を引く。意味を装飾として充満する韻律とことば、日本語はかく素晴しい。

（「短歌」昭和57年7月号より再録）

交叉する歌と詞書からたちあらわれるもの

岡井隆歌集『人生の視える場所』

芹沢俊介

この歌集は、独特な詞書と、巻末にその詞書や歌あるいは歌と詞書の関係についての長い「自註」がついている点で、際立っている。読みすすめながら、私がこだわったのは、歌と詞書と自註の関係であった。たとえば、

　人生の視える場所なんてどこにもない。それはわかっている。
宙宇とふ銀の被殻のおもはるるからだよろこぶ束《つか》の間ののち
　せめてその場所があると思って歩むのだ。
ありありと力落して此の月の後半になほ Duty つどふ
かかる時女《をみな》と寝るを好まずき麦は熟れ野は水に伏しつつ
　まるで瓜の一片のように人生をくわえて立つ。
うしろから抱くときの乳　梅雨はまだ降りみ降らずみ子規《ほととぎす》過ぎ
　家族らもいつのまにか向う側へ行ってまった。
朝と夕《よひ》おもてと裏地あきらけくそのたびにわが動悸息衝《いきづき》
ひるがへりひるがへりつつ重ねたる春のからだの鎮まらしも
すみやかにわがかたはらをすりぬけて遠さかりゆく春の老人《おいびと》

（「春の老人」）

そして、この箇処についての「自註」は以下である。

宙宇とふ……宙は「往古来今」すなわち時間の謂で、宇は「四方上下」すなわち空間。あわせて世界のことだと、辞書は伝えている。この歌は、宙は虚辞的につかって、宇、すなわち、「銀の被殻」として、天地空間を空想したというのであるから、かなり単純な空想である。「からだよろこぶ」は、性の現実を言っている。

人生の視える場所……この言葉をもって、連載の総題としたのは、苦しまぎれであったろう。「人生」が、そうやすやすと「視」えてたまるものではない。だが、父の死と、それに続く一連の小事件は、わたしに、従来到底みえなかったものを透視させたのである。

かかる時……「かかる時」とは、どのような時でもよい。男には男だけの原則がある。そのくせ、ある時は、人生は「まるで瓜の一片」のように見えさえする奇怪さ。

朝と夕……対照的な「朝夕」「表裏」（人のこころのおもてうら。人生のおもて小路とうら小路）は、しばしば、あまりはっきりしないものだが、このところ、いやにはっきり、それが目にうつり「そのたびにわが動悸息衝」

ひるがへり……性の歌と、解すべきであろう。

すみやかに……「春の老人」は、駆けるように死没した父のことである。

詞書について、大岡信は折込付録（『人生の視える場所』の余白に」）のなかで「歌と直接関わりのないことを詞書は詞書で綴ってゆくスタイル上の試み」を「あまり意味がないと思う」とやんわり否定している。

私の場合は違った。引用部分の詞書は、宮沢賢治の作品（とくに「無声慟哭」以降の）にカッコにくくって挿入されている独白のような詩行を連想させた。こうした連想は、短歌が定型であることの堅くるしさ（と私が感じる）を忘れさせる力となった。私は自分が、作品世界に引き込まれて行くのをはっきりと感じることができた。

引用箇処にかぎっていえば、詞書が歌と「関わりがない」とも思えなかった。引用した例でいえば、「場所」という言葉は「宙宇とふ銀の被殻」とむすびつき、次の詞書の「場所」に架橋されている。「歩む」という意味は、「Duty」と呼応し、さらには「かかる時……好まずき」という「男だけの原則」の歌は、次の「人生をくわえて立つ」という詞書に反転する。反転は必然的に、「男だけの原則」の歌と相補的な歌を要求することになる。それが「うしろから……」であるとかんがえる。「家族らもいつのまにか向う側へ行ってしまった」という詞書は、「人生をくわえて立つ」に対立させられている。家族らもの使い方は、すぐ後にくる「遠さかり行く春の老人《おいびと》」とうたわれる父を中心に世界が組みたてられることを示そうとしたものと受けとれる。

このように、詞書と歌とは関わりがある。けれど、歌に詞書があるいは反対に、詞書に歌が帰属しているかといえば、否である。両者は、相互に非帰属の関係にある。大岡信が「歌と直接関わりのない」という注意深いいい方をした理由は、この辺にあるのだろう。

「自註」について、大岡信が同じ文章で、中途半端なところがある、もっと徹底的に書き尽くしてもらいたかったと註文をつけている。岡井自身は「短歌」七月号で、「初歩的な、短歌の読み方にまだ熟しておられない方のために、ぼくの歌はこういうものなんだよということを含めて書いた」と説明している。

どちらも首肯できるが、別の読み方も可能である。注意深く読んで行くと、「自註」は、これまでの意味での詞書の機能を果していると同時に、詞書の本文の詞書きといった性格ももたされていることが知れる。歌と詞書の相互に非帰属的な関係という不安定さを、「自註」が支えているといったおもむきが見えてくる。

歌と詞書のこのような関係は、定型に対する非定型の関係にも、短歌に対するそれ以外の形式に対する関係にも、ふえんすることができる。これらの関係は、帰属の関係にも、排除の関係にも立つのではなく、相互に非帰属的である。

こうした把握はまた、岡井が到達した「人生」における人間関係の了解の仕方の現在的な地平でもあるようにおもえる。性愛と死の交叉する領域に凝集してくる「人生」上の問題をさばこうとするときの手つきである。

わたしは、どこにも帰属していない。ただ囁きの邦に繋っているだけだ。

（「趨える家族」）

要するに一介の男子なのである。

（「私」）

詞書にみられるこのような自己了解の仕方が、岡井に「視え」てきたものである。

（「現代詩手帖」昭和57年10月号より再録）

選評

第17回迢空賞選後感想 受賞作『禁忌と好色』

岡野弘彦

岡井隆が昨年出版した二冊の歌集のうち、『人生の視える場所』は、雑誌「短歌」に一年間連載した作品を主としたもので、連載中から、人々の注目を集めた。詞書きに新しい工夫を加えて、連作の表現により多様な変化と内容を与えようとした試みが、新しい刺激として感じられた。だが、詞書きに工夫があればあるほど、一首一首の短歌の凝縮が散漫に感じられるという矛盾があって、岡井の新しい企ては、まだ十分に成果を示しているとは言えなかった。

それに続く『禁忌と好色』になると、詞書きは節制され、しかも、『人生の視える場所』の体験を通ったのちの連作の表現は、一首一首の密度を深めながら、連作としての叙事性を新鮮な多様さで示し得ている。

従来から岡井隆の作歌は、果敢な試みの中に自分をさらし、激しい時代状況と葛藤して歌を詠むところに特色があった。『禁忌と好色』は、時代が鎮静し、沈滞している中で、自己の周辺や内部に向って、より篤く心を注いで歌おうとする変化を見せていると言えよう。言葉の衰弱の季節における試みと充実は、今年の迢空賞にふさわしい歌集であると思う。

（「短歌」昭和58年7月号より再録）

第17回迢空賞選後感想
受賞作『禁忌と好色』

現代短歌に加えたもの

馬場あき子

岡井隆氏は近年詞書を附した歌を多く発表して問題を提起した。詞書は歌を一定の〈場〉に繫ぎとめるとともに、一首の意味合いに振幅を加え、時には短篇的な世界をも内包する効用をもっているが、岡井氏の詞書の試みはもう一つちがった有効の分野を拓いている。詞と歌とが対立し、葛藤しつつ一世界として存立する。『人生の視える場所』と題された実験歌集にはそうしたおもしろさがあった。

私はこの、散文的な思想の濃い定形連作に魅力を感じていたが、再読するうち、むしろそうした実験的にぎわしさの少しおさまった『禁忌と好色』の方に、今までの変化の早い渦流をくぐりぬけたところの岡井氏の特質は、より自在に結晶の美をみせているのではないかと思った。氏はこの歌集を一区切として「なにもしない」時間、つまり、「真に創造的な時間をふやして行くつもり」であると後註している。氏が今日まで現代短歌に加えてきた斬新の要素と広範な影響力については今さらいうまでもないことだが、なお、その強靱な創造的姿勢に信頼をおきたい。

(「短歌」昭和58年7月号より再録)

〈夢の方法〉

岡井隆歌集『禁忌と好色』

永田和宏

このところいささか興奮気味に井筒俊彦氏の『意識と本質』を読んでいる。むずかしくて遅々としか進まないが、原書を読むつもりでじっくり読んでいると、面白くてとにかく時間を忘れるという感じなのだ。なにが面白いのかと問われても、とてもひとくちでは答えられないが、たとえば世界がこんなにも秩序だって、すっきりと見透せるという、射程距離の大きさにその一端があることは、他の多くの感銘深い書の場合と同じだろう。

こんなもの言いを『人生の視える場所』などという歌集名にこじつけて論じようという気はもとよりないが、たとえば井筒氏がほんのちょっと寄り道をしたという態の次のような一節にも、私などには全く目を開かれる思いがするのである。「ながむれば我が心さへはてもなく行へも知らぬ月の影かな」などの新古今的「ながめ暮す心」について、氏は「『眺め』の意識とは、むしろ事物の『本質』的規定性を朦朧化して、そこに現成する茫漠たる情趣空間のなかに存在の深みを感得しようとする意識主体的態度ではなかったろうか。(中略)このような『本質』を対象とする『……の意識』の対象志向性の尖端をできるだけぼかし、そうすることによって『本質』の本来的機能である存在規定性を極度に弱めようとするのだ。」と言う。

紙幅がないので、思いきって恣意的簡略化を試みれば、あらゆる事物がことばによってくまなくその「本質」を規定されている世界にあって、ことばの意味作用による分節化を受ける以前の「存在」そのものをとらえたいと願った王朝詩人たちのとった一つの方法が眼前の事物に鋭く焦点を当てることをせず、それらを限りなく遠くに「眺め」るという方法であったというのである。

「この『眺め』の焦点をぼかした視線の先で、事物はその『本質』的限定を越える。そこに詩的情緒の纏綿があり、存在深層の開顕がある。『眺め』は一種独得な存在体験、世界にたいする意識の一種独得な関わりである。」とする井筒氏の見解は、私自身にひきつけてみれば、一方で、最近の岡井隆氏の作品の論じにくさの一面を、見事に語っているようにも思われるのである。

雨傘をはらりひろげて逢はむと天はほのかに杉にほひたる

実に印象深く、忘れられない歌だ。だがこの歌がなぜいいのかは、いまもって十分に説明しきれない。たとえば次のような歌をいいと思う、その思い方とはだいぶ様子がちがうようなのだ。

熊蟬は鳴き初めにけり此の夏の新膚《にひはだ》としも思ふかなしさ
しづかなる旋回ののち倒れたる大つごもりの独楽《こま》を見て立つ
夕ぐれの大地に独楽を打ち遊ぶくれなゐのひも湿り帯びたり

熊蟬は岡井好みの昆虫であるが、一首目の下句にかすか漂よう性の匂い、二首目の独楽に籠められた暗喩的意味合いなどは、それぞれの読者における受客の程度に差があるにしても、これらはいずれもツボを心得た、いわゆるキマッタ歌だと言えるだろう。しかし歌集『禁忌と好色』は、もっと広くとって岡井氏の最近の作品の特徴は、これらのいわゆる名歌的な歌にあるのではない。

最近の岡井氏の作品の魅力は、何を歌いたいのかもう一つよくわからないけれど、妙に気になるというそんな歌にあるように私には思われる。先ほどの雨傘の歌、傘をひろげて逢おうとするそのときに、ほのかに杉の香が漂よってきたという、そのイメージはいたって単純で鮮明である。しかし「はらり」という〈道行き〉めいた仕種、「天は」という茫漠とした把握、それらに籠められた作者の〝思惑〟は、かならずしも読者の納得を期待してはいないようなのだ。

ひらひらと林檎の皮を剝きたらす実《じつ》にこのやうに筑紫のをみな
髪の根をわけゆくあせのひかりつつみえたるところのあはれなる
愛

一首目のあんまり人を食ったような下句、また二首目のやや即きすぎとも言える結句、ともに印象深い。けれどもそれらの内容をおそらく誰も説明できないだろう。つまり、ある一つの表現に賭けた作者の内的必然、などという大上段からの斧は、ここではほとんど通用しないようなのだ。

手をだせばとりこになるぞさらば手を、近江大津のはるのあはゆ
き
手をお出しわれも両手をさし出さむ水いろの如月《きさらぎ》の花の上へ

二首とも表現の軽さのわりに、意外に深刻・真剣な内容を伝える歌だと私は思っているが、しかしこれからの作者の素顔を摑みとることは難しい。かつての岡井氏のことばになる〈作品の背後の一つ

の顔〉が摑みとりにくいのだ。それは、なぜか。

岡井氏の〈殊にも最近の〉文章や作品に〈夢〉の占める比重が大きいと思っているのは私だけだろうか。たとえば「仮面と様式」一連の詞書には、夢に関する記述が四つもあり、そのいずれも妙にかなしく印象深い。

別に夢で見たシーンにのみ限るわけではもちろんないのだが、私は岡井氏の最近の作品を、たとえば〈夢の方法〉とでも考えてみれば納得がいくのではないかと漠然と考えている。「悪い夢を見て泣くなんて／いい年をして　することじゃない」と中島みゆきは歌うけれど、あえて夢に見たごとくに現実を記述すること、事実を、整理、削除し、エッセンスだけをあらかじめ秩序立てて並べ変えるのではなく、できるだけ生まなままで、それらのもつ意味性や象徴性をまだ見定めない状態で呈示しようと、岡井氏はしているように私には思われる。井筒俊彦氏の指摘を岡井氏に結びつけたいとする所以である。一種の夢分析、夢占いによって、自身でも気づくことのない自らのデーモンに向きあおうとしているのかもしれない。

そんな方法のはらむ問題点は大きく言って二つある。一つはその必然的な饒舌性がもたらす駄作の多さ。駄作なにするものぞという精神力の強靱さが要求されるだろう。いま一つはその独断性による読者疎外である。「小切手は腹巻きに入れて行った。（この一行は、わたしにだけ意味がある。）」と註するように岡井氏は徐々に読者を疎外し、しかも限定しつつあるように思われる。現在の岡井ブームにもかかわらず、である。

（「短歌」昭和59年より再録）

▲京都にて（昭和52年）左より，原田禹雄，塚本邦雄，岡井，菱川善夫，安永蕗子，山中智恵子，佐佐木幸綱，永田和宏の諸氏

V
岡井隆自筆年譜

自筆年譜（書き下し）

一九二八—一九八七

岡井隆

昭和三年（一九二八）　〇歳

一月五日、名古屋市の御器所《ごきそ》にあった産院で生まれた。父母の家は、そのころ、名古屋市花田町にあったという。人間は、運命として家族の中へ生まれてくるという言葉がある。わたしの生まれた時の家族構成を、想像によって書いて置く。

祖父（父方）次隆《つぐたか》（当時六八歳）
祖母（父方）千鶴《ちづ》（当時五八歳）
父　弘　（当時二九歳）
母　花子（当時三一歳）
叔母（父の妹）章《あきら》（当時未婚、一八歳）

祖父は、もともと岡山県上道郡（現・岡山市）一日市《ひといち》の生まれで、代々神官をつとめた家である。岡井家の墓山は、今でもその神社のそばにある。江戸時代からの古い墓石が立ちならんだ小さな山である。

祖母は、岡山県津山出身ときいているが、祖母の一族は、早くから京都へ移住したらしく、京都には親類が多かったときいている。
（わたしの知っているのは、新宮川町の川畑家だけだが。）

祖父は、明治維新のあと、神官をやめてひとりで大阪、京都、東京と移って、さらに北海道へ渡り釧路に住んだという。釧路で祖母千鶴と会って、駈け落ち同然のかたちで、京都へ帰ったのが明治二七年（一八九四年）だった。明治維新のあとというのは、旧氏族のみならず、多くの人が北海道とか、外地とかへ渡ったとみえる。祖母の父という人は、当時、釧路で網元をしていたというのだが、事実は未詳。わたしが今、依拠しているのは、父の遺稿ノート「歩んだ道」（昭和48年3月稿）であるが、肝腎の北海道時代の祖父母のところが空白になっている。

父弘は京都で生まれた。明治三十年。祖父次隆三九歳、祖母千鶴二九歳の時の子で、第二子、長男である。明治三三年、父の二歳の時に、祖父母一家は、名古屋へ移住した。

わたしは、少年のころ、父からしばしば、岡山県邑久郡と和気郡熊山町と、この二つの土地と岡井家との結びつきを強く教えられた。墓参に行ったり、新類縁者の葬式に行ったり、また、祖母の死の時に、岡山から弔問者があったり、交流が多かった。吉井川流域のあの山や野の光景は、日本の田園を考える時、基本的な風景として眼にやきついている。わたしの生まれ育った名古屋市は、なお、そのころ田園臭をのこしていたとはいえ、やはり、大都会にはちがいなかったからである。それにくらべると、京都は、一度、父と一しょに川畑家を訪問したことはあるが、印象がうすい。祖母は、なにか理由があったのか、あまり実家との結びつきを強調しなかったのではあるまいか。

　父は、高等学校は旧制三高で、学生時代に京都に三年住んだのであるから、京都をよく識っていた筈であるが、断片的にしか話は伝わっていない。もっとも、三年間、ほとんど、ボート部員として琵琶湖上へ〈通学〉していたというから、京都を識っていたという話も少し怪しくなる。

　わたしは父のことを深く尊敬していた。のちに烈しく争ったことが、何度もあるが、十代二十代を通じて、偉い人だと思っていた。親しみぶかい父親や友だちのような父親ではないが、怖れの対象であり、指導者であり、万能選手であり、すぐれた先達であったのだ。父が死んだ時、「禁忌が解けた」と感じ、そのことをモチーフにして『人生の視える場所』『禁忌と好色』のなかのいくつかの歌章を書いたのは、右に言ったような事情が背景となっている。

　母花子は、父より二歳年長で、父とはじめて会ったのは父が十九歳の時だというが、そのまま、すんなり結婚したわけでなく、母は一度結婚に失敗したのち大正一五年父二十七歳、母二十九歳の時に結婚したのだという。この間の事情は、当然、わたしたちには知らされていない。

　母は、愛知県知多郡半田町（現・半田《はんだ》市）の出身。母方の祖父は、埼玉県蕨《わらび》の農家に生まれたが、不詳の経路をへて、明治二十年代の終りに半田に居をかまえた。今でも蕨の近辺には、母方の親類は、たくさんある。わたしが、幼少年期に母からくりかえし教えられたのは、この関東地方の縁者の存在である。母はいつも、なつかしそうに、回顧していたが、かといってくわしい話をしてくれたわけではない。祖父の栗原新六（一八六四年生－一九四五年没）は、たぶん、埼玉の農家とは、あまりよくはなかったのだろう。流れ流れて半田に来たという印象である。これでみると、父方の祖父も、母方の祖父も、男はみな、明治初年ごろに、西から東へ、あるいは東から西へ、流れて歩いたかたちである。わたしは、血統といったものを信じないけれども、わたしの弟妹もわたしも、父母の居住地名古屋を去って、現在、一人もそこに住んでいないのを思うのである。

　母方の祖母（玉といった）は、伊勢国、二重県四日市近在菰野町の農家の出身である。鈴鹿山系のふもとにひろがる田園地帯は、わたしたち一家が、戦争末期から終戦をはさんで昭和二十一年まで疎開していた場所だが、その疎開先とは、母方の祖母の縁籍関係であった。

　わたしは、疎開していた昭和二〇年の秋から、短歌を作りはじめたが、伊勢の山野の光景の印象は、強烈にわたしに作用したと思っている。岡山県熊山近傍と共に、伊勢の山野は、農家や農業や田園を考える時、一つの基準になっているのである。

　父方の祖父次隆は、わたしの生れた時は六八歳だから、事業からはリタイアしていたに違いない。大体、その前の職業が、明瞭でない。もともとは、京華社名古屋支店長として名古屋へ赴任したというが、京華社は広告代理店らしい。のちに扶桑新聞と関わったというし、名古屋新聞（現・中日新聞）につとめていたともいうから、新聞ジャーナリズムの関係者だったとしておく。「父は漢学の素養が深く漢籍類を多く嗜んだ。漢詩と俳句俳諧を好んで作った」と父のノートにはある。一生貧困のうちにすぎたといわれている。（父の学資が出せなかったことでも、それは明らかであろう。父は、名古屋の実業家の助力をえて、高校、大学の道を進んだ。）祖父は桂蔭と号し、桂蔭山房と自家を言っていたということをきいている。父も祖父の真似をして、晩年、庭に桂の樹を植えて、桂蔭山房という標札をかかげた。

父弘は、大正八年二〇歳の時に「アララギ」をよみはじめ、同十年二二歳で入会している。その後、就職、結婚などがあって、中断していたが、昭和六年、再入会し、斎藤茂吉門につらなった。三十二歳の時である。従って昭和三年は作歌中断期にあたる。母、花子は昭和三年の時点では「アララギ」と関係はない。

父の履歴を一応書いて置くと、旧制愛知一中、（現、旭丘高校）、三高を経て、九州帝大工学部応用化学科を卒業、大正十三年に、日本陶器株式会社（現、ノリタケ・カンパニイ）に入社し、生涯、この会社のために働らいたといっていい。最終職歴、専務取締役。

母方の祖父母の家は、なにを職業としていたか。わたしの知っていた昭和のはじめごろには、国鉄半田駅前の駅前食堂を経営していた。相場に手を出して、しばしば苦境におち入ったと伝えられている。母は、半田の女子師範学校を卒業したが、教員歴はなかったのではないかと思う。母は、普通の女学校へ行けなかったのを一生口惜しがっていたように推測される。

母は、わたしを生んだ時三十歳をこえていたから、今でいえば高年者分娩である。（もっとも初産ではなかったとも伝えられる。）母は一生病身であったが、今から思えば、三十をすぎてから、三人の子を生み、育てたのである。わたしの妹を生んだのは三八歳の時であり、そのあと、長く腎臓を病んだといわれる。妊娠中毒症と関係があろうかと推《すい》される。やがて、更年期障害の年齢になって、両者の病歴がかさなり合う。戦中戦後の苦労も加わって、昭和二五年四月、決定的な大病をすることになる。わたしの幼少年期の記憶をさぐってみても、母からうけた指導とか訓育はほとんどなく、気分にムラがあったように思う。ただ、文芸上の才能ということになると、母は父より、大分、上だったのではないかと思われた。

わたしは、顔立ちや声は、父親ゆずりであるが、性格はどうも母親似である。小心で虚栄心がつよく、こうしたいと思ったら待ったがない。後年、わたしの行跡のある部分をみて、叔母たちが「花ちゃんそっくりだ」とか「姉さん。隆《たか》さんのことを言えないのじゃない？」などとささやいているのをきいたことがあった。父は、堅物でとおっていて、勤厳にして廉直、古武士の風格があるといわれ、天皇を崇拝した尊皇主義者であったが、むろん、中身は、そうばかりではなかった。ただ、短歌を見くらべると、母の方が柔軟で技巧達者で、発想の奔放さがある。父は、どうも、型通りの作歌で、余韻にとぼしいうらみがあった。

以上、順序はいい加減だが、多少風土性にふれて書いた。わたし自身は名古屋生れの名古屋育ちで、生粋の名古屋っ子だけれども、父方からは岡山の血をうけ、母方からは、関東は埼玉浦和在の血をうけ、なお、伊勢四日市在の血をうけたのである。いずれも農民または農村出身者で離村流浪した経歴の持ち主を祖父として持ったのである。

いま一つ、宗教のことを書いて置く。

父方祖父母は、北海道時代に入信したらしく、ロシア旧教ニコライ派の教団に属していた。「少年の頃、父は、私を、日曜毎に教会につれて行った」と父は「ノート」に書いている。わたしは、おどろいてしまう。わたしは現在、子供たちを連れて、プロテスタントの教会に通っているが、三代にわたって同じような行動様式をとっているのである。なお父は、祖父の没した昭和七年以後は、プロテスタントに転会し、日本基督教団愛知教会（組合教会系）に属していた。母も、父の影響によって、プロテスタントの信者となった。（母の実家は、禅宗である。）

昭和四年－九年（一九二九－一九三五）　一歳－六歳

名古屋という町は、そのころ、江戸時代以来の城下町の様相を、だんだんと失って行き、次第に、近代産業都市にかわって行く過渡期にあったのではないかと思われる。幼年期のわたしの眼にうつっていた名古屋はどうであったか。

断片的に残っている記憶を、いま、どのようにつなぎ合わせてみても、なに一つ完結した都市像はあらわれて来ない。それでも、残っているのは、その断片しかないのだから、それを書きとめておく。

昭和五、六年ころのことだろうと、あとから思うのだが、博覧会がひらかれたのではないかと思われる。わたしの記憶では、一場面だけのこっている。祖父の手にひかれて板敷の廊下をわたり、大きな馬蹄形磁石を見た。ずい分と大きい磁石だった。祖父はその時、かすりの着物に袴をつけていた。祖父の手が、ふところから懐中時計をとり出して時間をみた。板敷の廊下から、はげしく埃が上った。家のちかくにあった鶴舞公園（ツルマコウエンとよばれるが、わたしの子供のころはツルマイコウエンといっていた。）で、その博覧会がひらかれたように、おぼえているのだが、学齢前の幼児に、そんな認識が可能なのか、不明である。

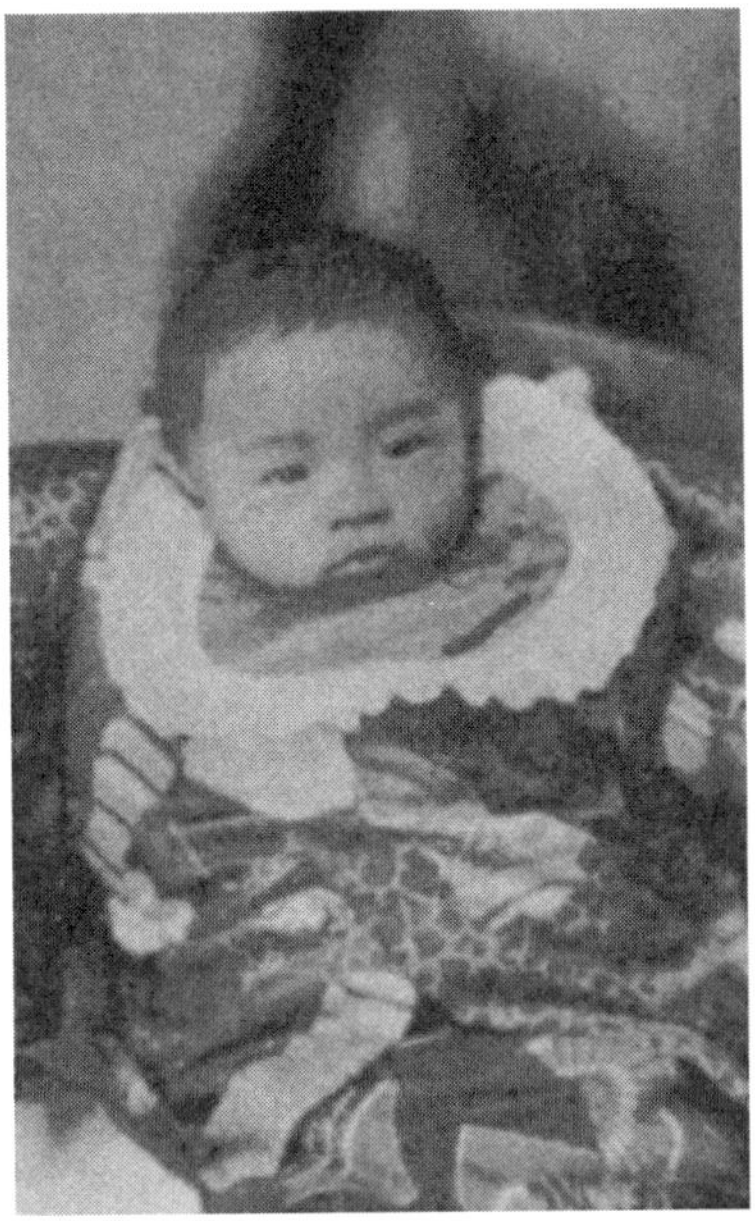

▲岡井氏０歳

鶴舞公園には、市の公会堂も建っていたし中央に大噴水があったし――もっとも、めったに水を噴かなかった――市営動物園もあった。（のちに、東山へうつって、今の東山動物園となった。）名古屋という、地方の大都市の中央公園だったのかな、と思えてくる。

わたしは、小学一年の一学期まで、鶴舞公園のすぐ東（あるいは東北）にあたる花田町、池田町、緑町、北山町、御器所町を転々とうつり住んだようである。わたし自身の記憶の中では、これらの借家は、互いに融合してしまっている。父の「ノート」によると、家族間トラブルをさけるためと、家賃のより安いところを求めて転居し続けたということだ。祖父母との別居もこころみられたようだし、叔母は（しばしば母につらくあたったようにきいているが）、その時は祖父母と同居していたのだろう。

幼稚園は、一年保育が常識の時代で、一学期だけ通ったが、母親とはなれることへの恐怖のため、はじめから終いまで泣き続けたので、やめさせられてしまった。

祖父は昭和七年五月六日に腸チフスのため七十二歳で死んだ。わたしの満四歳の時である。小さな小屋のような所が病室になっていた。もう死にちかいある日、母に連れられて見舞いに行った。母にしてみれば、最後に一目会わせて置くという、自然な慣習に従ったまでであったろう。祖父は、障子をあけたわたしを見るなり、

「はな！　近よらせるな。そっちへつれて行け！」と、鋭く叫んだ。わたしは泣きながら、庭を走って帰った。思うに、祖父は、腸チフスの感染をおそれたのであろう。そんなことにも気がつかぬ嫁を、きびしくとがめたのであったろう。

こわい人だったよ。母はのちになって時々祖父のことを回想した。

○

昔知っていた誰とも会いたくはない。級友とか旧師とかには、特に会いたいと思わない。「ご対面」という、いや味な番組がテレビにあって、対面させられた同士、話しがないので、困っている。あんなぶざまな、過去との対面は、いやだと思う。

いま書いているのも、過去との対話だが、あのいや味な対面だけは、すまいと思っている。

○

弟の亨は、昭和五年六月に生まれている。従って、以下の記憶は、昭和六年、わたしの三歳の時のことなのだろう。

二階家であった。赤坊の弟を背負ったねえや（と呼んでいた。女中さんのことである。）が、階段をかけ下りて逃げるのに、ハーモニカをなげつけた。わたしは、ねえやの世話が、赤坊である弟に濃く傾くのをねたんだのであろう。兄と弟とのあいだに、かならずおきる小葛藤である。ハーモニカは、背負われた弟にあたって、階段をからからと落ちた。その時、階段の降り口に、すつくと立って祖父が、わたしをにらみつけていたのである。一瞬の罪の意識と、祖父への恐怖心が、稲妻のように心をないだが、その瞬間の立ちすくむ思いは、今も、あざやかである。

わたしは、父の晩年に父に、わたしの幼少年期の、父たちの生活について、いくらか質問することがあった。しかし、父は、なにも答えなかった。答えないのが本当である。答えたくないに違いなかった。わたしは、いま、同じような立場に立つ自分を想像することができる。父とか母の存在は、子にとって永遠に闇の中にある。父が子に語り伝える家の歴史なぞというのは、どこかの幸福なお人よしだけの考えつく絵そらごとにちがいない。

こうして昭和七年五月以降は、わたしの家族は、祖母、叔母（父の妹）父、母、弟とわたしということになっていた。

昭和八年九月母方の祖母が、半田市で亡くなっている。五八歳であった。わたしは、この人の記憶は、たった一度会ったことがあるその時のだけである。半田の、その駅前食堂へ母につれられて行った。背の高い、美しいおばあさんが勝手口に立ってにこにこしてむかえてくれた。うまい料理をつくってくれた。ただそれだけである。思えば、母は、その母を三五歳で失っている。五歳と三歳の子をかかえた母は、いかにも、たよりなく悲しくその母の死をうけとめたことだろうと思う。

昭和九年（一九三五）　六歳

四月、名古屋市立棣棠《やまぶき》尋常小学校に入学した。いまでいう越境入学である。同校が、愛知県第一中学校（いわゆる愛知一中）への進学校だったからである。一学期だけ、緑町の家から市電で通学した。夏休みに、棣棠小学校の聯区内の東区主税町《ちからまち》四丁目の借家に引っこした。この家が、わたしにとって、もっともなつかしい、記憶にのこる家であった。ここで、小・中学校時代の十一年間をすごしたのである。

主税町は、地図でみれば明らかなとおり、名古屋城に近い、近世以来の町並みの一部である。隣接する撞木町《しゅもくちょう》、白壁町《しらかべちょう》とあわせて、いわゆる屋敷町であった。大正期の好景気のころに財をたくわえたブルジョアたちの屋敷がならんでいた。その屋敷のはずれにある、小さな間所《かんしょ》の奥の借家であった。しかし、父がそれまで住んだ中では、庭も広く、間どりも多く、まあ、立派な方であった。

この間所《かんしょ》（露地のこと）に面した家は三軒あり、一軒は、小さな銅版所をやっていた。職人が一人二人はいた。銅版所というのは、名古屋のような陶器製造のさかんな土地に生まれた者なら、だれでも知っている。陶器の茶椀に柄《がら》をつけるためには、同じ柄に印刷した紙を用意しなければならない。そのために銅版の、凹版刷りをするのであるが、それが、そのころ手工業的な作業だったのである。わたしたちは、木の塀をくぐって、となりの家の窓のそばに立ち、飽くことなく、銅版印刷のさまを眺めたものであった。

▲岡井氏一家，左より祖父，弟，本人，母，祖母，父，叔母

もう一軒の家は、貧しい家であった。土方か日雇人夫をしていた家のようであった。わたしは、その家の子供たちと遊んだが、父は、それを嫌っていた。二本の樹木のことを語りたい。その二本の樹だけが、その隣家のほこりであった。一本はなつめの木で玄関先にあった。一本は、いちょうで狭い庭にあった。いずれも大木で屋根をおおっていた。なつめの木には、夏日、黄金の玉蟲が発生し、乱舞した。いちょうの木には、ぎんなんの実がなった。

屋敷町のお屋敷の規模は、幼なかったわたしにも、比較を絶して大きくみえた。わたしたちは、蟬をとるために、昆虫を採集するために、それらの屋敷へ潜入した。どの家にも、子供がいないのが不思議だった。まるで、えたいの知れない家々だった。そして、一歩、目を移すと、屋敷町にとなり合って、貧窮の中で生きている家家があった。この対比は、まことにあざやかだった。

名古屋という町は、わたしにとって、重工業の町ではなく、陶器業を中心とする手工業、軽工業の町として理解されていた。

小学校は、進学校とはいうものの、クラスの中で、有名中学進学を志しているのは十人未満であった。大半は商業学校、工業学校など、職業校へ行くか、小学卒で、就職する人たちであった。わたしのつき合っていた友人は、進学志望仲間ではなかった。小学校卒を予定されている連中だった。その方が気楽だったし、かれらなら、わたしの言うことをきいたくれたからだろう。

小学校を通じて、級友の女の子の二人ほどを、ぼんやりと意識したことがある。しかし、男女は、口をきくこともない時代である。そんな時代が、つい五十年ほど前にあったことが、なつかしく、清潔にさえ想われるではないか。

昭和一〇年（一九三六）　七歳

五月、妹道子が生まれた。妊娠中毒症のため、大へんな難産だったときいている。産科医が「母体をとるか、子をとるかといえば、母体第一にせざるをえません。赤ちゃんのことはあきらめて下さい。」といったという。それでも、とにかく母子共に生きた。母は、この第三子分娩（母三八歳）を境にして、病臥することが多くなった。

母は、いつころおぼえたのか知らぬが、喫煙の癖があった。きせるにつめてきざみを喫うのである。煙草盆が、いつも、お勝手の、目立たぬところにかくしてあった。火鉢をつかって喫うこともあった。父は、これを極端にきらったので、かくれのみをしていた。わたしには、そのあたりの機微は一向にわからなかったので、「母と煙草」という作文をかいて小学校に提出しようとして、母にとめられたことがある。

ついでながら、わたしは、作文だけは、小学校を通じてクラスで一番であった。わたしの取柄は、それだけだったといっていい。してもいない体験を、あたかも本当であるがごとく書く、フィクションをいくつも書いた。ワルであった。先生も級友も、すべて実際の話とおもってほめてくれ、自分でも、一つも言いわけしないで受け入れていた。のちのことだが、中学へ進んでから、作文の点数が一気に下落したのは、中学の時の国文の先生が、体験べったりのドキュメンタリイ尊重派だったからにちがいなかった。

昭和一二年（一九三八）　九歳

七月に日中戦争（支那事変）がはじまった。今年からかぞえて五十年前である。中国を占領して行く軍の勢いに、感動し、戦勝をよろこんだ、ごく普通の「小国民」の一人であった。これは、たぶん、父が熱烈な愛国者であったことと関係があった。父は、九州帝大のころの思想的恩師として河村幹雄教授のことをしばしば語った。河村幹雄の著作は、岩波書店から出ていた。今でも神田を歩けば見つかるだろう。一種独特な、右翼思想の持ち主だったのではないかと思う。（思いたって、二三の百科辞書をひらいたが、河村幹雄は、戦後完全抹殺のようである。当然かも知れぬ。『名も無き民のこころ』といった、かってよくよまれた本も、現在知る人はほとんどない。）

南京《なんきん》陥落の時の提灯行列を、ぼんやりとおぼえている。とはいっても、戦争はまだ、遠い異界の現実で、わたしたちは、山中峯太郎の小説や田村晋作、海野十三らの少年小説を通じてしか、戦争（あるいは、戦争という思想）を知らなかった。叔父（母の末弟。一時、主税町の家に寄宿していた）が出征して中国戦線へ行ったのを機会に軍隊という狂気の世界を、ほんのすこし、かい間みたような気がした。

小学校の同じ級の、成績順で一番、二番、三番（わたし）四番までが、愛知一中へ進んだ。この四人は、偶然だが、みな、のちに医師になった。

小学校では五年、六年を担当された谷口英一先生には、恩愛をこうむった。六年になってから急に、運動競技、学業共に、のびたようである。そのことを特に指摘して賞揚されたのは先生であった。作文をのぞくと、そのようないい目に会ったのは、六年の時だけだったから、うれしかった。学校がきらいなくせに、学校のおかげで、一コマづつ、昇って来た。

小学四年の時に、上野の美術学校卒の国枝先生が赴任され、一年ほど教えられた。若い先生は、理想にもえておられて、たまたま、わたしのスケッチをみて、課外に絵をかきに来ないかとさそわれた。わたしは、従ったが、そのあとが、不幸な結果になった。わたしは素直な生徒でなかった。絵だけでなく、全科にわたって、課外に個人教授をうけることになった（父がたのんだのである）のだが、結局、うまく行かなかった。予習もせず、宿題もせず、ただ、先生のところへ、叱られに行った。国枝先生は、他校に転じられ、やがて結婚され、子が生まれたあとで、出征された。そのあとを、わたしは知らない。戦争の嵐が、すべてをふきとばしてしまった。

▲十歳の頃，左より本人，妹，弟

昭和一三年（一九四〇）　一〇歳

四月二二日、祖母が病没した。厚生館病院でイレウス（腸閉塞）の手術をうけたが助からなかった。激しい腹痛のため、火鉢のふちをつかんで、身を曲げていた祖母をおぼえている。六十八歳であった。この年、妹は三歳である。母は、祖母（姑）を失って、やはり、貴重な人手を失ったのを痛感したにちがいない。このあとだと思うが、幾人かのねえやがやとわれて来た。

この年、父三九歳、母四一歳である。親子だけの家族構成になった。母が、美しいといわれるのを、このころ、しばしばきいた。母の姉妹は、大体、美人系である。祖母に似たのかと思われる。母の顔立ちをもっともひいているのは、わたしの弟だっただろう。

わたしは、生涯、母からきつく叱られたという記憶がない。母は病臥することが多く、また、病者らしくわがままで、わたしたちに気を配ることが少なかったのであろうか。

昭和一五年（一九四二）　一二歳

小学校卒。愛知県第一中学校へ入学。試験は内申書の審査が主で、テストはごく形式的だったようにおぼえている。文部省の方針が、ぐらぐらとかわるのは、今にはじまったことではない。戦時下では、国の要請がかわるたびにかわったのである。

愛知一中は、父の出身校である。父は、誇りをもってこの学校をわたしのために選んだ。結果からみると、成否相半ばするのではあるまいか。わたしは、もと、文弱の徒で、このことは小学校以来はっきりしていた。一中は、質実剛健をもって鳴る武断派の学校であった。時局が、軍事色をつよめたから、より一層、そうなった。わたしは、入部するなら、弁論部がいいと思ったが、この部は太平洋戦争開始直後に廃部になった。第一、父は剣道部に入れたがっていたから、弁論部のような軟弱な部には、大反対であった。

いわゆるスパルタ教育の名のもとに、小暴力の横行する学校であった。実にさまざまの場面をおぼえているが、年譜であるから、ここには書かない。

よかったことといえば、地獄で救いのような、砂漠でオアシスのような教師が、幾人か居られたこと、その先生方のことが忘れがたいことである。わたしは、剣道部員だったが、もっとも下手な部員であった。上級生、同級生からのリンチは、しばしば受けたが、自分が上級になっても下級生への制裁は、一切、しなかった。わたしの性質は、どうも暴力とは、合わないようである。いじめっ子たちにねらわれながら一年二年とすごすのは苦しいことである。ただ、じっと忍耐していると、いつのまにか、空気がかわるものだという勉強は、あの時、したのではなかったか。

読書は、中学を通じて、徐々に習慣化して行った。ただし、読書傾向には、偏向があった。自然科学と文学と、並行してよんだが、科学畑の方が、多かったように思える。父の指導によるものでもあったろう。

昭和一六年（一九四三）　一三歳

中学校（五年制）の状況については、まったく触れないでおくか、または、詳しく書くか、どちらかだと思うが、ここでは覚え書きをして置く。あえて、そうして置く。

第一、男子校である。わたしの行ったのはいわゆる名門校進学校であった。東京帝大出身の先生が、勢力をもっていた。一中、八高（または一高）東大（または京大）というルートが、暗々裡に、推奨され、優秀な学生は、そのコースを予定に入れて勉強していた。

第二に、成績優秀な上に、スポーツや武道にすぐれ、リーダーシップのとれる連中は、陸軍士官学校、海軍兵学校等軍関係の学校へすすんだ。これは、四年の時受験して、陸士、海兵（と略した）へ行くのである。

第三に、学生自治の名のもとに、上級生（主として四年生）による下級生への私的制裁（暴力的手段による私刑《リンチ》）が横行していた。たとえ、相当の傷害をうけたとしても、それを学校当局に訴えることは無意味であった。当校は、すべて学生を信頼して自治にまかせてある、という凛然たる返事をきくのが落ちであった。いやなら、退校していただいてもよい、というのであったろう。今にして思うと、富国強兵のためのリーダーを養育するには、この道のほかないのかも知れない。こういう雰囲気の時代に生まれ合わせ、そういう武断の園にまよいこんだ文弱の徒の、不幸だったのである。

この年の十二月八日、対米英宣戦布告があり、この国は、太平洋戦争（当時の大東亜戦争）に突入する。英語は、敵国の言葉であるという理由により授業廃止の方向に向っていた。

わたしは、家の宗教の故に「キリストォ」とか「キリスト野郎」とよばれ、軍関係の学校を一切志願しなかった故に「非国民」とののしられ、「軍人に賜はりたる勅諭」を暗記していなかったために軍事訓練のたびに、配属将校の前で、おそれおののき、さぞ暗うつな日々だったろうと思うのだが、意外にけろりとして日々をやりすごしていたようにも回顧される。学業の成績も中位、すべてに目立たない生徒だったからであろうか。それにしても、わたしだけをねらって、何年にもわたり、集団的にいたぶった同級生のいじめっ子群団がいたというのは、なぜだったのだろうか。世には生来のいじめられっ子タイプというのが存在するのか。のちに、歌壇に出てからの体験と重ね合わせると、笑いたくなるくらい符節が合ってるじゃないか。

第四、この学校からは、すぐれた人材が多く生まれた。教育内容は、きわめて高かった。わたしたちは、四年生になった昭和十八年ころより、農村や工場へ、「学徒勤労奉仕」に行くようになり、授業が相対的に減少したのであるが、少くとも三年生までは、国語、漢文、英語、数学、物理、化学、生物等すべてにわたって基礎学力を身につける機会を与えられた。勉強しなかったのは、こちらがわるいのであって、時代のせいではなかった。

十二月八日に、学校で、好戦気分をあおられて帰宅し、興奮して父に話したが、父は、エンジニアの立場から、「はたして勝てるかなあ、向うさんの科学技術は、優秀だぜ」と反論した。その父すら、一箇月後には、緒戦の戦果にすっかり興奮して、「聖戦完遂」派になっていたのだから、「ABCD包囲網にかこまれて切歯扼腕する祖国」というイメージ作りは、あの段階ではまんまと成功していたPRだったのであろう。

昭和一八年（一九四三）　一五歳

何をして生きていたのか、まったく記憶がない。

帽を振り出撃をおくる元帥のありしの姿尊《とうと》かりける
（悼山本五十六元帥）

という歌を作って父にみせたことをおぼえている。なんという形式的な歌だろう。ニュース映画をみて作ったのであったが。

中学時代に読んだ本で記憶にのこっているもの。南廓の『東西遊記』独歩の『武蔵野』が教科書及び副読本では想いうかぶ。江戸川乱歩をひそかに回しよみした。シャーロック・ホームズを岩波文庫で、のちに延原謙訳でよみ熱中した。鷗外では『キタ・セクスアリス』を、漱石では『坊ちゃん』『草枕』であったから教養講座に従順で、且つすこぶる健全だったといえる。科学への興味は、寺田寅彦、中谷宇吉郎の随筆、エッセイによって大いに鼓舞された。岩波新書（昭和十三年創刊）の力も大きい。科学は、軍団主義教育の一環としても、しきりに奨励された。わたしは、自分がどちらかといえば文科型の人間（まだ自己形成途次だから、原基の状態ではあるが、それでもある傾向性はある）だとうすうす気付いていたが、科学のもっている見事な法則性には惹かれていた。気象学とか植物生理学とかいったのをあこがれの学問分野と思っていた。『君たちはどう生きるか』という吉野源三郎の名著は、よむにはよんだが、ところどころ上品すぎてテレ臭くなる箇所があり、特に上級生の制裁に抵抗する生徒なんてのは、夢物語だったから「へえっ」と思って実感がなかった。むしろ『次郎物語』や添田知道の『教育者』とか富田常雄『姿三四郎』のようなものが、日本流ビルドゥングス・ロマンを暗示してくれた。吉川英治でいうと『宮本武蔵』『新書太閤記』である。以上の本は、戦中、大そうよくよまれたのである。いわゆる純文学では、石坂洋次郎『若い人』や舟橋聖一の『木石』が、すぐ思いうかぶ。父の好尚にもよるのだろう。

昭和一九年（一九四四）　一六歳

中学五年生である。剣道部でも（すべての部でそうだった）四年生が「権利」と称するものをもらって、最上位の指導権をにぎるのであった。（五年生は受験に専念するため部活動を止める習慣であった。）指導クラスの一員になったが、下級生と仕合っても負けるのだから、サマにならなかった。わたしは優しいばっかりの上級生だった。学校は一学期だけで、あとは、名古屋市内の陸軍工廠に、学徒工員として勤務することになった。機関砲の部品を作るため、ボーリング（穴をあける作業）の機械をつかった。最初数か月は、模範的に勤勉だったが、そのあとは、サボタージュをおぼえて、ボチボチやることになった。夜勤がつづいた。夜勤（夕方出勤して、翌朝まで働らき、昼間眠る生活）のつらさは今でも回想することがある。この年の末から、米軍機B29の爆撃がはじまり、母と妹は、三重郡高角《たかつの》村字西野に疎開した。ばあやさんが、通って来て家事をするようになった。父、わたし、弟（旧制東海中学在学中、清洲にあった工場に動員されていた）と、親類の林崎哲也氏が同居して、男ばかりの生活。とぼしい食糧をどんなにかこち合ったか知れない。年末の空襲は、工場にもさかんに爆弾を落下させた。爆風にうたれたり、生き埋めになったり、直撃弾にやられた工員や学生の死体を、いくつもいくつも見たのであった。こんなふうになってでも、人間は、祖国の勝利を盲信するものなのである。わたしは、一度、善隣高等商業学校の学生と、動員先でいっしょになったとき、数年年長のある高商生が「勝つわけないよ。負けるさ」と言い放つのをきいて、意外に思ったのを覚えている。また、疎開先の老人（母の伯父）が「戦争は勝つとおもっとるのかい。負けいくさじゃよ、これは」と断言するのをきいて、不快に思ったのであった。

昭和二〇年（一九四五）　一七歳

　二月八高の入学試験の時にみた、八高校舎の雪景が、ぼんやりと記憶にある。あのレンガ造りの建物は、（空襲ではなく）戦中の失火で焼亡した。名古屋市は、毎夜のように空襲におびえていた。女子供は、ほとんど疎開してしまっていた。わたしは意外なことに、八高の入試にパスしていた。理科甲類（理工系進学を予定するクラス）に入った。医学部へすすむつもりなら理科乙類が順当なのである。父のあとを継いで、理学部か工学部へ行くつもりだった。

　三月二十日夜、大空襲があって、主税町の家が焼亡し、父の蔵書はほとんど失われた。わたしはこの時、顔面に広汎な火傷をうけたので、日本陶器診療所に一週間ほど入院。一中の卒業式には出席しなかった。（はたして卒業式が、あの空襲下でおこなわれたのか否か、不明である。）

　戦時下、挙国一致して国家目的である戦争完遂のために奉仕する場合、日本の未成年者は、どうも大へんに不利な状況にあったらしい。ヨーロッパでは地下運動が可能だったというではないか。広いアメリカ合衆国では、戦争を知らない人までいたというではないか、などといったって後の祭りである。それでも、大人には精神の自由という奴があったろうが、子供には（中学生には）それさえ無理であった。

　以下はあまりに特殊で、しかも、（一年毎に別の状況に対応していたのだから）、説明しにくいし、説明しても後の世代には追体験不可能の、一回性の体験である。

　中学五年で卒業はしたが、卒業生のほぼ全員がそのまま、中学の教師に率いられて、岐阜市近郊の陸軍工廠に配属された。そして毎日、工場で働らいた。そして、わたしたちが八高生として刈谷の製鉄工場に配置がえになるのは、二十年の七月だったのであるから、約三箇月ほどは、昔の学校の、昔の先生の下で（勉強するのではなく）働らいていた。学校という制度は、こういう状況下では、崩壊するのである。現代でも、アジアやアフリカのどこかで内戦が続いている。内戦下の教育制度はどうなっているのか。学校という機関と、工場や軍隊との関係はどうなるのかという時に、わたしは、夕日に強く照らされたガラスのように、ぎらりと、戦時下の工場＝学校の光景が、無気味に輝くのを感ずる。

わたしは旧制高等学校とはどんなところか、『一高時代』といった本や、父の話からしか知らなかった。それでも、漠然と、日本の近代の知識人の系列の末端に、自分もつらなったんだという自覚はあったのだろう。言いわすれたが、工場＝学校は、あのモラトリアムの三箇月の間も、そのあとの刈谷の工場の時も「全寮制」であった。実に乏しい食糧をかこちながら、それでもどうにか生きていた。一面では生活をたのしんでいたともいえる。この三箇月の、中学と高校の谷間の日々で一番強烈だったのは、鷗外訳の『即興詩人』を読みあげたことである。そして、級友の一人とその本について、くりかえし讃歎して語ったことである。その友も、偶然、『即興詩人』をよんでいたのだった。わたしは、その時まで、軍国主義の教育の中で、文学作品などという軟弱なものについて、よろこばしい会話をかわすなどという体験をしたことがなかったのである。

▲若き日の岡井氏（八高生のころ）

他の地方の高等学校では、どんなことになっていたのか、それはわからなかった。ただ、一度、一高へ行った級友の一人から、旧師あてに手紙が来て、先生がよみ上げてくれたことがあった。その一高生の手紙は、「いま、モーパッサンを（原文で）よんでいます」と結ばれていた。きいているわたしたちは一せいに、「へー」と声をあげて感歎したのである。なにしろ自分たちは、まだ中学の先生に率いられていたのだ。すると、平素そのような教養のはしくれも見せたことのなかったその英語教師は、「なに、モーパッサンぐらい、かるい」と言ったので、わたしたちはもう一度「ふーん」といって笑い崩れた。このエピソオドからみると、一高では、戦時下も、早速四月から、働らきながら授業をしていたらしい。

八月十五日正午は、工場の庭で「玉音放送」をきいた。ほとんどきとれなかったし、どのような内容なのか、事前の予想もつかなかった。並んできいていた級友のうち、最前列の連中が、肩をふるわせて泣き出した。戦争に敗けたことがわかった。夕方、級友たちと、日本はどうなるのか、天皇はどうなるのかと激論した。しかし、なにより大きかったのは、もう空襲も艦砲射撃も地上掃射もうけないですむという安堵感だった。燈火管制が解かれて、まばゆい電燈光下の夜が回復した。敗けたというより、戦争が終ったという解放感の方が、わたしの場合つよかった。

数日を出ずして、学校はしばらく休校ということになり、各自、自宅待機となった。三重県三重郡高角の農家（父母の疎開先）へ帰った。以後、十二月に、高校の授業再開まで、約三箇月ほどの間、この疎開先の農家のはなれですごした。この間に、短歌を作りはじめた。

「アララギ」は、九月に復刊された。十二月に名古屋市中村区中村町の、伊藤信太郎氏（アララギ会員）の持ち家を借りてすむことになった。

昭和二一年（一九四六）　一八歳

名古屋アララギ歌会に出席するようになった。四月、八高理科二年生になった。得意な学科はほとんどなかった。とくに、数学は不得意だった。

九月、知多半島河和《こうわ》町に、八高校舎が移った。八高は、前に書いたように、失火焼亡して復興できなかった。旧海軍の兵舎をゆずりうけて、移転したのであった。寮に入った。寮生活は、旧制高校の伝説的な生活様式で、学生自治制というのが誇りであった。さまざまな小事件があった。経済的に衰弱し貧しくなった国の、不安定な学制の上に、夢のような旧制度を続けようとしていたのであった。敗戦より前の（たとえば、わたしの父が経験したような）旧制高校の生活とは、やはり大きくちがっていた。幾人かの、文科系の友人ができた。理科系の学問への関心を急速に失っていったように記憶している。修養部員というのになって、校友誌のようなものを作ろうとしたが、できなかった。男子ばかりの生活の中で、恋愛にちかいような友情の渦が出来たり消えたりしていた。

昭和二二年（一九四七）　一九歳

一月、失火によって、寮が全焼した。放火だという噂があった。わたしは、河和のその田舎が好きだったが、名古屋へ帰りたいと思っている人たちが、大ぜいいたこともたしかだった。ただちに、河和にとどまるか、帰名するかの議論が生まれた。校内が二派に分かれて抗争した。学校復興のための資金作りとして講演会や演劇祭がおこなわれたが、わたしは、切符をうり歩いたりする協力はしなかった。（できなかった、というのが正しい。）そのことを非難する友人がいた。はげしく言い合って、絶交した。弱点をつかれると、かっとなり易いのであった。

四月から三年生になるべきところ、落第して留年した。予定の行動といえた。友人とかたらって文科へ転科しようとしたのである。父の反対に会って、挫折した。父は、落第はとがめなかったが、転科は肯んじなかった。

四月から、学校は（名古屋復興派が勝ったため）名古屋の假《かり》校舎で授業がはじまった。いわゆる〈瑞穂《みずほ》が丘〉の旧八高敷地に、バラックの校舎がたって行った。

留年は、つらいということを、わたしは知った。年少の、はじめて顔を合わす連中とすごさねばならない。よく知っている友人たちは一年上にいる。敗戦以来の体験を共にして来た連中と、ここで別れたのである。このことは、意外に大きなことだった。年齢の差より、すぎて来た体験の質の差がこたえた。新しい級では、一人の親しい友人も出来なかった。

八月、夏休みを利用して上京。東京アララギ歌会に出席した。近藤芳美氏にはじめて会った。

理科系の勉強を、もう一度、やり直す気になっていた。

八月、名古屋市天白区八事天道二〇の家に移転した。この家が、以後昭和五五年父が死ぬまで、父母（母は五十年死）のすんだ最後の家になった。

昭和二十三年（一九四八）　二〇歳

八高の三年生にすすんだ。東大の医学部を目標にして受験勉強をした。父と進学について話し合った結果であった。父は、はじめ、理学部の地質学科または工学部の応用化学科へすすませるつもりで、同じ会社に入社させて、あとを継がせるつもりだったのだろう。父の生活をみていて、自分には会社勤めは、とても出来ないとわかった。植物学か動物学をやりたいと申し出たが、反対され、医学部ということで妥協した。いずれにせよ、東京へ出なければだめだ、と父は、はっきりと言っていた。

高校生のとき、文学書を乱読したのは、だれでもの経験するところと同じである。演劇熱の友人の影響で、新劇をみにゆくことをおぼえて、機会あるごとに行った。

昭和二四年（一九四九）　二一歳

三月、東京大学（旧制）医学部受験に失敗して、一年間浪人することになった。新制大学ならほとんど自由に入れるということだったが、もう一度、教養課程からやり直す気にはならなかった。友人で、新制東大へ行った人も、結局、途中で止めてしまった。自分より若い学友と一しょになることが、苦痛であることをすでに知っていた。わたしはこの体験から、その後誰に対しても留年をさけるようにすすめるようになった。退学者の多くは、留年→退学の過程をたどるのだ。学校というのは、奇妙なところで、友人関係が第一なのである。教師の優劣は二の次だと思う。

四月から、父の所属する愛知教会へ通うことにした。この突然の転向は、あきらかに受験失敗をつぐなうためと思われた。父母は半ばよろこび、半ばあやぶんだ。教会生活になじむようになり、日曜学校（教会学校）の教師をしたり、牧師の子息と親しくして夜おそくまで討論に加わったりしたからである。受験勉強は、当然、おろそかになって行く。

当時、愛知教会は菅原菊三牧師が牧会しておられた。子息の菅原献一副牧師は、わたしより数年年長の、活発な性格の人で、たちまち献一氏をとり囲む一群のなかの一人となった。ドストエフスキイ、キルケゴール、ニーチェといった当時流行の実存主義の思想家や作家の紹介が、彼の説教を多彩で、型やぶりのものにしていた。わたしは、この一年を教会を中心に生活して年末クリスマスの日に洗礼をうけた。教会には、若い男女があつまっていた。戦後キリスト教復興期のことで、わたしは、だれかれに軽い恋愛感情をいだいては、たえず失恋していた。今、京都近郊で牧師をしている難波巌氏と親しくしたのもこの年である。難波氏の手びきで、後に、上京後、難波氏の親類関係にあたる小塩力牧師に近づくのである。

この時のわたしの信仰は、知的な興味にささえられたもので浅薄だったと今にして思う。ただ、聖書を、たとえ知的にでもせよ、よむきっかけを得たこと、バルトやブルンナーの危機神学をかいま見たことは、その後の読書や思想形成に役立ったといえるのではないか。

八高生の時、西田哲学に執心していたのは、戦後としては、すこぶる遅れているように見えるだろうが、年齢的な制限というものは、時流の作用を上まわることが多いのである。現に『世界史的立場と日本』のような、戦中の好戦的な、西田哲学系の討論の本でも、戦後数年のうちによんで、感心したりしていた。京都派の中では西谷啓治という人の宗教論が、とくに面白かった。また、柳宗悦の『神について』という本は、よみ終えて感動のあまり、本を畳にたたきつけたほどだった。ルナンの『イエス伝』も、感動してよんだ一冊だった。

ある時、講演会があるというので、共産党員の友人と、名古屋市桜山町の会場へ行った。二人の講師が話したが、共産主義者の唯物論の講義がちゃちなのにはあきれかえった。これに対し、偶然、きく気もなくきいた北森嘉蔵氏の「神の痛みの神学」の精緻さにはおどろいた。以後しばらく、北森氏と、北森神学の実践者だといわれた赤岩栄氏の著作をフォロオしていたことがあった。

八高時代の友人については、わざとふれなかった。何人ものすぐれた友人がいたが、中でもマルキストになったYはすぐれていた。右にのべた講演会へさそったのもYである。彼も、講演者のマルキストがだらしないので苦笑していた。Yは、カントの『プロレゴーメナ』を夏休み中に原書でよみあげたりする男であった。Yは、結局八高を退学して党活動に入った。わたしも、つくづく、学生生活にいや気がさしていた。浪人中に、牧師の学校へ行こうかと思ったのは、早く世間に出たかったからでもあった。

昭和二五年（一九五〇）　二二歳

四月、慶応義塾大学医学部に入学して上京した。慶大は、ほとんど予科からの進学である。制度の切りかえ時期に当って、特別に、旧制高校からの編入者をみとめたのである。高倍率の編入試験であった。旧制高校といっても、東京高校など、在京の上品な都会派の高校から来た人が多く、すぐに慶応カラーになじんで行った。わたしたち、いわゆる地方のナンバー・スクールから来たばんから派は、勝手がちがった。わたしの経歴を知らない人から、今でも、慶応ボーイあつかいされることがあるが、出身校の名だけみて当てずっぽをいってるだけのことであって、わたしは苦笑する外なかった。

だんだんに、慶応という学校のことがわかって来たが、わかるまでは、面くらうことばかりだった。雨の日に下駄ばきで通学すると注意された。大体、八割以上は、首都圏に家のある学生たちであった。文学に興味をもっているらしい人は一人もいなかった。わたしは、はじめ、高円寺に下宿した。同じ年に慶応の経済に入った弟と同居した。二学期から、代々木山谷の加藤峻宅に下宿した。峻氏は慶大文学部出身で、当時、育英会につとめておられた。この年の年末に急死された。短かい間だが、いろいろ、励まされた。（峻氏は、仏教関係の著作で高名な加藤咄堂の子息である。）代々木山谷のこの家は、つよい印象をのこした。語りつくせないほどの多くの事が、若いわたしたちの上にすぎて行った。ここには、四年ほど居た。のちに北海道知事になった堂垣内氏は、加藤家の縁戚で、未亡人となられた峻氏夫人をはげますため上京のたびに寄られた。「よう、寮長さん、がんばれ」などと、わたしをからかわれた。昭和薬大、東大、東洋大、慶大などの学生が多い時は六・七人、下宿していたからで、わたしはその中の最年長者だったのだ。

もう一つ大きなことを書き落すところだった。この年、わたしたち兄弟が上京したあと、母が発病したのだ。高血圧症、心臓神経症、ノイローゼ、更年期障害、等々いろいろの病名がつく状態だと思われる。このあと、結局、母は、七八歳で死ぬまで、病臥または病臥にちかい生活だった。それまで、かなりはげしく母と諍ったり、母を批判したりしていたわたしたちだったが、発病を境に、母を看護し、保護する立場に立った。以後、徹底して、やさしくふるまった。演技だとしても、その演技は、母が胃癌で死ぬまでつづけられた。それは父の要望による演技でもあった。わたしたちは、甘えたり付き添われたりする保護者的な存在としての母親を、この年以降喪ったのである。

昭和二六年（一九五一）　二三歳

わたしが医学部の授業にまじめに出たのは一年生の時だけだった。この年二年生になったが、六月に、歌誌「未来」が創刊された。はじめは十六頁の片々たる雑誌だったが、この小さな雑誌にかけていた情熱と勢力は、途方もなく大きかった。

今だからわかっているが、わたしは慶応へすすむことによって、郷里をすてて、東京を選んだのであった。ということは、短歌の道にすすむのに、より優位の場所をえらんだということだった。すべての面で指導者だった父は、「あくまで余技にとどめよ」といいながら、「やはり、東京へ行け、東京にはすぐれた人材が多い。東京アララギ歌会もある。」といった。当時、会社役員をしていた父は、共産主義の影響をつよくおそれていた。そのためもあって、国立大学より、私大とくに慶大のスクール・カラーをよろこんでいた。

▲昭和30年頃，名古屋にて　左より沢草二，黒田陽子，高浜平七郎，高安国世，鬼頭清隆，大家益造の諸氏，本人

「未来」が出発すると、わたしは一層、学業をおろそかにした。もっとも、わたしは大学というところは、落第はないところと思い込んでいた。卒業の時に、足らない単位はまとめてとればいいと、勝手にきめていた。生理学のテストを受けなかったのは、そのためも(そのためだけではないが)あった。

夏休み中かかって中野重治『斎藤茂吉ノオト』をよみ、つよく感動した。その影響下にあって、「高安国世を試論する」を書き、「未来」にのせた。これが、わたしの事実上の処女評論である。「未来」創刊前後については、あらためて書きたいことが多い。

休みあけの秋に、わたしは落第を告げられて愕然とした。たしかに、なん度も名前をはり出されていたにもかかわらず、生理学のテストをうけなかった。今さらどうしようもなかった。ここで、一年遊んだことが、医学ばなれを加速した。

昭和二七年（一九五二）　二四歳

大学の二年になった。なにをしていたのかほとんどわからない。書いたものの少量なのに比して、消費した時間があまりにも大きい。今なら、二、三日で書けることを、一年がかりで書いている。爾余の時間はなにをしていたのだろう。恋愛でもしていたのであろうか。

昭和二八年（一九五三）　二五歳

大学三年になった。福田節子が死没。福田さんの追悼号を「未来」四月号として編集・刊行した。「未来」の編集の中心であった友人と、しばしば意見を異にし、論争しては負けていた。年末に合同歌集『未来歌集』が出た。この本の刊行のために、全力をそそいだように記憶している。

昭和二九年(一九五四)　二六歳

大学四年生となった。同級の友人I氏と親しくなった。I氏も留年体験者だった。わたしは、のちに、I氏を裏切ることになる。わたしは、今までの半生をかえりみると、友人にはめぐまれているくせに、友情に対して厚くむくいることをしていない。しばしば、自己中心的に、利己的に動いて、友人を裏切っている。

I氏にみちびかれて、共産党の経営する診療所に、手伝いに行くようになったのは、そこでI氏が働らいていたからだ。I氏はロシア語を解し、S合唱団の一員だった。この診療所では、末端医療の実態を知ると同時に、共産党員たちの日常活動の一端を知ることができた。

昭和三〇年(一九五五)　二七歳

大学を、奇蹟的に卒業した。どうして卒業試験をパスしたのか。信じられない。医学部のテストは、ほとんどが口頭試問である。最後に一つだけのこった内科のテストのため、教授室へ行った時のことを今でも憶えている。前日に出題傾向について友人からアドヴァイスされた。そこだけを勉強して行ったら、正にその問題が出た。綱わたりの連続のうちに卒試がおわり、慶大から、いわば追い出されたのであったろう。

インターン制度のあった時代で、臨床実習は、慶応病院でやった。日本共産党史にのこる「六全協」のあと、武力闘争を放棄して平和主義路線をとった党員たちをみていて、ほっとすると同時に、ラジカルでありたいと思う気持ちが残った。このあたりは、わたしにも臆する気持ちと、打算が入っていたから今から修飾したい心理がある。わたしが日本共産党に一ばん接近していたのは、この年であったが、結局、入党することなく、党から遠ざかる。スターリン批判の影響も広く深い。この年書いたものには、花田清輝の影響がみられる。わたしは、八高のころよみはじめた小林秀雄、大学で知った中野重治、そして大学の後期からずっとのちまで好きだった花田清輝と、この三人の書くものは、ほとんど全部よんだといっていい。文学漬けになっていたくせに、医業への執着をすて切れなかった。文芸の道が、ふかく才能に依拠していることを知っていたからであろう。これに比し、医業は、どんな不才の人間でも、最低、生活の資をうることはできるのである。

この年から、約二年ほど、結婚問題について、父と争った。

この年から「未来」編集に復した。

塚本邦雄と文通をはじめた。作風の変換が顕著になった。

昭和三一年(一九五六)　二八歳

インターンを終えて、四月より北里研究所附属病院医局へ入った。内科医としての道を歩きはじめた。しかし、内実は、そんな単純なものではなく、三二年末ごろまでは勤務ぶりもいい加減だし、医者になる覚悟もやわだった。いつでも転職できるつもりでいたのだった。

第一歌集『斉唱《せいしょう》』を出版した。

昭和三二年(一九五七)　二九歳

この年の春、私生活上に変化があった。新宿区柏木に転居。吉本隆明氏と論争。

年末に、ある人物と運命的な出会いをした。

そのころから、医学の、とくに病理学の勉強に熱心になった。医師としての生活がたのしくなりはじめた。学校でしなかった医学の勉強を、北里研究所附属病院でしはじめた。しばしば、病院にとまり込み、徹宵して仕事をした。すぐれた指導者が、何人も居られたのも幸いした。こうなると、文学を放り出してしまうという、わるい性向をわたしは持っていた。昭和三五年の春ごろまでの二年半の間の文業が、いかにも片手間仕事にみえるのは、このためであった。わたしは、結果として学位論文つくりとなる研究に没頭した。学位がほしいためではなかった。わたしの周辺では、学位のためだけの研究は蔑視された。

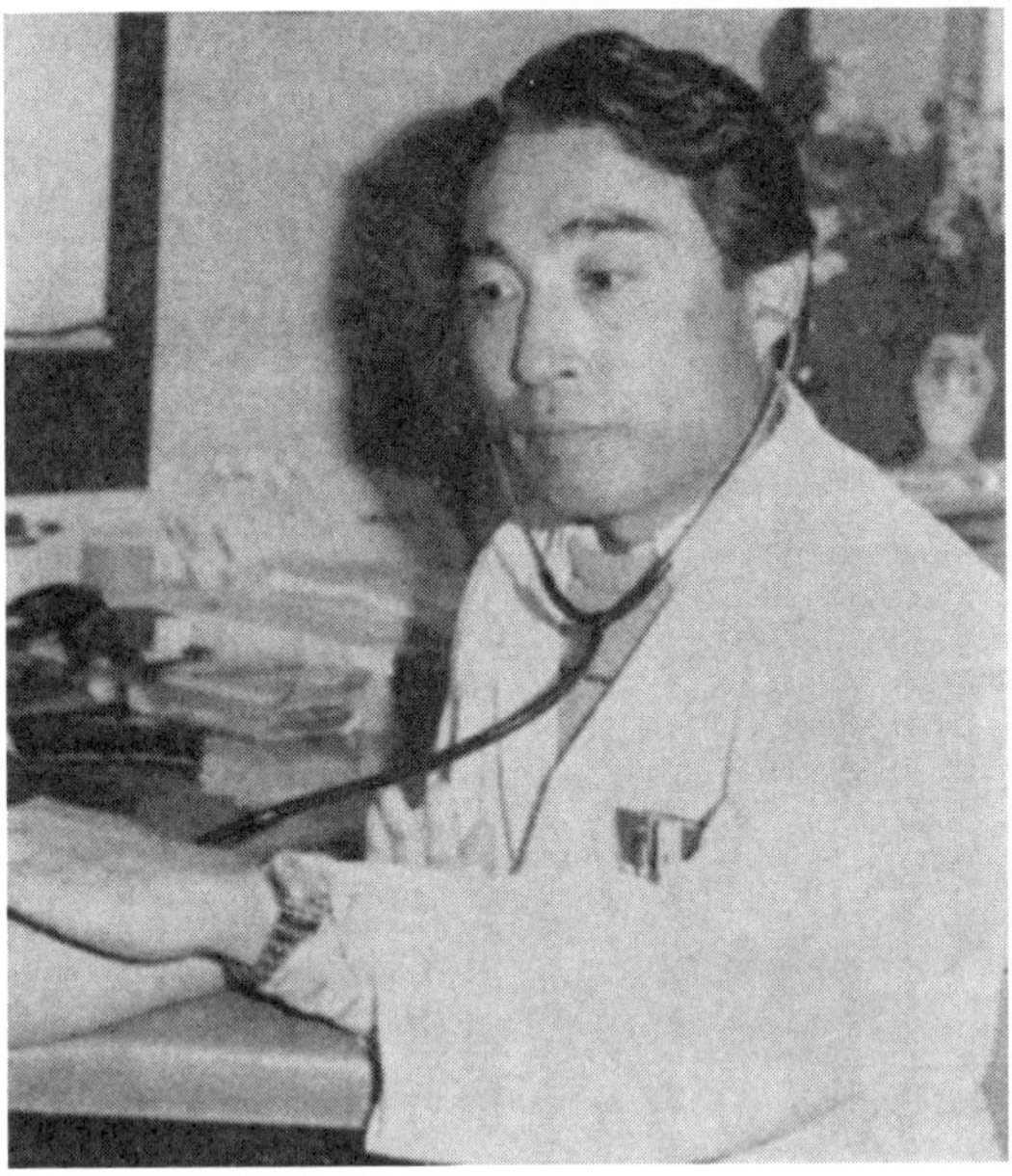

▲国立豊橋病院にて

昭和三三年（一九五八）　三〇歳

十月、目黒区中目黒に転居した。

この年「未来」の編集から離れた。

昭和三五年（一九六〇）　三二歳

六〇年安保闘争の年である。医師としての生活に没頭していた。春に研究が一区切りついた。

政治の、熱い季節と、女の記憶とが、不思議にいつも重なり合う。六全協までの数年が、第一の機会である。六〇年安保までの数年が第二の機会である。六八年、六九年の大学闘争の季節が、第三の機会であった。

六月に樺美智子が死に年末に岸上大作が死んだ。わたしは、ふたたび、短歌の世界にかかわるようになった。長い休養ののちに、フレッシュな気分で、詩歌の世界をながめた。年末より「現代短歌演習」を「短歌」（角川書店）に連載しはじめた。

昭和三六年（一九六一）　三三歳

わたしが医業のため怠っていた間も、塚本邦雄は、たゆまず歌を作っていた。この年同時に同じ出版社から出た『水銀伝説』（塚本邦雄）とわたしの『土地よ、痛みを負え』をくらべれば、そのことがわかる。『水銀伝説』は塚本氏の四冊目の歌集。わたしのは二冊目。塚本氏でいえば『日本人霊歌』が、わたしの第二歌集と同じ時代の空気を吸っていた感じがする。この年に「短歌」に連載したエッセイ「現代短歌演習」（昭和三八年二月まで。数回休載）は、のちに単行本『現代短歌入門』（大和書房）となったものの原型だが、短歌評論という分野に、一つの独立した価値を附与したいと思っていろいろ工夫したのであった。

この年、慶大医学部から医学博士の学位をうけた。そのあとも、片銅鎮夫博士の膝下で動物実験や内科学の研鑽を積んだのだが、肺結核症が激減していく(治る病気になっていった)ことが、わたしの進路に大きな影響をもった。わたしは、学問領域の方向転換をすべきだったのだが、旧いテーマにこだわりすぎた。医学にかぎらないが、学問の世界にもテーマのはやり、すたりがある。そのはやりすたりの波間にあって、目標を見失わないためには、よほど機敏な頭脳をもっていないといけない。それと、年齢も若い方がよい。わたしは、前に記したように、落弟と浪人によって計三年老いていた。就職したとき、二八歳。その時、ある先達は、「仕事をするには、ちょっとおそいかな」とあやぶんだのである。音楽などとは違うけれど、二十代前半で研究生活に入る方が有利なのはいうまでもない。一仕事終ってからの方向転換も、若い方が容易である。わたしは次第に、研究室の仕事にマンネリズムを感ずるようになり、そこから離れがちになる分、文学の世界に深入りして行った。

昭和三七年（一九六二）　三四歳

最初の評論集『海への手紙』（白玉書房）を出した。散文の本を出すのが生涯の夢の一つであった。この時それを果たした。買ってもらうために本をさげて歌人たちを訪問して歩いた。「木曜便り」という、ガリ版ハガキ詩誌を出した。

昭和三八年（一九六三）　三五歳

「未来」九月号から、ふたたび編集を担当することになった。

七月『短詩型文学論』（金子兜太と共著）を出版した。村上一郎との交流は、前年の「短歌」の座談会「短歌におけるナショナリズム」からはじまっていた。村上一郎は、「試行」の同人であった。わたしは自分の力量は別として、短歌を越えた広い分野で仕事をしたいと思った。結果としてみれば、この願望はずっと後、五十代になってからみたされることになる。三十代後半歌壇の雑誌に評論を書きながら、わたしはいら立っていたといえる。「未来」の編集へ、また戻ったのは、ここなら自由に自分の書きたいものが書けると思ったからではないだろうか。

昭和三九年（一九六四）　三六歳

この年は二つの意味で象徴的な年である。

黄金の六〇年代の半ばである。三河島の貧しい町の診療所に働いていた学生は、十年たって、中規模の病院の勤務医の生活をたのしんでいた。父の援助で、小金井市東町に家を建てて棲むことになった。自立して、すべて自力で歩もうとした学生は、今、父の希望をいれようとしていた。まだ医院開業の意志はなかった。事業をする性格ではないと知っていた。しかし、新居の家のとなりには医院建立に充分な土地が買ってあった。父は、もう会社では顧問になって第一線をリタイアしていた。「いずれ、お前の病院の事務長でもやって老後をすごすさ」というようになっていた。家というのは、不思議なものだ。わたしは、ついにあの武蔵野の風土にしたしめなかったが、家がそこにある以上、ここを根城にする外ないと思い定めた。思い定めようとしては、ここがおれの死場所であってたまるかという気持ちをおさえきれなかった。定住を意識すると、放浪の旅に出たくなる。このアマノジャクの心性が、わたしたちの世代にはあるのかも知れない。根っからのユートピアンだと、つくづく思ったことだった。

もう一つの、この年の変化は、もう数年前から始まっていた事情が、表在化したにすぎない。角川書店の「短歌」が保守化し、前衛短歌忌避の方針を出したことがシンボリックだった。これを機会に、昭和三十年代を主導した前衛短歌運動（篠弘のいわゆる現代派）の中に、四分五裂の徴候があらわれた。敗けいくさの内輪もめというのとも違っていたが、今まで大同のため小異を捨てていたのに、ここへ来て、小さな差異にこだわりはじめたともいえる。結果

▶九州放浪中，柳川にて

としては、この、小異へのこだわりは、よかったといえる。現代短歌が重層化し、多様化するきっかけを作ったのであるから。私生活と短歌界と。この二つの分野での変化は、わたしのこののち六年がほどの行動様式を、内ふかいところで規定したとおもうのである。

この年おこなわれた「フェスティバル 律」については、わたしはしばしば書いたように、否定的な見解をもっている。当時、日本読書新聞に書いた印象記が、わたしの正直な気持ちを表わしていた。

昭和四〇年（一九六五）　三七歳

かなり、気が弱くなっていた年である。

『岡井隆研究』（櫟書房刊、昭和四九年）の作品年譜をみていても、暗く、守勢一方な自分を見出すのである。市川哲夫という人と論争したり、「少年期に関するエスキース」「少年素描集」「少年断想集」のような、回顧的な作品がふえていた。この傾向は、次の年の「少年試問集」「少年戦詩集」へつづいていく。殿戦（しんがりにいて、後退作戦をすること）の苦しさを、あのころは、耐えがたいまで味わっていた。

昭和四一年－四二年（一九六六－六七）　三八歳－三九歳

今にしておもえば、四十歳不惑を意識していたのだと思う。このころの評論文は、わたしの数多い評論集にも収められていないものが多い。しかし、小さな文章の中に、本音が洩れている文章が多かったと思う。家を作って二年から三年のところで、わたしは、境遇と自分の意志との乖離・反撥に気がついていた。このままでずるずると終りそうで、終ってはならないと思っていた。人知れず、ある愛恋のため、のたうちまわって苦しんでいた時期であった。のちに

『天河庭園集』としてまとめた作品群の背後には、どうしようもない性愛の業《ごう》のなやみと共に、時代への反逆の意図があったと思う。

昭和四三年（一九六八）　四〇歳

雑誌「短歌」の「戦後短歌史」（共同研究）がはじまって、四五年までつづいた。政治的な喪志、失恋、村上一郎との論争（村上一郎の発病）と、暗い状況を反映している、語りがたい、内面的な劇が、いくつもかさなって進行していた。

年末に、痔核のための貧血をおこし入院。痔核の手術をした。（このてんまつは、『鬼界漂流ノコト』の中に、かなり詳しく書いてある。）

昭和四四年（一九六九）　四一歳

四月に、〈新樹〉とよぶ女性と、運命的な出逢いをして、結局は、その運命を甘受した。数年間の放徨と呻吟の歩行に、一くぎりをつけることになった。執筆年譜をよむと、この年に書いたものは、おびただしく、多方面にわたっていた。前年からはじまった学園闘争から、つよい衝撃をうけた。〈学生は神かと不意に思いつく〉という歌を作ったが、実感であった。この国の未来を、やや絶望的なすさんだ気分のなかで、かれら学生群にまかせてもいいわい、という気になっていたのだ。つとめ先の上長が言っていた「どうも岡井君のような、文学畑の人は、無責任な放言をするから困る」と。その人は、民社党の路線でマイルドな改革をねがっていたのであった。これに反し、わたしはこわしてしまえ、こわしてしまえと思いつづけたのだ。

昭和四五年（一九七〇）　四二歳

「現代詩手帖」に、詩集月評を六か月書いた。苦しい毎日だったので、おそらく、逃亡の日が来るだろうと思った。現代歌人協会の理事をしていたから、前田透理事をよび出して、万一の日が来るかも知れぬと告げた。前田さんは、「ちょっと痛快な感じもしますな」といっていた。我妻泰（田井安曇）にも「未来」を去るかも知れないから、あとを大島史洋、小野寺幸男のラインで、まとめて行くように言った。どの人も半信半疑できいていたようだった。わたしが、ことわりを言わなかったのは、ジャーナリズムの担当者、つとめ先だけであった。これは、説明しにくかったのである。

七月までに『岡井隆歌集』（思潮社）をまとめ、『戦後アララギ』（短歌新聞社）をまとめ、『茂吉のうた』（未刊のままで終った）をまとめた。半ば遺書のつもりであった。七日下旬のある日、〈新樹〉をつれて、東京をはなれ、家をはなれ、一切の現世の地位と仕事からおさらばした。このあとの生活は、九州各地を転々とするのだが『茂吉の歌私記』にくわしい。

昭和四六年－四九年（一九七一〜七四）　四三歳－四六歳

九州は、福岡県遠賀《おんが》郡岡垣町に住んだ日々である。福岡県立遠賀病院に、内科医長としてつとめた。九州大学歯学部病理学教室の聴講生となった。九大は、父の母校である。福岡市には、弟が定住していた。この間、わたしの身のふり方、父母の老後の生活のあり方、東京に残して来た人々の生活をめぐって、在京の多くの人に世話になったし、弟の世話にもなった。小さくなって生きていた日々であった。『茂吉の歌　夢あるいはつゆじも抄』『辺境よりの註釈』は、そのころの暗示的な生活記録である。

文芸については、実にやすらかな心境にあった。九大出身の医師と近づきになって、プライドは高いが、こだわらない九州人の性格にふれることになった。酒をのむ術も、また、九州男子からおそわった。

四九年五月に、九州を去り、郷里愛知県の豊橋市に移住。国立豊橋病院につとめる。

昭和五十年（一九七五）　四七歳

「磁場」（国文社）という雑誌を編集していた田村雅之氏にさそわれて、同誌に「西行に寄せる断想・他」という作品をのせた。これが、四五年以降はじめて作って発表した短歌である。政田岑生氏にさそわれて、書き下し歌集『鷺卵亭』を出したが、これには、いくつかの要因があった。

▶昭和48年、福岡にて

第一に、村上一郎、原田薫子のあいつぐ死亡である。村上氏は自死であるからとくに強烈だった。母が胃癌で、命旦夕にせまっていた。人の死は、悲痛だが、そのたびに、自己を規制していた禁忌が解けていく過程でもあった。ある意味で、やかましい師であった村上一郎の死。昭和二五年の上京の年に発病した母が、いよいよ、生涯の終局をむかえていること。これらの要因が、歌を作らせたといえるだろう。一たん止めたはずの所へもどるやましさは、むろん、あった。「そんなことにこだわるなよ」と言った父の言葉も大きく作用していた。母の死を、ずい分ととりみだして見守り、そのあとも、急に老けて行った父。これも、ある種の禁忌解消だったのかも知れない。このあたりのことは『慰藉論』（思潮社）にくわしく書いた。

五〇年から、読売新聞の短歌時評を書きはじめて、短歌界の新しい動きをフォローすることになった。これは八年間つづいた。友人島田修二氏のすすめによる。

『鷺卵亭』は、六法出版社という、かわった出版元から出した。政田氏の装訂の本がこのあと数冊つづく。すべてに、根気よく、作歌再開をすすめた塚本邦雄氏の配慮が、働らいていたのであろう。

この年、母の死（七月七日）に先立って、〈チェロ〉と〈ピアノ〉のあいだに第一ヴァイオリンが生れた。

昭和五一年（一九七六）　四八歳

この年からだとおもうが、講談社の『昭和万葉集』の企画編集にたずさわった。（篠弘氏のすすめに従った。）四人委員会（上田三四二、島田修二、篠弘、小生）というのが、毎月ひらかれた。情報交換の会としても便利であった。わたしは、こうして、友人たちの手によって、次第にのっぴきならぬ場所へと、再びおびき出されていくことになった。

昭和五二年（一九七七）　四九歳

雑誌「短歌」に「歳月」一連を作って、歌壇に復帰した（といわれた）。自分では、もう『鷺卵亭』を出した時点で、後期の歩みを始めているつもりであった。

国立豊橋病院では、このころ、一見小さく見えて、わたしにとっては大きい、内科のN大学への系列化がおこなわれた。このころから、糖尿病学への執着がつよくなった。わたしが生涯知っていると思っている疾病は、肺結核症と糖尿病である、と今、思えてくるのは、このころからの勉強によっていた。新しい分野にふれるのは、たのしいことでもあった。糖尿病学会の雰囲気が、すこぶる文科的で、ゆとりのある態度の議論が多かったのも、うれしかった。

昭和五三年（一九七八）　五〇歳

四月、第二ヴァイオリン生誕。そのたびに小さな事件がおきて、心胆を寒からしめた。しかし、すべて、世間へは、秘事であった。五七年に、ある係争に解決がついて公認になるまで、わたしは家族を歌の素材にしようとはしなかった。「前衛短歌の問題」を「短歌研究」に連載しはじめた。

昭和五四年（一九七九）　五一歳

父、弟と、しばしば、ゴルフをたのしんだ。わたしのゴルフ歴は、九州にいた四六年にはじまるから、かなり長いのだが、一向に上達しなかった。ゴルフは、同伴競技者との心理のかけ引きでもある。父、弟、わたしのあいだにも、目にみえぬ家族間ゲームがおこなわれていたといえよう。

昭和五五年（一九八〇）　五二歳

三月末に、父が、脳硬塞で倒れ、五月六日に死去した。（偶然だが、父の父、わたしの祖父次隆の命日であった。）父の死去は、わたしをしばっていた大きな禁忌の終焉であったろう。『人生の視える場所』『禁忌と好色』の解説的私注に、このあたりのことは、かなり克明にのべてあるはずである。

「人生の視える場所」という連載作品を「短歌」にのせた。

昭和五六年（一九八一）　五三歳

NHK豊橋文化教室の短歌講座をうけもつことになった。啓蒙活動は不向きと知りながら、この仕事に入った。結果として、多くの人を知ったし、啓蒙の仕事のあらましがわかって来た。この教室出身の人で、いま、わたしの周囲にいて、活動している人は多い。

十月、未熟児として、ヴィオラが生まれた。この出産にも、小さなドラマが伴奏していて、忘れがたい印象をのこした。

昭和五七年（一九八二）　五四歳

東京家庭裁判所に依頼していた調停が、にわかに金銭的妥結に向ったのはこの年の一月であった。四月にすべてがすんで、新宿区役所をあとにした時の気分は「まだ信じられない」の一語に尽きた。このあと借金をかえす生活に入った。

八月「未来」の夏期大会で講演した。

九月「未来」再建についての試案を作製し、近藤芳美氏はじめ幹部会員に送付した。そのまま、うけ入れられるとは思っていなかったが、大方の予想に反し、近藤氏によって採択された。次年の一月号の編集から「未来」編集委員長として責任をもつことになった。

　夏に『人生の視える場所』(歌集・思潮社)を刊行した。年末に『禁忌と好色』(歌集・不識書院)を刊行した。すこしづつ、明るくなって行く家族の環の中に居た。

　この年の後半から、「未来」にかかわると同時に、ＮＨＫ学園の社会教育の一端として「短歌講座」の開講(翌五八年四月)へ向けて、近藤氏を中心に「未来」の中心メンバーが協力することになった。ＮＨＫ学園のこの仕事は、そのあと年を追ってさかんになり、細分化し多様化する。わたしは、「短歌春秋」(短歌友の会)の企画編集に、ふかくタッチするようになった。

昭和五八年(一九八三)　五五歳

▶九州でゴルフをはじめた頃

年譜的な事項のひしめいている年である。

　一月号から、新編集の「未来」出発。編集は、大島史洋、古明地実、小野寺幸男らが担当。

　六月『禁忌と好色』により釈迢空賞を受賞した。

　三月から、家族全員で、豊橋中部教会(日本キリスト教団。いわゆるプロテスタントの教会)へ日曜礼拝に通うようになった。十二月クリスマスの日に、家人が洗礼をうけた。子供たちが幼児洗礼をうけた。わたしは、愛知教会から、(長い長い空白をへて)転入することになった。

　七月号「未来」より、「岡井選歌欄」が出発した。はじめ十二人の人が投稿して来た。この欄は四年後の六二年に十倍の百二十名にまで成長し、「未来」のイメージを変えるのに一役を果たした。

　四月より中日新聞の中日歌壇選者になった。

昭和五九年(一九八四)　五六歳

　この年は、前年と対照的に、暗転の年である。どうして、こんなに強い風がわたしに向って吹くのであろうか、とある人に問うたら「それは、男たちの、ものすさまじい妬心《シエラシイ》の賜物ですよ。現代とは、ジェラシイの時代」とおっしゃっていた。

　六月一日より中日新聞朝刊コラム「けさのことば」を連載しはじめた(休刊日以外は毎朝である)。

　十月、風圧に負けて、啓蒙の仕事(カルチャア・センターその他)から撤退した。不整脈がつづいた。過労も、その極に達していた。

　弟の長子真《まこと》夫妻が、大韓航空機撃墜事件で死去した。バークリー音楽院を卒業して帰国の途中だった。真の死は、弟夫妻の生活をかえたが、間接には、わたしたちの生き方にも影響を与えた。

　十一月、名古屋で現代短歌シンポジウムをひらいた。テーマ「短歌

ＶＳ劇」。

昭和六〇年（一九八五）　五七歳

春まで、苦しい勤務が続いた。

五月、豊橋にて、「ライト・ヴァースについて」というシンポジウム（「ゆにぞん」主催）をひらいた。

夏、近くにある新設公立中学校の南陽中学の校歌制作を依頼された。これは、年末までかかり、六一年はじめに、完成。かろうじて卒業式にまに合った。作曲は橋本祥路氏。

昭和六一年（一九八六）　五八歳

日記類をみながら辿れば正確なのだろうが、こうしてそらで考えると、波瀾のある、ふし目の年だったと思える。文学の仕事は、啓蒙の仕事を含めてふえる一方であった。

四月、勤務先の院長が定年退職し、新しい院長が赴任された。

六月一日「ゆにぞんのつどい」を「遊びについて」というテーマで、豊橋（ホリデイ・イン・シアター）で開催した。内容は、なかなか充実していて、若い人たちの議論はたのしかった。わたしに痛恨事があったとすれば、わたしがそれまで数年のあいだ、啓蒙活動を通じて接触して来た一般の人達が、ほとんど参加しなかったことである。わたしは、痛切に反省せざるをえなかった。

六月五日の夜半、午前一時ごろとおもうが、突然、心窩部を中心に、今まで経験したことのない重苦しい不快感が生じ、たちまち全身のつよい脱力感を引きおこした。四肢の冷感がつのる。胃散薬をのんだが、全く症状の改善はない。わたしはその時、毎月の連載稿のための読書をしていたのだが、横になれば、すこしは楽になるかと思って臥った。ほんのすこし、うとうととしたように思ったが、急に嘔吐した。実にらくらくと吐瀉したので、嘔吐ではないようにさえ思えた。みると枕から枕元の畳にかけて、まっ赤である。はじめは、鼻出血かと思ったくらいで楽観してみていた。そのまま、意識を失ったらしく、次に目をさましたのは午前四時ごろであった。なお全身につよい脱力感がある。便意がつよまり、トイレへ行った。大量の下血がはじまった。暗赤色の下剤便が、次第に黒色調になって朝まで続いた。ここではじめて、上部消化管出血をおこしたのだと覚《さと》った。最初に考えたのは、隣室の家人をおこすことでもなく、隣人の外科医に通告して処置をもとめることでもなかった。これが現実の心の動きの不思議なところである。さしあたり、今日書かないと雑誌に穴があいてしまうだろう、短かい原稿が二つあり、そのことを考えたのである。幸い、心窩部の不快感は軽減しており、意識を失った時（大量の出血によるショックだったのだろう。のちにわかったが、わたしのヘモグロビンは平素16グラム／デシリットルであるが、発病直後にそれが8グラムになっていた。つまり、一気に半分になったのである）以来、出血はとまっているらしい。わたしは、起き上って書きなぐるというに近い書き方で、二つの短文を書いた。馬鹿といえば、これくらい馬鹿な所業はないが、それだけをやったあとで、家人をおこし、つよい口渇があったので、うすい番茶をつくってもらって、のんだ。そのあと、枕元の血痕を示し、事態を説明し、隣人の外科医を電話でよんだ。もうこの時は朝になっていた。

外科のK先生に、手短かに状況を話すと、すぐGF（胃ファイバー・スコープ）をしようという。わたしが一番おそれたのは、いうまでもなく、胃癌による出血ではないかということであった。結果は吉と出た。十二指腸潰瘍で、球部後壁の一部に凝血塊が附着していて、新しい出血はみられないという。胃にはなんの病変もなかった。

診断がきまったところで、新聞社、雑誌社数社の編集者を電話でよび出して、一箇月間は筆を執ることができない旨を説明した。本人が、病名、病状と見通しをはっきり語っているのであるから、どの編集者も事情を納得して下さった。病院および、医療関係の関連の仕事については、医師同士のあいだの協力をお願いした。午後おそくなって、国立豊橋病院四階の四〇五号室に入院した。

入院後の経過で、書くべきことがあるとすれば、鉄欠乏性貧血の回復がおくれたことであろう。わたしは鉄剤の注射をうけながら三週間ほど入院加療した。

▲昭和55年頃の岡井氏，自作朗読の時

この病気は約一箇月で回復治療したのだから、それ自体、どうということもないようにみえるが、わたしの生き方に与えた影響は、測り知れないほど深かった。わたしは「お前は、ここで、生き方を変換すべきだ」という天帝の声をきいた。

すこしくわしく病気のことを書いたのは、「岡井は、しばらく充電期をもつため、仮病（あるいは軽症の身体異和）をたてにとって、休筆したのだろう」という噂があったのを知っているからである。この噂も、大そう興味ぶかく、また、愉快なデマであるが、真相は、そうなまやさしいものではなかった。

六二年の「現代短歌フェスティバル・イン豊橋」で、わたしは、鼎誌の一つをこなしただけで、後面にさがって皆のするところを見ていた。これは、前年の轍をふむまいと思ったからに違いない。

十二月に恒例の「ゆにぞんの集い初冬の会」を豊橋で開いた。

昭和六二年（一九八七）　五九歳

勤め先の仕事に、かなり自由と諦念が出て来た。これも前年の疾病のためであったろう。『全歌集』が煮つまって来て、いよいよ出ることになった。花やぐような気分は一切ない。自分のような、才能薄き人間を厚遇してくれるのであるから、その世間に対しむくいなければいけないという気持ちだけがつよい。

佐々木幹郎氏との組詩は、進められており今年中に完結するだろう。水島寛氏との歌画集も、半分ぐらいは進んでいる。散文集『犀の独言』（砂子屋書房刊）が出た（五月末）。俵万智さんが一気にスターダムにのし上り、角川賞では山田富士郎氏が受賞し、昨年の加藤治郎氏や、いよいよ元気な紀野恵氏をも含め、近隣に若い歌人たちが多く出て来た。かれらとわたしとでは三十年以上の年の開きがある。もう、わたしも、自分の好きなことだけやらせてもらってもいいだろうと思うようになった。と同時に、かれら若者たちの歌を意識して、作歌にはげむことにもなったのは、めでたくも、辛い現実である。家族は、妻三八歳、長男一二歳、次男九歳、長女五歳になった。

この別冊1は、一九八七年九月に発行した『岡井隆全詩集II』に添付した付録の新版です。

岡井隆全歌集II・別冊1

岡井隆資料集成

発行日：；2006年2月28日
発行人：；小田久郎
発行所：；東京都新宿区市谷砂土原町3-15
株式会社 思潮社　郵便番号162-0842　振替00180-4-8121
電話：；03-3267-8141
印刷所：；文唱堂印刷 株式会社

岡井隆論考

岡井隆全歌集II・別冊2

思潮社

目次

全歌集、よき哉

大岡信

私は岡井隆の歌を読んで失望してしまうということがかつてなかった。異論がある場合でも、彼の歌はいつも刺戟に富み、真正のうたびとがここにいるという喜ばしい実感は裏切られなかった。それを今更のように大したことだと思う。

今は現代詩の世界でも短歌の世界でも、「見渡せば花も紅葉もなかりけり」の秋の夕暮れが拡がって、さあこの逢魔が刻《とき》をどのようにして日没の夜明けに逆転させるか、それが問われる面白い時代になってきた。岡井隆はこういう時代だから一層愛読されてしかるべき歌人である。

この人はひるがえりひるがえりしながら、短歌を方法論的に煮たり焼いたり食らったりしてきたが、どんな修羅場にあっても、時到れば純一に透徹した抒情詩を流露させることのできる、戦後短歌に数少ない本格派剛速球投手である。この人がもしいなかったらどんなに寂しいことになったか知れない。

全歌集、よき哉。この投手の直球をも変化球をも、貪欲に受けとめてみようではないか、わが若きはらからよ。損はしないのだから。君自身の言葉を鍛えるために。

推薦文

塚本邦雄

一九五二年以前の初期歌篇から、三十余年の鬱然たる作品群は、そのまま、現代短歌、それも昭和三十年代以降の痛切極まる歴史である。岡井隆の卓抜な個性と技倆は、幾多の波瀾を乗り越えて、いよいよ鮮烈に、更に潑溂と、「歌とは何か」を明示し続けて来た。この一冊は、この後に生れ出る新しい歌人達への、スリリングな聖書であり、魅惑的な道標となるだろう。

冬の日の丘わたり棲む連雀は慓悍の雄いまも率たりや
雲に雌雄ありや　地平にあい寄りて恥《やさ》しき色をたたう夕ぐれ
掌《て》のなかへ降《ふ》る精液の迅きかなアレクサンドリア種の曙に
飛ぶ雪の碓氷をすぎて昏みゆくいま紛れなき男のこころ
大いなる虚《うつろ》にむかふ日常はこのまま銀の秋に続かむ

作者はなお、日々変貌し、間断なく革進を試みる。一巻の後にひらける新世界を見究めるためにも、三十余星霜の展望と分析は、われら焦眉の問題である。

偏愛の歌

吉岡実

『土地よ、痛みを負え』が出版された頃、岡井隆と出会い、一本を贈られた。以来、私はその人柄と歌に魅せられ、今日まで注視して来たのだ。「渤海のかなた瀕死の白鳥を呼び出しており電話口まで」――。或る年、忽然と彼は身を隠してしまった。まるで瀕死の白鳥のやうに。そんな岡井隆を欽慕して、間もなく、初期作品から『眼底紀行』までの全歌集が編れた。その栞に私も一文を寄せている。

数年後、岡井隆は歌の世界に復帰し、それからは意欲的に、『鷲卵亭』をはじめ、数冊の歌集を公刊しつづけた。そして『マニエリスムの旅』、『禁忌と好色』へと、一つの頂点をかたち造っている。どちらかと言えば、私は、『マニエリスムの旅』を偏愛している。

故知らぬ　囁沼《ささやきぬま》に芹を摘む　黄檗の僧ふり向きにけり

湯のあとを胡瓜かじれる童子ありひたすらにあの緑を噛むも

冬波は沖まで硬くむら立てりひややかに人は笑ひはじめぬ

現存する最大の長距離ランナー

吉本隆明

詩歌の長距離ランナーであることは難しい。岡井隆さんは、現存する詩歌の人としては、いちばん遠くまでたどり着き、いまなお傍らに並走するもののいない孤独な路を走り続けているほんとの長距離ランナーだとおもう。「アララギ」的な写生の歌から出発して、途中に幾度か腕の振りや傾斜を変え、その度ごとに時代の波を真っ先にかぶり、新しい走法のスタイルを発明しながら、とうとう現在の、平明でしかも濃厚な情感の表現を発見していった。いまなお登り坂の路を、前傾姿勢をとりながら走ってゆく彼の姿がある。わたしは確かに見てきた。彼が途中走りながら四回ほどドリンク剤を補給し、その都度走る速度を増してゆくのを。彼を思うと詩歌の現世は愉しくなる。

岡井隆との遭遇

入沢康夫

一篇の作品から受けた新鮮かつ深甚な感動によつてその作者を発見し、その名が記憶にとどまるといふのが、文学享受における「王道」だと思ふのだが、岡井隆氏の名が私の意識の中に住みついたのは、その道を通つてではなかつた。現代短歌の動向について、ほとんど知るところのなかつた私が、岡井氏の存在を知つたのは、一九六三年に刊行された金子兜太氏との共著『短詩型文学論』によつてであり、そこに展開されてゐる短歌の（といつても、短歌のみならず、詩歌全体にも充分あてはめて考へることのできる体の）韻律に関する試論が、私の心に大きな驚嘆と共感を呼びおこしたのだつた。そして、その驚嘆、その共感が、私をして、意識して岡井氏の作品を読みあさるやうに仕向け、私が岡井氏の作品の魅力にずるずるとひき込まれて行くといふことも、その結果として生じたのであつた。

もちろん、その道を通つてでなくても、遅かれ早かれ、その後何年かの間には、岡井氏の作品を識り、その愛読者になるといふ事態は起つたであらう。しかし、その場合は、やはり、何かが違つてゐたと思ふ。といふのが、作品に深く親しむやうになつてからも、その作者は、私にとつては久しく「あの《短歌韻律論》の岡井さん」でありつづけたし、岡井氏のその後四半世紀の実作的・理論的営為の進展・深化を一愛読者として辿りつづけて来た今でも、その思ひは、消し難く残つてゐるのである。

だがこれは、何につけても第一印象がのちのちまで支配的に持続しがちであるといふことの、単なる一例にとどまるのだらうか。必ずしも、さうとばかりは言へない気がする。あの《韻律論》には、それまでの岡井氏の全業績、そして、それ以後今日までの全営為を通じて一貫してゐる「ある特質」が、とりわけ濃密に凝縮され、露呈されてゐたと思ふ。といふが、あそこに凝縮され、露呈してゐたものに、私の心は異常に共鳴・共振するのであり、岡井氏の方ではあるいは迷惑かも知れないが、私としては、岡井氏のことを精神的な同族と思ひ込むのも、その特質あればのことなのだ。

ところで、私が『短詩型文学論』での岡井氏の試みにことさら強く心を惹かれたについては、実はささやかなプレ・ヒストリーがある。

詩を書きはじめるすこし前、ほんの一年か二年の間だが、短歌を作つてゐた。中学の三年生だつた。白秋の短歌、それも、初期の『桐の花』や、晩年の『黒檜』『牡丹の木』ではなくて、中期の『白南風』に夢中になり、一首残らず暗誦できるほどにまで入れあげた。自分の書く歌も、たちまち白秋の幼い模倣となつた。さうした中で、歌の「しらべ」といふことが気になり出し、まづ最初にリズムに注目して、小さな試論をまとめ、文芸部の雑誌に載せた。その題は「短歌のリズムの統計的研究」。四編十四章から成る「白南風」の、各章から無作為に十五首位づつ計二百首をとり出し、それらについて、三音と二音の組み合はさり具合を調べ上げ、同型のものをまとめることによつて、いくつかの傾向を見出さうといふものである。（思へば、これが、私の書いた最初の「詩論」だつた。）

この試論の、文芸部の仲間のあひだでの評判は、むろん芳しいものではなかつた。文学作品を「数字」や「図表」に抽象化しようといふこと、そのことへの反撥である。私自身としては、そのことについては、それでも少しもたじろぐところはなかつたのだが、ただ自身のとつた、五音や七音を二音と三音の組合はせに分解するといふやり方に、今一つあいまいさがつきまとつている点が不満であつた。

やがて、詩を書きはじめて、たちまち短歌から遠ざかったのだが、リズムのことは相変らず気になりつづけてゐた。「内在律」といつた言葉を覚えたのも、その頃だが、「内在律」なるものを今少しでも客観化しようとすると、結局ケース・バイ・ケースになつてしまふもどかしさを、どうすることもできなかつた。それに、からした分析は、当時（今でも？）圧倒的であった「詩は思ひの深さだ」「作者の心のほとばしりだ」といふ、はじめから分析を「悪」とする詩観とは、全く相容れないものだつた。詩歌の韻律それ自体をとり出して対象とすることを、私はほぼあきらめかけてゐた。そんな私の前に、岡井氏は、『短詩型文学論』によつて「出現」したのであった。

岡井氏の、あの「韻律論」のバック・ボーンを成してゐるのは、いかなる対象であれ、科学的方法で追へるかぎりは、科学的・客観的に追ひつめ、その上で、その行きつくところからさらにその彼方を見据えようといふ態度であり、このことは大いにわが意にかなふものであつた上、そこで実際に採られてゐる方法——「ａｉ律」「母音律」への着目・提唱に集約される——は、それまでの私の暗中模索に、少なからぬ光を投げ与へてくれたのだ。

それまで、音数律と、音のひびき（音韻）とを別々に考へてゐた私にとつて、この両者を統合する「母音がリズムのになひ手」といふ考え方は、「よろこばしい衝撃」として作用し、私は心のつかへの幾つかが薙ぎ払はれる思ひがしたのである。

四半世紀の歳月が流れた今、「ａｉ律」「母音律」の理論が、岡井氏の中でどのやうになつてゐるかは、つまびらかにしない。詩歌の音韻の問題に関しては、その頃、あるいはそれ以降に、那珂太郎、吉本隆明、さらにそれらを踏まへた菅谷規矩雄といった人々の労作が、問題を少しづつ掘り起し、明らかにして来てゐるのは周知のごとくであり、私としては、それを正面から論ずる気は差当つてなく、もつぱら実作を通して追究する道を選んでゐるわけだが、それはとにかくとして、岡井氏の、常に「あへて危地へ乗り込んで行く」ていの営為、その強烈な「実験精神」から、どんなに多くのものを与へられたことが、——また、これからも与へられつづけることが、まことにはかり知れないものがあるのである。

今回、久方ぶりに全歌集が編み直されると聞いて、心から喜ぶとともに、このあとも、更にも大きな詩的冒険が（冒険精神がしだいに跡をたちつつある今だからこそ！）展開されることを期待してゐる。

岡井隆遠望

菅谷規矩雄

「歌はただ此の世の外の五位の声端的《たんてき》にいま結語を言へば」——《鶯卵亭》の巻末におかれた一首に接して、その苦さが心地よかった。ここで岡井隆がみずから告げている回生のさまを、よろこびたいとおもった。

読者は、作品のなかにも勝手に物語をよみこみ、また作品のそとに物語をつむぎだそうとする誘惑に、身をゆだねたがっている。「この世の外」なる異界にはまりこみ、惨と苦とそして快楽《けらく》とを全身で、また全心で験《けみ》してきたひとの帰還を、わたしたちはいま目のあたりにしている——そんなふうに誇張した思いこみのレトリックで装わなければ、読者のがわの生身《なまみ》がもちきれなくなる。そんなにまで岡井隆の歌がこわいか。こわいと言わぬまでも、心中で、いや、むしろ、体内で、なにかがさわぎ、またべつのなにかがおののく。

物語の発端はこうだった——「中世のはげしさのいただきへ行くたえがたきまで　病むなわが耳」。上句五七の異調が、たえがたきまで……の語感が、そして、病むなわが耳——という自愛の切実さが、言葉の音域をおもうさま、さやがせていた。そのように岡井隆に遭遇したのだった。一九六七年刊の《眼底紀行》においてのことである。それからの数年、わたしはわたしで学園紛争の、いわば「はげしさのいただき」においつめられ、遭難（!?）し、岡井隆のほうも、わたしたち読者の視界からすがたを消した。

あらためて、全歌集の校正刷りに目をとおしていて、この〈視界〉ということの意味あいがようやくわかってきた。どのようにして戦後を収束（終熄でも収拾でもなく）するか——それが、一九七〇年代における、ゆいいつの戦後的主題だったのだ。

三島由紀夫が割腹し、ついで村上一郎が自刃した。三島は、志気を血気に昇華するという倒錯によって、戦後社会を逆転しようとこころみた。村上は、戦後社会の内部で志気をもちこたえることの不可能さ、という果てをきわめてしまった。このふたつの、戦後の死を、とりわけ村上一郎を、眼前に直視する——という位置に、ほんらいの岡井隆ならば、さけようもなく立っていたわけである。

ただし、直視かならずしも正視とはかぎらない。至近であるゆえの視界喪失が、かえって邪視にみちびくことだってありうる。そのような邪視が、三島・村上の対極に、連合赤軍の〈殺〉をよびよせた。三島は天皇を、村上はネイションを、連合赤軍は革命を、至近にひきよせすぎて、かえってみうしなったのだった。戦後の政治思想が、左右の両極からよびこんだタナトスのトライアングルの一頂点——それが、一九七〇年前後の岡井隆の位置として、必然的に仮想しうる場であった。

だが、この必然の仮想点にたいして、他方に、いわば偶然の現実点というものもありえた。のみならず、偶有であるゆえに不可避であるかもしれない。すでにこのカウンター・ポイントは、一九六四年には、「群衆のなかをうねりて花行けば小気味よきまで遠し　政治は」——というように確認されてもいた。

政治が、思想に論理を強制し、論理がタナトスをよびおこす。そのように死と殺とが噴出したのが、正視のための遠望（パースペクト）を放棄してしまった。邪視としての戦後の限局点だった。

けれどもこのとき、時代は、岡井隆にたいして、およそ非時代的な、すなわち偶然としかいいようのない一瞥だけをゆるした。時代が岡井に、岡井が時代に、なのである。そしてそれ以後は、まさに一瞥いらい……とやがては言えるようになるかもしれない、異界へ岡井はぬけだしていった。

わたしたちは、そののちの結果だけを云々しうるにすぎない。そしてようやくにしてわかってくるのである。事件は、岡井隆個人に、私的に、私生活内部に、生起した。家族も、職場も、はては歌さえもすてて、ひとりの女との愛恋に生きようと、「この世の外」に逃げのびた。終熄もありえなければ、また、収拾もとてもありえない世界であろう。

岡井隆の消息はわからなかったが、この時期に、三島の死いじょうに、身にせまるおもいをした事件があった。わたしと同年のある大学助教授が、恋人の大学院生を殺して埋め、あげく妻子ともども一家心中して、おのれを精算してしまったのだった。ここにひとつの教訓があった。戦後的エロスが、ニヒリズムの極で、無意味な空白をひろげている——それが、エロスの場としての家族のすがただった。この空白は、家族の解体をどこまでもつらねてみせるいがいにないのか。

収拾はありえないが、解体がどこに収束するか、その一点を遠望すれば、生としてのエロスは可能かもしれない。おそらく、その一点が、倫理《エートス》の起源の地なのだ。さいきんの岡井隆の作品からよみとれるのは、そのような家族の回生の場である。

この回生のためには、父なるものの死が、不可欠の条件だったのではないかと思わせるところが、岡井隆にはある。父との対立は、こんなふうにあらわれてくる——「くちびるの左右に向けて薄く閉ぢ震ふあたりを口角と呼ぶ」の一首には、追い書きがあって「というふうに父の怒りが、つぶてのように浮んで過ぎるのだ」と記されている。この怒りが、父と子の議論が、どんなところにむかっていたか、その一端は、「雨ぐもの蟄《ちつ》のふかさにものをおもふ大国の暈《かさ》富国の翳《かげり》」の前書き、「父と最後にたたかわしたのは尊皇、防衛の論。怪また奇。」というところにうかがえる。うかがえるのみならず、父と子が、こうした論議に対立の焦点を結ばざるをえないのは、不幸である。老いたる父、という生理が、しかも、父なるものの思想の、老いたるすがたをあらわにしている。息子は、息子であるゆえにこの両面を同時にうけとらねばならない。なおまだ死ぬまいとして、しかし老いが必然である思想をかたくなに生きている。もちろんこの思想は、思想であるゆえに、だれからの、また、どこからのいたわりも峻拒している。《人生の視える場所》の自注で、そのところを岡井隆は述べている——「わたしと父は、最後の最後まで、折りあわないところがあった。せり合っているところがあった」。せり合って、負けまいとしていたのは、父よりもむしろ息子のほうであったかもしれない。

というのも、父なるものにたいする、岡井隆の、オブセッシヴなまでのせり合いは、戦後社会の内部にあって、岡井がみずから父としておのが家族に内在することにたいしていだいた、ある種の不能感のようなものの投影ではないか、と推測できる面もあるからだ。

みずからが父であることにたいして抱いている疎隔の感――そのよってきたるところをたどれば、岡井隆の志気のありどころにゆきあたるとおもえる。

たとえば一方に初期の作――「休講となりて来てみるこの草地銀色の蟻今日も草のぼれ」の結句にみられるような小動物への親和のまなざし、他方に、おそらくそれから数年後の「言いつのる時ぬれぬれと口腔みえ指令といえど服し難きかも」をおいてみるとき、どこで、なにが、岡井隆の短歌の戦後的源泉となったか、言いかえれば、短歌がいかに戦後を不可欠のものとするにいたったか、その淵がありありとみえてくるからである。

わたしの仮説では（臆測というべきか）、源泉はこう問いかけていた――志気で女をうたえるか。どこからそんな声がひびきでるのか。戦後歌人がいちばん忘れたがっていたであろう与謝野鉄幹からかもしれなかった。

かつての軍国少年が、一九五〇年代後半になって、戦後思想のうっ屈した風景のなかに、ようやく手ごたえをえた。源泉にひびく声は、こう変奏された――思想を官能せよ。そこに、岡井隆の、戦後短歌のボディがうかびでて発熱した。短歌のことばが、メタモルフォーズをとげた。観念を肉化しうる歌体がうみだされた。すなわち、戦後的観念のもろもろの相のどれにたいしても、歌はためらうことなく、発情しえた。

溯《さかのぼ》る一つの白帆の照りかげり、思想史の曲がる運河をたどり
右翼の木そそりたつ見ゆたまきはるわがうちにこそ茂りたつみゆ
〈小市民めが！〉ことある毎に差別されつ言う奴ら自身の長い尻
尾よ

思想史の曲がる運河も、右翼の木も、長い尻尾も、もし短歌が狂歌をもふくむことを当然とするなら、その当然を必然として、時代にたいするクリティッシュ（臨界的）なまなざしの自在さのあらわれだ。

臨界（クリシス）にたつ、したがってクリティシュであることの、その自在さに、岡井隆の歌があった。一方に――「走れ、わが歌のつばさよ宵闇にひとしきりなる水勢きこゆ」。「今日も草のぼれ」の声は、ここまで丈をのばした。だが他方に――「詩歌などもはや救抜《きゅうばつ》につながらぬからき地上をひとり行くわれは」。あるいはまた、はじめにあげた「歌はただ……」の一首、「志が死んで歌が蘇る、そういうときもあるのだ」という感慨……などなど。

韻律も音韻も、短歌の臨界で、せっぱつまりながらたわむれている――「しりぞきてゆく幻の軍団はラムラムララムだむだむララム」、また「聞こえぬか聴かぬか天のザムザム訣れの声は雨に満ちつつ」。これらをふくむ《天河庭園集》一冊じたいが、歌の死と死の歌の臨界をなしている。「だむだむララム」の、アナーキーなまでの低音域が、どんな暗い淵をのぞかせていることか――「ひとたびふたたびみたびよたびまで声あげて寄る死の水際《みぎわ》まで」、そのうちかさなる声の、言いようのないくぐもり、さらにそこで「万軍の主《しゅ》よ在《いま》すなら否《いな》いますことあらざらむ罪は愉しも」と言いはなつ、「この世の外」なる愉悦――タナトスのトライアングルとエロスのトライアングルとがぶっちがいに重ねあわされている。ダヴィデの星、岡井隆の、善悪の彼岸、はたまた、モラルの系譜学《ゲネオロギイ》。

物語には、たいてい大団円という一章が添えられている。このたびの全歌集には収録されない最近の一巻《五重奏のヴィオラ》をそ

うした一章と読むことはゆるされるだろう。読者はそこで、なにほどかホッとするのだ。
　ここには、家庭と家族があり、そして医師としてでなく入院患者である岡井隆がおり、また入院でもしなければありえなかったであろう、職務をはなれての休暇にひとしいものがある。味わい、ということを、ようやくにして匂わせるにいたった、快適なまでのインテルメッツオである。
「家族五人の食卓につくあけぐれに、」と前書きがあって——

父われのかなしみは今《いま》流露せりそれからあとは礼儀知らずの雨

　下句の転調が、なんともいい。ほとんど俳諧ではないか。そのまえの一首は、こうだ。

やや遠く熱源生るる家内《いえぬち》の、いまさらどうしやうもないさ、さみだれ

　つまり、転調が、対位法とポリフォニーとの練達の結果として、巧むことと巧まないこととの、綾なす自在さを示すのだ。
　病を癒すことを仕事とした（仕事、ではいけないかな）医師岡井隆だが、このひとの歌のことばが、他者《ひと》の心を癒す——というようなすがたをとることは、望んで望みえないことのひとつだった、とおもう。けれども、ことばは、ほんとうはそこにとどくのだ——と岡井隆は伝えている。「山中智恵子、病みたりときけば」の一首。

かざしたる言葉の笹をくぐりぬけ浄夜に到るみちもあらなむ

　べつの一首、「あまり、いい気分ではないが」、わたしもそうはおもいますが、物語の結語は、「いま端的にいえば」、こうなることに同感です——

戦後的なるものなべてうとましき宵闇の来る森を見てゐて

　ではあるが、つぎにつづく物語は、もう何頁も読みすすまれている——

隻眼の海賊の出るあたりまで読みすすむべし感冒声《かぜごゑ》の女《ひと》

　説明の要はあるまいが、結句の「感冒声《かぜごゑ》の女《ひと》」という受感の〈構造〉の、しなやかな多重性に、まったく感心してしまう。情景を事実の相に還元してしまうなら、これは妻子ある身のひとであれば、だれでも経験しているはずのことだ——だが、「感冒声《かぜごゑ》の女《ひと》」という聴覚の複相を、まさにこのように言うことは、だれにでもできるものではない。斎藤茂吉にこんなことができたろうか——なんてことは言わずもがなか。
　かくして、インテルメッツォは、つぎなる場面を、どんなふうに予言するのか——

模すべくもなく伍すべくもあらざれば室生犀星晩年の腥《せい》

で、犀星でなければ、岡井隆には、ミシェル・フーコーの《臨床医学の誕生》を——という、期待。
　乱文乱筆、しどろもどろの片言の失礼のほどはおゆるしいただいて、今日は五月五日、つぎなる一首を、勝手にちょうだいいたしま

す——

おお五月O《オー》家の薔薇はべたべたと宙をうずめてかがよひ初《そ》めつ

ある事件

清水昶

むかし『ブルジョアジーの秘かな愉しみ』という映画があった。さしずめ岡井さんの短歌は「ブルジョアジーの優雅な悲しみ」ということになるだろうか。奇妙に聞こえるかもしれないが、ブルジョアジーとは、ほんらい、いない階級なのだ。たとえば「ブルジョアのようにコーヒーをのみ、ブルジョアのような服装をして」といったぐあいに、どこにもいない階級ゆえに、そのぶんだけ未来に向けて感受性を拓いている。そこには小市民ということばも、マルクス主義的な階級概念もあてはまらない。未来への予感があり、ただ予感のみが支配的なのである。

つややかに思想に向きて開ききるまだおさなくて燃え易き耳

訛り濃き愛の告白　送話器へのびあがり声を殺す少女の

説明はいるまい。そこに六〇年安保闘争の影がみえようとみえまいと未来への予感の杭が、一首、一首に打ってある。

岡井さんにも絶望があったことは、いうまでもない。いまは伝説化している九州逃避行が、それを証している。当時、偶然、新宿の居酒屋で知りあった中井英夫が、話していたことを思いだす。岡井さんの失踪事件についてである。中井氏が、どのような思いを込めて、ぼくや居酒屋につどう者たちに岡井隆失踪事件を話してくれたのかは、わからない。ぼくの知りあいの編集者の話によれば岡井さんの若き日の「宿敵」吉本隆明は「わっ、いいなあ」とうらやんでいたそうである。皮肉ではなく、歌壇といった「世間」や、その他の煩わしさから逃避を強行できる岡井さんを吉本氏は、心底うらやましかったにちがいない。社会的な地位も名誉も投げ棄てて、姿を消すということは、じつに困難きわまることであったはずである。特に小生のように、べつに卑下しているわけではないが（ほんとうは卑下している）地位も名誉もない人間にとっても、岡井さんの「事件」は、岡井さんの絶望とは、うらはらにうらやましく思う。塚本邦雄の「まことしやかに弾《ひ》くギタリスト」ではないが、岡井さんの本領は、その良質なブルジョア性、未来に何が待っているかわからない、といった不安の彼岸を、たえず注目しつづけているところにあるだろう。

岡井さんと最初にお会いしたのは（もちろん活字のうえで）二十数年前のことだ。そのときぼくは学生だった。もし青春というものがあるなら、その「青春の激動期」に出会ったことになる。以来、十数年後、福島泰樹を通じて本物のジツブツの岡井隆に出会うことになる。岡井さんは「ジンブツ」だった。酒をのみ、のむほどに、ぎゃあぎゃあと騒ぎたて、からみ、まといつく福島泰樹や小生を、医師リューはほとんど微笑で巧みにかわしていた。医師リューに、からめばからむほど、彼の術中に陥ることになる。つまり岡井さんは、ぼくら青二才に罠をはる術を知っていたのだ。

岡井さんと一緒に旅をしたことがある。福島泰樹が住んでいた沼津に行ったのだ。当時の国文社の編集部にいた田村雅之も一緒だった。福島の提案だったか、岡井さんを含めた四人で同人誌をつくろうという計画があったのだ。無事、三島駅に着いた。そこまでは良かった。福島泰樹が例のにこにこした笑顔で迎えにきてくれた。彼の車で沼津の山中深くへつっ走っているとき雲行きがあやしくなった。稲妻が走り土砂降りになったのだ。福島泰樹は、平気、平気と鼻唄まじりで車を運転していた。ようやく福島泰樹のお寺に辿りつき、福島泰樹のプレハブの書斎で、さあて、これから大宴会を四人でやろうとして腰をすえ、まず新しい同人誌のタイトルを決めずばなるまいと四人で首をひねっていた。田村雅之だったか「イフ」というのはどうだろうかといった。「もしかしたら」。福島泰樹が、それもいいけれど、いっそ「異婦」にしたらどうだろうかといった。何のことだか、さっぱりわからない。あえていえば四人に共通しているのは女性に対する異常な興味？　という意味だったかもしれない。男という「うごき物」は何歳になっても女性に対してひどく弱い。岡井さんを筆頭にして。

性愛のまにまに頽れゆきにしや岡井隆といふ青年は

これは短歌というかほり高い文学の世界なんかじゃない。まるでアトランダムの日記である。はじめて短歌をつくった青年が「どうだ」と読み手に示したような一首である。しかし、にもかかわらず、岡井さんは現在まで「性」と格闘しつづけている。医師ならば、とっくに「性」から卒業しているにもかかわらず、と俗物は思ったりするが。

もう十年以上も前の福島宅での情景が、あざやかに思い浮かんでくる。あの夜は恐怖の一夜だった。その夜、洪水の危険におびやかされたのだ。四人のブルジョアジーが首をひねっているまもなく、福島泰樹のお寺の前の堤防が決壊するかもしれないという情報が入った。ぼくらは一瞬、青ざめ、福島泰樹は飛び出していった。そのとき、暗闇にとりのこされた岡井隆、田村雅之、清水昶は、どうしたか。いっさいの情報がない暗闇の中でである。ラジオをつけると、のんびりと浪曲をやっているのみである。あたり一帯は、みわたすかぎりの平野、洪水が起こったら、濁流にのみこまれ、ひとたまりもない。実感としてわかった。それは四人のみが共有した恐怖であった。田村雅之が、土砂降りの中を河の水位を眺めてきた。あぶないという。「もし決壊したらどうする」「おれは泳ぐ。」泳げないぼくは、まさに風前の灯だ。学問に急がしく、泳ぎを覚えるひまがなかったことを悔んだ。冗談をいっている場合ではなかった。ぼくは、ひとり青ざめて酒をのんでいた。そのとき医師リューは、どうしたか。パニック状態のぼくらをのこしたまま酒を持って、ひとり悠然と微笑をたたえたままコンクリート造りの本堂に行ってしまったのである。しかしその本堂が一番あぶなかったのである。裏山からの鉄砲水の直撃をうけたらひとたまりもないと、あらかじめ村人にいわれていた。「追いつめられたけものは意外なうごきをする」とは、あるイギリス映画の科白だが、あえて危険の中に出ていったその夜の岡井さんの行動が、いまもってわからない。そのわからなさの持続が岡井さんの短歌の魅力となっているかもしれないと、ぼんやり思ってみたりする。結局、洪水は、上流の堤防決壊によって喰いとめられたが、惜しい企画だった「異婦」は濁流の彼方へと消えてしまった。

歌言葉表現

藤井貞和

歌集『斉唱』のただなかにぬっと出てくる岡井隆、『土地よ、痛みを負え』と『朝狩』の岡井隆、『天河庭園集』に見られる六十年代の果てに立つ岡井隆、『人生の視える場所』を連載する岡井隆と、くきやかにいつでもこの歌人はその軌跡を読者に印象づけてきたと思う。『斉唱』は、

夜半《やはん》旅立つ前　旅嚢から捨てて居り一管《いつかん》の笛・塩・エロイスム
暗くつながるギルドのなかの個の行方　空洞抱《だ》いたまま来ぬ少女
颱風のみちまつすぐに此処を指し児は吐き止まず銀の予感を
襤褸《らんる》の母子襤褸の家にかえるべし深き星座を残して晴れつ
朝鮮人居住区へゆく夜の道かなしきまでにわれは迷わず

とうたって、「かなしきまでに」五十年代を叙情し得たといまにして感銘をあらたにするが、いうまでもなく岸上大作には重大な影響を与えた。わたくしが岡井短歌にはじめてふれたのはしかし『斉唱』よりすこしあとの、さいしょに雑誌に載せられたときの「土地よ、痛みを負え」の連作であった。

暗緑の林がひとつ走れるを夕まぐれ見き暁《あけ》にしずまる
モルモットを摑むとき手がまことたゆく袖はしきりに汚穢《おえ》にふれゆく
胸もとに前肢《まえあし》つけて兎立ちうす暗がりに慣れゆくわが眼
あつき額《ひたい》を棚にあてつつ息づけば野ねずみよわが足こえて跳ぶ
隣室のかなしきまで柔和な少年にわれは先行されしや否や
いくたびか汗をおさめて立ちむかう西欧というは遂に何ならん
仮説をたて仮説をたてて追いゆくにくしけずらざる髪も炎《も》え立つ
幾日か恋々とせし臆説をくらき彼方へ遠ざからしむ
われの内ふかく暗渠が落ち合いて揚げつつぞいんしぶきと思う
剔除されしみずからの肺の沈著《しず》けるを覗きていしが帰りゆきたり
ヨオロッパより百年を後れつつ臆説ひとつ蘇らしむ
愛しさをつたえんとせし電話にて海鳴りに似し音をかなしむ

当時の歌人にとってはなんでもないことなのか、しかし第一に短歌という文語体であるべきものと新かなづかいとの融合が驚きであった。同じ雑誌に出ていた大野誠夫や寺山修司の短歌も新かなづかいではなかったか、これは記憶があいまいである。塚本邦雄のは旧仮名であったが、短歌にかなづかいを通してとうとうと押し寄せるヌーベル・バーグ、そこに新しい定型詩の未来を垣間見る思いがした。「ぞいん」とか「いしが」とか、短歌が発見した表記だろう。第二に、それにもかかわらずこの歌群にこもる暗さの輝きのようなものの魅力。暗緑、夕まぐれ、暁《あけ》、うす暗がり、くらき彼方、暗渠といった語の多用のせいだというより、人生が時代に即応してゆくその歌人の生き方にねざした暗い魅力なのだろうとそのころは考えた。第三に、「暗緑の林がひとつ走れる」とか、「まことたゆく」とか、「汚穢《おえ》」とか、「沈著《しず》ける」「蘇らしむ」式の表現である。ここに現

代短歌の発生みたいなものを見た思いがしたのだが、そのことについてはあとに言う。第四に、「西洋というは遂に何ならん」「臆説ひとつ蘇らしむ」などにこめられる一種の近代批判にかかわる果ての叙情にいきなりうたれてしまったのだといまにして言いたい。少年期のわたくしであった。

岡井隆の正当な努力は岡井隆じしんによって、歌集になった『土地よ、痛みを負え』のあとがきにはっきりとこう書かれている。

短歌をつくるとは、歌言葉に翻訳することである。歌言葉といっても、僕は、古典的な句法や単語だけを指してはいない。むしろ、僕らの努力で、現代日本語から採集して歌言葉を豊富にしてゆくことこそ、現代短歌が真に現代短歌たるために必要なのだと思う。が、一方、僕らが普通、それによって表象したりしゃべったりしている日本語が、そのまま歌言葉たりうるとする誤解ほど、歌を枯らすものはないのであって、俗流大衆路線派は、日常語の平明直截性をよろこんでとり入れたがるが、歌に用いられた場合、その種の言葉は、意外に無力化するのだ。

右の発言は、現代短歌大系第七巻（一九七二）に収められたこの歌集を読んだときにはじめて知ることのできたものであったが、「土地よ、痛みを負え」連作をさいしょに誌上に見たときのいだかされた感想について、著者じしんがまっすぐに解き明かしてくれるもので、これはなかったであろうか。

「暗緑の林がひとつ走れる」という表現は歌言葉であるというのだ。このようにして、古典以来日本語をつらぬく「歌言葉」の世界が、けっして古典のそれでなく現代のそれとしていまに生成していること、そしてその泡立つ現場のようすを、わたくしは自分がろくに古典なんかを学ぶよりまえにすでに知ってしまったことを至福に思う。その至福をいつどこにいてもただちに呼び出すための、「夕まぐれ見き暁《あけ》にしずまる」はわが呪文であった。また「西欧というは遂に何ならん」もまたうちひしがれたときの有効な回復の呪文であった。

今朝渡来せし白鳥を呼び出すとダイヤルを指すべりやすしよ
泣いて屠りし山羊《さんよう》の白き皮乾《ほ》してはためく声のしたをかえらん

「ダイヤルを指すべりやすしよ」という、文構成としては破格なのだと思うが、歌言葉がそこに生成しているのだという。「山羊《さんよう》」とは奇妙な言い回しだなどと言うなかれ。古典に深く親しむまえであったわたくしにはこんな岡井の語法が文字通り全身で受け止められた。

『朝狩』の歌群にもまた平静を装って近付くしかない。

朝狩りにいまたつらしも　拠点いくつふかい朝から狩りいだすべく
おれは刈るおれの理由を　かつ夏に悔《くや》しく不意に見うしないたる
われ西欧の「個」を信じつつ　浅宵の宙にしきりにふえやまぬ灯《ひ》よ
海こえてかなしき婚をあせりたる権力のやわらかき部分見ゆ

まことに時代と拮抗する歌言葉の激しさは『朝狩』の果てへと突き進むらしい。「海こえてかなしき婚」や「やわらかき部分」はいかなる喩としてあったのか、いま容易に思い出すこともできないが、難しい六十年代へ岡井隆ははいってゆこうとしていた。「倫理的小品集」（『天河庭園集』に見える）に「あけぼのの星を言葉にさしかえて唱うも今日をかぎりとやせん」といったうたを残して岡井は失踪したという。それも一つの時代の越え方であったらしい。

抽象という生きもの

佐々木幹郎

「わたしは停年で退職するまで医者を続けようと思っているんですよ」と、岡井さんが言われたことがある。「病院で看者に向かって、おばあちゃん元気？　とか言っているときが一番楽しい」。「長い間、医者という仕事と短歌という仕事を両立させてきたから、一方を無くして短歌だけという生活は不自然になってしまった。いずれそういう時が来るかもしれないけれど、できるだけそれまでの期間を延ばしたいと思っているんです」。

思い出しながら記しているので言葉は正確ではないかもしれない。わたしたちは朝のホテルの食堂で、朝食をとりながら喋っていたのである。前夜にそのホテルで落ちあい、十時間ほどえんえんと、詩と短歌を交互に往復させて、共同詩を作るという試みを終えたばかりだった。二年ほど前に「現代詩手帖」の企画で一回目を始めて、インターバルを置きながら連続させることに決めた。この日は「短歌研究」誌に載せるための五回目の日だった。岡井さんもわたしもほとんど眠っていなかった。身体中が疲労感に包まれていたが、作品を書き終えたことの充実感の方がそれを上廻っていた。

岡井さんは一睡もしないまま、これから東京のある場所で行なわれる講演に出かけられるという。何という強行軍か、とわたしは驚いた。半年ほど前に身体をこわして、二か月間入院されたばかりである。仕事の量を減らしてはどうか、という話の延長上で岡井さんの医師という仕事のことに話はつながったのだった。

わたしはこのときの岡井さんの「おばあちゃん元気？」という口ぶりと微笑を忘れることができない。

ああ、そうかとあらためて岡井隆という歌人のことを考える。例えば次のような文章がある。

人体は無数の勾配から成立っているが、たとえば胸腔内面の彎曲のふかい美しさに比べれば性器などなにものでもないといえるのだ。しかしたとえば男の手で無理に拡げられた女のてのひらは無数の坂を持っておりむろん性器といえなくはない。おなじく鳥を飼うのならわたしは厚い胸筋をうがち肋骨穹隆の裡にこそ飼いたい。そして心耳から、暗黒に負けずに育ったための餌を与えたい。

（「木曜詩信・号外二」、『眼底紀行』）

「人体は無数の勾配から成立っている」という「人体」の見つめ方からしてそうなのだが、「胸腔内面」とか「肋骨穹隆」とか解剖学的用語が次々に出てきて、しかしそれらの言葉が囲いこんでゆくのは大変官能的な世界である。人体の器官の一部が医者の眼で見つめられていると同時に、個別的で具体的な幻影の対象となっている。

岡井短歌のボキャブラリーの中では、「身体」も「肉体」も登場しない。あくまでも「人体」なのである。

手術室よりいま届きたる肺臓のくれないの葉が見えて飯《いい》はむ　（『朝狩』）

ここにも「肺臓」という人体の器官の一部が登場する。この歌の情況設定をよく考えてみれば、実に生ま生ましい風景だ。医者の日常生活という枠組みをはずして、血の色をした人間の肺と、その横で飯を食う男という映像だけを取り出してみれば、異様さだけがきわだつ。しかし「肺臓」を「くれないの葉」と呼んだとき、それは具体性を持ちながらどこかで抽象的なオブジェと化してゆく。そういう幻影のルートが一首の中に確実に仕込まれていることに気付く。切り取られたばかりの「肺臓」の横で「飯《いい》はむ」男、それはいったい誰なのか。そういう疑問がこの一行の後に続く。

つややかに思想に向きて開ききるまだおさなくて燃え易き耳　（『土地よ、痛みを負え』）

岡井短歌を代表する一首だが、ここでの「耳」にも特有の視線が張りつめられている。一行三十一音という短かい詩形式の中で、ひとつの単語の選定がどれほど効力を発揮するかという、サンプルのような作品だ。名詞止めであることによってそれは一層効果的に働いている。「耳」はここでは稚い少年か少女の人体の一部として取り出されているのだが、しかしそれ自体が独立していて、いわば身体全体をおおうような大きさにクローズ・アップされている。「燃え易き耳」の燃える対象は「思想」という抽象的なものだ。「つややかに」「開ききる」「まだおさなくて」「燃え易き」というふうに、形容句が全て「耳」に向けて集中されていくとき、人体の器官の一部が「思想」と等身大の大きさになってゆく。

歌人・岡井隆がここにいる。それはこう言っているように思える。人間の思想というものが形を持つとしたら、人体の器官の一部のような形姿を持つ、と。あるいは、思想の抽象性というものは、必ず具体的な媒介物を持たねばならないが、その媒介物は生きて動いている人体の器官の一部よりも大きくもなく小さくもない。人間の在在というものは、「神は細部に宿りたまう」というように、人体の各器官に凝縮された形であらわれてくるものだ、と。

だから次のような「耳」の歌も成立する。

存在を狩りて夕ぐれいちじろく鋭く澄みてゆく耳のある　（同前）

「存在」という抽象名詞が上句冒頭に出てきて、それに対応するように下句末尾に「ある」という存在を示す動詞を置いている。そのことによって「耳」はここで、少年や少女のものとしてだけではなく、一人の大人の存在感の象徴としても、夕暮れの中で消え残るのである。

これらのことは岡井隆という歌人が医師という職業に就いているということから遠く離れて、人間の中で思想というものが出立するときの普遍的光景へと、わたしたちを連れ去る。

抽象という生きもの。わたしはそんな言葉を使いたくなる。岡井短歌において、思想が出立するときの光景はつねに獣《けもの》くさい。

管型の思想を夢むなおいえば蔓状《まんじょう》の管型の鋭きを　（『朝狩』）
肉瘉えつつ魂くずれつつある日つねに誰かをねらう沈黙　（同前）
うつうつとかえりみるかなどこからか指生《は》え知らぬ思想摑むを　（同前）

猷くささは、作者がここで他人の思想ではなく、おのれの思想を体験に即して築き上げようとしていることからくる。

しばしだに他人《ひと》の思想に拠りし恥　乳房かげろうその束の間を
（『眼底紀行』）

むらさきのニーチェ潜りし昨《きぞ》の夜の肺胞ひとつづつ血まみれに
（『天河庭園集』）

「乳房」も「肺胞」も、自らの体験を比喩化している。定型詩の中で体験と喩とを融合させてみる試みは、一九六〇年代中期から後期にかけての岡井短歌の特色であった。現在から考えてみると、ここに三十歳台後半から四十歳台に入ろうとしている人物を想定することができない。これは青春の歌であって、その若々しさにあらためて驚かされる。

わたしが高校生のとき、最初に歌集『朝狩』に出会って溺れこむようにしてその言葉の世界に惹かれたのも、そこに猷くさい青春の匂いを見つけたからだと思う。体験というものはこのように、人体の器官の一部を喩として捉えたとき、垂直に抽象的な思考の方向へ飛翔させることができるのか。

言葉がそういう力を持っていることに、詩を書き始めたばかりのわたしは驚いた。例えば「耳」と書いてみる。あるいは「乳房」と。岡井隆の幻影を剔出するメスさばきとは違っても、十代の少年にとってもそれらの言葉は自己を確認する、あるいはまだ見えない体験を確認する、充分な武器となった。

しかしわたしはそのときには気付いていなかった。岡井隆が「身体」や「肉体」という言葉を使わずに「人体」という言葉を使っていたことを。これは大変な違いで、双方とも抒情をその言葉の上に乗せることができるが、後者では同時にばっさりと断ち切ることもできるのである。

例えば次のような歌は、「器官」という言葉を使いながら抒情を乗せている例だろう。

アリョーシャたらむとしたる一日の夕ぐるるころわが器官燃ゆ
（『眼底紀行』）

しかし抒情を断ち切る働きをしたとき、どうなるか。

精神の外《と》面《も》の闇に桜咲きざくりと折られゆく腕がある
（『天河庭園集』）

人間の心の外側に桜は咲き、それは「ざくりと折られゆく腕」という、心の内側の傷と見あったものとなる。ここには折られた「腕」という形象だけが生ま生ましく、それを治癒させようとする心の働きは考えられていない。暴力的であると同時に、心の一瞬の情景を詠んだものとも思えるが、ここには明らかに人間という存在に盛った毒がある。

「精神の外《と》面《も》の闇」とは、「身体」や「肉体」という言葉では追いつかない領域だ。しかしそこに抽象的なオブジェとして、「人体」の器官の一部、「ざくりと折られゆく腕」を置いてみた場合、始めて心（精神）の外側が見えてくるのである。

作者自身はこの歌について「烈しさはあるが、混沌にとぼしい」（「現代短歌の存在理由――自己検証の試み」）と言っている。だがわたしは大好きな一首だ。ショッキングでスリリングな岡井隆がここにいるからである。

実際に共同詩の試みを続けるようになって、どれだけその現場で、岡井さんから「精神の外《と》の面《も》の闇」に咲いている「桜」を見せつけられたことだろう。わたしの方が甘い抒情にくるんだ作品を出したとき、しばしば返ってくるのは「ざくりと折られゆく腕」であった。言葉はいつも自分の心の内部を映し出そうとしているが、しかしそれがいったん外側へ押し出されたとき、内部など関係がない。言葉を書き止めることによって内部が見えてくるので、それはへし折られた腕の形をしている。

岡井さんの歌は、それを「精神の外《と》の面《も》の闇」に咲く桜として、あでやかに切り返してくる。そのことによってどんな心の外側が見えてくるのか。共同詩を試みることの最大の楽しみはここにある。

抽象という生きもの。岡井隆という歌人は、他人の「肺臓のくれないの葉」を見ながら飯を食うし、自分の切り取ったばかりの「肺臓」を見ながらも飯を食うかもしれない。

(1987.5)

「転」上の人

荒川洋治

岡井隆の歌をはじめて知るのは、村上一郎の本を読んだときである。その本とは『浪曼者の魂魄』(一九六九)で、「現代短歌とナショナリズム——ある試論」のなかに、塚本邦雄、寺山修司、山中智恵子らと共に岡井隆の名が見え、いく首かの歌が引かれていた。当時のぼくは村上一郎がいうことは、噛まずにのみこんで、からだをがたがた震わせていた。だからというわけではない。岡井隆の歌は、ほんの一部をかいま見たものの、人を介したことを忘れさせて直かに飛び込み、ぼくを身震いさせた。思潮社版『岡井隆歌集』より。

海こえてかなしき婚をあせりたる権力のやわらかき部分見ゆ

海——婚——権力——部分。肌合いの異なることばが自然の摂理のように端然と座を連らね、身をひからせている。ことばを選んでかかろうとする身には、うろこのおちる思いだった。

妻と詩《うた》、民族と渺《びょう》たる私《わたくし》と、たゆたいながら婚を 重ねつ
私《わたくし》のめぐりの葉のみくきやかに世界昏々と見えなくなりつ

こんな歌もあった。ぼくはこれらのことばのひびきに心酔した。あまりのぞきこむと、足をすくわれそうな気がする。ああ、今日の歌とはこういうものか、と思うことにした。こういうものなのだ、よく知っておけ、と自分にいいきかせて、なるべく岡井隆の歌には近づかないようにしようと思った。自信家のならいとして自分の二倍まで能力をもつ人に対しては動じないが、それを超えるX倍となると、しっぽをまいてにげだすのだ。小振りに詩をいとなむしかないもののかなしさ。岡井隆の歌は、そのあとぼくのなかで暗にひびきつづけた。

歌について知るところの少ないぼくは無理を承知で、三十一文字を起承転結の形に見立てて読むことが多く、それでいくと、

五七五→起・承

七七　→転・再起

という形で現われる歌がたどりやすい。さきに挙げたものも、こうしたぼくの考える「歌のつくり」に沿って、受けとっているのだろう。これをさらにかみくだくと、

私はいま　洗濯をしているが（五七五）
アフリカはカバと奴隷の姫を洗い清めるよ（七）
その洗濯のことだよ（七）

という道筋である。サンプルとしてはみすぼらしいけれど、「転」の部分（「妻と詩」の一首の場合はアタマに来ている）が重要なはたらきをもつことになる。この「転」がどれほどのスケールで、歌の外側にあるものをひっかけられるか、というところがぼくの関心事となるようだ。

現代の詩ではこの、「外部をひっかける」転の所在とはたらきが見えにくい。

五七五（起承）＋七（再起）

と、「転」がぬけおちやすく、のっぺらぼうになるようだ。これは定型をもたない自由詩の宿命かと思われるが、ほんとうのところはどうなのだろうか。

岡井隆はこの「転」をつくり出すことにおいても天才的であるとぼくは思う。

「海こえて」の「転」部が象徴的だ。「権力のやわらかき部分」という外部をはめこむために、この歌がどれだけ汗をながしているか。鉄の壁に、やわらかいハンカチをぬいこめるような、それは歌の言葉として生理にさからう仕業であるだろう。外部がいつも、固いものとは限らないからだ。

この一首に限らず、岡井氏の歌にたたみ込まれた外部はいつも美しい震えとかがやきをみせる。

「転」をつくるのはとてもむずかしいことだろう。「ひっかける転」となると、それを能くする人はたちどころに限られてくる。このときぼくらは技巧の面を思い浮かべるが、とても修辞の問題ではないはずなのだ。ひっかけられた外部が言葉としておおきなものであればすむというものでもない。一部の詩歌のように「転」部の位置へ、あたりかまわず、

国家、権力、デカ、デカパン

などとデカいものを入れこめば詩や歌が豪快に生き出すというものではない。単に意表を衝くだけの飛躍というものとも違う。その呼吸は何ともいえず微妙なもので、限られた作り手において、つかみとられているものなのだろうと思える。しかし考えてみると、こうした「転」は、なかば意志のプログラムによって弾き出されるものでもあろうかと思う。そこをぼくなりに書いてみると——。

よーし、よし
この
海の歌、歌におわらせまい
叙景におわってなるまいぞ
なんとか
権力
こじ入れようぞ
それでなくてはおさまらない
よーし、よーし、力づくで入れようぞ

入ってしまった。あら。

かような意志の幸《さち》によることもあるはずだ。理をおさえこむ、こうした野生的な性向にぼくはつよく心をゆさぶられる。そして、みごとに、それを、とりかえしのつかぬところまで形にしてしまう岡井隆の歌は、歌が歌としておわることから身をふりほどこうとする人々に鮮かな範を示し、その方向をおおいに鼓舞しつづけたにちがいない。だが今は、「権力」や「国家」という一語に、当の権力なり国家なりがなかなかすなおには現われてくれないという事情がある。書くそばから紙の上をすべりおちる。「転」をはたらかせるところで、「転」の言葉が動いてしまうのだ。つなぎとめることはできないが、ただ口をあけて見ているわけにもいかないという苦しいところに立たされている。「転」を「転」の言葉で表わしえた岡井隆とその時代は、今日の日をむかえることでようやく形をとりはじめたといえるかもしれない。

岡井隆という磁力

三枝昂之

岡井隆はこれまで短歌に関する入門書を二回書いている。一回目は一九六〇年からの二年間、二回目は昨年の十一月までのこれも約二年間、どちらも角川の「短歌」への連載としてである。もっとも二回目の方は初級篇が終了したということだから、小休止ということかもしれないが。前者の「現代短歌入門」と今回の「短歌入門」の間には約二十五年間という時間が流れているわけだが、この二十五年間という時間をはさんだ二つの入門書のちがいには、岡井隆という歌人の特徴を暗示するものがあるように思えた。前者の中の「定型について」と今回の「型について」から次のような引用をしてみよう。

『無名青年の　徒』として歌碑を建てしもの　ひとしく老いて雪にこもるや

この第一句の『無名青年の』は八拍であり、三拍の余りということになるが、これは作者土岐善麿の、『無名青年の徒』という言葉への執着が、音数上の約束を犠牲にしてまで、おのれを徹したというかたちであります。字余りの方がこの際効果的である、などという韻律論上の要請から生まれたものではまるきりない。(改行)ここから、もう一つ、破調流行の原因が指摘できそうです。それは、詩の内容は、詩の形式に優先するという思想です。」

「部屋《へや》の隅《すみ》に眠《ねむ》らしめつつみどり児《ご》にこと語《かた》り居《を》りわかき母《はは》あはれ

この歌では、第一句(初句)は六音化していますし、結句(第五句)は八音化しています。(略)けれども『わかき母』(これは、憲吉自身の妻のことを、このように把えたのでありまして、かなり高度な技法であります)という表現に対して、『わが妻』という表現は、代案として当然かんがえられたと想像してもよいのであります。『わが妻』とすれば、七音におさまるのに、そこをもう一つ押して『わかき母』と言わずにおれなかった作者の心情はよくわかるのでありますが、そしてまた、『わが妻』といわないで、客観視した視点から『わかき母』と言ったからこそ、この歌は奥行きが出たのです。」

同テーマ、つまり五七五七七の音数律は基本的に厳守すべきであるということ、にもかかわらず破調のうたはあること、そしてその破調の止むを得ない理由を具体的な作品に即して説明すること、そういう文脈については二つの文章はすべて同じである。では「型について」は「定型について」の、二十五年後の焼き直しというべきなのだろうか。その点は断じて〝ノー〟である。

では何がちがうかというとものの言い方である。「八拍であり、三拍の余りということになるが」という説明が「六音化しています」といったいい方になる、これがまず目につく変化である。もう一つ目につくのは、前者が、「音数上の約束を犠牲にしてまで、おのれを徹したというかたち」と説明していて、作品と評語との関係というか距離はそれで十分だと考えているのに対し、後者が、説明は歌の内部の、一つ一つの表現を検討し、解きほぐすことをしなければ十分でないと考えている点である。つまり説明は作品に密着できればできるほどいい、と考えている点である。

「八拍」という説明を「六音化」と言いかえること、説明は作品に密着するほどいいと考えること、これらの変化は、とるにたらない変化だろうか。決してそうではない。

例証なしにいえば、〈現在〉というものが私たちに要請していることの一つは、ハードなテーマを、既成用語を排して、日常的な言葉のレベルで語ることがどれだけできるか、ということである。いってみれば、思想表現の言文一致化運動が今日の文化状況の底にあるものの一つである。思想が本物であるかどうかというチェックが、表現される言葉がどんなレベルで使われているかという、語り方のレベルで行われているともいえる。そしてこのチェックは思想の自前性を問う尺度としてはそうとうに本質的だと私は考える。

「八拍」が「六音化」に変ったり、作品と説明の密着度が高くなったりということは、語りかける対象のちがい、つまり後者はほんとの初心者向けだからだ、という理解の中でもつかまえることができるだろうとは思う。しかし本当に初心者向けという点で語るならば、定型厳守の大切さを繰り返し説くのが常道なのであって、破調の歌の解きほぐしに行くのはいささか特異ではあるまいか。

岡井が意識しているのは多分、二十五年前の「現代短歌入門」のその自己翻訳化である。この自己翻訳化を通じてみえるのは、現在における思想表現の言文一致化運動への、岡井の強い強い意識である。そこに、自身の言葉を〈時代〉に晒すことによって歌の力にしてゆくという、岡井隆の、歌人としての特質がよくあらわれているように私には感じられる。前衛歌人としての岡井隆、ライト・ヴァースの仕掛人としての岡井隆、そうした多面性の基本にある特質をそんなふうにまず確認しておいて、あとはもっと私個人にひき寄せたおしゃべりをすることにしよう。

もし岡井隆という歌人がいなかったら、という〝もし〟は、オーバーにいえば、私たちにとっては、もし現代短歌がなかったら、という〝もし〟に等しいものだった。この感じ方は現在の若手歌人、例えば中山明とか坂井修一とかにはまずないはずのものである。ないはずといっても別に得意がっているわけではない。私たちの短歌的な出発が、もっともきらきらしく岡井隆が短歌を牽引していた、そんな時期と一致していたということの確認にすぎない。ただ、この、現代短歌創成期というか確立期に短歌に頭をつっこんだ世代にとって、岡井隆の磁力は否応のない史的体験としてあった、ということはいっておいていいだろう。

どんなに否応のないものだったか、例えば青の会・青年歌人会議・東京歌人集会・現代短歌シンポジウム・定型詩の会といった、昭和三十年以降の運動体を列挙して、その列挙から最も強く浮かびあがってくる歌人像を考えた場合、岡井隆以外にいないわけで、そんなところからも岡井の磁力はよくわかるというものである。『現代短歌'74』で岩田正はそのあたりについて、「岡井隆はこれ以後、『青年歌人会議』『東京歌人集会』『定型詩の会』、そして四名だけによる『戦後短歌史研究班』の中心人物として、常に会の動向を左右する大きな存在としてクローズアップされてゆくのである。」と語っていて、同時代者の位置づけにも私たちとの狂いはないのである。

一九六〇年代の十年間、つまり岡井隆の三十代、この時代の岡井隆のがんばりを考えると胸が痛くなるほどである。それは活躍といったニュアンスとはちがって、むしろ一種の義務感にかられた否応ないがんばりという感じが私にはする。六〇年代の後半に短歌をはじめて、ただただまぶしく岡井隆を見上げていた頃の私には到底見えなかったそのがんばりの苦しみというものが、今なら少しは見えるようなのである。

時代というものは、ある一人の肩に、時代の重荷というか課題を、象徴的に担わせることが時としてあるが、岡井隆と短歌は、あの時そんな関係だったと、今になって思うのだ。

いくたびか汗をおさめて立ちむかう西欧といふは遂に何ならん
仮説をたて仮説をたてて追いゆくにくしけずらざる髪も炎《も》え立つ
肩胛の間の汗をぬぐわんと身を反らしいるときのさびしさ

「土地よ、痛みを負え」におけるこれらの作品は、一連全体からは医学者としての学的な煩悶とも読めるが、歌の表にあらわれるところの、反問をして反問をしつづける執着と孤独の感じには、むしろ、現代短歌の課題を一身に背負った岡井の苦闘を重ねる方がイメージに合うようだ。櫛を入れない髪が炎のように燃えたつ、そんな獅子奮迅ぶりは、他の誰よりも、そして岡井の他の顔よりも、あの時代の岡井の印象がふさわしい。

そのことから付随的に思いついたことをいえば、岡井が東京にいて塚本邦雄が大阪にいたという、この地理的な差は、二人の役割のちがいを強く規定したようにみえる。

塚本はつねに活字で私たちをリードし、岡井は活字と運動と両面でリードしたと、そんなふうに東京の新人にはみえた。定型詩の会について、「クローズドにしてやるから来てごらんよ。」と、面と向かって語りかけてくれた時の岡井の、あのよく透る太い響きを思い出しながらそんなふうに思う。

これは時代と地理的場所の相乗作用が強いたちがいと見るのが順当だろう。東京という場所がそんな風に強いた圧力を運動の発条《バネ》に変えたのは、ただただ岡井隆の詩的な筋力だったと私には思える。

政治と文学という課題の中の短歌から、ライト・ヴァースのなかの短歌まで、岡井は常に時代の最前線で私たちを挑発してきたが、岡井にこの変らぬ挑発力を与えているものについては、きわめて明確である。それは岡井の詩的修辞力の卓抜さ、それに尽きる。『人生の視える場所』から一首を引用しよう。

信濃へは歳末行った。松本駅で鰻に地酒。いきが荒く、いやに苦しい。
蒼穹《おほぞら》は蜜《みつ》かたむけてゐたりけり時こそはわがしづけき伴侶

修辞力の見せどころはもちろん「蜜《みつ》かたむけてゐたりけり」である。信濃の、濃密に透明な歳末の空の感じ、この空の感じの十分なリアリティが伝わって、それだけでこの歌は名歌である。信濃とか歳末をはずして、もっとシンプルに青空の深さの感じ、そのリアリティということだけでも十分に見事だ。
「蜜」に聖書の下敷きを読みとる見解もあるようだが、むしろ煩しいように思える。のびのびとしてしずかな、自然の呼吸を思わせる語り口からも、深い深い眼前の空の青さだけを感じとる方がいい。自然把握のこうしたところで、「蜜《みつ》かたむけて」というような修辞力を発揮できるかどうか、そこに実は詩人を分ける尺度があるといったらいいすぎだろうか。

修辞家としての岡井隆、技術者としての岡井隆を丹念にたどる行為は、思想家としての岡井をたどる行為よりも、今の私にはずっと魅力的である。今度の作品集が、この魅力ある行為のキッカケになればいいなと思うことしきりである。

岡井隆氏への手紙

「の」について

樋口覚

すっかり御無沙汰しておりますが、その後体調の方はいかがですか。岡井さんは内科医、僕は同じ医学でも記事を書いたり、本をつくったりする側で、立場は違いこそすれ、同じ医学の表裏する場所にいるわけで、お会いするときはいつも医学と文学の話しをチャンポンに、なにかと興が尽きませんね。そういう「たのしい雑談」（知識ではなく）がこのところもてないのは残念です。

老ゲーテは最晩年の手紙の中で、友人がいったん離れ離れになるとちょっと沈黙がしのびこみ、そのまま沈黙がつづき、理由も必要もないのに気持がしっくりしなくなり、その状態を「手も足も出ぬ状態」と考える仕儀を、死んだ友人の若い子息に訴えていますが、僕などの年齢でもそのことは痛切にわかってくるようです。ゲーテは、人間のほかの欠点と同じく、これは克服、除去すべきだと彼らしい口調で述べています。

もう少し前になりますが、札幌の糖尿病学会で御一緒し、二日間同道させていただいたことがあります。そのときのことは『禁忌と好色』の歌に結実し、梅雨のないといわれていた札幌での雨とともによく思い出します。そして一緒に「日本人のＨＬＡ」というヒトのリンパ球の抗原に関する講演を聴き、その分節化するタイピングに驚き、ついで血糖値の診断基準に関する学会の勧告を聴いていたとき、岡井さんが突然「こんなスコラ的な議論を」と吐き出すように言われ、その激しさに思わず僕は四囲を見渡しました。その理由については岡井さんからのちに聞きましたが、そこに僕はかって鉄器をふるわれた病理医ではなく、糖尿病という特異な慢性(急性)の疾患と病者に向きあっている岡井さんの別の側面を見たことをはっきり記憶しています。単なる基礎から臨床への転身としてでなく、病気や、「人生」という病いそのものに対するもっと重大な変化が岡井さんの中で起っていたことをまのあたりにしたと思いました。

僕も仕事柄、連日病院に行き、多くの患者を見、医師に会い、日がな一日ヤキトリの腸《わた》のような病理切片をのぞいている病理学者を見たりしていますが、なんという病気の種類の多さ、なんという複雑極りない患者の多様さということをよく感じます。そして、個々の臓器や組織や細胞のなんと目も彩な色彩とかたちでしょう。そして、それはフーコーが『臨床医学の誕生』（折口信夫の『国文学の発生』を想起させる題名ですね）で指摘したように、ある「言説《ディスクール》」によって構築されたものにほかなりません。そして、僕たちはそれらのまなざしによって病気（者）を見ているわけです。『言葉と物』もそうですが、一八〜一九世紀の「言説」の「発生」をフーコーが説くあたりは、読んでいてスリリングで、喚起力に富んだ上質かつ精緻な言葉のように思えます（遺作の『性の歴史』はお読みになりましたか）。

さて、先日は拙著『富永太郎』と「長詩と短詩」について論評いただきありがとうございました（「前衛短歌の問題」）。御指摘の問題については、岡井さんの子規論等を挺子にして、そのうち全面展開するつもりですが、中で茂吉の「玉菜ぐるま」という随筆に触れて、これら随筆が長詩への「欲求の代償ではないか」といわれるのはその通りだと思いました。そして、それはあえて医学的言語を用いれば、新体詩以降のほとんどの心ある詩人（短詩型文学作者を含む）の外傷的《トローマチック》徴候ではないかと僕は疑っています。また岡井さんが、折口の『死者の書』もこれと同断だとし、それに対し茂吉は「長篇詩の不可能性」について早くから見極め、また子規、左千夫、節といった先行者が近くにいながら、小説を書かず、同じ世代の白秋や杢太郎のように近代詩（行分け詩）も書かなかったという御指摘は鋭く、面白く拝見しました。

ところで、今日お便りしましたのは、短歌の格と、その病い（むかしは「歌病」といいました）についてです。このところ、高屋秋窓や富澤赤黄男などの新興俳句を読み、安西冬衛の例の「てふてふが一匹韃靼海峡を渡つて行つた」や北川冬彦の短詩と比較したあとに多くの短歌を読んだ後遺症かもしれませんが、短歌における格助詞「の」の頻度の多さと、その意味の多様さについてひどく考えさせられましたので、その考察の一端を報告したく思います。直接その契機となったのは、岡井さんもお読みかと思いますが、韓国の李御寧が『「縮み」志向の日本人』の中で啄木や、上田敏はては北園克衛の詩歌を例に、「の」の頻用の特異性を指摘したのを読んだからです。李は啄木の「東海の小島の磯の白砂に／われ泣きぬれて／蟹とたはむる」の「の」の反復は自国語の散文や詩では「奇怪」であり、翻訳不能とし、日本語では「ほしひかり」とは言わず必ず「ほしのひかり」となる傾向が一般的にあること、そして、「の」は考えや形象を縮小させる媒介語的な役割を果していると述べています。また韓国語に限らず西欧でも「の」（英語の of、仏語の de）の反復は修辞上避けるので、その例としてフロベールが『ボヴァリー夫人』の一文中に de を二度まで使った（Une couronne de fleure d'orange）ことを皮肉ったゴーチェの言葉をあげ、ひるがえって「の」の反復は日本では「燦然たる黄金の冠に変貌する奇跡」を生じるとし、それを「入れ子型」と命名しています。これはすぐれた統辞論的な指摘ではないでしょうか。

ちなみに朝鮮には「時調」と呼ばれる定型詩があり、中国には五言絶句などの定型詩がありますが、それらはいずれも短歌よりかなり長い詩です。そして、別の韓国の学者の説によれば、日本の学者が考えているのとは逆に日本にのみテニヲハがあるのではなく、見事にそれに対応するものが朝鮮語にはあり、「は」も「が」も使い分けるそうです。このことは迂濶にも僕は知りませんでしたが、助詞の省略は日本語より朝鮮語の方が強いとのことです。もちろん中国の韻文では、一字一語であり、日本のように名詞の次にテニヲハを期待することはなく、「父母之年」は「之」の助字をとばして「父母年」で通じます。すなわちAB$^{X}_{Y}$はABで優に通ずるし、不必要な語（X、Y）を省略するところに美が生ずる、と吉川幸次郎は述べています。考えてみれば、朝鮮語に助詞があるのは日本と同じく古代中国語を訓読し、なんとか読めるように吏読《りと》という万葉仮名に類似した方法をほぼ同時期に編みだしたのですから当然といえるかもしれません。しかしそれなのに「の」の重複使用が時調よりも短い詩型でかえって多いのはなぜでしょうか。たとえば岡井さんの歌からアトランダムに引いてみます。

渤海のかなた瀕死の白鳥を呼び出しており電話口まで
玄海の春の潮《うしほ》のはぐくみしいろくづを売る声はさすらふ
ホメロスを読まばや春の潮騒のとどろく窓ゆ光あつめて
のどかにてわれの想ひの透らざるかかる夜半の塚本邦雄

もちろん「の」を全く使用していない歌もありますが、助詞以外の「の」（△印）を含めると、「の」の応和は著しいと思います。これらの「の」は英仏語なら一切 of や de を使わずに表現できるはずです（朝鮮語も然り）。しかるにこれほど多いのは、李の言うように所有格以外に「の」は極めて豊富かつ多義的であり、その鼻（舌）音 no のつらなりに日本人は逆に美的韻律をおぼえ、この等時拍音の日本語で綴る（歌う）短歌型（俳句では十七音のうち一回くらいの使用が妥当なところでしょうし、切れ字との問題からも興味深いことです）において、リズム形成因子、あるいはこの膠着語たる日本語の文字通りニカワやトリモチのごとく「の」は働いているのではないでしょうか。

テニヲハ一般については本居宣長や、鈴木朖（村上一郎氏がよく言及していましたね）の江戸期から、時枝誠記のいわゆる詞・辞論に至るまで多くの研究があり、今度その一端をのぞいてみましたが、意外にも「の」について、現代の文法学者の指摘は「が」や「は」にくらべ少ないことに気づきました。ボードレールが韻文定型で一字一句労働者のように働いたごとく、短歌作者はテニヲハに日夜悩まされ呪いつつ、一方でその複雑な鎖の上で踊ろうとしているのに、です。その意味でやはり宣長の『古事記伝』はさすがでした。

かつて岡井さんは『短詩型文学論』で茂吉や万葉の歌を例にa音、i音、u音、e音、o音の頻度とリズム形成に触れ、一首内の韻の複雑な転移について書かれ（日本語は上古より母音は少なく、中国、韓国の言葉に比すれば、母音、子音とも絶対的に少ない）、また『茂吉の歌　私記』では「短い詩である短歌は、助詞の使いざま一つでさえ、その中に変化を呼びおこす。てにをはの四字が皆母音を異にしている（助詞の表意性、相互分別の便からすれば、当然のことだが）」と述べたことがあります。すべての語が母音で終り、同じオ音でもかつてはあったÖ音を欠き、中国語のように四声も平仄も欠いた現代の「詩語としての日本語」（折口信夫）を用いつつ、短《みじ》か歌で勝負する際、この「言連接《コトバツヾキ》のさま〳〵の意も、こまかに分るゝわざ」（宣長）であるテニヲハをどう処理、配置するかは創作者の腕の見せどころです。

岡井さんが茂吉の「海のべの唐津のやどりしばしばも噛みあつる飯《いひ》の砂のかなしさ」にこだわり、「の」がはたしているリズム上の重要な役割に触れられたことを改めて想起しました。そして、さらに「谷川雁――慣用語法からの超出」という現代詩の画期的な韻律的考察の中で「おれは大地の商人になろう」の雁の詩句について、「大地」と「商人」を「の」という慣用語法を超えた連結によってそこに「多義性を孕んだ言葉」が生じたと岡井さんは既に書かれていました。まさに李の言う「の」の「奇蹟」です。吉本隆明は『言語にとって美とはなにか』の「言語の本質」の項で、助詞が感動詞につぐ高度の「自己表出性」（いわゆる品詞分類は無効なのです）をになっていることを図示していますが、その図とさきの『短詞型文学論』中の岡井さんの五母音に関する音声図をここで一緒に焼きつけてみたい誘惑を僕はおさえきれません。

しかし岡井さん、とりわけ「の」はもっと時間的に射程を延ばして考えられるのではないでしょうか。

たとえば孔子の「有朋自遠方来」を日本人は「友遠方より来る」と訓みますが、この「自」は中国では日本のように他に「ミズカラ」、「オノズカラ」とは読まないそうです（ソシュール流に言えばそのように découpage 截断しないということでしょう）。これは日本人の助字異読の一例ですが、逆に「の」は多くの分肢を統合し、そこには古代的なものが尾骶骨のように残っており、それを僕たちは意識的、無意識的に感じているのではないでしょうか。たとえば『古事記』です。


天地《あめつち》初めて発けし時、高天の原に成れる神の名は、天之《の》御中主《の》神。次に高御産巣日《の》神。次に神産巣日《の》神。この三柱の神は、みな独神と成りまして、身を隠したまひき。

天飛《だ》む　軽嬢子
いた泣かば　人知りぬべし
波佐の山の　鳩の
下泣きに泣く

『古事記』巻頭の神名を語る件りに、神名中に「の」は頻出しており、この「の」の粘着的鼻音（o 音は安定した感情を人に与える）の連続はこの古謡の自己組織化に役立っていると考えられます。そして現代の国語学者に言わせれば、古代には、恐れ畏むべき対象には「が」ではなく「の」を用い、「が」は一般に自己ないし自己が心を許す対象に使われる（「わが君」、「あが君」）ということです。また、ずっと以前に宣長は『古事記伝』の「訓法の事」の中で助字の「之」について、用言にかかる場合には「吾所生《アガウメ》之子《ミコ》」、「出向《イデムカフ》之時《トキ》」と「之」を訓んではならず、体言にかかるときは「天《アメ》之《ノ》某《ナニ》国《クニ》之《ノ》某《ナニ》」と訓むべしと説いています。

また次の歌謡の「鳩の」については吉本さんが、「の」の使い方に注意を促し、現代語でいえば「鳩のように」と使われていることを『言語にとって美とはなにか』で指摘しています。

いわばここから吉本さんの『初期歌謡論』中白眉の枕詞論まではすぐなのですが、日本の言葉に携わる先人の多くは、テニヲハや枕詞に一様にぶちあたっていることを今回つぶさに知ることができました。その一つ、上田秋成の「冠辞考続貂」には枕詞の一覧と意義が説かれていますが、たとえば最も数の多いア音の枕詞の「あわ雪の」等四十七の枕詞中、「の」で終る句は実に二十九もあります。また「ぬばたまの」など他の例でも「の」が多いのは、なにを物語っているのでしょうか。また、「の」で終らない「いさな取り」などの場合、次の句との間隙に「の」は全く関与していないのか、それとも岡井さんが言われるように、「日本語の自然に由来する、短歌におけるホモ・アラルス型沈黙」が介在するのでしょうか。一度、御説をお聴かせ下さい。

吉本さんは、「ひさかたの天」をたとえば、

ひさかた
の
天

と表記を変えることによって、共時的な語の意味が畳み重ねあわされていることを証明しましたが、こうした方法による語序論の展開とは別に、アクセントの強弱も少なく、音数律の枠しかない短歌の一行詩の表記における、「の」の意味の期待と充足、喩的効果、リズミックな効用についてもいつかお教えいただければ幸いです。

今回「の」の不思議さについて考えているうちに文字をもたなかった古代人の言語生活と、初期の渡来人をも含む人たちの訓読の苦闘を想い、ある感動を覚えました。そして宣長の『古事記伝』から異様に立ちのぼる支那文化に対する洞察の深さと、その緊張ぶりを、単なる「大和心」や「漢意《からごころ》」の言葉にまどわされて見失ってはならぬと思いました。そのことは、今度初めて奈良末期の藤原濱成の『歌経標式』の歌病論を読んで、この一級の知識人に既に芽生えていた神経症的緊張、さらに溯れば『古事記』序に既に仄見えている国語意識にも通底しているもののようです。最後になりますが、最近岡井さんが年齢のせいか、漢文に魅かれることが多いと書かれているのを拝読しましたが、その訓読法にはいろいろと問題が多く、かえって日本と支那の両国の文学を隠蔽させるものがあったのではないでしょうか。たとえば、「此是我帽」を訓読すると「コレハコレワガボウナリ」となり、「是」を強く読みすぎたり、「ケダシ」、「アニ」、「スナワチ」等の翻訳用語の奇怪さを吉川幸次郎も戒めています。これは漢文が苦手の僕にも思い当るところがありますが、『記紀』に頻出するあの不思議な「故《カレ》」の訓みについて宣長はさすがに「次の語を発《オコ》す」だけのものもある、といたずらに訓むなと述べています。

さて、もう一度「の」についてですが、近年の国語学者の統計によれば、万葉集の助詞の頻度数（一四七四一）のうち「の」は五一八五で全体の約三分の一と断然トップであり、実に「は」の三倍です。このことはいったいなにを意味するのでしょうか。そのことと岡井さんの漢文（意識）への現在の思いとはどう重なるでしょうか。また、次のように、既に『万葉集』の中で大伴家持はテニヲハの一部（「の」を含む）を欠く歌を二首即興でつくっていますが、この divertissement はなかなかのものではないでしょうか。

ほととぎす今来鳴きそむあやめぐさかづらくまでに離《か》るる日あらめや
　　毛能波《ものは》三箇の辞《ことば》を闕《か》く
わが門ゆ鳴き過ぎ渡るほととぎすいや懐しく聞けど飽き足らず
　　毛能波氐尓乎《ものはてにを》六箇の辞を闕く

「漢詩を作るという、長い習練が、おのずから定型詩の生理のようなものを、子規たちに教えた」という岡井さんの含蓄深い言葉を銘記し、他日お会いできる日をたのしみにしています。御自愛をお祈り申し上げます。

一九八七年五月一日

エロチックになりきれない岡井隆

阿木津英

キシヲタオ……しその後《のち》に来んもの思《も》えば夏曙《あけぼの》の erectio penis

（『土地よ、痛みを負え』）

このうたと、我妻泰の「六月のオルガスムスの遠く去り包茎の砲兵隊長のぼく」といううたを並べて、あるところでわたしは次のように書いた。

刺激的な「erectio penis」「オルガスムス」「包茎」という性的用語が、さほどにえげつなくないのは、それが何らかの比喩であるということを、歌がさししめしているからだ。具体性をもたない考えをメッセージするにあたって、概念の骨組に、感覚的な直接性を付与するための一つの技巧として、刺激的な性的用語が利用されているのだ。逆にいえば、現実という枠組のなかでの性的用語の刺激性は、陰喩であるとさししめすことによって減じている。その加算減算が背後で計算されている。

このようにして、「erectio penis」は適度の挑発性と攻撃性を帯びているのだが、しかし、おおよそ作歌の過程において、技巧ばかりで一つの語が選ばれると言いきってしまっていいだろうか。「erectio penis」は、確かに技巧には違いない。違いないが、技巧というかくれみのをまといながら、じつは作者のくらく凝《こご》った内部を揺り動かし、解発する語でもあるのではないか。岡井隆は「erectio penis」と叫びたい。叫ぶにあたっての保証を、政治状況や何かについてのメッセージという骨組によっている、とも逆にいえるのではないか。

銃身をいだく宿主の死ののちに激しくつるみ合う蛔虫《アスカリス》

（『土地よ、痛みを負え』）

木曜日ばかりが不意にとり囲み輪姦をして去れる　背の砂

（『朝狩』）

それぞれ連作中の一首である。「つるみ合う」のは蛔虫であり、木曜日が「輪姦」するのであって、何らかの比喩であることは明らかだ。ことばは刺激度を減じ、えげつなくはないが、へたをすると「輪姦」のように技巧の冷たさ、よそよそしさに覆われてしまうだろう。

だが、作者岡井隆にとってはそれでもいい。「つるみ合う」や「輪姦」が感覚的な直接性を帯びすぎることの方が耐えきれない。これ以上、くらく凝った内部を解発するのは、作者にとって危険なのだ。

もちろん、そのようなうがった見方をせずとも、単に技巧にすぎないと言い去ってしまうこともできる。しかし、もしそうであれば、『土地よ、痛みを負え』以降、「性器」「女陰」「鶏姦」「精液」「陰毛」「子宮」「陰茎」「夢精」「陰阜」「麻羅」等々、つかい方の違いこそあれ、一貫してどの歌集にも、うたことばとしては刺激的な性的用語の出てくる理由がつかない。なかなか用心深いつかい方をしているが、『土地よ、痛みを負え』のころにはじめて、このような語を発せずにはいられない、岡井隆の内部をつきあげるものがあった、とわたしは思うのだ。

麻羅たてて真昼の風に目覚めたり旅にしあれば暇《いとま》を睡《ねむ》る

（『マニエリスムの旅』）

『天河庭園集』までは、刺激的な性的用語はおおむね、政治状況や何かの骨組のなかに置かれたり、政治状況と私的事情をオーバーラップさせた骨組のなかに置かれた。そうすることによって性的用語にカセをはめているといってもよかったのだが、『鷲卵亭』以後の歌集ではつかい方が変わってくる。

たとえば、「麻羅たてて」はもはや何の比喩でもない。「麻羅たてて」は文字通り「麻羅たてて」である。「麻羅たてて」は、「日常」のなかの事実あるいは告白としてあつかわれる。「日常」という場にさらされた性的用語の刺激性は、もっとも高くなるはずである。収拾がつくのか？

もちろん、いまや岡井隆は老獪だ。正面きったもの言いは刺激を減ずるということを知っている。あけすけに言ってしまったり、素っ裸になった方が性的な刺激を減ずるというのは、これは不変の真実だ。「麻羅たてて」と、のっけに言い放って必要以上のイヤラシサを減じつつ、あるいはイヤラシサを感ずることを牽制しつつ、適度の刺激性と挑発性は保つ。そして、「麻羅たてて」がなければまことに凡凡たるうたを、ひとの気をそそるちょっと哀歓のある一首にしあげている。

そうはいっても、「日常」の場における「麻羅たてて」は、比喩の場における「erectio penis」よりもたしかに高尚ではない。えげつないといえばえげつない。だが、作者岡井隆は、ここにいたって、このえげつなさの無防備な表出に耐えられるようになったと、逆に言うこともできるのだ。

口中に満ちし乳房もおぼろなる記憶となりて　過ぐれ諫早《いさはや》
（『鷲卵亭』）

〈序列して没日へ向ふ棚雲の涙していふことなくなりぬ〉
男から女へつひに流れたるその場かぎりの叫び声あはれ
（『禁忌と好色』）

岡井隆は『土地よ、痛みを負え』のころからベッドシーンがうまい。ベッドシーンを連想させるのがうまい、といった方が正しいか。男性にしてこの特徴は珍らしいものだ。

右のうたは、「口中に満ちし乳房」と、性愛行為を部分的にやや大げさに描出することによって刺激の減算をしつつ、人生感慨といったらいいのか、「日常」における感慨にいろあいをつける。

また、「男から女へ流れた叫び声」に性愛行為のクライマックスを連想させることによって、男女の感情の一致するのはその場かぎりのことだなあという感慨に、刺激的な抒情的ないろあいをつける。

ところで、以上のように刺激的な性的用語やベッドシーンのつかわれ方を見てきたのだが、エロスそのものは岡井隆によってどのように表出されているのか。

性欲はうねうねとわがうち行きて眠りに就かむまえに過ぎゆく
（『朝狩』）

性欲の森が小さくなびきつつわが底に見ゆあかねさす午後
ものぐらき車輪ぞつづく夕道に性欲のもどりくるはげしき
性欲の動くはまことさだめなき痰拭きてわが顔あげしとき
（『眼底紀行』）

「性欲」は何かの比喩ではない。「性欲」は性欲そのものをさす。挑発性や攻撃性を目的とするのではなく、自らの内なる「性欲」を対象化しようとしているのだ。

自らの性欲を真正面に据えて対象化しようとする試みは、『土地よ、痛みを負え』で「erectio penis」「後戯《のちのたわぶれ》のごとき接吻《くちづけ》」というような思い切ったことばを比喩として発したのち、『朝狩』になってはじめて出てくる。

『斉唱』では、そもそも性的用語など一語もない。恋愛歌は、「抱くとき髪に湿りのこりいと美しかりし野の雨を言う」のようにことごとく清純でロマンチックでういういしい。(『土地よ、痛みを負え』でさえ恋愛歌はべたべたにロマンチックで屈折しない。「しずかなる応《いら》えをきく夜わがうちに王国も築きうべしとおもう」）そのなかで、唯一、性に関わる歌は次のようなものである。

身を擲《う》ちて愛欲しずむる画面うつり忽ち暗く責められて立つ

（『斉唱』）

たぶん神父が自らの愛欲をしずめている場面なのだろうか。岡井隆を理解するうえで注意しておいていいことがらだろう。

また、『斉唱』の顕著な特徴は「母」のうたが多いことだ。四百三十二首中およそ三十九首、九パーセントにものぼる。「髪結び処女のごとし朝々を鏡の前に立ちて嘆くとも」「いきいきと眼《まなこ》をわれに向けながら梳《くしけず》るこわき朝の白髪《しらかみ》」「宵々に風にのり来る聖誕歌待つ時母のあどけなきまで」――「母」を充分に女＝性的な対象として見ながら、情動はカットされている。無意識下におさえこまれている。「母」は触れがたい在在である。

岡井隆の精神分析が目的ではないのだけれど、このようなことも注意しておいていいだろう。

「性欲」のうたに戻る。

「性欲」は性欲そのものをさすから、性的な感じが動かないでもない。だが、「性欲」という語を剝ぎとってしまったらどうだろう。

□の森が小さくなびきつつわが底に見ゆあかねさす午後

ものぐらき車輪ぞつづく夕道に□のもどりくるはげしき

前者ではまったく無化されてしまうし、後者ではある情動は感じられるものの必ずしも性的なものとはいえない。

岡井隆は、性欲を「性欲」という記号に限定するにとどまった。「性欲」は概念以上のものではなく、読者はその概念から何らかの連想をして、性的なエロチックな感じを動かしているにすぎない。外側からつかんだラベルとしての「性欲」は、「女が欲しいという思い」とか「放出したいという思い」とか、言い換えがきくものであって、性欲というものの実体にせまることはない。

もっとも、岡井隆はここにおいて初めて自らの性欲を対象化したのである。苛酷な要求というべきだが、しかし、こののちも「性欲」に受肉させることには成功していないようなのだ。

人体に在るくらがりを想ふまで下草にさへ甘きかがよひ

小止みなく降る木の雨は梅雨《つゆ》どきの木の分泌《ぶんぴつ》のごとくたぬしき

紅梅はいやらしきまでいろ濃しとゆきずりにみてひとにいはずき

（『禁忌と好色』）

このようなうたも、「――想うまで」「――雨は」「ゆきずりにみて――」と、説明してしまう。性欲をつかまえようとしてもしても、性欲は逃げてゆく。

あれほどにも過激な性的用語をつかうことができ、ベッドシーンのうまい（ベッドシーンを一つの技巧としてつかったり、男にとって女が性的対象としてあることのあわれの情をうたいあげたりすることの）岡井隆ではあるが、エロスの実体にせまり表出してゆくことに対しては、何かがはばんでいるらしい。いや、むしろ、それを望まないのだ。

遠い人体
岡井隆の初期詩学

夏石番矢

薄皮一枚の差で、見えてくるものが大幅に違うことがある。もしも、薄皮の外側に立ち、少しばかりうしろに退くならば、岡井隆の次のような甘美な初期短歌を、すんなり受け入れられるだろう。

清き眼は白き素顔はいまだありと思わせて呉れよ今日一日だに
水色に美しかりし眼《まなこ》恋い夜更け書きつぎいし童話劇
（以上『斉唱』より）

薄皮のこちら側で想起されるうら若い乙女の「眼」だからこそ、「清」いと言われ、「水色」と言われた。薄皮のむこう側へ一歩踏み出そうとすれば、視界はすぐに変貌し始める。さきほどの二首とほぼ同時期の二首を抜き出してみよう。

母の内に暗くひろがる原野《げんや》ありてそこ行くときのわれ鉛の兵
父よ　その胸廓ふかき処《ところ》にて梁《はり》からみ合うくらき家見ゆ
（以上『斉唱』より）

いささか謎謎めくが、近づけば近づくほど遠ざかるもの、最も近くて最も遠いもの、それは人体かもしれない。近しいはずの「母」や「父」の表皮の内側へことばが進もうとしても、ただくすんだ視像しか手に入れられなかった。

病院では患者か見舞客でしかありえない私には、医師は明瞭に人体を見透かしているはずだという先入観があるが、ドクター岡井の短歌は、これを打ち消すようにあらわれてくる。

棒立ちに反《そ》る人体のさびしさを見つむ休日の午後の画面に
（『朝狩』より）

まず、人体を明らかに描き出しえないことばの本来的な限界が、右の一首から浮かびあがってくる。「人体」を特定しようとする「棒立ちに」、「反《そ》る」という表現の比喩性、間接性。そして、この二つの修飾語同志の矛盾と疎遠。さらに、「人体」は、「さびしさ」ということばによって、霞網のようなものに包まれる。ことばが追い詰めようとすればするほど、人体は遠ざかる。

岡井隆が、人体の内部へとことばを送りこもうとした場合には、異貌の人体が見え出す。

肺尖にひとつ昼顔の花燃ゆと告げんとしつつたわむ言葉は
真夏の死ちかき胃の腑の平《たいら》にはするどき水が群れて注ぎき
死期は延々、砂《いさご》のような膚となり日が沈むそのいさごの上に
（以上『朝狩』より）

必要に応じて異物を拒絶することがあるとはいえ、人体は異物と接触することなしに存在できない。必要不可欠とされる「水」でさ

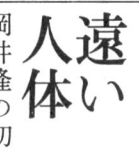

え、「胃の腑」では異物としての「するどい」姿を示すときがあるし、何らかの異物の混入によって、「肺尖」に「昼顔の花」が「燃」え、「膚」も「砂《いさご》」と化してしまう。岡井隆が、本質的に限界付けられていることばを駆使して迫ろうとしている人体そのものが、異物に蝕まれやすく、変貌しやすいものだった。

いや、たとえ健全なからだであっても、異形をさらし出すことさえある。

鉱《あらがね》のごとき体《からだ》がひしめきて犠祭《にえまつり》せり　六月・日本

（『土地よ、痛みを負え』より）

錯そうと胸廓の崖おりゆける血管系はついに愛《かな》しき（『朝狩』より）

表皮という薄皮の外側から見ても、その内側へと踏みこんで見ても、人体は異様な物体だと言えるだろう。そのうえさらに、得体の知れない形態を取っているのが、岡井隆にとっては、自己の身体存在だった。

部屋に突っ立つ時一対の火の鳥を腹中《ふくちゅう》ふかく羽ばたかせおり
われの何処かに銅《あかがね》の盲窓《めくらまど》ありて暗黒へ通じている噂

（以上『土地よ、痛みを負え』より）

青年の背の山なみに手を当ててわが背を走るらむくらき谿
頑と右向く鳥の頸わがうちに鎮めしずめて搬びて行くも
燃えおちる内なる橋の数知れず病む訴えのなかを行く時
右翼の木そそり立つ見ゆたまきはるわがうちにこそ茂りたつみゆ
吊さるるわが肉のうち杉苗のたおやかに立ちなおりゆく幹

（以上『朝狩』より）

兵はゆく名もなきいくさわが行くはいずこ神経の雷管抱いて
満月のきたりてわれの夜を照す垂れたる腕はさみどりの莢

（以上『眼底紀行』より）

これらの作品に登場する「一対の火の鳥」「銅《あかがね》の盲窓《めくらまど》」、「くらき谿」、「頑と右向く鳥の頸」、「燃えおちる内なる橋」、そして有名な「右翼の木」にしろ、なるほど、自己の身体の形態よりは、精神的なものを喚起するようだが、精神的なものの比喩として解読してしまえばたわいない。むしろ最も近しいはずの人体、つまり自己という身体存在に近づこうとすればするほど、視野がかすむ。次に、かすんだヴィジョンに対応するような異物を喚起することばを作品に導入せざるをえなくなり、その結果として一首が混ぜ物の性格を強めて、一語一語がぶれを起こす。そのぶれにこそ注目すべきではないか。

ここで、金子兜太の俳句をひきあいに出してみようか。

曼珠沙華どれも腹出し秩父の子
新秋や女体かがやき夢了る
朝日煙る手中の蚕妻に示す
縄とびの純潔の額を組織すべし
まら振り洗う裸海上労働済む

（以上『少年』より）

車窓より拳現われ旱魃田
華麗な墓原女陰あらわに村眠り
海にでて眠る書物とかがやく指

（以上『金子兜太句集』より）

打音のビル耳にみどりの昆虫いて
どれも口美し晩夏のジャズ一団

（以上『蜿蜿』より）

いずれも金子兜太の比較的初期の作品である。「前衛短歌運動」における岡井隆、「前衛俳句運動」における金子兜太のはたした役割は、しばしば近いと言われるうえ、両者とも作品に少なからず人体を登場させていることも共通している。しかしながら、金子兜太の作品では、確固として在在することを疑われない人体が、外側から描き出されているのに対して、岡井隆の作品では、異貌をさらけ出しながら接近不可能と思われる人体が、ことに透視されて描き出されている。

別の言い方をすれば、金子兜太のことばは、人体へ通じると信じられている一本道を歩んでいるとしたら、岡井隆のことばは、人体へ通じることのない複数の迂路を彷徨している。両者のこのような違いは、「前衛短歌」、「前衛俳句」のゆくえに大きな影を投げかけたと思われる。

話を岡井隆に戻そう。ことは人体に限られるわけではない。「思想兵」岡井隆の結節点にもかかわるようだ。

細胞が責を負わんと声涸らす負いうるものと今は思わず
（『斉唱』より）

どの論理も〈戦後〉を生きて肉厚き故しずかなる党をあなどる
（『土地よ、痛みを負え』より）

前者の「細胞」はもちろん、生物用語のそれではないが、あえて人体に関連する語彙の入った短歌を選び出した。これらから、岡井隆の不純宣言が聞き取れないだろうか。幅の狭い整合性を求める組織としての「細胞」、自己完結しているから「しずかな」「党」では、純一な「論理」が重んじられるが、岡井隆は不純物をたっぷり含む「肉厚き」「論理」を愛すると唱えているのである。「肉厚き」「論理」は豊かだが、複数存在するから、相対性に直面し、すべての論理は迂路の上に置かれていることになる。

政治思想の結末として見えてきた迂路が発端と言えるかどうかはさておき、自己の身体を含めた人体への迂路が、岡井隆の初期作品から透けてきた。のちの岡井隆の九州への出奔もまた、人体への迂路の変奏としての人生の迂路と考えられるだろうか。

さらにのちの、題にとぼけた余裕の感じられる岡井隆の歌集に、

女《をみな》とは幾重《いくへ》にも線条《すじ》あつまりてまたしろがねの繭と思はむ
（『人生の視える場所』より）

という一首が収録されている。迂路の途上にあることを楽しませるディヴェルティメントのような作品である。

この別冊2は、一九八七年八月に発行した『岡井隆全歌集Ⅰ』に挿入した付録の新版です。